Alguien que no soy

Biblioteca

ELÍSABET BENAVENT

Alguien que no soy

DEBOLS!LLO

Papel certificado por el Forest Stewardship Council®

MIXTO
Papel procedente de
fuentes responsables
FSC® C117695
www.fsc.org

Penguin
Random House
Grupo Editorial

Primera edición en Debolsillo: enero de 2016
Decimoprimera reimpresión: julio de 2021

© 2015, Elísabet Benavent
© 2015, Penguin Random House Grupo Editorial, S.A.U.
Travessera de Gràcia, 47-49. 08021 Barcelona
Diseño de la cubierta: Compañía
Fotografía de la cubierta: © Javier Almar

Printed in Spain – Impreso en España

ISBN: 978-84-663-2997-2
Depósito legal: B-21.638-2015

Impreso en Novoprint
Sant Andreu de la Barca (Barcelona)

P 3 2 9 9 7 C

Para la familia Coqueta.
Sobran las palabras.

1

ADIÓS CON EL CORAZÓN

Era lunes de buena mañana y yo estaba en la cafetería de la octava planta tomándome un café y contándole a mi amiga Isa los desastres de mi cita a ciegas del viernes anterior. Culpa mía, por dejarme convencer por mis amigas de que un año sin ningún tipo de interactuación con el género masculino era demasiado tiempo. Según mi hermana Eva, tienes que tirarte de vez en cuando a un seis en la escala Richter para conseguir desprender el aura folláril suficiente como para atraer a un diez. No sé si me explico; para que yo lo entendiera tuvo que hacerme un diagrama. Teorizar acerca del sexo y la atracción siempre me pareció bastante extraño, pero como haciendo las cosas a mi manera no es que la vida me fuera muy requetebién en ese aspecto…

—¿Cómo pudo ir mal? Pero ¡si era guapo! —se quejó Isa, como si fuese imposible que un tío físicamente atractivo resultara un inútil redomado.

—Lo primero es que no tengo yo tan claro que fuera tan, tan guapo. Desde luego él se creía que lo era. No es que fuera un

Orco. Pero le faltaba un palmo. De altura, digo. Bueno, un palmo en general. Y lo segundo es que, chica, llegados a este punto creo que casi ni busco que sea el David de Miguel Ángel. —Suspiré—. Que me guste, que sea aseadito y sin enfermedades mentales a poder ser.

Llevaba tres años soltera desde que Carlos y yo decidimos de mutuo acuerdo que aquella relación no iba a ningún lado. Yo tenía la esperanza de que en ese momento empezaría de verdad mi vida: veintiséis años y soltera. El mundo a mis pies, ¿no? Pues no. Desde entonces mi currículo sentimental se había convertido en una pasarela de sinrazones. Yo pensaba que había aprendido mucho porque me había acostado con varios hombres diferentes, pero lo cierto era que a mis veintinueve años no sabía nada; eso no iba a tardar demasiado en aprenderlo. Ni siquiera tenía idea de lo poco que sabía.

—Entonces, para que yo me aclare…, ¿qué pasó? —preguntó ella mientras mojaba con energía tres galletas en su café con leche.

—Que todo fue estupendo, que él me parecía atractivo, que hasta insistió en pagar la cuenta y que… cuando llegamos a casa…, rasca, mamá.

—¿Cómo que rasca, mamá?

—Que él estaba de lo más entregado y yo estaba allí como el niño del vídeo «David after dentist». *Is this real life?*

—¿Tan mal?

—Mal habría significado que allí pasó algo, pero si te soy sincera creo que debieron de anestesiarme todos los jodidos puntos erógenos del cuerpo. ¿Sabes ese momento en el que te ves con alguien empujando encima, te vuelve la lucidez y te dices: «A mí quién me manda…»?

—Eh… —exclamó ella con cara de susto. Isa llevaba con su novio desde los dieciséis años y no conocía mucho más.

—Sí, ese momento en el que dices: «¡Joder, qué ascazo! ¡Vete a tu casa!».

—¿¡Lo echaste!?

Tomé un sorbo de café y negué con la cabeza.

—A lo hecho, pecho. Tenía la esperanza de alcanzarlo pero… nada. Que no. De repente lo tenía gritando como un loco que se corría. Nos enteramos los que vivíamos en aquella manzana y probablemente todos aquellos habitantes del distrito de Arganzuela que tuvieran buen oído. Cuando se fue volví a decirme a mí misma eso de que…

—¿Que tienes que ser más exigente a la hora de elegir compañero de cama?

La miré alucinando. Ella era una de las que más habían insistido en que yo volviera «al ruedo» y ahora me decía que tenía que ser más exigente. ¡Por el amor de Dios!

—Pero ¡si llevaba un año sin chuscar! —me quejé—. ¡Si soy más exigente me lo coso!

El primer año y medio después de la ruptura con Carlos había sido más interesante. Tuve dos rollos que duraron unos cuatro meses cada uno pero que me trajeron más dolores de cabeza que orgasmos, la verdad. Después conocí a un chico que me hizo creer que era el hombre de mi vida para, después de prometerme el oro y el moro, intentar desaparecer del mapa porque tenía novia desde los albores de la humanidad. Novia, a todo esto, que estaba al corriente de las canitas al aire de su chico pero que perdonaba por amor ciego. Y ciego casi lo dejé yo cuando le tiré el gintonic a la cara, vaso incluido.

Después, meses de sequía. Meses y meses de quererme yo sola en mi casa (si se le puede llamar casa al armario de Lavapiés en el que vivía). Lo que yo os diga: pasarela de sinrazones. Había algo en las relaciones que trataba de asentar que fallaba de raíz. Algo me aburría en el puro planteamiento de conocer a alguien formal y sentar la cabeza. Y tampoco es que me sedujera mucho la idea de ir de flor en flor. Me daba pereza volver a intentar «ligar», conocer hombres en bares, hacerme la simpática y terminar teniendo una relación sosa con alguien que me echara un mal polvo los sábados. Sí, ya sé, me estaba poniendo en el peor de los supuestos, pero es que mis expectativas románticas dejaban bastante que desear. Estaba segura de que el amor apasionado estaba reservado únicamente a los guiones de cine.

—Tienes que dejar que te presente al primo de Berto —dijo Isa convencida de que el primo tercero de su novio iba a ser el hombre de mi vida.

—Estoy harta de citas a ciegas. De rollos. De mierdas. Se acabó. Vida contemplativa y vibradores.

Nuestro coordinador se asomó y al verme me sonrió quedamente. Eso me asustó. ¿Habría escuchado lo del vibrador? Ese hombre no sonreía jamás de los jamases. Ni siquiera lo hizo cuando nos anunció el nacimiento de su segundo hijo. Estaba a punto de aclararle que por supuesto yo no tenía vibradores en el cajón de la ropa interior (mentira) cuando se dirigió a mí.

—Alba… —me llamó—, ¿puedes venir un momento?

—Esto…, claro —respondí confusa y algo sofocada. Nunca era buena señal que Rodolfo (Olfo el desagradable para los «amigos») te pidiera un momento.

Di el último trago al café y me dije a mí misma que necesitaba un cigarrillo, pero yo ya no fumaba. Mala señal. El apetito fumador solo despertaba ante situaciones de tensión extrema, como acompañar a mi hermana Eva a comprar el regalo de cumpleaños de mi madre. Algo no iba bien.

Cruzamos los pasillos plagados de fotos de portadas de los últimos treinta años. Trabajaba en uno de los periódicos más leídos del país, en la sección de Actualidad Internacional, aunque también escribía para Cultura cuando me lo pedían, que era bastante a menudo. No obstante, el medio para el que trabajábamos había recibido un fuerte envite de realismo en el último EGM. Corría el mes de junio y se avecinaban cambios…

—¿Pasa algo? —le pregunté a mi coordinador.

—Bueno… Ahora te lo explicaremos.

Cuando me vi sentada en el despacho del superintendente me di cuenta de la realidad: iban a echarme. Ni siquiera escuché las primeras palabras del jefe supremo porque empecé a marearme y tuve que concentrarme en mi voz interior, que repetía sin parar: «Alba, no te desmayes».

Bla, bla, bla, «tiempos difíciles». Algo capté. Traté de prestar atención. Bla, bla, bla, «operaciones poco rentables dentro del grupo». ¿Qué tenía eso que ver conmigo? Bla, bla, bla, bla, bla, bla, «reducción de personal».

Me tapé la cara. «No te desmayes» fue sustituido por un «no llores».

—Dios…, no podéis hacerme esto —dije con la voz amortiguada por mis manos.

—No sabes cuánto lo sentimos.

Levanté la cabeza hacia ellos dos, que me miraban con evidente disgusto. Querían terminar con aquello de una vez.

—¿Por qué yo? —pregunté desesperada—. ¡Trabajo bien! ¡He convertido este periódico en mi vida!

—Esto funciona así, Alba. Estamos perdiendo lectores y estamos perdiendo anunciantes, por lo que nos sobran periodistas. La ley de la oferta y la demanda. El mercado.

—Pero ¡¡nosotros somos información!! —dije a la desesperada.

—Somos una empresa que busca rentabilidad.

—Buscamos la verdad —defendí, porque realmente me lo creía.

—¿Sí? ¿Tú crees? —me interrogó con ironía el superintendente—. Mira, Alba, trabajas bien y lo sé, pero piensa en la redacción y ahora dime: ¿quién fue la última en ser contratada?

¿Y quién será la más barata de despedir? Y la que no tiene hijos que mantener ni hipotecas que pagar y que, por su edad, será la que más fácilmente encontrará un nuevo trabajo…

Agaché la mirada hacia mis manos, que había dejado caer sobre mi regazo. No había nada que hacer. Estaba fuera.

—¿Cuándo me voy? —pregunté con un hilo de voz.

—Ya, a poder ser. No queremos que afecte demasiado a la marcha de la redacción.

Salí del despacho y, al verme reflejada en una de las vitrinas llena de premios, me sentí ridícula. Ahí estaba yo, tan ilusa, pensando que era una superperiodista que terminaría desenmascarando una importante red de trata de blancas y que me darían el Pulitzer. Asco de vida. Asco de crisis. Asco de media hora que había perdido aquella mañana en ondularme el pelo con tenacillas. Visto lo visto no había valido la pena ni ponerme bragas limpias.

Cogí una caja vacía de folios de debajo de la impresora y agradecí ser de las primeras en llegar a la redacción. Por allí aún no había más que cuatro gatos caminando como zombies hacia la máquina de café.

Isa apareció cuando estaba empezando a llenar la caja con mis cosas.

—Pero… ¿qué haces? ¡¿Qué ha pasado?!

—Me voy. Me despiden —contesté sin apenas voz.

Isa se echó a llorar y yo cogí aire y pedí al cielo paciencia para no meterle el bote de los lápices por un orificio nasal.

—Tranquilízate. Eso no me ayuda —le dije.

—¡Joder, Alba! ¡Qué puto marrón! —sollozó.

Cogí el corcho y, para no darle con él en la cabeza, me entretuve en descolgar las fotos. Mis amigas y yo en la boda de Gabi. Mis padres. Mi hermana con nuestro gato de ochocientas toneladas, sujetándolo orgullosa como quien aguanta el salmón de diez kilos que acaba de pescar.

—¿Qué vas a hacer? —me preguntó al tiempo que se secaba los ojos y los churretes de rímel con la manga.

—Irme a mi casa y emborracharme. —Porque supongo que es lo típico que se dice en esas situaciones, como en las películas americanas.

—¡Son las ocho y media de la mañana! —Que es lo que esperas que alguien conteste ante tu confesión.

Le di un beso. Respiré hondo y después me marché, haciendo una parada en la garita de seguridad para entregar mi tarjeta de acceso con mucho protocolo. El encargado de aquel turno me miró con ojos de cordero degollado y dijo:

—No te preocupes, ya la habrán desactivado. Puedes llevártela de recuerdo.

«Recuerdo tus muertos», pensé. Pero no lo dije porque aquel hombre no tenía culpa de nada. Seguro que él también temía terminar algún día con todas las mierdas de su cuartito metidas en una caja de cartón. Y él sí tendría mujer, hijos, hipoteca… y hasta un muñeco del Fary.

Cuando llegué a casa pensé en ponerme un gintonic, pero lo cierto es que, por mucho disgusto que tengas, no es lo que te pide el cuerpo a las nueve y pico de la mañana. Así que elegí otra cosa en la que ahogar mis penas: un chocolate a la taza, que encima me salió aguado y terminó siendo como un cacao de baja categoría. Me comí todo lo que encontré en los armarios (incluso un trozo de pan duro) y después me senté en el suelo dispuesta a llorar, pero no me salió ni una lágrima. *Loser* hasta para llorar.

No voy a entrar en demasiados detalles: los siguientes siete días, con sus siete noches, fueron más de lo mismo. Basura, lloriqueos, rabia y un poquito de abandono. Vamos, que ni me metí en la ducha. Me hundí en el victimismo porque, qué narices, tenía derecho a pataleta aunque solo fuera durante una semana. ¿Diez días? Bueno, lo que me dejaran.

Después de toda una semana viendo *Ana Rosa, Hombres y Mujeres y Viceversa, De buena ley,* los informativos, los deportes, *Sálvame Diario, Pasapalabra* y pillarme una turca a continuación, mi ánimo estaba por los suelos. Eso y la salubridad de mi alimentación. Una semana comiendo cosas liofilizadas de esas a las que le añades agua y se convierten en un plato de pasta con mucha salsa. Eso y pastelitos al peso del Mercadona. Se me fue de las manos. Me salieron tres granos enormes en la frente. Olía mal. Me sentía peor. Quería morirme.

Isa intentó hacerme entender que aquella era una fase anterior a levantarme, renacer de mis cenizas y volver al ruedo, pero el único ruedo que yo veía formando parte de mi vida era el del plató de *Sálvame.* A distancia, eso sí. Ellos allí y yo en mi casa.

Mis padres tenían un disgusto de agárrate y no te menees, pero intentaban disimularlo con discursos motivadores a los que yo no hacía el menor caso. Bla, bla, bla, «aprende de esto». Bla, bla, bla, «tienes que levantarte de la cama». Y lo que no comprendían era que yo ya me había levantado de la cama pero no pensaba hacerlo del sofá. Y de quitarme el pijama ni hablamos.

Pero… una semana más tarde se pasó por casa lo que yo llamo el gabinete de crisis, que son básicamente mi hermana Eva, Isa y mis otras dos mejores amigas, Diana y Gabi. De ahí lo de «Gabi-nete de crisis». Solo se juntaban por cuestiones de gran seriedad, como el *outlet* bienal de Manolo Blahnik o el despido de la pánfila de Alba, que soy yo, claro.

Trajeron vino con muy buenas intenciones, esperando que brindáramos las cinco antes de abrazarnos y dar por solucionado el problema. Pero me lo bebí yo entero a morro mientras ellas tiraban del culo de la botella y gritaban que emborracharse no era la solución. Soy muy rápida bebiendo: ellas tuvieron que conformarse con un poco de zumo de piña cero por ciento azúcares añadidos.

—Alba, no es el fin del mundo; haz el favor de buscar soluciones —dijo muy firmemente Gabi.

—Lo que es el fin del mundo es la pinta que tienes. ¿Desde cuándo no te duchas? —inquirió mi hermana.

—Albita, tienes que levantarte del sofá y hacer algo. Apuntarte al paro o algo así —propuso Isa.

—Era autónoma, no va a cobrar paro —apuntó Diana.

Me tapé la cara con un cojín esperando a que se callaran y, gracias a la melopea del vino, tras unos minutos con el soniquete de sus cantinelas de fondo me dormí. Cuando desperté ellas no estaban allí pero la casa se encontraba más o menos recogida, tenía comida china en la cocina esperando a ser ingerida y una nota en la nevera en la que ponía: «Mueve ese culo que Dios te ha dado y recupérate. Nosotras estaremos contigo. Pero dúchate antes. Apestas a tigre».

Sonreí, ingerí la mayor cantidad de tallarines tres delicias que pude y después me metí en la ducha, donde pasé un buen cuarto de hora. Después de toda la rutina de belleza habitual, me vestí de persona y me fui a… lloriquear y a buscar mimitos a casa de mis padres. Tampoco iba a comerme el mundo el primer día. Ya era un paso haberme levantado del sofá.

Tres días después, Gabi me llamó para decirme que su prima estaba buscando una administrativa para su empresa, que le había hablado de mí y que pasarían por alto mi falta de experiencia en el tipo de trabajo si salía victoriosa del proceso de selección, en el que me tratarían con mimo. Era el primer paso. Los siguientes los fui dando yo, amargada por dentro de tener que contentarme con un trabajo que no tenía nada que ver con mi vida como periodista y mi sueño de ganar un premio por mi labor de investigación. Sin embargo, algo tenía que hacer para pagar el lujo de vivir sola en aquella especie de armario empotrado que era mi piso. La peor de las derrotas para mí habría sido claudicar y volver a casa de mis padres, donde mi madre me trataría como a un pollito abandonado y regurgitaría la comida para que yo no tuviera ni siquiera que masticar. Eva me ofreció buscar un piso para las dos y compartir gastos ahora que había terminado la universidad, pero, vaya, que conozco a mi hermana y me conozco a mí lo suficiente como para saber que eso acabaría como el rosario de la aurora y terminaríamos siendo un escabroso titular de sucesos: «Dos hermanas se asesinan la una a la otra porque el mando a distancia tenía huellas de Nocilla sobre la tecla del cinco». Sí, lo sé. Demasiado largo.

A la primera entrevista no fui vestida adecuadamente. Pensé que unos vaqueros, camisa y americana estarían bien, pero se trataba de una de esas empresas en las que el *dress code* exige traje o equivalente. Pedí disculpas a la persona de Recursos Humanos que se reunió conmigo y prometí adecuarme al estilo de la empresa para la próxima ronda, aunque perdí la fe en conseguir aquel trabajo. Sin embargo, sorpresa, sorpresa, volvieron a llamarme.

En la siguiente cita que tuve con ellos me hicieron un test de personalidad y otro de aptitudes, unas pruebas de inglés oral y escrito y nuevamente una entrevista personal, esta vez con otra chica a la que no le caí bien y que no se esforzó en absoluto por disimularlo. Cuando me preguntó qué preferiría ser, si una galleta o un pájaro, pensé que no volverían a llamarme jamás, pero, vaya…, volvieron a hacerlo. Y eso que dije «galleta» (porque las galletas son dulces y alegran la vida y los pájaros volarán muy alto pero muchas veces sus cacas caen a la gente en la cabeza). No me digáis que no es purito milagro que me cogieran…

La última reunión la tuvimos en una oficina diferente donde una mujer de mediana edad se presentó como la coordinadora de secretarias y me hizo la oferta en firme. Al parecer no estaba precisamente cualificada para el puesto, pero lo pasarían por alto; nada como ir bien referenciada. Gabi había vuelto a hacer magia, como cuando te arreglaba antes de una cita y al mirarte en el espejo el gigantesco cráter que había dejado un grano premenstrual ni siquiera se intuía.

Empezaría a trabajar el 7 de julio (San Fermín), momento en el que me explicarían los pormenores de mi trabajo, que al parecer iba a versar sobre reservar restaurantes, organizar agendas, gestionar salas de reuniones y demás.

¿Qué haces cuando se te cae el alma a los pies y a la vez debes sentirte agradecida? Sonríes, pero por dentro esa sonrisa te escuece porque sabes que dice muy poco de ti. Y... te abandonas definitivamente a la desidia. Hasta que algo o alguien te rescata. En mi caso fue... pronto.

2

Me quedé delante del espejo un buen rato, tratando de reconocerme en la persona que me devolvía el reflejo. Delante de mí había una chica que se me parecía, pero no estaba segura de ser yo; al menos de seguir siendo como era. ¿Sabía realmente cómo era? Bueno, esa pregunta no venía al caso. Seguía teniendo los pómulos cubiertos por unas pocas pecas que el tiempo había disimulado, dos ojos marrones y grandes y una melena ondulada de un color castaño oscuro. Era tirando a alta, con curvas; cuerpo de actriz de los años cincuenta, me decía mi padre, lo que a mí me parecía un enorme eufemismo para pasar por alto que el tamaño de mis caderas no correspondía precisamente a una talla treinta y ocho. En mi cara reinaba una expresión que yo quería pensar que era resabiada, aunque supongo que comunicaba más candidez de la que me gustaría. Labios gruesos. Dientes alineados. Cejas recién repasadas. Sí. Todo estaba igual que el día anterior pero..., vestida con aquel vestido camisero color azul marino, ceñido a la cintura por un cinturón marrón y subida a aquellos zapatos de tacón del mismo color…, no me reconocía. ¿Y mis vaqueros? El hábito no hace al monje, decía siempre mi madre, pero aquel era el uniforme de mi nueva vida, tan diferente a la anterior que tenía que agarrarme a algo tan frívolo como una pieza de ropa para poder mantener el rumbo. Solo un uniforme, me decía, como si fuera una especie de superhéroe que pierde sus poderes al quitarse la capa. Solo era un uniforme para un trabajo eventual. Al quitarme la ropa de oficina volvería a ser Alba, la periodista.

Cogí el bolso de mano, me retoqué el pintalabios en el espejo de la entrada y me marché sin mirar atrás a mi primer día como secretaria. No era un mal trabajo, me decía…, pero no era MI trabajo. Cuando un aspecto de tu vida va mal, los demás deberían alinearse para compensar, ¿no? Ya se sabe: mi vida sentimental es un asco, pero me caso con mi trabajo porque me encanta. O: mi trabajo no me gusta una mierda, pero tengo en casa quien me espere con la cena hecha y la chorra fuera. Yo qué sé.

Sentada en el metro con los auriculares puestos me dejaba agitar levemente por el vaivén del viaje, con la mirada perdida. Eran las siete y media de la mañana y el vagón estaba hasta arriba de gente trajeada que iba al mismo sitio que yo: al centro de negocios de Madrid. Tela gris, asfalto y cristal; ese era el resumen. Respiré hondo. No debía de ser tan diferente a mi anterior trabajo: era dinero al mes. Debía buscar una motivación. ¿Desde cuándo me obcecaba tanto en algo? Lo importante era poder permitirme el lujo de seguir viviendo sola. Lo demás vendría después. El trabajo apasionante y el hombre que me esperara con la polla tiesa en casa. O algo así. Empezó a sonar una canción demasiado melancólica en mi iPod y me apresuré a pasarla. Mejor concentrarse en los ritmos alegres y esperar contagiarme. ¿Algo de salsa? ¿Reggeaton?

En esas estaba cuando sentí un cosquilleo…, esa certeza inequívoca de que alguien te observa. Levanté los ojos y me choqué con la mirada de un hombre moreno, con ojos castaños y labios gruesos. Su mirada era intensa y me recorrió un escalofrío, porque nunca había visto de cerca a nadie como él. Respiré hondo y la electricidad me alcanzó los pulmones. Él dibujó una sonrisa disimulada en la comisura de sus labios y yo volví a mirar mi iPod asustada. Estaba muy cerca. Nuestras rodillas casi se tocaban y sentía su mirada clavada en mí. Era guapo; muy guapo. ¿Tanto? Me aventuré a volver a mirarlo. Allí estaban sus ojos almendrados, rodeados de unas masculinas pestañas negras, como su pelo moreno peinado de manera informal. Esta vez sonrió abiertamente, enseñándome unos dientes perfectos y blancos, y yo… no pude más que contestar con el mismo gesto. Sentí calor sobre mis pómulos y aleteé coqueta las pestañas maquilladas. Con que eso era coqueteo visual, ¿eh? Él desvió la mirada hacia el fondo del vagón y me recreé en la curva de su mandíbula bajo una barba de tres días que, lejos de parecer desaliñada, le daba un aspecto muy sexi. Tenía las piernas largas e iba vestido de traje, sin corbata, con una camisa blanca que se pegaba a su vientre de una manera demencial. Me mordí el labio. Nunca había estado con un hombre como ese. El resto de mi pasarela de sinrazones no se asemejaba en nada a él; ni siquiera parecían de la misma especie. Bajé un poco más la mirada. Cinturón de piel discreto y de buen gusto. Unos centímetros más abajo…, tragué saliva. Ahí estaba, prieto bajo su pantalón, algo hipermasculino y contenido.

Unos dedos martilleando contra su muslo me asustaron y levanté la mirada hacia su cara. Pillada. Sabía con total certeza dónde tenía puestos mis ojos. En su paquete, para más señas. Sonreía descaradamente y a mí el calor de la cara fue contagiándome el resto del cuerpo, de arriba abajo. El hombre se puso de pie. Por Dios. Piernas eternas. Era alto, muy alto. Adoro los hombres altos. Seguro que para besarle tendría que ponerme de puntillas y rodearle el cuello con los brazos (o colgarme de una liana). Nunca había estado con ningún hombre así. Era ese tipo de hombres que parece que harán de ti lo que quieran, que te follarán como en un baile. Un eterno tango en posición horizontal.

Y su paquete a la altura de mis ojos otra vez. Unas gafas 3D no me habrían venido mal.

Cuando se alejó hacia la puerta miré la pantalla de LED del tren y me levanté al ver que anunciaba mi parada. Me agarré a uno de los asideros y esperé a que diera el frenazo final. A mi lado, el desconocido. Uy, qué coincidencia, ¿eh? Un chico me empujó sin querer con una mochila y tropecé con él. ¡Ouh, yeah! Olía a perfume y a sábanas limpias. Dios. Olía a sexo. Lo juro. A sexo descontrolado por la mañana.

—Disculpa —le dije, mientras me arrancaba los auriculares de las orejas y los dejaba colgando de mi cuello.

—Disculpada. —La voz…, por supuesto, le acompañaba.

Me giré y sonrió. Las puertas se abrieron. La gente nos esquivó de camino a la salida y aquel hombre y yo seguimos parados, mirándonos. Cuando fuimos a salir, lo hicimos a la vez, tropezando.

—Tú primero —le pedí.

—No. *Ladies first.* —Y cada letra era como un caramelo con el centro fundente que se deshacía sobre la lengua.

«Concéntrate, Alba».

Cogí aire y empecé a andar. «Ignóralo», me dije. Me coloqué a la derecha en la escalera mecánica y me agarré al pasamano. Él me adelantó por la izquierda, subiendo los escalones de dos en dos. Una bocanada de aire que provenía de la salida me agitó el pelo y me dio la estúpida sensación de que aminoró el paso para olerme. Loca del coño que estaba hecha, por Dior. Antes de desaparecer me dedicó otra mirada. Y…, joder, definitivamente nunca había tenido a un hombre así. ¿Cómo sería estar con alguien tan deseable? Desde luego no tenía pinta de rascar, como mi última «cita»…

«Concentración», me dije. De pronto me acordé de que iba de camino a mi primer día de trabajo y el agradable cosquilleo de mi estómago se convirtió en náusea. Respiré profundo y anduve con dignidad. Nada de vomitar el primer día de trabajo.

Cuando llegué al edificio, unos conserjes me tuvieron que ayudar a encontrar la recepción. Aún no tenía mi tarjeta de acceso pero me abrieron y la amable señora que reinaba tras el mostrador me anunció que la tendría en un par de días. Y, como una tonta, me senté en un sillón de la recepción a la espera de que la coordinadora de secretarias viniera a por mí. Y debía venir de Sebastopol… porque la espera se me hizo eterna. Para cuando se presentó yo ya llevaba unos cinco minutos entre fantasías culminantes con el desconocido del metro. Y en todas ellas mis bragas terminaban bastante malparadas. Me levanté fingiendo ser una persona mucho más seria de lo que soy y fui a saludarla con dos besos, pero alargó la mano derecha, imponiendo distancia.

—Bienvenida, Alba.

Bienvenida al averno glacial, Alba.

—Muchas gracias, Paloma.

—Esperamos hacerte fácil este periodo de adaptación, así que no dudes pedirnos lo que necesites. Voy a empezar llevándote a tu mesa y después te presentaré a tus compañeros.

Dame cicuta cuando termines; gracias.

Anduvimos sobre la moqueta, que amortiguaba el sonido de nuestros tacones, hasta entrar en una sala dividida por paneles que creaban una especie de cubículos individuales alrededor de las mesas. La luz artificial era lo único que iluminaba la sala y el ambiente resultaba algo triste. Me acordé de la redacción, con sus luminosos ventanales, sus muebles blancos de oficina, sus coloridos carteles por los pasillos. Aquí todo era de un azul horrendo que seguramente alguien eligió pensando en evitar el mayor número posible de suicidios.

Cogí aire y fingí una sonrisa cuando llegamos a mi mesa. Dejé el bolso sobre ella. Había un ordenador portátil plegado con una hoja encima con mis credenciales; a la derecha, un manual.

—Alguien ha ido recopilando información sobre los programas que vas a usar. Parece muy farragoso, pero en una semana te moverás como pez en el agua, ya verás. Ahí tienes una cajonera donde puedes dejar el bolso y…, bueno, hemos dejado unos bolígrafos…

Miré un triste bote negro de plástico con dos míseros bolígrafos, uno rojo y uno azul. Le di las gracias y guardé el bolso en el cajón como ella me había indicado. Después salimos de allí hacia el resto de los compañeros.

—Allí está el baño y al otro lado la cocina, donde hay café, pastas y demás. Para cuando te muevas, tienes un dispositivo móvil que puedes llevarte contigo para no perder llamadas.

Y, dijera lo que dijera, yo asentía sin parar. Se podía haber cagado en toda mi estirpe que a mí me habría parecido fenomenal.

Después empezó a presentarme a gente. Recé por concentrarme un mínimo y recordar algún nombre, pero se me olvidaban en el mismo momento en el que me concentraba en el siguiente. Todos me parecieron simpáticos. La plantilla estaba formada por un montón de hombres de unos cuarenta, agobiados, alopécicos, vestidos con camisa de manga corta con corbata, dispuestos a ser majos con la nueva a la vez que le daban un repaso de arriba abajo. Me vino a la cabeza el comentario que me había hecho mi hermana la noche anterior: «Cuando te presenten a tus compañeros piensa que alguna vez en su vida se la pelarán pensando en ti. Y no lo digo yo. Es la conclusión del estudio de una prestigiosa universidad canadiense». Dios. Lejos de resultarme erótico, me dio repelús. Las mujeres, por su parte, me saludaban con una sonrisa fingida y al girarme me miraban con desdén, seguramente impacientes por que llegara la hora del café y pudieran criticar mi vestido o mis zapatos. Eso o yo era muy mal pensada.

Giramos en un pasillo en forma de ele y siguió presentándome a gente. No eran tantos; apenas veinte o veinticinco, pero me sentía como Alicia en el País de las Maravillas, cayendo a través de la madriguera del conejo. Eran muchos nombres nuevos; me tranquilizó pensar que terminaría memorizándolos, pero por aburrimiento más que por interés. Joder, Albita. Tenía que quitarme de encima aquella desidia.

Paloma, la supervisora de secretarias y guía turística en ese preciso instante, llamó la atención de alguien que llegaba.

—Nicolás…, esta es Alba. Es la nueva secretaria de planta.

Secretaria…, pensé. «Ni siquiera sé qué significa en realidad», me dije. Pero no me pude concentrar en ese pensamiento, porque se diluyó cuando él se vació los bolsillos sobre la mesa y me miró. No sé explicar lo que sentí…, lo más cerca es decir que fue como si el suelo se hundiera bajo mis pies. Un viaje en el estómago. Una bofetada de calor en las mejillas. Aquel hombre era…, ¿qué coño era? Era un jamelgo de impresión. Tenía unos ojos azules oscuros y fríos que destacaban en un rostro de rasgos algo aniñados. Sexi, morbo, oscuro. Lucía una barba clara de tres o cuatro días; el pelo, a conjunto, desordenado y castaño claro, casi rubio. Pelo de recién follado. Pelo de follador recién follado. Pelo de «mírame, Alba, pero que te cuelgue un poco la baba mientras lo haces».

El corazón empezó a palpitarme con fuerza cuando él me inspeccionó durante unos segundos. ¿Desde cuándo era yo tan impresionable? Alargó la mano hacia mí y nos dimos un apretón formal e impersonal. Tenía las manos suaves y sentí que algo conectaba su tacto con mis bragas, como si él supiera hacer muchas cosas bajo ellas.

—Bienvenida, Alba.

Dije gracias, pero no me escuché. La voz de ese chico era jodidamente sexi. ¿Qué no lo era en él? Llevaba un traje sencillo, de color azul marino y una camisa de color azul pálido con el primer botón desabrochado. Se entreveía la piel de su garganta y seguro que tendría el pecho cubierto de un vello masculino y…

Paloma interrumpió mis fantasías preguntándole algo sobre darme las claves de acceso para el sistema de facturación. Mientras contestaba, Nicolás se quitó la americana en un movimiento de hombros y la colgó del respaldo de su silla. Después, el muy cabrón se entretuvo en doblar las mangas de su camisa hasta los codos ante mi atenta mirada y mis apenas controlables deseos de arrancársela y hacerme un collar con los botones. Tenía los antebrazos perfectos; ese tipo de antebrazos que imaginas sujetando su peso mientras te folla como un animal.

—¿Vale, Alba?

—¿Perdón? —pregunté embobada.

—Decía que si tienes algún problema con el tema de la facturación puedes preguntarle a Nicolás.

—No es mi trabajo —aclaró él con voz grave, dejando claro que no iba a convertirse en mi «ayudante»—, pero se me dan bien los números. Lo resolveremos rápido.

Asentí y le vi repasarme de nuevo con su mirada. Miró mi pelo, mis ojos, mis labios, mis pechos. Sentí calor ardiéndome debajo de la piel. Su mirada siguió resbalando por mi cintura, mis caderas. Era como si pudiera tocarme y desnudarme con el aleteo de sus pestañas. Sentí la piel de las mejillas palpitarme de calor. Y sin embargo seguía sin quedarme claro si le gustaba lo que veía.

—Nicolás suele llevar corbata —comentó Paloma en un tono reprobador.

—Y la llevo. —La sacó del bolsillo interior de su americana de un tirón y levantó el cuello de la camisa para ponérsela—. Lo dicho: bienvenida.

Y con ello, claramente, nos despachaba de aquel rincón: su rincón.

Totalmente turbada me concentré en el golpeteo de mis zapatos sobre el suelo enmoquetado. Dos de los hombres más guapos que había visto en mi vida en la misma mañana… Y Alba, la que ahora iba disfrazada de oficinista, hacía demasiado tiempo que no se sentía ir de verdad entre las manos de un tío. Ya podía concentrarme en el manual porque no me apetecía nada imaginarme a mí misma babeando como una quinceañera mientras él, inclinado en mi mesa, trataba de solucionar rápido mis dudas. Rápido. No tenía pinta de ser rápido para todo…

Paloma volvió a despertarme.

—Tienes suerte, empiezas en horario reducido. Ahora y hasta el 15 de septiembre solo trabajamos por la mañana, con veinte minutos para comer.

—Qué bien —asentí.

—Ahí fuera hay un par de tiendas que preparan comida para llevar. Ensaladas, sándwiches, ya sabes. Ah, mira, aquí está el último. Con él ya terminamos.

Estaba de espaldas, apoyado en la impresora, con la camisa blanca arremangada y maldiciendo. Alto, muy alto; tenía una espalda masculina, ancha y perfecta, de las que imaginas agarrando con uñas y dientes mientras te monta. Cuando se giró, un «mierda» enorme se pintó al óleo en mi cabeza. Las rodillas me temblaron. Moreno, ojos castaños, nariz afilada, labios carnosos, mentón varonil cubierto de barba de tres días y el cuello más perfecto y sexi del mundo. Era…, era el hombre del metro.

—Hugo, esta es Alba, la nueva secretaria.

Lo de secretaria ahora me dio exactamente igual. Me concentré en esa sonrisa descarada que demostraba que también me había reconocido. Perfecto, coqueteando con alguien del trabajo antes incluso de empezar. Me puse nerviosa y me moví tontamente sin saber si darle la mano, como venía siendo la costumbre en esta oficina, o acercarme para darle dos besos (o hacerle una paja, no sé), pero él tomó la iniciativa, acercándose y parando mi baile a lo Chiquito de la Calzada. Mis fosas nasales fueron invadidas por su olor a la vez que mi vientre concentraba un nudo de calor.

—Bienvenida, Alba. —Me dio dos besos apoyando su mano en mi cadera y después se volvió a erguir, con su probable metro noventa—. ¿Qué tal? ¿Te trata bien Paloma?

—Sí. Mucho. —Sonreí.

—No dejes que te agobie ya el primer día con normas y esas cosas. Iremos aprendiéndolo todo juntos, ¿vale?

Y el verbo aprender conjugado por esa boca era lo más jodidamente erótico que había escuchado. Me veía aprendiendo cómo le gustaban a él las mamadas y el café matutino. Pestañeé y me concentré. Demasiado tiempo sin un buen polvo. Aquel no era mi estilo. Coqueteo visual en el metro, turbación al conocer a uno de los compañeros y ahora aquello…

—¿Qué te pasa con la impresora? —le preguntó Paloma.

—Otra vez se engancha. Creo que por las noches alguien juega a fotocopiarse el trasero ahí encima —bromeó, y cuando me miró nos imaginé a los dos encima de aquel maldito cacharro—. ¿Podríais llamar para que la reparen?

—Alba se encargará en cuanto se siente.

Mi primera labor: llamar a mantenimiento. Apasionante.

Me senté a mi mesa y me tranquilicé, asegurándome a mí misma que cruzar dos o tres miradas con alguien en el transporte público no iba a llevarme al infierno. Después decidí concentrarme en instalar todos los bártulos que había traído conmigo. Un calendario. Una taza de Mr. Wonderful con el mensaje «Si puedes soñarlo puedes hacerlo» que en aquel preciso instante solo podía relacionar con que cualquier pesadilla puede hacerse realidad. Pesadilla…, sueños húmedos. Entre tanta camisa de manga corta con corbata, ese tal Nicolás y Hugo eran como un oasis para la vista. Los dos guapos, bien vestidos; uno tan distante y sexi, el otro tan simpático y atractivo.

Saqué también una foto de las chicas y la colgué en una de las paredes con una chincheta que encontré en el primer cajón de mi *book*. Allí me miraban todas. Mi hermana Eva, con su pinta de no haber roto un plato en su vida, perfecto disfraz para alguien tan travieso como ella; incontrolable, sí, pero por la propia ingenuidad que no le permitía ver que a veces vale la pena ponerse filtro antes de hablar. Isa, con la candidez de una virgen, sonriendo a más no poder, vestida con ese estilo «pan sin sal» que le había inculcado su madre. Diana, con gesto perverso, porque quería ligarse al chico que estaba haciéndonos la foto. Y Gabi, que ya desde una fotografía me reprochaba tener la entrepierna mucho más despierta que el cerebro el primer día de trabajo. Y allí, en el centro, yo, Albita; la noche que nos hicimos aquella foto celebrábamos mi veintisiete cumpleaños y yo creía que tenía todas las puertas del mundo abiertas.

Ya bastaba de pensar. Abrí el ordenador, pulsé las credenciales para meterme en mi sesión y rescaté el cuaderno que había traído conmigo, donde apunté todo lo que se me ocurrió, además de mi usuario y *password*.

Cuando le eché un ojo al manual me sorprendí muy gratamente porque estaba redactado a conciencia. Clasificado por orden alfabético, era algo así como la biblia de la secretaria eficiente. En la «f» encontré un apartado sobre la fotocopiadora que cataloga los posibles problemas que podían surgir y a quién llamar en cada caso. Solo descolgué el teléfono, marqué, me identifiqué y en menos de diez minutos el atasco estaba solucionado y pude hacer las primeras pruebas de impresión. Volvía orgullosa hacia mi cubículo cuando me crucé con Hugo, al que informé (sin mirarle mucho) de que ya podía imprimir. Él como contestación dibujó en sus labios una sonrisa tan porno que debería ir acompañada de dos rombos.

—Cuánta eficiencia… —dijo con un tono que me pareció insinuante. Me giré y le eché un vistazo. Dios. Qué sexi…—. Digo que cuánta eficiencia —repitió.

—Pues aún no has visto nada... —contesté.

Después… emprendí la huida. Cuando giré el recodo me quise morir. Pero ¿qué hacía yo jugueteando verbalmente con alguien del trabajo en mi primer día? ¿Era esa la fama que quería tener? ¿Por qué narices no me centraba?

Al volver a mi mesa, un *email* me avisó de que alguien necesitaba que transcribiera unas notas tomadas a mano y que uno de los directores tenía una reunión con alguien del equipo y un externo y necesitaba que se le sirviera la comida en su despacho a la una y media, por lo que tenía que llamar al *catering*.

Bendito manual: en la «c» de *catering* estaba todo.

A las doce y media de la mañana yo seguía tecleando un disparate que alguien había considerado un buen *briefing*. Era un tostón en el que se hablaba sin parar de los beneficios alcanzados por las empresas de hidrocarburos en el último trimestre del año anterior. El estómago me rugía, pero intenté aplazar el tema de aventurarme a esa cocina que Paloma había señalado para ir en busca de un café.

En medio de un tedioso párrafo sobre resultados antes y después de impuestos, alguien se asomó a mi cubículo, como aparecida de la nada, y me dio un susto de muerte. Era una chica con una espesa melena tirando a rubia, con ojos claros, alta y muy guapa. Me saludó muy sonriente con un gracioso acento y se presentó como Olivia. Me levanté agradecida por la sonrisa y por la atención.

—Perdona el susto. —Se rio.

—Nada —dije sonrojada—. Estaba aquí enfrascada. Creí que me habían presentado a todo el mundo del departamento.

—¡Ah! ¡Claro! Como que no soy de este departamento. Soy la secretaria de la planta de arriba. ¿Te ha gustado el manual?

Miré el que ya consideraba mi mejor amigo en la oficina y después a ella.

—¡¿Este manual es tuyo?!

Asintió con una sonrisa.

—¿A que es una maravilla?

—¡Es una puta pasada! —Me dieron ganas de chocarle la mano pero no la conocía de nada e iba a quedar como una loca, así que me abstuve.

—¿Te apetece un café?

—Pues... sí. Pero... —Miré el teléfono.

Ella se acercó al ordenador, pulsó un par de clics y después me pasó un cruce entre móvil y telefonillo inalámbrico.

—Ya puedes.

La cocina tenía de cocina lo que yo de Gisele Bündchen. Las dos hembras humanas, fin de los puntos en común. Pues igual. Era una habitación con baldosas tan azules y tristes como el resto de la oficina. Tenía dos microondas, una nevera, unos armarios y una cafetera. Olivia se acercó diligente a los armarios y sacó un tarro con un montón de cápsulas de café, un bote de sacarina y una cajita de galletas.

—Bueno, Alba, ¿no? ¿Qué tal el primer día?

—Pues bien..., creo. Gracias a ese manual esto no está resultando un infierno.

—Si te surge alguna duda, buscas mi extensión y me das un toque. Olivia del Amo. Lo que sea, tú llámame.

Se lo agradecí con una sonrisa y ella me pasó uno de los cafés.

—¿Qué tal te han acogido? Parecen un poco rancios así de primeras, pero son buena gente. Te harás con ellos.

—Eso espero. Ya no me acordaba de lo duro que es ser la nueva.

—Habrá quien te lo ponga más fácil, como en todos los sitios. —Suspiró apagando la cafetera y endulzando su café.

—Como tu manual.

—¡Coño mi manual! ¡¡Yo!! —Se rio—. ¡Que no se hizo solo!

Las dos nos echamos a reír y me ofreció una galleta, que acepté y comencé a roer.

—¿Tienes novio? —me preguntó—. ¿O estás casada?

—Soltera y libre como el viento —contesté.

—Y yo. —Sonrió—. Lástima que aquí no encontraremos al hombre de nuestros sueños, me parece a mí. Da gracias si hay alguno que no ha perdido el pelo.

—Donde pongas la olla, ya sabes cómo acaba la frase.

—Leí el otro día en *SModa* que la mayor parte de las parejas actuales se crean en el ámbito laboral. Me imaginé calzándome a alguien de la planta de arriba y por poco no me dio una apoplejía. ¿Tú has visto a mi jefe? Oh, Dios, ¡¡qué horror!!

—No tengo el gusto. —Sonreí—. Ni siquiera tengo el gusto de haber visto al mío.

—Ni lo verás. En tu puesto es como si no tuvieras. Con la única con la que tienes que tener ojo es con Paloma. El resto…, por mucho que se den aires de grandeza, no son tus jefes.

—Es un alivio. No tengo experiencia en esto y…

—Ahora venimos todas de otros trabajos. La crisis. —Se encogió de hombros—. Yo soy organizadora de eventos. ¿Y tú?

—Periodista —dije con la boquita pequeña.

Cuando estaba a punto de preguntarle más sobre su formación, el aparato infernal que llevaba conmigo se puso a vibrar.

—¿Sí? —contesté. Escuché la voz de la chica de recepción diciéndome que acababa de llegar la comida. Miré el reloj. Era ya la una—. Voy enseguida. Gracias. —Colgué—. Me tengo que ir. Mi jefe, ese que dices que no es mi jefe, tiene una comida en su despacho y tengo que organizarlo.

—¿Quién es?

—No lo sé. El director comercial o algo así.

—Ah. Ya. Le gusta que las servilletas sean de tela y los vasos de cristal. Es de morrete fino. Lo tienes todo en un almacén que está contiguo a recepción. Allí te darán las llaves. Y no dejes que te mangonee mucho. Cuando quiere, es de armas tomar.

La miré de reojo.

—Ya me explicarás tú cómo sabes tanto.

—Ya te lo explicaré yo… —Me guiñó el ojo y me apremió a que me marchara. Ella siguió allí comiéndose una galletita.

Corrí a la recepción y firmé el recibo del mensajero. Después la recepcionista me abrió el pequeño almacén y pude organizarlo todo. Me interrumpieron dos veces con llamadas en el trasto infernal, que me enganché en el cinturón, y, como aún no había mirado en el manual cómo pasar llamadas, tuve que correr por toda la oficina como una palurda para entregar el cacharro en mano a la persona indicada, aunque como no había memorizado bien los nombres nunca fue la persona indicada.

Al final, cuando ya lo tenía todo preparado en un carrito, me di cuenta de que no tenía ni la más remota idea de dónde estaba el despacho. Pregunté en recepción y me dieron unas confusas indicaciones que parecían los pasos para bailar *La Yenka* (izquierda, derecha, adelante y atrás, un, dos, tres) y me encontré delante de una puerta cerrada en la que ponía: «Hugo Muñoz, director comercial». ¿Hugo no era… el del metro?

Tragué saliva, me llamé imbécil unas doce veces seguidas y después di un par de golpecitos a la puerta. Se escuchó un escueto «Pasa» y yo abrí y entré empujando el carrito.

—Hola. Disculpe, vengo por lo de su comida.

Allí, sentado en su silla y moviéndose a izquierda y derecha, estaba Hugo, algo repantingado, sin corbata, con el botón del cuello desabrochado y en mangas de camisa. En su cara brillaba una sonrisita burlona que aún lo hacía parecer mucho más atractivo. Si alguna vez se me había pasado por la cabeza cualquier fantasía erótica con un hombre trajeado dentro de una oficina... seguro que se parecía demasiado a esta imagen.

—Vienes por lo de mi comida, dices...

Vale, me di cuenta de que sonaba... raro.

—El *catering* —aclaré.

—Ajá —contestó él.

—¿Dónde quiere que lo monte?

Hugo se tapó los ojos y fingió no estar riéndose.

—Ay, Dios, si te contesto a eso rozaríamos el acoso sexual. Y es tu primer día.

Parpadeé, tragué saliva y señalé una mesa auxiliar que tenía a un lado del despacho con cuatro sillones alrededor.

—¿Ahí le parece bien?

—Sí. Pero no me hables de usted. No debemos de llevarnos muchos años, me parece.

Empecé a dejar bandejas y le miré. Se había puesto de pie y parecía ofuscado mientras trataba de colocarse la corbata. Dios..., qué sexi. Sumémosle la erótica del puto fruto prohibido.

—Porque... —siguió diciendo él—: ¿Qué edad tienes, Alba?

—¿Cuántos me echas?

—Los suficientes.

Iba a contestarle alguna fresca por el atrevimiento, pero me dio ternurita, allí tan torpe con el nudo. Estaba arrugando y estropeando una preciosa corbata de seda verde botella, pero no sería yo la que el primer día se ofreciera a ayudarle con eso.

—Venga…, ¿veinticinco? —preguntó a sabiendas de que eran más.

—Veintinueve. ¿Necesitas algo más? —le pregunté irguiéndome de nuevo y metiendo detrás de mi oreja un mechón de pelo.

—¿Sabes algo de nudos de corbata?

Chasqueé discretamente la lengua contra el paladar y di un par de pasos hacia él. Aun con mis tacones de nueve centímetros mis ojos llegaban solo hasta su nariz. Sonrió cuando igualé el largo de los dos extremos de la corbata y empecé con los nudos. Su olor me llegaba como una nube narcótica y excitante. ¿Qué maldito perfume sacado del averno usaría? Era atrayente, sexi, delicioso.

—¿Y cómo es que sabes hacer esto?

—Sé hacer muchas cosas. —Joder. Me mordí fuertemente la lengua como castigo. Maldita Alba deslenguada.

—Y esto en concreto… ¿cómo lo aprendiste?

Notaba junto a mi oído la brisilla que salía de su boca al hablar y la piel se me puso de gallina.

—Mi exnovio —y no pude evitar hacer hincapié en lo de «ex»— trabajaba en un banco y tenía los dedos como salchichas. —Noté una vibración en su pecho y levanté la mirada hacia él. Estaba aguantándose la risa y me contagié un poco—. ¡Basta! —le pedí con una sonrisa—. Hazme fácil el primer día, anda. Esto ya es suficientemente raro.

Y admito que lo dije con un tono de gatita mimosa al que solo le faltaba un ronroneo final. Él agachó un poco más la cara hasta que sus ojos quedaron frente a los míos. Dios. Qué guapo era.

—¿Te lo estoy poniendo difícil?

—Según lo mires.

—Mirémoslo como nos mirábamos en el metro, ¿no?

Antes de que pudiera contestar, la puerta se abrió dándome un susto de muerte; en lugar de disimular la cercanía, me aparté de golpe. Hugo se recolocó el nudo de la corbata y saludó a la persona que acababa de entrar.

—¿Ha llegado ya el cliente?

—No. —Y esa voz se derritió por toda la habitación, grave, oscura y hosca.

Me giré y, como ya me esperaba, allí estaba Nicolás, de pie junto a la puerta cerrada. Nos miraba como miraría alguien si quisiera hacernos una radiografía con sus propios ojos, tanto que me sentí incómoda. Necesité moverme y parecer útil, así que volví hacia la mesa y recoloqué unas cuantas cosas. Los escuché hablar sobre la reunión y Hugo salió a grandes zancadas a buscar algo que se había dejado en la fotocopiadora. No tenía ninguna intención de esperar a que volviera, por lo que cogí el carrito y, mirando al suelo, fui a salir, pero Nicolás me frenó el recorrido con un pie.

—¿Puedo ayudarte? —le pregunté asustada.

—No. Pero yo a ti igual sí. —Me quedé pasmada mirándole y él no dibujó ninguna sonrisa cuando añadió—: Hugo sabe hacerse solo el nudo de la corbata, te lo aseguro. No te metas en sitios de donde no sabrías salir. Es tu primer día. Solo… piénsalo bien.

Creo que nunca he corrido tanto por un pasillo, sobre todo empujando un carrito de camarera.

¿Advertencia? ¿Consejo? ¿Tentación?

¿Qué había sido eso? Bienvenida al absurdo universo de tu vida, Alba Aranda.

3

Me pasé la noche teniendo unos sueños de lo más extraños, dalinianos y, si me apuras, hasta dignos de David Lynch. Solo les faltaron enanos hablando al revés.

Cuando sonó el despertador me incorporé sobresaltada. Ni siquiera supe qué había soñado; solo tenía el vago recuerdo de carne y sudor. Me levanté de la cama y fui hasta el baño, donde abrí la ducha. Me miré en el espejo a conciencia. Tenía las mejillas sonrojadas y bajo mi camiseta blanca de dormir se me marcaban los pezones endurecidos. Estaba... húmeda. Sexualmente húmeda, para más señas. Había soñado algo que había conseguido humedecerme y turbarme. Menudos dos días llevaba.

Después de una ducha tirando a fría, me vestí dubitativa. No estaba acostumbrada a tener que ir vestida de oficina, así que no sabía muy bien dónde estaba el límite entre ir correcta dentro del *dress code* o emperinfollada para hacer el ridículo. Finalmente me decidí por una falda lápiz negra bastante ceñida, una blusita blanca con lunares negros y lazada al cuello y una rebeca roja. Me coloqué unos *stilettos* rojos, me maquillé con la raya del *eyeliner* bien marcada y los labios rojos y metí mis cosas en una cartera de mano.

Cuando entré en la oficina tenía un calor horroroso. Iba preguntándome a mí misma si sería posible ir con sandalias a trabajar o si en el mes de agosto relajarían sus normas de indumentaria. De lo contrario terminaría por cocerme metida en aquellas piezas de ropa.

Dejé el bolso en la cajonera y, como aún tenía tiempo, fui a la cocina para empezar el día con un café bien cargado. Había traído de casa una caja de galletas que compré la tarde anterior, por eso de tratar de caer bien. La coloqué en el armario junto con una nota en la que ponía «Gracias por darme tan calurosa bienvenida. Alba». Dios. Sonaba tan moñas…, pero Gabi, que sabía de protocolo, había dado el visto bueno a aquella frase (en realidad la había dictado y yo copiado en un *post-it* rosa) y había aprovechado para desaprobar mis comentarios (dejados caer «despreocupadamente») sobre lo que alegraban la vista algunos tipos de por allí.

—Haz el favor, Alba. Solo te falta meterte en follones en el trabajo. —Y la imaginé mesándose su pelirroja melena, desesperada por meterme en vereda.

Cuando la máquina de café estaba terminando de preparar el mío, la puerta se abrió y Hugo y Nicolás entraron hablando quedamente. Me giré de vuelta hacia la cafetera después de un aséptico «buenos días» y sentí dos pares de ojos clavados en mi cuerpo. Para más señas, dos pares de ojos clavados en mi culo.

Miré de reojo y me sorprendió ver que Nicolás se había apoyado en la pared, cómodamente, con la mirada fija en mí, sin disimular ni un ápice. Carraspeé incómoda y Hugo me tendió mi café, apareciendo como por arte de magia a mi lado.

—Creo que esto ya está, señorita.

—Ah... —Ante el riesgo de empezar a balbucear, lo cogí y me marché, caminando firmemente sobre mis salones de tacón.

—Adiós... —dijo Hugo divertido.

La presencia de esos dos me turbaba.

En el pasillo me encontré de morros con Olivia, a la que casi derramé el café encima. Iba distraída pensando en que había algo en Hugo y Nicolás que me ponía especialmente nerviosa. Dos tíos tan absolutamente guapos caminando juntos, enfundados en un traje. Era una imagen magnífica con la que empezar la jornada. No entendía por qué me volvía las rodillas blandas y gelatinosas.

—¿¡Dónde vas con tanta prisa!? —Se rio Olivia después de comprobar que no la había manchado de café su precioso vestido estampado.

—Pues... a la mesa. A empezar.

—Son menos cuarto aún. ¡Acompáñame a por un café!

—¡¡No!! —dije de pronto. Ella me miró con desconfianza—. Quiero decir que... aquí no. ¿Y arriba? No conozco la planta de arriba. Vamos allí si quieres.

—Es que arriba no hay galletas.

«Mierda de galletas», pensé. Y la jodienda fue que no encontré ninguna razón que justificara no querer ir a la puñetera cocina.

Volvimos sobre mis pasos. Para entretenerme le pregunté dónde había comprado su vestido y ella se lanzó a una magistral clase de compra *online*.

—Échale un vistazo a Asos, de verdad. Te lo llevan a casa, nunca ves a otra tía en la oficina con tu mismo vestido y además calidad-precio está genial.

Yo anoté mentalmente. Entramos en la cocina y nos encontramos de morros con Hugo y Nicolás, que miraban la puerta por la que acabábamos de aparecer.

—Buenos días —dijo ella con la boquita pequeña.

—Buenos días —le contestaron los dos al unísono, desviando la mirada.

Olivia se concentró en el café cuando ellos se alejaron de la máquina y yo bajé las galletas que había traído y se las ofrecí.

—¡Oh! ¡Gracias! —dijo Olivia con una sonrisa—. ¡Qué ricas!

—¿A nosotros no nos ofreces? —preguntó con sorna Hugo con los brazos cruzados sobre el pecho y un café solo en la mano.

—Están aquí para quien quiera —me disculpé torpemente—. Toma.

Le ofrecí la caja sin mirarle y él negó con la cabeza. Luego incliné la caja hacia Nicolás, que hizo lo mismo.

—Sí que cenasteis anoche… —contestó Olivia sin mirarlos.

—A cuatro manos… —le respondió Hugo.

Nicolás esbozó una pequeña y preciosa sonrisa que desapareció en un parpadeo. Después se encaminó hacia la puerta sin mediar palabra.

—Un placer, señoritas. Alba, cuando termines pásate por mi despacho, por favor. Pero sin prisa. Disfruta del café… y de la compañía.

Cuando la puerta se cerró y nos quedamos solas, miré fijamente a Olivia

—Antes yo me encargaba de tus cosas —dijo ella sin que tuviera que preguntarle—. Pero me trasladaron. Hay confianza.

Fingía una sonrisa pero… ahí había algo que mi olfato periodístico pedía a gritos averiguar.

Después de diez minutos de charla frívola sobre vestidos, zapatos y peinados para ir a trabajar en verano, nos despedimos junto al ascensor y yo volví a mi mesa. Revisé los *emails* y que no hubiera mensajes y cogí una libreta y un boli de camino al despacho de Hugo.

Llamé y me recibió con el mismo «pasa» del día anterior. Entré y me quedé allí, en el quicio.

—¿Necesitabas algo? —«¿Café? ¿Coca-cola? ¿Una servidora?», pensé, acordándome de la película *Armas de mujer*.

—Eh… —Estaba concentrado en la pantalla de su portátil—. Pasa. Cierra y siéntate, por favor.

Dios. No me gustaba estar allí encerrada con él. Tragué y fui hasta los sillones que había frente a su mesa. Me senté con los tobillos cruzados y el boli en posición de «preparados, listos, ya» sobre el papel de mi libreta.

—Te acabo de enviar dos *emails*. Perdona si te acaparo esta mañana, ¿vale?, pero necesito que me mandes a traducir un archivo. Te doy todos los datos en el correo. —Hugo no me miraba mientras hablaba. Seguía leyendo de la pantalla, tomando notas y consultando papeles—. En el otro te adjunto un documento; mete por favor estos cambios y mándaselo de mi parte a Carolina Martín y a Nicolás Castro.

Anoté los nombres.

—Bien. ¿Algo más?

Levantó los ojos de los papeles que tenía desperdigados por la mesa y dibujó una sonrisa.

—Estoy muy mandón hoy, ¿eh?

Me sonrojé.

—Eres el jefe y yo la secretaria. Creo que de eso va.

Cuando dije esto Hugo se mordió el labio, esbozando una sonrisa canalla. No sé si él estaba pensando lo mismo, pero me vino a la cabeza el mito erótico estereotipado entre su papel y el mío. Le imité el gesto y miré al suelo.

—No soy tu jefe. Tu jefe y el mío no se prodiga mucho… y yo no tengo secretaria ni asistente personal ni nada de eso. Y por Paloma tampoco te preocupes. Ella es la coordinadora de las secretarias, pero no va a supervisar tu trabajo diario personalmente.

—¿Y quién lo hará? —le pregunté.

No contestó. Hubo un silencio en el despacho. Un silencio que pareció ralentizar el tiempo y en el que gocé viendo cómo el labio inferior de Hugo volvía a deslizarse entre sus dientes. Dios. Jugoso. Masculino. Sexual.

Di un salto en la silla.

—Si no necesitas nada más, voy a ir calentando motores.

Hugo deslizó una mirada por todo mi cuerpo y volvió los ojos a sus papeles. Por Dios santo.

Al volver a mi mesa inspiré, espiré y me puse a trabajar. Dos días en aquella oficina; tensión sexual. El mismo hombre.

A la una y media, después de no parar de trabajar ni un momento, llamé a la extensión de Olivia para preguntarle si quería algo de comer.

—Voy a acercarme a por un sándwich —le dije.

—No te preocupes. Me he puesto fina a galletas. Pero si quieres podemos vernos en la puerta a la hora de salir y nos fumamos un pitillo.

—Yo ya no fumo —aclaré.

—Bueno, pero me lo puedo fumar yo —contestó pizpireta.

Me despedí de ella hasta las tres y después cogí el bolso. Iba ya hacia la salida cuando vi salir del despacho a Hugo, que se colocaba la americana. *Oh, my God.* Y venía en dirección a la puerta.

Me escabullí a toda prisa por la recepción y salí andando a pasitos rápidos; todo lo rápidos que mis zapatos de tacón me permitían. Escuché pasos sosegados tras de mí, los típicos de zapato de hombre sobre suelo de mármol. Apreté un poquito más el paso.

Cuando salía ya del edificio fue su mano la que me sujetó la puerta. Claro. Con esas piernas tan largas podía andar mucho más rápido que yo sin proponérselo. Me quedé mirándolo, esperando a que saliera él, pero con un gesto me indicó que pasara yo primero.

—*Ladies first* —dijo con una caballerosa sonrisa. Como en el metro, cuando después de habernos quedado parados en silencio él me había cedido el paso—. ¿Adónde vas?

—Ah…, pues a coger algo para comer. Pero vuelvo enseguida —me excusé.

—Tienes media hora para comer, puedes cogerla cuando quieras. Y no soy tu jefe —me recordó—. ¿Adónde vas a ir? Te acompaño.

Me quedé mirándole, con los ojos entrecerrados por el potente sol de julio. Era demasiado guapo para ser de verdad. Suscitaba la tentación de alargar la mano y tocarlo con el fin de asegurarse de que era piel lo que le cubría. Me fijé en que no llevaba corbata y que el botón desabrochado del cuello de la camisa dejaba ver un poco de su piel morena y un atisbo de vello.

—No hace falta que me acompañes —contesté con un gallito—. De verdad.

—Tranquila —susurró—. Lo último que quiero es darte miedo.

Sonrió. Le contesté a la sonrisa.

—¿Y lo primero?

—¿Cómo?

—Si lo último que quieres es darme miedo, ¿qué está primero en la lista?

—Ah —Lanzó un par de sonoras y masculinas carcajadas—. ¿Sabes lo que pasa, Alba?

Y mi nombre sonó extraño entre esos labios.

—¿Qué?

—Que si te contesto hay quien lo consideraría acoso sexual. —Levantó las cejas.

—Si te propasas yo misma te lo diré —bromeé—. Y no eres mi jefe, ¿no?

¡Por el amor de Dios, Alba, eres una pedazo de zorrasca buscona! Echó a andar y yo hice lo mismo a su lado. Parecía saber adónde se dirigía.

—Aquí al lado hay una franquicia que, bueno, no es nada especial, pero hace zumos de fruta al momento. Fríos.

—Genial. Porque cae un sol de justicia. No sé cómo podéis aguantar con la americana puesta.

Venga, desnúdate un poco. Dame el gusto.

—Yo ya he desistido con la corbata. Con un poco de suerte cundirá el ejemplo y encabezaremos una revolución. —Me guiñó un ojo.

—Los zapatos de tacón tampoco son plato de buen gusto, te lo aseguro. Ni las medias de verano.

—Paloma no te lo habrá dicho, porque es una completa fanática del protocolo y de seguir el *dress code* a raja tabla, pero puedes venir con sandalias.

Se pasó la mano por la barba de tres días y escuché el frotar de la piel contra el vello duro y corto. Me sorprendió sentirme palpitar.

Llegamos al local y me abrió la puerta, quedándose a un lado. Salía un agradable frescor y me refugié dentro, seguida por él. Cogí un sándwich envasado y le miré:

—¿Moriré?

—No —dijo negando con la cabeza—. No son gran cosa, pero… yo sigo vivo.

Me giré hacia el dependiente y le tendí la comida para que me cobrara.

—¿Algo más?

Le volví a mirar.

—¿Me recomiendas algún zumo?

—Naranja y té *matcha* —respondió rápidamente, y se dirigió después al dependiente—: Y, perdona…, ponme a mí un café solo con hielo para llevar y cóbrate.

—Ah, no, no. —Aparté suavemente su mano y saqué mi cartera—. Cóbrame a mí, por favor.

El dependiente no discutió; cogió el billete que Hugo le tendía y le dio las vueltas.

—No deberías haber pagado —le dije haciendo un mohín. Pero mohín de estos que forman parte del ceremonial de apareamiento del pavo real.

—Tómalo como un detalle de bienvenida.

—Gracias pues.

Caminé hasta la barra donde servían las bebidas pero, tras dos pasos, Hugo me paró agarrándome la muñeca.

—Alba…, una pregunta, y dime si me propaso. ¿Tienes novio?

Dos días, pensé. Un problema. Enorme. En el trabajo no. Donde pongas la olla no quieras que te metan la polla.

—Sí te propasas —respondí con una sonrisa—. Pero no, no tengo.

—¿Y eso?

—Y eso ¿qué?

—¿Por qué me propaso?

Me pareció entonces mucho más delicioso el olor que emanaba su cuello. Pero ¿qué perra me había dado a mí con aquel cuello? Me imaginaba deslizando las uñas desde el nacimiento de su pelo hasta la piel de los hombros, dejándole caminos enrojecidos, con su cabeza hundida entre mis pechos. Pero… ¿qué me pasaba?

—No lo sé. —Me encogí de hombros sin encontrar ninguna respuesta ni sugerente ni ocurrente a su pregunta.

—Soy el director comercial y tú una periodista que por azares del destino trabaja de secretaria en la misma empresa.

—Ah, vaya, has hecho los deberes. ¿Has leído mi currículo?

—Claro. Pero controlé la tentación de copiar tu teléfono en mi agenda. —Sonrió descarado.

—¿Y? ¿Cuál es la conclusión entonces?

—Que podría invitarte a cenar si quisiera.

Me apoyé en la pared y estudié su cara. A juzgar por su expresión, sabía el secreto de algún truco de magia que yo ni siquiera conocía.

—Y ¿para qué querría yo que me invitaras a cenar?

—Dime una cosa, ¿si te hubiera pedido el teléfono ayer en el metro me lo habrías dado?

—Quizá.

—¿Y si te lo pido ahora?

—Quizá no.

—Dicen que la vida es un empedrado de días destinados a acumular experiencias y que no deberíamos dejar escapar ninguna.

—Qué poético. Sigo sin entender por qué tendría yo que querer cenar contigo.

Oh, Dios, cómo estaba disfrutando. Una sonrisa le iluminó la cara y mostró sus perfectos dientes blancos.

—Acumulación de experiencias.

—¿Experiencias religiosas? —me burlé.

Señaló con un movimiento de cejas a mi espalda y me giré hacia el chico que tendía su café y mi zumo. Cada uno cogió lo suyo y fuimos de nuevo hacia la salida, donde volvió a cederme el paso. Cuando salí él se quedó parado frente a la puerta del local y yo también. Sinceramente, esperaba que me invitara a cenar.

—Ha sido un placer, Alba.

—¿Te vas?

—Tengo una reunión en el despacho de un cliente. Está puesto en mi agenda, a la que tienes acceso desde tu ordenador, aun sin ser tu jefe —insistió.

—¿No vuelves a la oficina entonces?

—No. —Atisbé un momento su lengua humedeciendo sus labios—. Pero seguro que sabes volver sola, ¿verdad?

Y como no supe qué decir, me quedé como una auténtica gilipollas viéndolo marchar. Y…, joder, qué bien le quedaba el puñetero traje.

4

Puedo enmascararlo de doce mil formas diferentes. Puedo decir, por ejemplo, que necesitaba arreglarme y dedicarme tiempo a mí misma, para poder superar la depre de verme fuera del trabajo por el que tanto había luchado. Un ejemplo. Pero, siendo sincera..., me levanté media hora antes (aún había un cinco en el despertador) y pasé veinte minutos delante del armario porque quería estar guapa por si a Hugo se le ocurría mirarme al pasar a mi lado. Y era posible que no me mirara, que conste, porque el día anterior había hecho un poquito el ridículo poniéndome retozona con alguien que, después de darme a entender que pensaba invitarme a cenar, se había largado dejándome con la boca abierta. Pero... yo notaba algo allí. Algo, no sé qué exactamente. Atracción, morbo, sexo. No lo sé. Y yo misma me decía que tener una aventura sórdida en mi recién estrenado trabajo era lo único que me faltaba para terminar de desenfocar del todo el horizonte. Pero no me podía quitar de la cabeza a Hugo. Ni de la cabeza ni de otras partes de mi cuerpo.

Los siguientes días en la oficina traté de pasar inadvertida, de controlar esa pulsión que empezaba a crecer en mí y que me metía de cabeza en una fantasía tras otra en cuanto me dedicaba a una de esas tareas mecánicas que dejan la mente a la deriva. Hugo en el cuarto de baño, desnudándome contra una pared y follándome con fuerza, gruñendo y sacando los pechos de mi sostén sin ni siquiera quitármelo. ¿De dónde había salido aquello?

El viernes por la mañana fue, además, excesivamente tranquilo. Y yo necesitaba ocuparme con cuantas más cosas mejor. Pregunté a varias personas del departamento si necesitaban ayuda con algo, llamé a Olivia para ofrecerme a hacer alguna de sus tareas y, como nada resultó (porque al parecer a Olivia le había pasado lo mismo y estaba dedicando aquella mañana de hastío a renovar su vestuario vía internet), me puse a mandar *emails* a mis amigas desde mi cuenta personal. Pensé en confesarle a alguna la tremenda obsesión sexual que estaba desarrollando en mis fantasías por un tío con el que apenas había cruzado un par de frases, pero imaginé la reprimenda de Gabi, que, para más inri, me había conseguido aquel trabajo. Al final terminaron siendo ese tipo de *emails* aburridos en los que en realidad no cuentas nada. «Tía, aquí, aburrida, sin saber qué hacer. Esto es un tostón».

A las doce pasadas, con tres horas por delante, me aventuré, teléfono móvil en mano, a ordenar el armario de material que había en un pasillo. Una de las chicas de la oficina que no me dirigían la palabra había dejado caer que alguien debería hacerse cargo de aquel desastre. Esperaba tener para un par de horas, pero lo cierto era que únicamente estaba algo revuelto y falto de algunas cosas, que apunté en un *post-it* y que luego pedí al departamento de Compras. En ello estaba cuando Nicolás me sorprendió llamándome por teléfono y pidiéndome que me acercara por favor a su cubículo.

—Creo que podrías ayudarme con algo.

Cuando llegué, Hugo y él estaban discutiendo cómo organizar el material para una reunión que tendrían el lunes y para la que yo misma les había reservado una sala para sesenta personas. Yo me mantuve allí, apoyada en el pladur, viendo cómo dos tíos de calendario de bomberos disfrazados de ejecutivos en mangas de camisa intentaban llegar a una conclusión sobre el material que facilitarían para poder seguir la presentación. Iban con prisa y a mí me deprimió saber que Hugo debía marcharse en quince minutos. Me gustaba mucho verlo pasearse por los pasillos. Y me inquietaba quedarme a solas con Nicolás. Era un poco… «*moody*», como definía mi amiga Sara a esos chicos oscuros y… morbosos.

Finalmente, y muy lejos de esa fantasía en la que los dos terminaban sin camisa haciéndome un masaje, yo acabé trasladándome al despacho de Hugo con una caja de folios impresos, encargada de graparlos de doce en doce y meterlos en unas carpetas.

—Siéntate a mi mesa y acomódate, ¿vale? —me dijo él mientras se ponía la americana y se hacía el nudo de la corbata de manera eficiente y rápida. Qué mamón. Pues parecía que no necesitaba ayuda…—. Ya no volveré, así que cierra con pestillo cuando te vayas.

—Vale. ¿Algo más? ¿Quieres que aproveche para ordenar algún armario?

Hugo se giró especialmente alarmado al escucharme.

—Eh…, no. Ni armarios ni cajones. Soy…, soy muy mío con el orden. —O escondía muchas cosas, ¿no?—. Pero puedes ponerte música para entretenerte. El equipo de sonido está ahí. Mientras no la pongas muy alta no habrá problema.

Así lo hice. En cuanto se fue di *play* con el mando a distancia y empezó a sonar *If you can't say no*, de Lenny Kravitz. Joder, qué sexi parecía aquella canción dentro de ese despacho.

Grapé y grapé hasta que me dolieron los dedos. Me acordé de cuando entré de becaria en el periódico y me hizo gracia pensar que ni siquiera entonces realicé ese tipo de tareas. Coloqué cada fajo grapado dentro de una carpeta y metí también la hoja con el orden del día, pero… terminé demasiado pronto.

Miré a mi alrededor. El despacho de Hugo no era demasiado grande. Una mesa de trabajo con dos sillas frente a ella. Una estantería de madera oscura que cubría la mayor parte de la pared derecha y al fondo, junto a una ventana y en el lado opuesto a la puerta, una mesa con unos sillones. Todo pequeño, bastante recogido. La puerta estaba entornada y me atreví a abrir un cajón y echar un vistazo. Papeles ordenados. Revolví un poco. Un clip suelto. Un lápiz. Buf…, pero qué tío tan aburrido. Pero no podía ser. Algo habría.

Un poco más atrevida, me animé a abrir otro de los cajones. Era un archivo, lleno de carpetas perfectamente catalogadas por años y cuentas de clientes. Eché un vistazo dentro: correspondencia, *briefings,* cuentas de resultados… Bla, bla y más bla. Me levanté del escritorio mirando de reojo la puerta con la intención de abrir uno de los cajones que tenía el mueble pero estaba cerrado. Mierda. Ahí estaba. Lo que tuviera que haber interesante en aquel despacho se encontraba definitivamente en aquel lugar. Fui hacia la mesa y revolví con sumo cuidado de nuevo el primer cajón. Allí no había ninguna llave. ¿Dónde la guardaría si fuera yo? El bote de lápices. Quité los bolígrafos y lo volqué sobre la superficie de la mesa… ¡EUREKA! Allí estaba. Pequeña y reluciente hija de perra. A ver qué me enseñaba…

Abrí a la primera y descubrí más papeles. Más carpetas y archivos de trabajo, todos ellos con una pegatina de «confidencial» en la portada. ¿Esa chufla? Y cuando ya pensaba que Hugo era un «aburrido» y normal director comercial, mis dedos rozaron algo con textura… fotográfica. El corazón se me aceleró.

«Que no sean fotos de una cena de empresa, que no sean fotos de una cena de empresa...», recé para mí. No sé por qué me entró aquella necesidad de encontrar algo sórdido, la verdad.

Las primeras... y mi gozo en un pozo. Eran las típicas fotos hechas en algún tipo de convención. Todos trajeados posando, con cara de «dispara la foto de una maldita vez y vayámonos a beber». Localicé a Olivia entre la gente y sonreí; iba tan mona como siempre. Otra de Hugo con Nicolás, los dos brindando, con cara de «pues ahora que me he tomado dos copas ya todo pinta mejor». Él sin la corbata, riéndose a carcajadas, con una carta pegada en la frente. Ay, por Dios, qué mono era. ¿Se notaría mucho si sustrajera esa fotografía? ¡¡Qué guapo!! Seguí mirando las demás: Nicolás con unas gafas de pasta al revés y cara de pánfilo. Hasta así estaba guapo. Estudié de cerca sus rasgos. Verlo sonreír me parecía algo inaudito. El equivalente *sonrisístico* a una aurora boreal. Igual de inquietante y bello a la vez. Joder, era increíblemente guapo. Volví atrás en las fotos, hasta la fotografía en la que estaba brindando con Hugo, en la que se le veía mejor. Nicolás tenía una belleza completamente diferente a la de Hugo. Era aniñado, con unos ojos incisivos, una naricita muy mona y respingona y unos labios preciosos. Sin barba, con barba..., daba igual: aquel hombre era una jodida bomba. Aniñado y oscuro.

«Jodo petaca, Alba. Estás más salida que el canto de una mesa».

Un ruido fuera del despacho me asustó y el fajo de fotografías se me cayó de entre los dedos, desparramándose en el suelo. Por delante de la puerta pasaron de largo dos chicas de la limpieza riéndose y yo me agaché a recoger aquel estropicio. Y entonces... la vi.

ALLÍ ESTABA.

Me costó encontrarle forma a aquel amasijo de carne y ropa. Le di un par de vueltas a la fotografía hasta dar con unas piernas. Piernas de mujer enroscadas alrededor de… las caderas de un tío. Entonces… eso que se veía en medio era…

Fui directa al cajón otra vez para guardarlas, echándome una reprimenda del copón por estar haciendo de Mercedes Milá en *Equipo de investigación* en el despacho de un hombre que, por mucho que todo el mundo dijera…, un poco jefe sí que era. Y lo que se veía en la foto era, claramente, la chorra de un superior. Nada desdeñable, la verdad. La chorra tiesa y gorda de un superior, metiéndose en el cuerpo de una mujer. Con condón, para más señas. Las dejé donde estaban y cerré el cajón. Lancé la llave al fondo del bote de bolígrafos y ordené las carpetas preparadas para la reunión. Cuando ya salía del despacho me giré para confirmar que no me había dejado ningún cajón abierto ni ninguna pista de que había estado husmeando. Y allí, entre la mesa y la moqueta estaba enganchada una fotografía. Maldije entre dientes y volví sobre mis pasos, me agaché para cogerla y…

—¿Ya has terminado? —dijo una voz casi detrás de mí.

El alarido que di debió de hacer que todas las aves de la Comunidad de Madrid alzaran el vuelo espantadas.

—¡Joder! —me quejé, y aproveché para meterme la foto entre la cinturilla del pantalón y la ropa interior antes de girarme—. ¡Casi me matas del susto!

—¿Qué hacías ahí de rodillas? —me preguntó inquisitivamente Nicolás.

—Pues… había perdido la ruedecita del pendiente. Puta manía de estar siempre tocándome las orejas —mentí. Joder, qué soltura para mentir tenía.

—¿Te ayudo?

—No, ya está. Gracias.

—¿Ya lo tienes todo, entonces?

Y allí, delante de mí, con su habitual ceño fruncido, Nicolás se encontraba en mitad de un haz de luz que entraba por la ventana. El cabello le brillaba casi rubio, un poco ensortijado. Se había afeitado y el traje le otorgaba un aspecto de adolescente disfrazado de adulto… irresistible. ¿Qué ropa se pondría fuera de la oficina? ¿Vaqueros caídos de cintura? ¿Zapatillas Vans?

—Ya lo tengo todo —me obligué a mí misma a decir.

—Bien. Vale, pues… ya está. Son las tres y diez. ¿Lo sabes?

—Ah, pues… no. ¡Se me pasó el tiempo volando! —Me reí falsamente—. Y tú…, ¿qué haces aquí aún?

—Esperar a que salgas del despacho. —Sonrió sin enseñar los dientes en un gesto que, en realidad, no tenía nada de amable.

—Yo… lo siento. Me voy.

Salí por delante de él y lo escuché echar el pestillo al despacho y cerrar con fuerza. Me despedí con la mano y Nicolás contestó con un alzamiento de cejas. El día que esos labios esbozaran una sonrisa para mí, moriría de placer, estaba claro.

Mientras caminaba hacia mi cubículo de nuevo iba pensando en por qué tenía Nicolás tanto celo con todo lo concerniente a Hugo. ¿Eran paranoias mías? Pero es que se mostraba como…, sí, como celoso. ¿Tendrían un rollo? ¿Era eso? ¿Estaba Nicolás secretamente enamorado de Hugo? ¿Serían algo así como el dúo señor Burns y señor Smithers de *Los Simpson*?

Sabía que debía irme, pero necesitaba tomarme un minuto para respirar hondo y prometerme a mí misma que iba a dejar el tema de esos dos en paz, porque ni me incumbía en absoluto ni iba a traerme nada bueno. Al dejarme caer en mi silla, las esquinas de la foto que llevaba escondida se me clavaron en la piel, recordándome su presencia. Chasqueé la lengua contra el paladar y la saqué de su escondite. Agradecí que todos mis compañeros se hubieran ido cuando se me escapó un «¡¡Por el amor de Dios!!» en voz bastante más alta de lo normal.

Había visto porno. Bueno, había visto bastante porno, como casi todo el mundo. Había buceado por los canales de casi todos los servidores gratuitos de porno y, por curiosidad, había visto muchas cosas. Tríos. *Gang bangs.* Orgías. Yo qué sé. Muchas cosas que me producían ardor de estómago al recordarlas. Otras me habían gustado, sí. Pero nada, nada en toda mi jodida vida me había parecido tan erótico como aquella foto de Hugo tirado en la cama sujetando la cabeza de una chica a la altura de su polla. De ella no se apreciaba mucho. Solo un pelo largo, rubio oscuro, espeso. De él, la boca entreabierta por el placer, los ojos cerrados, el pecho desnudo surcado por un vello oscuro y corto. Era una foto de una mamada. Sí. Pero la pregunta que suscitaba iba más allá; iba en dirección a: ¿quién había tomado esa fotografía? Porque seamos sinceros… era físicamente imposible que fuese un *selfie*.

5

ACLARÉMONOS

No me lo pude quitar de la cabeza en todo el fin de semana. Se me ocurrió de todo, pero lo que más me encajaba con Hugo era que fuera un asiduo de los tríos. Él entre dos damas. Estaba hecho. Hasta yo me dejaría embaucar después de un par de chupitos. Y sin ellos también, vale. Bueno, no. Pero me gustaba pensar que sí lo haría de darse el caso, aunque estuviera más bien segura de todo lo contrario.

Quise entretenerme, que conste. Salí con Eva a tomar un vermú de grifo por La Latina el sábado. Sé que todo el mundo suele ir el domingo, pero con eso de El Rastro se pone demasiado a rebosar y nosotras nos agobiamos. Por la tarde fuimos de compras a unas tiendas en la Corredera Baja de San Pablo, donde creíamos que arrasaríamos con las rebajas pero solo habíamos podido comprar un par de vestidos. Después tocó ver a mis padres y comimos bizcocho caliente de plátano y nueces. Mi madre me repitió doscientas mil veces lo mismo de siempre: que estaba más delgada (cuando todo el mundo sabía que yo llevaba siete años pesando exactamente lo mismo), que nunca iba a verlos (me costaba ir, pero tenía programado un ratito cada dos fines de semana), que el teléfono me daba alergia (completamente cierto, madre, toda la razón) y que a ver cuándo me echaba un novio formal y lo llevaba a comer cocido. Yo lo que quería echar era un polvo que me dejara calva de gusto, joder; nada que ver con la idea de comer cocido en casa de mis padres. Creo que mi madre quería verme casada con un buen chico, a poder ser con pinta de haber sido monaguillo de pequeño, que tuviera un buen trabajo y, por pedir, que quisiera tener muchos hijos. Y no es que yo no tuviera ganas de encontrar a alguien con el que ponerme mimosa (además de cachonda, todo sea dicho); es que, sencillamente, no llegaba. ¿Qué iba a hacer? Bueno, podía apuntarme a Meetic. Pero aún no. Me había marcado la fecha límite de los treintaiocho. Entonces entraría en la web líder de encuentros en internet para solteros exigentes..., como mis calcetines desparejados.

El caso es que la noche del sábado Eva y yo salimos a cenar con las chicas a Lamucca y después tomamos unos gintonics en Coconut. Diana se morreó con un moderno con bigote y todas las demás nos reímos de ella, no por nada, sino porque era de las que enarbolaba el puño en alto criticando fuera de sí el bigote por postureo y los nuevos *hipsters*.

El día siguiente, con resaca, hice la colada, me entretuve en elegir el modelito que llevaría a la oficina los tres días siguientes, comí palomitas de maíz viendo una película y después me acosté.

¿Y qué hay de interesante en toda esta rutina de fin de semana? Que me gasté mucho más dinero del que debía, que me llevé a casa *tuppers* congelados con comida de mi madre, que en todos los locales de Madrid ponen garrafón y que no me había quitado de la cabeza ni un solo instante la puñetera foto de Hugo en plena mamada. Turbación total. Desenfreno hormonal. No podía con mi vida. Ese hombre, esa foto, esa historia truculenta que había creado en mi cabeza… iban a matarme. Y lo sobada que tenía ya la foto…, joder. De vez en cuando no podía evitar sacarla de mi escondite, entre el colchón y el somier, y mirarla con ojos de cordero degollado. «Yo también quiero…», me decía con voz lastimera.

El lunes cuando sonó el despertador no gimoteé ni pedí cinco minutitos más. Solo me levanté y me duché. Cuando me secaba el pelo me di cuenta de que estaba empezando a cogerle el tranquillo a aquella oficina. Una semana y ya era un acto rutinario. El tema de que ciertos compañeros tuvieran un culito para partir nueces supongo que tenía algo que ver.

Me puse una faldita cortita color negro y una blusa color coral que caía ligeramente de uno de mis hombros. Me atreví con unas sandalias de tacón de color negro también y un bolso a conjunto. El pelo en una coleta ondulada y desgreñada y me puse poco maquillaje: rímel intenso, un rubor coral en los pómulos y un poco de brillo de labios.

Olivia pasó por mi cubículo a las ocho menos cuarto y fuimos a la cocina a por un café. Alabó mi ropa y me dijo que estaba muy guapa. Temí que se me notara que intentaba seducir, en contra de la voluntad de mi parte con dos dedos de frente, a uno de los hombres del departamento. O a dos. Bueno, ya sería todo un triunfo follarme a uno de ellos y que el otro me sonriera. Creo que sería lo más cerca que había estado nunca de montarme un trío. Así que me inventé una rocambolesca historia sobre la teoría de una amiga sobre los colores y el estado de ánimo. En realidad no era mentira; mi hermana Eva se vestía según su estado de ánimo. Si estaba contenta, de negro. Si estaba triste, de amarillo. Decía que eso la ayudaba a regularse, pero yo creo que debería regularle la industria farmacéutica con unas buenas pastillas.

Cuando volví a mi sitio y a la espera de que alguien me pidiera algo, me puse a estudiar el manual para aprender a pasar llamadas. Fue una mañana casi más aburrida que la del viernes.

Se notaba que era verano, que algunas personas empezaban a cogerse vacaciones y que muchos estaban ese día en una importante reunión estratégica.

Me dio tiempo hasta a limarme las uñas y pintármelas con un esmalte color porcelana que Olivia me mandó por correo interno para que probase. Después, con tal de no morir de aburrimiento, seguí repasando el manual. Si tenía que trabajar allí (y tenía que hacerlo) me convertiría en la secretaria más eficiente sobre la faz de la tierra. Condición *sine qua non* era aprender a pasar llamadas de una puñetera vez. Me hice hasta un esquema.

Cuando volvía de tomarme otro café y de engullir unas galletas, escuché vocerío en el pasillo. Era la gente que volvía de la reunión. Vi a Hugo y a Nicolás entrar hablando quedadamente entre ellos. Allí estaban: la extraña pareja. Si aquello fuera una película de cine negro, Hugo sería un exagente doble intentando volver a tener una vida normal, y Nicolás, su guardaespaldas. O algo así. Y yo llevaría ondas al agua en el pelo y medias con costura detrás.

Después de convertir mentalmente la situación en todos los géneros de cine que conocía (inclusive ciencia ficción —Hugo y Nicolás son extraterrestres infiltrados en nuestra sociedad que intentan emular a los humanos para llegar a las altas esferas y terminar con la humanidad desde dentro— y el porno —Hugo y Nicolás son dos pizzeros que se equivocan de casa a la vez y vienen a la mía, donde me quieren hacer de todo—), se me ocurrió que podría…

Malditas fantasías locas.

—¿Sí? —contestó Hugo desde su despacho, probablemente con el manos libres.

—Perdona que te moleste —dije al teléfono—. Soy Alba. Tengo…, bueno, tengo un problema con esto de las llamadas y no sé muy bien a quién puedo acudir.

¡¡¡MENTIRAAAAAA!!! Muajajaja (risa maligna).

—Dispara. —Se le notaba concentrado en otra cosa y me arrepentí de haber urdido aquel plan estúpido.

—No me aclaro mucho para pasar..., ya sabes, de un teléfono a otro y...

—Ajá. Dame un segundo.

Un *pip pip* me avisó de que había colgado y me quedé con cara de acelga mirando a la nada, pensando que había pasado de mí, hasta que escuché una puerta cerrarse y pasos por el pasillo enmoquetado. Me puse nerviosa. Hugo se asomó a mi cubículo y sonrió. Dios. Qué guapo estaba. Traje gris claro, camisa blanca, corbata negra.

—¡No hacía falta que vinieras! —Sonreí con todo el encanto del que fui capaz.

—Soy de los que piensan que las clases prácticas valen por dos. ¿Me dejas?

Me levanté de la silla y él se sentó en un ademán rápido.

—Ojo. Pausas aquí la llamada entrante. Le das a este botón y después marcas la extensión del destinatario. Puedes hacerlo varias veces si es una llamada a tres o una *conference*.

—Ajá. —Asentí.

—Vamos a hacer la prueba.

Dio un tirón a mi cintura y, dejándome completamente sin palabras, me sentó en sus rodillas. Aquello estaba mal, muy mal. Pero qué jodidamente cachonda me puso notar su aliento cálido en mi cuello.

—¿Cómoda?

—Deja que me levante... —le pedí. Porque en mi plan lo único que pasaba es que coqueteábamos entre risitas y quizá me invitaba a tomar algo, no que él se hacía con las riendas de aquella manera.

—¿Por qué?

—Porque..., porque sí. ¿Tú sabes lo que pensarán si nos ven?

Sus labios se posaron sobre mi oreja. Me puse rígida. Su respiración sosegada me calentaba la piel.

—Dime una cosa, Albita… Aún llevas puesta la ropa interior, ¿verdad? —susurró.

—Claro que sí —jadeé queriendo parecer indignada.

—Pues no pueden pensar nada malo. —Me acomodó cogiéndome con las dos manos de la cintura y colocándome mucho más arriba…, diría que sobre su entrepierna—. Marca el número.

El corazón iba a reventarme el pecho. Ya lo imaginaba saltando sanguinolento sobre la mesa, salpicando los folios y la pantalla del ordenador. Pero le pedí que se tranquilizara y traté de tranquilizar de paso mi respiración. Alargué la mano hacia el teléfono y dejé los dedos dubitativos encima de las teclas. Él hizo lo mismo, colocando la suya encima, y me llevó a marcar una extensión; después cogió el auricular en un movimiento tan ágil que me derretí, lo colocó en mi oreja y yo lo sujeté con la mano temblorosa.

—¿Sí? —Escuché una voz familiar, masculina, grave, huraña. Nicolás.

—Dile que necesito hablar con él —susurró en mi otro oído Hugo, poniéndome la piel de gallina.

—Ho…, hola —titubeé cuando la nariz de Hugo se posó en mi cuello y se deslizó sobre él. Aquello no podía estar pasándome—. Soy Alba. Hugo necesita… hablar contigo.

—Joder…, ¿tú sabes lo bien que hueles…? —murmuró Hugo al otro lado de mi cuello.

—Ok. Pásame.

Moví los dedos sobre el teclado del teléfono según las instrucciones que me había dado Hugo y que yo misma había leído en el manual. Después él me cantó unos números y, moviéndome con manos expertas en su regazo, me dejó con una pierna colgando entre las suyas, sentada sobre algo muy duro en su bolsillo que… empezó a vibrar. Su teléfono. Su teléfono móvil de empresa vibrando bajo mi sexo. Entre la vibración y yo, solo la fina tela de mis braguitas y la tela de su pantalón de traje. Quise moverme, levantarme…, algo. Estaba de pronto excitada, nerviosa; me sentía fuera de lugar, dominada o sobrepasada, no lo sé, pero Hugo me mantuvo sobre la vibración. Un timbrazo, cogí aire con la boca abierta suplicándole que dejara que me levantara; dos tonos, gemí despacio…, bajito…

—A mí me parece que te gusta…

Tres. Empecé a jadear y la mano que me tenía asida de la cintura subió casi hasta la curva de uno de mis pechos. Cuatro timbrazos. Justo cuando estaría a punto de saltar la llamada a su buzón de voz, pasó de ejercer un poco de fuerza hacia abajo a impulsarme hacia arriba. Me levantó, sacó su móvil y contestó como si no pasara nada, aunque un bulto en sus pantalones dijera lo contrario.

—¿Sí?

Me giré a mirarlo. Estaba sentado cómodamente en mi silla, dedicándome una sonrisa de suficiencia de lo más sexi. Y allí estaba su erección si yo quería verla. No la escondía, aunque lo cierto es que habría sido difícilmente disimulable. La culpa de todo era mía. Solo mía. ¿Dónde me estaba metiendo? Y yo allí de pie con cara de gilipollas, agarrada al teléfono con tanta fuerza que probablemente mis nudillos se vieran blanquecinos.

—Ahora es cuando me pasas la llamada —dijo con sorna.

Pulsé un botón y Hugo saludó.

—Hola, Nico. ¿Te acuerdas de aquel proyecto que te comentaba ayer? —Sus ojos se deslizaron por mis pechos, mi cintura. Su mano me acarició la pierna y al levantarse casi llegó hasta mi trasero por debajo de la falda—. Pues… no estoy seguro. Quizá deberíamos hablarlo bien luego y poner sobre la mesa los pros y los contras. —Me guiñó un ojo, apartó su teléfono y añadió—: Un placer ayudarte.

Cuando desapareció no me lo podía creer. Las piernas y las manos me temblaban; sentía tantas cosas a la vez que de pronto no sabía dar nombre a ninguna de ellas. Hugo me había sentado en sus rodillas, me había frotado contra su entrepierna, había susurrado en mi oído, recorrido el cuello con su nariz, casi sobado un pecho y… ¿no había habido un conato de masturbación con la vibración de su maldita BlackBerry? Me dejé caer pesadamente en mi silla, arrancándole un chirrido. Por el amor de Christian Dior, ¿qué acababa de pasar?

Me acerqué a la mesa y apoyé la frente sobre su superficie. Estaba fresca y lo agradecí. Necesitaba la cabeza bien fría ahora que otras partes estaban tan, tan, tan calientes… Notaba mis pezones clavarse sobre el tejido del sujetador y me dolía un punto muy concreto en el vértice de mis piernas. Cogí aire y me enderecé al escuchar un ruidito salir de mi ordenador. Una pantalla había aparecido de la nada y parpadeaba en color naranja buscando mi atención. Era un chat.

Muñoz, Hugo:

«Clases prácticas valen por dos. ¿O no?».

Miré la pantalla con cara de terror. No sabía qué hacer. Los dedos seguían temblándome pero los llevé hacia el teclado. Deseaba hacerlo. Deseaba volver a sentir su aliento en mi cuello y sus manos manejándome sobre él. Nunca en mi vida me habían hecho sentir de aquel modo.

Aranda, Alba:

«Hoy sí te propasaste».

Pulsé intro y la frase apareció allí, bajo la suya. Abajo un mensaje me avisó de que estaba escribiendo.

Muñoz, Hugo:

« Si me buscan, suelen encontrarme».

Aranda, Alba:

«Yo no te busqué.

»¿Ya ha dejado de darte miedo una demanda por acoso sexual?».

Hugo se puso a escribir. Escribía, escribía, escribía. Se me hizo eterno hasta que su mensaje apareció en la pantalla.

Muñoz, Hugo:

«Soy de esos hombres que piensan que la vida es demasiado corta para andarse con protocolos. Me gusta ir al grano y si me invitan a entrar, lo hago. Ahora dime, Alba…, ¿es que no te ha gustado? Si lo he hecho en contra de tu voluntad me presentaré gustoso en Recursos Humanos para notificarles que soy un jodido depravado que te hubiera arrancado las bragas y follado con los dedos».

Me quedé con los ojos abiertos de par en par y un cosquilleo insistió debajo de mi ropa interior, dejando claro que yo me habría dejado hacer de llegar el caso.

Aranda, Alba:

«Eres un cerdo.

»Y demasiado directo».

Muñoz, Hugo:

«Pues yo juraría que el problema es que había demasiada tela».

Aranda, Alba:

«No creo que estas conversaciones sean oportunas en el trabajo».

Muñoz, Hugo:

«¿Ves cómo quieres que te invite a cenar? No sabes ya cómo pedírmelo».

No pude evitar sonreír.

Aranda, Alba:

«Yo no quiero que me invites a nada».

Muñoz, Hugo:

«Tú quieres tantas cosas, nena, que ni siquiera las sabes».

Me quedé con los dedos sobre el teclado. Decidí que aquella sería la última frase de nuestra conversación. Eso y que no volvería a acercarme demasiado a él. Con Hugo no se jugaba. Eso había aprendido. Eso y a pasar llamadas. No creo que se me fuera a olvidar jamás.

6

Tardé en sentirme tremendamente avergonzada lo que me duró enfriar el calentón. ¿Qué estaba haciendo? ¿Ahora me dedicaba a buscar refregones en la oficina? ¿Qué era aquello, reggaetón *oficinístico*? ¿Qué me estaba pasando? Pero lo cierto era que había algo en Hugo que me atraía hacia él. Pero… ¿qué papel tenía Nicolás en toda esa historia? Porque allí donde miraba, también estaba él.

Pero eso de arrepentirme y avergonzarme era lo que me pasaba en el trabajo. Cuando llegaba a casa…, cuando llegaba a casa me pasaba una cosa muy distinta. Me sentaba en el pequeño sofá destartalado de mi piso y pensaba…, pensaba en las manos de Hugo firmes en mi cintura, dándome lo que yo estaba buscando desde que lo había visto en el metro. Había una Alba dentro de mí que fantaseaba con haber follado con él aun sin conocerlo de nada, sin nombres, sin palabras. Solo sexo seco y brutal, arrancando ropa y mordiendo piel.

Y al final terminaba retorciéndome, con mi mano entre los muslos, agitada, tocándome una y otra vez sin encontrar consuelo ni calma. Me masturbaba pensando en haber sentido sus dedos sobre la fina tela de mi ropa interior, en lugar de la vibración de su teléfono móvil. Después, fantaseaba, se aventuraría bajo ella, deslizándose entre mis labios húmedos. La fantasía terminaba a veces con sexo descontrolado sobre la mesa; otras, con una paja o una mamada. Me dieron para mucho aquellos escasos dos minutos…

El viernes, aún con el quinto madrugón de la semana, una ducha fría y una última masturbación rápida debajo del agua, yo seguía caliente como nunca lo había estado. Me dolía. Me dolía de ganas acumuladas. Visto lo visto, no necesitaba sexo. Necesitaba sexo con él. Pero no solo de deseos vive el hombre…, tenía que olvidar aquello antes de que supusiera un problema de verdad.

Esperé a Olivia en la cocina, como los días anteriores. Cuando llegó olía a perfume y traía un leve rastro del olor de un cigarrillo, seguramente fumado a toda prisa en la puerta. Me sonrió y me enseñó una bolsita de papel marrón.

—Donut —anunció.

—¡Oh! ¡Por Dios, qué rico! —exclamé emocionada. Estaba hartándome del sabor mantecoso de las galletas de allí. Las que yo había llevado, de esa tienda de dulces franceses artesanos cercana a la plaza Mayor, había sido asaltada y vaciada el martes. Perecieron las rellenas de chocolate, de coco, de frambuesa… No hubo supervivientes.

Ella me tendió la bolsa.

—¿No quieres? —le pregunté.

—Ah, no. Es que aquí al lado te sale el café más bollo por dos y el café solo por uno ochenta. Y yo ya llevo a plan dos semanas —dijo orgullosa—. Bueno, las galletas no valen. Pero llevo comiendo y cenando coliflor y brócoli ya ni se sabe. Menudas noches toledanas.

Me eché a reír mientras le daba un bocado al donut.

—¿Y para qué te pones a plan?

—Para la fiesta, claro.

—¿Qué fiesta?

Ella me miró con desconfianza y luego abrió los ojos, como cayendo en la cuenta de algo.

—Es el cóctel de verano de la empresa, pero deben de haberse olvidado de darte la invitación. Cuando las repartieron aún no trabajabas aquí. ¡Dos semanas y todavía no te has enterado! Si es que no se puede ser tan asocial! —se descojonó.

—Sin fiesta me quedé, por asocial.

—Nada. Ahora se lo recordaré a la chica que lo lleva. No te preocupes, que tú esta noche no te pierdes la juerga.

—¿Esta noche? ¿Hoy?

—Claro. Me voy a poner escote. —Levantó las cejas un par de veces—. Hoy follo aunque sea contigo.

Me atraganté con el donut con la risa y eché mano a mi café para ayudar a que bajara. En ese momento Hugo entró en la cocina y sonrió. Estaba espectacular. Llevaba un traje azul medianoche, oscuro, con otra de sus perfectas camisas blancas un poco entalladas. Debía de hacérselo todo a medida porque le quedaba como un guante. Mira, a medida, como le haría yo el traje de saliva.

—Buenos días, señoritas.

—Alba no tiene invitación para el cóctel —indicó Olivia sin necesidad de saludos.

—Ah, ¿no? —Él se acercó al armario y sacó una cápsula de café y una taza de cristal transparente—. Y dime, Alba…, ¿tienes ganas de fiesta?

Entendí enseguida el doble sentido de su pregunta.

—Yo no, pero parece que alguien tiene interés en que las tenga.

Sonrió para sí. Su perfume, junto con el de Olivia y el aroma del café llenaban la estancia por completo. Me recordé que debía respirar despacio, pausadamente.

—Pues si ese alguien vence en su cometido, toma. —Metió la mano dentro de su americana y sacó una tarjeta—. Me llamas y vamos juntos.

Olivia no pudo disimular la sorpresa. Cruzamos unas miradas de incomprensión las dos.

—Ah, claro. ¿Quién osaría pedirte la entrada si vas con él?

—Ay, Olivia, Olivia… Un día tienes que contarme por qué estás tan a la que salta. ¿Poco sexo? —le dijo con una sonrisa extrasexual.

—¡A ti qué te importa! —le contestó ella—. Yo follo con quien quiero y cuando quiero.

Hugo fingió una mueca.

—Cuando quieres, no lo dudo. Con quien quieres…, no lo tengo tan seguro.

—Si lo dices por ti, no eres mi tipo —le respondió ella con gracia.

—Lo sé bien. A ti te van más rubios.

Él se echó a reír y, dirigiéndose hacia mí, acercó su pulgar a mi boca, donde recogió una esquirla de glaseado del donut.

—Azúcar —me dijo.

—Gracias.

Se metió el pulgar en la boca, lo lamió y después se marchó mordiéndose el labio inferior. Cuando desapareció, el dolor de mi entrepierna era más intenso que el sol de agosto, pero miré a Olivia intentando disimular.

—¿Qué? —le pregunté acalorada.

—Alba… —Se apoyó en la nevera y suspiró—. Sé que no te conozco mucho y eso pero… ¿puedo darte un consejo? Un consejo que nadie me ha pedido, ya lo sé.

—Claro. Dime.

—Con Hugo y Nico…, cuidado.

—¿Por qué? No es que tenga intención de…, de nada, pero…

—Juegan en otra liga. Deja pasar ese tren. El destino no te gustaría. Te lo digo porque me pareces buena chica. Es un consejo.

Me pasé todo el día pensando en qué habría querido decir Olivia. A pesar de haber intentado sonsacarle más información, ella se escudó en rumores, en algunas cosas que había visto y que no la implicaban a ella…, explicaciones que no aclaraban nada. Lo único claro de aquel asunto era un cartel enorme, luminoso y hasta sonoro, en el que ponía «Danger» y que sobrevolaba dos cabezas de aquella oficina. Y… qué curioso: los dos. Nunca Hugo por una parte y Nicolás por otra. Los dos, como un pack indivisible de copas Danone. El uno siempre llevaba al otro. ¿Y adónde llevaban juntos?

A las tres, mientras Olivia se fumaba un cigarrillo junto a los grandes ceniceros de la entrada, intentó convencerme de pasarme por el Hotel Puerta de América, en cuya terraza se organizaba el cóctel de verano de la empresa. Pero yo sin entrada y dependiendo de que Hugo me ayudase a entrar…, no lo veía claro.

—Pero ¡que la que coge las entradas me conoce! Yo se lo explico. ¡Venga! ¡No seas pesada! Tienes que venir.

—No. No tengo que ir. —Me reí.

—¿Qué puede pasar? ¿Que te tomes un par de gintonics gratis y que conozcas más a tus compañeros? ¡¡Oh!! ¡¡Horror!!

—Es que…

—Empieza a las nueve y media. Apúntate mi móvil y avísame si te animas. Un vestidito y andando.

De camino al metro decidí llamar a Gabi(nete de crisis) para preguntarle si creía que debía ir a ese cóctel. En realidad, ya sabía lo que me iba a decir: que el *networking* era muy importante, que tenía que ir y relacionarme con mis *compañeros*. Pero, claro, ella no sabía nada del trajín que me llevaba con Hugo. Y con Nicolás. O solo con Hugo…, ¡yo qué sé! Solo con mencionarle que había dos chicos guapos ya había puesto el grito en el cielo… Y yo necesitaba una justificación exterior para las ganas de ponerme un poco de escote, enseñar algo de pierna y contonearme delante de Hugo fuera de la oficina.

Gabi(nete de crisis), por supuesto, me dio la coartada perfecta para aceptar la invitación.

—Ay, Alba, no sé ni cómo preguntas. Es tu obligación ir y ser supersimpática con todo el mundo. Así te integras.

—Visto así… —contesté.

—Pero no te pongas nada muy exagerado.

—Bueno…, vale.

A las nueve y media pasadas llegaba al Hotel Puerta de América con un vestido negro vaporoso, justo por encima de la rodilla. La parte de arriba estaba compuesta de un forro con escote de corazón y una gasa transparente encima que cubría hasta el cuello, donde cerraba en forma redondita. La espalda…, al aire. En los pies, unas sandalias de plataforma negras con apliques dorados. Había pasado una hora de reloj maquillándome cuidadosamente para no parecer demasiado maquillada. Esas cosas que hacemos de vez en cuando las mujeres. Me había preparado la piel como nunca. Y todo para, al final, llevar mi clásico *eyeliner* negro bien marcado y los labios de un *nude* brillante, en el tono Peachstock, de MAC.

Me encontré con Olivia en la puerta, donde habíamos quedado por mensaje. Ella llevaba un vestidito, también vaporoso y largo, estampado con pequeñas florecitas. El escote se lo había olvidado en casa.

—¿No decías que ibas a ponerte escote? —le pregunté riéndome.

—¡Uy! ¿Es que no lo ves? —Se señaló un pedazo pequeño de piel que quedaba al aire.

—¡Si yo tuviera tus…!

—¡No sigas! —me pidió entre risas.

Fuimos hasta el hall y allí, junto a una mesita, dos chicas
superemperinfolladas pedían las acreditaciones. Me miraron de
arriba abajo. Claro, la nueva. No era una empresa tan grande.

—Chicas, no le mandasteis entrada porque es nueva incorporación.

Ellas se miraron entre ellas.

—¿Lleváis *email* de autorización?

—No —dijo Olivia—. Pero es la chica nueva, de la planta dos.

—Es que sin *email*…

Vaya dos tórtolas. Suspiré. No tendría que haber ido.

—No pasa nada.

—Llama a Hugo.

—¿Estás loca? —le dije riéndome—. ¡Pensará cosas raras!

—¡Hugo siempre piensa cosas raras! ¡Y sucias! ¡Venga!

Miré el móvil dubitativa. Se acercaron unas chicas y se
pusieron a hablar con Olivia. Había memorizado su número
en el móvil, pero… ¿mandarle un mensaje? ¿Llamarle?

—Buenas noches, señoritas. —Su voz suave y sensual avisó de que Hugo estaba detrás de mí. Pero no me di la vuelta—.
Olivia, ¿Alba al final no viene?

Me giré entonces sonriendo al escuchar mi nombre. Me
hizo una ilusión tonta que preguntara por mí nada más llegar.
Hugo se quedó mirándome, sin decir nada, con expresión lobuna. Olivia hizo una broma en voz alta y todas las demás, incluida ella, se echaron a reír. Quise que Hugo me sonriera como lo
había hecho en el metro. Y en el rincón de la fotocopiadora.
Y en su despacho. Y en la cocina. Y en la entrada del edificio. Y en
mi cubículo. Sin embargo, lo único que hizo fue deslizar sus

ojos por todo mi cuerpo y después, sin mediar palabra, acercarse a la mesa, sacar su tarjeta de empleado y decir «Va conmigo» señalando con la cabeza en mi dirección. Estaba espectacular, con un pantalón y camisa negros.

Pasamos hacia la zona de los ascensores y Olivia y el resto de las chicas se quedaron algo rezagadas. Nosotros dos las miramos de reojo.

—¿Me tienen miedo? —me dijo esbozando una de esas sonrisas matadoras.

—A ti o a una denuncia por acoso.

Los dos nos reímos de cara a la puerta cerrada del ascensor.

—Cómo te gusta buscarme...

—Confundes tus ganas de que te encuentre con unas intenciones que no tengo.

Se inclinó un poco, solo ligeramente, y susurró cerca de mi oído:

—Te salva que estemos rodeados de gente del trabajo.

—¿O qué pasaría?

—Que te diría algunas verdades para las que quizá aún no tienes edad.

—Tengo edad de sobra, ¿recuerdas?

—Sí, seguro que ya sabes de dónde vienen los niños.

—¿Siempre eres así? —Sonreí.

—Solo cuando me gusta alguien.

Un *glin, glin* avisó de que el ascensor acababa de llegar y él nos cedió el paso a todas las damas con su ya clásico *«Ladies first»*. Después se despidió diciendo «Nos vemos arriba» y guiñó un ojo.

Muerte súbita. Destrucción. Ropa interior ardiendo. Pepitilla dolorida.

—Y este ¿por qué no sube? —preguntó extrañada Olivia.

—Estará esperando a su novio —dijo una voz desde el fondo del abarrotado ascensor.

Todas rieron a coro.

—Tía, si esos dos son gays pierdo la fe en que en el futuro de la humanidad haya tipos guapos. ¡Todos los que da gusto ver se lían entre ellos! Creo que les voy a ofrecer mi útero, por el bien de vuestras hijas.

—¡Que no son gays! —Se descojonó otra—. Pero es posible que quieran hacerlo creer; así las babosas como nosotras nos limitamos a mirarlos y les dejamos en paz.

Hubo otro estallido de carcajadas dentro del aparato, que subía lentamente. Miré a Olivia de reojo y en un susurro me dijo:

—Lo pasaremos bien. Ven, te las presento.

Al llegar arriba me sorprendí. El ambiente era moderno, muy al día. Esperaba algo más rococó y mucho menos actual. Desde luego las personas que organizaban aquel evento sabían lo que se hacían. Sonaba música no muy alta y paseaban camareros con bandejas y copas. Cogimos unas con vino blanco y nos fundimos entre la gente.

—Al principio es bastante aburrido. Comes y bebes cuanto puedes y les ríes las gracias a un par de jefes. Después suben la música, empiezas a pedir copas y ya… Dios dirá —me informó Olivia—. El año pasado terminamos en un karaoke. Yo canté *Marinero de luces*.

La miré de soslayo.

—¿Karaoke? ¿*Marinero de luces*? No contéis conmigo.

—Ya me lo dirás después de unos vinos más.

Chocamos el cristal de nuestras copas y nos sonreímos.

Las chicas que acompañaban a Olivia pertenecían a otro departamento y parecían (infinitamente) más simpáticas que las del mío, que se quedaron en un rincón mirando hacia nosotras con cara de asco. Olivia me dijo que no había conseguido hacer migas con ellas en el tiempo que estuvo trabajando en el que ahora era mi puesto y lo cierto era que me extrañaba, porque ella era una de esas chicas a las que todo el mundo saludaba con una sonrisa. Parecía conocerlos bien a todos. Íbamos parando de vez en cuando en pequeños grupos en los que me presentaba en sociedad y donde nos echábamos unas risas. Informática, presidencia, *marketing,* reprografía…, me puse al día con casi toda la empresa. Al final Gabi tenía razón: aquella fiesta me venía estupendamente bien.

Hugo entró en la sala y un montón de ojos femeninos se deslizaron al mismo ritmo que él; los míos entre ellos. Se colocó junto a la barra, pidió una copa y se puso a hablar con un grupo de gente. Tenía uno de esos físicos imponentes y elegantes que daba gusto mirar. Y mientras yo le observaba embelesada beberse una copa de vino (acto en el que seguía pareciendo demasiado masculino, sexi y empotrador), él levantó la mirada, se encontró con la mía y sonrió. Yo hice lo mismo. Aún estaba impresionada con la facilidad con la que había dejado caer que yo le gustaba. Le gustaba, sí, vale… ¿Para qué? Seguramente para echarme un polvo brutal en el baño de cualquier garito y a lo sumo repetir en mi casa en posición horizontal. Bueno, ¿y cuál era el problema? Un ratito de placer con un hombre de los que no se te presentan dos veces en la vida. ¿Entonces? Entonces Alba seguía siendo un poquito mojigata, me temo.

Un rato después, fue Nicolás quien entró evidenciando que todas las mujeres de la empresa los tenían más que fichados a los dos. Lo cierto es que estaba demasiado guapo como para no prestarle atención. Vaqueros desgastados, camisa a cuadros arremangada. Así vestido aún estaba más increíble que con traje. Tenía ese aire de chico malo que nos deshace y que es capaz de convertirnos en unas tontas. No fui la única que le siguió con la mirada y ninguna se sorprendió cuando se acomodó en una banqueta junto a Hugo. Las chicas siguieron bromeando sobre si eran novios y la conversación fue subiendo de tono hasta cubrir descripciones bastante explícitas de qué harían en la cama y quién recibiría de los dos. Casi todas estaban de acuerdo en que sería Nicolás quien se pondría debajo… Que bromearan cuanto quisieran, pero a esos dos tíos lo que les gustaba era tener a una tía abierta de piernas encima de su cama y todas lo sabíamos.

No sé si resultado de la visión de Nicolás y Hugo juntos o de la acumulación de gente, empezó a hacer muchísimo calor allí dentro, así que fuimos desplazándonos hacia la zona lateral, donde corría un poco de aire. Olivia se encendió un cigarrillo y el olor viajó, sinuoso, hasta mi nariz. Aspiré. Solo había dos ocasiones en las que echaba de menos fumar: cuando estaba nerviosa y presentía que algo no iba bien y cuando me tomaba una copa. Sin embargo, intuía que en el momento en el que encendiera un pitillo volvería a engancharme irremediablemente.

—¿Quieres? —me ofreció Olivia al verme mirándolo con ojos golosones.

—Qué va. Me gusta demasiado.

—Un pitillo no te va a enganchar.

—Sí, sí que lo hará. —Me reí—. En realidad me está dando mucha gusa. Voy a aprovechar para ir a por otra copa, porque si no, me fumo toda la cajetilla.

Les guiñé un ojo y fui hacia la barra, donde me atendieron enseguida y pedí una copa de vino blanco. Sonaba Michael Bublé cantando *Feeling good* cuando alguien se apoyó a mi lado y pidió una de tinto.

—Qué calor, ¿eh?

Antes de que hablara, su olor ya lo había delatado. Le miré con una sonrisa, apoyándome en la barra. Era Hugo, claro.

—¿Estudias o trabajas? —le pregunté con descaro.

—Trabajo; o al menos eso intento, porque se me van los ojos detrás de tus piernas.

—Tendré que ponerme pantalones.

—No me harás eso... —Me guiñó un ojo—. ¿Te lo pasas bien?

—Sí. —Le sonreí—. ¿Y tú?

—Bueno, esto deja de ser divertido cuando tienes un cargo y de pronto debes comportarte. Nada de beber hasta el desmayo. Nada de aprovechar para burlarse del jefe. Nada de meterte mano en ese rincón oscuro de allí.

Me eché a reír y cogí la copa que me tendía el camarero.

—Para que pudieras meterme mano tendría que dejarme, ¿no? A lo mejor no quiero.

—A mí me pareció el otro día que...

—No nombres nada del otro día —le pedí con una sonrisa.

—Mi BlackBerry te echa de menos. Quiere llamarte, pero le digo que no se ponga ansiosa o te asustará. Al parecer no culminasteis.

—Qué imbécil. —Me reí.

—¿Te tomas la copa aquí conmigo?

—¿Me darás conversación? Pero conversación de verdad...

—Claro. Cuando quiero puedo ser muy interesante.

—Sorpréndeme.

—¿Sabías que la gente suele tener las pestañas del mismo color que el vello púbico?

—¿Qué dices? —Le miré supersorprendida.

—Lo que oyes. Y las mujeres tenéis las encías del mismo color que el clítoris.

Abrí la boca para contestarle, pero no se me ocurrió nada; él aprovechó para levantarme el labio superior un poco con uno de sus dedos. Le aticé un manotazo y él estalló en carcajadas.

—Pues los hombres tenéis el pene justo tres veces más grande que vuestro pulgar.

Hugo dejó sus manos encima de la barra, delante de mí, y yo las miré con una mueca de diversión.

—A ver…

Jugueteamos como dos críos con nuestras manos, haciendo cálculos. El resultado era…, guau. Nada desdeñable. No sabía si lo que había dicho era científicamente demostrable, pero a mí me apetecía averiguarlo. Algo había visto ya en la foto, pero…

—Las pestañas… —dijo en un susurro acercándose a mí— las llevas maquilladas, ¿verdad?

—Verdad. —Asentí juguetona—. Pero poca información iba a darte el color de mis pestañas.

—¿Qué pasa, Albita? ¿Te lo tiñes? —bromeó.

—Tendría que tener algo para poder teñirlo.

Se echó a reír a carcajadas; así, relajado, aún estaba más sexi. Era uno de esos hombres que debía de estar increíble tirado en un sofá con el pantalón desabrochado y las manos encima de mi cabeza. Dios. Qué pensamientos me cruzaban por la mente en aquel momento… El pensamiento de hacerle la mamada de su vida hasta el final y dejarle con los ojos en blanco.

—Entonces ni un pelo de tonta, ¿no?

—¡Oye! No seas grosero. No pienso hablar de este tema contigo.

—Tú empezaste, pero de todas formas no pensaba hablarlo.

Me quedé mirándole esa preciosa sonrisa tan sensual y sexual y el cuerpo entero se me hizo agua. Estaba claro que Hugo quería meterse en mi cama y entre mis piernas. No daba lugar a equívoco. Lo de la BlackBerry, el coqueteo y ahora esos comentarios.

—¿Entonces? —pregunté, pinchándole.

Chasqueó la lengua contra el paladar con suficiencia y se acercó a mí, dejándome parcialmente atrapada entre su cuerpo y la barra. Me apartó el pelo del cuello y susurró:

—¿Sabes algo de latín?

—No lo hablo con fluidez —bromeé nerviosa.

—*Acta non verba.*

Desde detrás, la gente solo veía a dos personas apoyadas en la barra, él rodeándome los hombros con su brazo izquierdo. Pero de lo que nadie se percataría sería de la mano derecha de Hugo deslizándose en ese preciso instante por debajo de mi vestido. Le miré y sonrió canalla. Noté el tacto y el calor de su palma suave subiendo por mis muslos, que se contrajeron instintivamente. Rodeó mi cadera y subió hasta mi vientre para después precipitarse hacia abajo, por dentro de la ropa interior. Me agarré con fuerza a la barra y jadeé sorprendida.

—Soy un hombre de acción, no de palabra, Alba…

Sus dedos bajaron un poco más, introduciéndose entre mis labios. Se mordió el labio con placer cuando notó que estaba húmeda. Estaba cachonda, paralizada y… sí, muy depilada. No pude ni moverme.

Le agarré el brazo con la mano derecha pero, lejos de apartarlo de mí, que habría sido lo lógico, le clavé los dedos crispados, conteniendo un gemido. Me estaba acariciando con maestría, humedeciéndome más, deslizando la yema ya mojada sobre mi clítoris. Gemí y él me pegó el paquete al costado, donde pude notar cómo palpitaba, endurecido.

—Te habría follado en el puto vagón de tren y sería capaz de follarte aquí mismo, pegada a la barra —gimió de morbo en mi oído. Después coló con facilidad un dedo dentro de mí y mordió el lóbulo de mi oreja.

—Joder…

—Sí, ¿eh? Joder… —gruñó cachondo.

—Para… —supliqué cuando las piernas empezaron a temblarme. Metió otro dedo y aceleró el ritmo.

—Estás empapada. Me gusta. ¿Serías capaz de correrte aquí?

—Para, Hugo… para. —y sí, sería capaz. Y no quería correrme rodeada de gente, en medio del cóctel de verano de la empresa en la que acababa de empezar.

Hubo un lapso de tiempo sin conversación; sus dedos seguían penetrándome y su pulgar presionaba mi clítoris. Me agarré a la barra y cerré los ojos.

—¿Sabes? Tienes razón. Creo que va a ser más divertido dejarlo aquí.

Hugo sacó la mano como si nada de dentro de mi ropa interior y se metió por turnos el dedo corazón y el índice en la boca ante mi pasmada mirada. Después cogió su copa, brindó con la mía y terminó de un trago su vino.

—Ve con las chicas, pásatelo bien y, si te apetece, ten el móvil a mano…

Me guiñó un ojo y se fue. Y yo, paralizada y con cara de «esto no me puede estar pasando». ¿De verdad se había metido los dedos en la boca después de tocarme?

Volví con Olivia con la copa a la mitad y las piernas temblorosas. Ella me miró de reojo y yo le sonreí.

—¿Estás bien?

—Sí, genial.

—¿Qué se contaba Hugo?

—Ya sabes…, nada en particular.

Nada en particular. Que quiere follarme y que le gusta tenerme húmeda en sus dedos. Me bebí el vino blanco en dos tragos, abandoné la copa encima de la bandeja de un camarero y cogí otra, no sé ni de qué. Al darle un trago me di cuenta de que era cava. Y no hay nada que se me suba más a la cabeza que el cava y el champán, pero me dije a mí misma que… qué más daba. Me había dejado casi masturbar en mitad de la fiesta de la empresa por un hombre que conocía de un par de semanas.

Las chicas intentaron meterme en la conversación. Hablaban de cosas en las que me habría entusiasmado opinar en otra situación, pero no podía dejar de pensar en Hugo y en su mano metiéndose dentro de mi ropa interior. Había algo dentro que me empujaba a sacar el móvil, hacerle una llamada y pedirle que se viniera a mi casa. Pero luego me decía a mí misma que estaba loca y que ningún hombre, por muy guapo, moreno, alto y hábil que fuera, podía hacerme perder la cabeza a ese nivel.

Antes de que me diera cuenta, las luces del local habían bajado lo inversamente proporcional a la música. Las chicas y yo nos animamos a tomar unos chupitos. Una de ellas decía que conocía un local cerca donde después podríamos bailar en condiciones. Pedimos dos rondas seguidas de tequila y me recordé a mí misma que después del tercero solía encontrarme mal. Fui a pedir una botella de agua, pero Olivia me pasó un gintonic. Poco a poco mi vista perimetral fue nublándose y mi sonrisa ensanchándose.

Una de las chicas empezó a contar, con la lengua muy suelta, que hacía unos años había terminado el cóctel de verano morreándose con un compañero de departamento al que odiaba. Olivia apuntaba ácidamente descripciones del sujeto en cuestión y todas nos reíamos a carcajadas.

—Consejo: nada de morrearse hoy con nadie de la empresa. Mañana os despertaríais con un chupetón horrible en una teta, un recuerdo inquietante y mononucleosis.

Todas estallamos en carcajadas, pero mi mente borró el consejo. Yo quería morrearme mucho y muy fuerte con cierto hombre moreno de piernas largas. Maldito alcohol, dulce tormento, como dice Pitbull, que, según mi hermana Eva, será recordado en los siglos venideros como un gran filósofo.

Sonaba *Toca's Miracle,* de Fragma, y yo buscaba a Hugo desesperadamente con la mirada, esperando que no se me notara demasiado, aunque es sabido por todos que el alcohol (mezclado sin conocimiento ni sentido común) no la hace a una muy discreta. Entre todas las caras de los asistentes de pronto me choqué con los ojos fríos y azules de Nicolás, que me miraba fijamente. Le saludé con un movimiento de cejas, cohibida, y contestó con una sonrisa de medio lado que ubicaría entre el desprecio y la satisfacción de saberse por encima de las circunstancias. La seguridad personal que transmitían tanto él como Hugo me ponía nerviosa y me hacía sentir una niña pequeña manejándome en un mundo de adultos. Era inquietante y… emocionante.

Me sorprendió que la gente se animara a bailar. Supongo que las copas calentando el estómago hicieron su parte. Me lo estaba pasando bien, pero Hugo seguía sin aparecer. Abrí el bolsito de mano y miré el móvil; me había dicho que estuviera atenta, ¿no? Me costó un poco enfocar. Maldito tequila. Bueno…, maldito tequila, malditas cuatro copas de vino blanco, maldito cava y maldito gintonic. Madre mía. La norma número uno era no emborracharme esa noche. Y no solo empezaba a estar borracha…, súmale lo cachonda que me había puesto Hugo. Es lo que mi amiga Diana denominaba «furor uterino», me temo. No había mensajes. No había llamadas perdidas. Ni wasaps. Por no haber no había ni interacciones en ninguna de las redes sociales. Fruncí el ceño. ¿Qué hacía yo mirando borracha el móvil, esperando que un tío sin vergüenza ni pudor diera señales de vida? Conociendo su modus operandi era capaz de mandarme un SMS con su rabo. Un rabo que ya tenía el honor de haber visto en fotografía.

Cuando estaba a punto de dejar caer el móvil dentro del bolso, me vibró en la mano, asustándome. Aparecía un aviso de mensaje: «Qué ojitos tan turbios… ¿Bailas un poquito para mí, *piernas*?».

Lancé una carcajada y Olivia me miró sorprendida.

—¿Con quién te mensajeas?

—Ah, nada. —Escruté alrededor pero no lo localicé. Volví a ver a Nicolás, que me azotó con un pestañeo. Desvié la mirada hacia Olivia—. ¿Bailamos?

Tiré de ella, que se negaba a seguirme, y nos plantamos en medio de la pista. El resto de las chicas nos aplaudió y nosotras, muertas de la risa, hicimos una reverencia.

—¡Venid aquí a bailar, cabronas! —gritó Olivia.

«Qué pedo llevo», pensé. Empezó a sonar una canción de electrolatino que todo el mundo parecía saberse. Hasta Olivia, que sabía que estaba loca por Julian Casablancas y The Strokes, la bailoteaba contenta. Cerré los ojos y me dejé llevar, moviendo las caderas de un lado a otro, suavemente, permitiendo que la falda de mi vestido se contoneara conmigo. El bajo de la canción rebotaba dentro de mí y yo sonreía. Mi móvil vibró dentro del bolso, pero lo ignoré y seguí bailando.

—¡Mira Albita, qué *gochona,* cómo baila! —exclamó Olivia.

Di otro trago a mi copa y continué agitando el culo y las caderas. ¡Qué bien me lo estaba pasando! Preferí no plantearme qué tal se veía la situación desde fuera. Si en realidad tenía pinta de borracha deplorable, era mejor no pensarlo en aquel momento.

La gente se vino arriba, como si fueran las cuatro de la mañana en una discoteca. Todo el mundo estaba de pronto bailando y volví a cerrar los ojos, dejándome llevar por el ritmo calentito de la canción. Sentí a alguien acercarse por mi espalda y una mano se apoyó en mi estómago echándome hacia atrás, hasta pegarme contra un cuerpo duro. El mensaje que había vibrado en mi móvil… ¿sería de Hugo que, ante la no respuesta, se había acercado a tomar la iniciativa? Tenía toda la pinta. Me llegaba el olor de su perfume…, ¿verdad? Estaba confusa. Me contoneé contra su cuerpo y sus manos me arrimaron un poco más a él. Bajé un poco para subir después con el trasero pegado a su entrepierna (me repito, maldito alcohol). Tiró de mí hacia atrás otra vez, llevándome con él, sumergiéndonos en una zona oscura. Repetí el movimiento de cadera, notándole duro contra mi culo; su nariz acarició mi cuello y sus labios atraparon el lóbulo de mi oreja. Esa noche follaba, estaba claro.

Levanté la mirada, recuperando un poco de cordura, para vigilar que nadie estuviera viéndonos y... cuál fue mi sorpresa al chocarme de frente con la mirada de Hugo y su sonrisa burlona. ¿Cómo? Si él estaba allí delante..., ¿con quién estaba yo bailando? Me separé de golpe y me giré para descubrir a Nicolás mordiéndose el labio inferior, con esa expresión entre sobrada y morbosa.

—Pero... ¿qué? —logré decir.

—Bailas muy bonito —contestó con sorna.

Cogí aire y di un par de pasos hacia atrás. Me giré, me estampé contra un hombre, me disculpé abotargada y fui hacia la salida intentando evitar a la gente que había alrededor. ¿Perdón? ¿Qué acababa de pasar? ¿Qué hacía Hugo allí mirando?

El resultado de aquella «confusión» fue como si todo el alcohol me subiera a la cabeza de golpe. Me apoyé al final de la barra un momento y seguí mi camino.

—Olivia... —le dije cogiéndola del codo.

—¡Coño! ¡Qué cara traes!

—Creo que me voy a casa.

—¿Estás bien? —Se interesó mucho más seria.

—Sí, sí. —Me notaba la lengua gorda y torpe—. Pero no me gustaría ponerme a vomitar aquí en medio. El gintonic me cayó a plomo.

—Cógete un taxi. Mañana te llamo.

Asentí y fui hacia el baño. Parada técnica y un taxi a casa, sería lo mejor. En el baño me crucé con varias chicas de mi departamento. Saludé, pero lo único que recibí como contestación fue un: «Se te ha corrido el maquillaje».

El maquillaje y casi entera, frotándome contra la polla de Nicolás, por el amor de Dios. Me miré en el espejo y efectivamente tenía un leve parecido con Marilyn Manson al final de un concierto. Me empapé las muñecas con agua fría y después el cuello y con un pañuelo humedecido me limpié el rímel corrido. Después me miré y… sí: cara de borracha. Estaba un poco mareada pero me había quedado a medio camino. O dos chupitos menos para ser plenamente consciente de mis actos o una copa más y beoda perdida sin preocuparme por nada. Respiré hondo. Pero ¿qué narices había pasado ahí dentro? ¿Me había restregado descaradamente contra Nicolás? Sí, pensando que era Hugo. De ahí a ser la zorrasca de la empresa había solo un comentario dejado caer en la hora del café por alguien que nos hubiera visto. Salí a toda prisa del baño hacia los ascensores. Dentro seguía la fiesta y la música y la gente se movía de un lado a otro. ¿Por qué me marchaba con la sensación de que algo no me encajaba?

—¿Ya te vas?

Casi grité del susto.

—Joder, qué susto…

Hugo me miró frunciendo el ceño.

—¿Todo bien?

—Eh…, yo, sí. Estoy un poco mareada. Puto tequila…

—Ay, Manolete… —Se rio.

—Ya, ya. —Le hice un gesto despectivo con la mano—. Ahórrate el sermón, papi.

El ascensor llegó y yo entré, trastabillando con mis tacones, pero no echaré toda la culpa a los chupitos porque soy torpe con plataformas y Hugo, además, me ponía muy nerviosa. Cuando me apoyé en el interior del ascensor disimulando, él me miraba con las cejas levantadas.

—¿Así te vas a ir?

—Así ¿cómo?

Hugo puso la mano en el sensor cuando la puerta empezó a cerrarse, bloqueándola.

—Así. —Me señaló—. Medio pedo, sola y sin despedirte.

—Me estoy despidiendo. Adiós y hasta el lunes.

—No me estás entendiendo… —Se rio.

—Pues no, hay muchas cosas que no entiendo. Quiero irme a casa, por favor.

Hugo entró en el ascensor y presionó el botón del hall.

—Casi que mejor te acompaño.

—Nadie te lo ha pedido.

—Uy, qué hostil de pronto.

Le lancé una mirada de soslayo y vi que sonreía. Me molestaba que hubiera metido la mano dentro de mis bragas al principio de la noche y luego sonriera viendo cómo me restregaba por equivocación con otro. Saqué el móvil y me dispuse a ignorarle; el alcohol me vuelve un poco ciclotímica. Tenía un mensaje sin leer y era suyo: «Verte bailar es sexi…, muy sexi. Estoy duro pensando en ti y en esas piernas…, joder».

Levanté la mirada; Hugo tenía los ojos puestos en mí.

—Deberías dejar de mandarme mensajes guarros —le dije con serios problemas para pronunciar la erre.

—¿Por qué? Soy sincero y honesto. No encontrarás a muchos tíos tan claros como yo.

—Lo que eres es un pervertido. —Y aunque no quería, sonreí un poco.

—En eso tienes razón, pero… soy un tío majo.

¿Majo? No lo habría definido como majo, la verdad. Majo es lo que dices de un chico monín con el que ni siquiera se te ocurriría acostarte en pleno apocalipsis. Y Hugo estaba tan jodidamente increíble allí apoyado en aquel ascensor que… me dio la risa. Me tapé los ojos y me descojoné. Le miré de nuevo; estaba esbozando una pequeña sonrisa.

—Vaya pedo llevas, muchacha. ¿Has cenado?

—Creí que iba a cenar aquí.

Suspiró fingiendo estar muy enfadado y chasqueó la lengua contra el paladar.

—A ver dónde encontramos nosotros ahora un McAuto abierto… —Me eché a reír a carcajadas y las puertas del ascensor se abrieron. Me dio paso—. *Ladies first,* borracha.

Y cuando pasé por delante de él su mano se apoyó en mi culo. Le miré de reojo.

—¿Quién te ha dado permiso para hacer eso?

—Me tomé la libertad de tomar la iniciativa.

—Pues no lo hagas.

—Grrrr. —Fingió que gruñía.

Salimos del hotel y le seguí, porque andaba como anda alguien que no sabe dónde va. No me pregunté nada más, solo si sería capaz de caminar sobre los tacones con tal cantidad de alcohol en el cuerpo. Hugo pareció adivinarlo y tras pararse me pidió con una sonrisa que me cogiera a él.

—Sin dientes estarás menos mona.

—Sin que sirva de precedente.

Me agarré de su brazo, apoyándome en él. Dios, qué duro estaba su cuerpo, qué olor emanaba, qué… sexo. Sexo en el aire, envolviéndonos. De pronto no recordaba el motivo por el cual tenía que estar enfadada con él. Nos metimos en una calle oscura y él sacó de su bolsillo las llaves de un coche y lo abrió en un destello de luces.

Vino hacia el lado del copiloto y me abrió la puerta. Fui a entrar, pero me retuvo, me quitó el bolso de la mano y lo tiró en el interior; luego se acercó a mí con una sonrisa sugerente.

—¿Sabes que hueles a alcohol que tiras de espaldas?

—Pero soy mucho más divertida que de costumbre.

—Sí, sí, ya te he visto ahí dentro. Muy desenvuelta, por cierto —contestó con aire grave.

—Aclárame una cosa…: ¿te has dado cuenta de que creía estar bailando contigo o piensas que soy una cerda?

—Me encantarías muy cerda. —Y después se mordió el labio inferior con deseo—. Pero sí, me he dado cuenta de que estás un poco desorientada. El tequila, amiga, que es un *false friend*.

Apoyé el tacón en el coche, de manera que ahora mi pierna doblada quedaba al lado de su muslo, con la falda un poco más corta. Me miró y se acercó más.

—¿Y si hacemos una cena tardía en mi casa?

—¿Me estás invitando a tu casa?

—Sí —asintió, e inclinándose besó húmedamente mi cuello.

La piel se me puso por completo de gallina. ¿Estaba segura de aquello?

—¿Para hacerme la cena? —le pregunté para ganar tiempo y poder pensar un poco en lo que estaba haciendo.

Se incorporó y, sonriendo, se quedó a escasos milímetros de mi boca.

—Después, sí.

—¿Después de qué?

—¿Eres de empezar con preliminares o te gusta que te follen fuerte contra una pared?

Las bragas, directamente, me ardieron. Así era imposible pensar. Alcohol, hormonas…, malos compañeros de viaje.

—¿Y tú? —contesté con otra pregunta.

—¿Vienes y te lo enseño?

—A lo mejor no me gustas…

Sus manos envolvieron mi culo y me pegaron a él. En mi vientre noté calor y la presión de su erección. Lo siguiente fue su boca casi rozando la mía. Entreabrí los labios y él se rio con descaro.

—Hasta oliendo a ginebra me apeteces… —susurró—. ¿Te lo puedes creer?

Sí, Alba, hazlo. Hazlo o me moriré. Eso me decían todas las terminaciones nerviosas de mi cuerpo. Cerré los ojos. Ahí venía. Un primer beso, la sinopsis de lo que podría ser. Si había química, el beso sería fantástico... ¿no? La intensidad de la atracción que se respiraba entre nosotros nos envolvió. Hugo me sujetó la cara con las manos y... me besó. Un clic dentro de mi cuerpo, convirtiendo mi estómago en un millón de burbujas aladas. Tenía los labios suaves y calientes. Su beso me llenó la boca; su lengua acarició la mía y sus manos me apretaron. ¿Qué era aquello? Me dejé llevar y de la garganta de Hugo nació un gruñido. Se apartó un segundo; ninguno pudo apartar los ojos de los labios del otro.

—Nena...

Giré la cabeza, lo atraje hacia mí y nos besamos aún más profundamente con mis dedos enterrados entre los mechones de su pelo. Nunca me habían besado así. Nunca había sido consciente de todo mi cuerpo con el solo acto de besar. Química. Chispas. Jadeos. Nos envolvimos con los brazos y sus dedos se enredaron entre mis mechones. Cuando se separó de mi boca gemí de frustración.

—En mi casa...

Y yo me metí en el coche. Sin pensar.

7

Cuando llegamos bajamos al garaje, donde aparcó hábilmente entre dos columnas. Después me miró. Yo abrí la puerta y salí contoneándome. Me sentía... bien. Poderosa. Sexi. Fuerte. Cachonda como no lo había estado en la vida. Ni la primera vez que un chico me tocó. Ni la primera vez que me corrí con otra persona. Nunca.

Hugo y yo fuimos hasta el ascensor, que se abrió enseguida.

¿Qué haces aquí, Alba? ¿A qué vienes? ¿Entiendes lo que estás haciendo?

Me callé a mí misma y le sostuve la mirada mientras él me acercaba y estudiaba mi expresión. Se inclinó hacia mí y nos besamos de nuevo. Había algo en el aire... anticipación. Sexo. Deseo. Tensión sexual flotando en el aire. Prometí resolverla pronto. Las puertas se abrieron de nuevo y tiró de mi mano hasta su piso. Solo dejamos de besarnos para que pudiera abrir la puerta después de dar dos vueltas a la llave. Desde la entrada se veía bastante bien la disposición de la casa en la penumbra. Entré y Hugo cerró la puerta y encendió las luces. A mano derecha quedaba la cocina, que conectaba con el amplio salón a través de una barra. El salón estaba decorado con sobriedad, pero con unas líneas muy modernas. El suelo, de madera oscura, se veía cuidado y reluciente. Las paredes, de un color gris parduzco, conjuntaban con la esponjosa alfombra que ocupaba casi toda la superficie del salón, donde había un sofá con cheslón de color gris más oscuro, una mesa baja cuadrada, una televisión de plasma muy grande y muchos muebles modulares llenos de libros. Lo que me faltaba: no hay nada más sexi que un hombre guapo que lea. Además, en las paredes reinaban dos grandes cuadros, uno a cada lado; pintura entre la fotografía y el hiperrealismo moderno. Una luz entraba a través de un gran ventanal tapado por estores. Fuera se adivinaba una buena terraza.

—Tienes una casa preciosa.

Noté que se pegaba a mi espalda.

—¿Te gusta? Pues ya verás la habitación…

—Me gusta esta alfombra… —Jugueteé mientras notaba cómo sus manos subían hasta mis pechos. Gemí cuando los apretó entre sus dedos.

—Dios, tienes unas tetas…

Al grano. Sin poesía. Sin florituras. Cerré los ojos cuando me apartó el pelo y se dedicó a besar y morderme el cuello. Eché la mano hacia atrás y le toqué por encima del pantalón una erección que se marcaba perfectamente.

—Estoy loca… —gemí.

—¿Por qué?

—Porque casi no te conozco, porque voy a tener que verte el lunes y…

—Y mañana por la mañana…, porque te voy a follar hasta que salga el sol.

Me dio la vuelta y nos besamos como animales, con las lenguas descontroladas y hambrientas. Sus manos desabrocharon el botón del cuello de mi vestido y la gasa que cubría el escote cayó hacia delante dejando el forro con forma de escote de corazón a la vista.

—Llevo toda la noche comiéndote con los ojos —jadeó.

—¿Incluso cuando me viste bailar con Nicolás?

—Sobre todo cuando te vi bailar con Nico.

—¿Un *voyeur*?

—Entre otras cosas. ¿Te molesta?

Me encogí de hombros mientras le desabrochaba la camisa.

—Con tu vida sexual haz lo que te plazca.

—Oh, qué moderna —ironizó.

—Estoy en tu casa, desnudándote. ¿Crees que soy una mojigata?

—Claro que lo eres —contestó con una sonrisa suficiente.

Su brazo me levantó del suelo, sujetándome por el culo, y yo le rodeé con las piernas. Nos besamos pero recuperé mis labios de entre sus dientes con fingida frialdad y le miré levantando una ceja.

—Ni puta ni santa —le dije.

—Más santa que puta.

Su seguridad empezaba a repatearme. Me hacía sentir… infantil. Me dejó en el suelo y tiró de mi mano hasta una de las puertas que había en un pasillo contiguo. Al abrirla apareció un dormitorio con una cama muy grande perfectamente hecha y muy pocos muebles. En una de las paredes colgaba un cuadro que representaba a una chica sentada de rodillas en el suelo, con las piernas ligeramente abiertas. Vestía solo unas braguitas amarillas y se cogía los pechos desnudos con expresión orgásmica tras unas graciosas gafas de pasta amarillas. Tenía los brazos tatuados con pequeños dibujos de colores y el pelo castaño y agraciado.

—Oh, vaya —dije sorprendida.

—Es una ilustración de Keith P. Rein. ¿Lo conoces?

—No. Muy explícito, ¿no?

—Espera a ver lo que hay en el baño. —Se acercó y susurró—: Quítate las bragas.

—Quítamelas tú.

La cremallera del vestido descendió y se cayó al suelo. Casi vomité de los nervios. Tuve que procurarme una charla interna, convenciéndome de que acostarse con un tío una noche no tenía nada de malo. Me giré hacia él, que se estaba quitando la camisa. Dios…, tenía un pecho espectacular. Pasé las manos sobre sus pectorales y él me desabrochó el sujetador con un solo ademán; este tío sabía latín. No hice amago de esconderme, sino que tiré el sostén sin tirantes a un lado y le miré a los ojos.

—¿Sigues pensando que soy una mojigata virginal?

Le desabroché el pantalón y metí la mano dentro sin apartar los ojos de su cara. Una sonrisa de lado apareció en sus labios.

—No digo que no tengas experiencia —susurró—. Tendrás la tuya…, poca pero tuya. Lo que digo es que… estás acostumbrada a paja, mamada y polvo mediocre.

—Oh… —me burlé—, menos mal que me he encontrado contigo, que me vas a enseñar lo que es follar, ¿no?

Lanzó un par de carcajadas.

—Ay, nena…, si me dejaras sí te iba a enseñar cosas.

—Doctor amor… —dije sin parar de tocarle algo que así, a tientas, parecía el monstruo del lago Ness.

—Yo no tengo tabúes, ¿sabes?

—Todos tenemos tabúes.

—Yo no.

Sacó mi mano de dentro de su paquete y se quitó los zapatos de una patada, se agachó para desembarazarse de los calcetines, que también dejó tirados, y después se desprendió del pantalón y la ropa interior.

—¿Y qué te gusta? ¿Hacerte fotos mientras follas? —le dije intentando que no se me notara lo cohibida que me hacía sentir su desnudo.

Allí, en mitad de un dormitorio bastante amplio estaba Hugo completamente desnudo. Y no tenía desperdicio. Era tan hombre que juro que por un momento quise correr en dirección a la puerta. Bajo su ombligo corría una línea alba, sexi, muy sexi... hasta su vello púbico. Y allí abajo, enhiesta, la polla más perfecta que había visto en toda mi jodida existencia. Era gruesa, pesada, enorme..., me pareció hasta descarada.

—¿Fotos follando? ¿De verdad es lo más perverso que se te ocurre? Ay, *piernas*... —Fingió un suspiro y después me señaló—. Te sobra ropa.

Tragué saliva. Tenía ganas de pedirle que apagara la luz y cerrara la puerta. Necesitaba algo que convirtiera la atmósfera en algo más íntimo.

—¿No deberías quitármela tú?

—No, quiero quedarme con el recuerdo de cómo lo haces tú. Una fotografía mental para cuando esté solo.

Sonrió burlón y me instó a que me desnudara con un ademán. Recordé la foto que encontré en su cajón de la perversión. Yo creía que era una guarrería, algo oscuro, perverso y prohibido, y resultaba que para él eran juegos de colegio. Deslicé mis braguitas piernas abajo y después las alejé de una patada. Desnuda delante de él. Los pezones se me endurecieron aún más y el sexo me palpitó. Hugo se mordió el labio con deseo y se acercó, estampando su boca contra la mía con brutalidad. Su mano derecha se metió entre mis piernas de inmediato y siguió con lo que había empezado en la barra. Yo estaba tan mojada que me daba vergüenza, aunque a juzgar por el gruñido que salió de su garganta, a él pareció gustarle. Cogí su erección con mi mano derecha y la toqué, sacudiéndola con suavidad. Palpitó en mi mano, haciéndose más grande. Separamos los labios totalmente empapados y los dejamos muy cerca.

—¿Te gusta? —me preguntó.

—Sí. —Tragué.

—Déjate llevar… —pidió a media voz—. No pienses. Solo siéntelo.

Cerré los ojos y dejé escapar un suspiro, mientras sus dedos me acariciaban con pericia. Sabía qué tocar, cómo tocarlo y cuánto: era un jodido Dios del sexo dándome una *master class*.

—Es… tan raro —musité.

—No lo es. Es… natural. Dime si te gusta, si quieres más. Quiero que te corras conmigo.

Abrí los ojos y sonrió. Se inclinó hacia mi boca y nos besamos. Su lengua demandaba atención y pasión. El tono de las caricias fue subiendo, como la temperatura de la habitación.

—Llevo días pensando en esto —confesó—. Y sé que tú también.

—Dios…, estoy loca. —Eché la cabeza hacia atrás.

—Déjate llevar…, disfruta, Alba.

Comprimí un poco más su erección dentro de mi puño y Hugo gimió con los dientes apretados. Dimos unos pasos hacia la cama y nos dejamos caer. Me colocó a horcajadas sobre él y me movió las caderas de arriba abajo, frotándose con mi sexo. Me senté un poco más abajo, sobre sus muslos, y seguí masturbándole despacio. Alargó su mano derecha y reanudó sus caricias también. Los dos empezamos a jadear.

—No quiero correrme en tu mano —gruñó—. Y no dejo de pensar… Si haces una paja así…, cómo harás el resto.

Me eché a reír, supongo que como reacción a lo tensa y nerviosa que estaba, y él tiró de mí para besarme. Aquel beso se convirtió en algo desesperado cuando volvimos a frotarnos. Estaba húmeda y él muy duro y en cada movimiento de cadera rozaba con toda su longitud mi clítoris, haciéndome gemir.

—Fóllame —le pedí—. Dios…, fóllame ya.

—¿Te sientes mala al decir eso? —contestó en un tono oscuro y grave—. ¿Te sientes sucia?

Me mordí el labio, pero no contesté. Lo cierto era que sí. Hugo exhalaba sexo, morbo y descontrol por cada poro de su piel.

—Yo quiero enseñarte más… —susurró—. Joder, nena, si te dejaras, iba a enseñarte mucho…, cosas que aún no sabes que te gustan.

Me agarró de las nalgas con fuerza y su boca buscó mis pechos. Jamás en mi vida había estado más excitada que entonces. Su polla se rozaba contra mi sexo y contra mis muslos y mi cuerpo solo sentía la necesidad de que me follara de la manera más salvaje que supiera.

—Joder, fóllame. Fóllame fuerte… —me escuché pedirle.

Hugo alargó la mano hasta la mesita de noche y se irguió, colocándose de rodillas entre mis piernas. Cogió un condón y se lo puso tan rápido que me acojoné. Ese tío tenía práctica, mucha práctica. Después se tumbó encima de mí y empujó hasta penetrarme con fuerza. Me sentí tan pequeña y virginal cuando noté toda mi carne tirando para dejarle espacio…

—Joder…, qué apretada estás. —Y lo dijo con una voz que era Viagra pura.

Levantó un poco mis caderas, arqueándome debajo de él, y empujó con fuerza hasta colarse en mi interior más hondo. La sacó y volvió a entrar haciéndome consciente de cada centímetro de piel y terminación nerviosa. Había sido la penetración más deliciosa de mi vida.

—Sigue…, sigue, fóllame más duro —gemí.

Me agarré a su espalda y le clavé las uñas. Hugo salió de mí y volvió a entrar fuertemente.

—¿Duro? Nena…, ¿duro?

—Sí. Duro…, fuerte… —gimoteé.

Hugo se agarró a la almohada y empezó a penetrarme con rabia. Jamás había sentido aquello. Era placer y descontrol; era alcohol en la sangre y sexo en el aire. Era la sensación de que en aquel momento sería capaz de hacer cualquier cosa que ese hombre me pidiera en la cama. Se incorporó, colocándose de rodillas, agarró mis caderas y las levantó. La fricción que se producía en esa postura convertía el sexo que yo conocía en cosquillas. Ahora entendía que jamás había follado como es debido. Me agarré los pechos, que vibraban con cada estocada, y él empujó hasta que me dolió la piel que chocaba con la suya.

—¿Te han follado alguna vez duro de verdad? Te gusta que te traten así, ¿eh, nena? ¿Te gusta y no se lo dices a nadie…?

—Sí. Hazlo.

Nunca, en toda mi vida, había fantaseado con que un tío me tratara mal en la cama. Nunca me había excitado el sexo violento ni la rudeza, pero ahora moría por que Hugo me agarrara fuerte con sus manos y me zarandeara. Tiró de mí con violencia y me levantó hasta colocarme a horcajadas sobre él, que se mantenía de rodillas. Su mano izquierda me tenía cogida tan fuerte que hasta me dolía, diluyéndome en el placer de las penetraciones acompasadas; la derecha me cogió de la cara, clavando los dedos en mi piel.

—¿Qué quieres, nena? ¿Qué quieres? Dímelo.

Eché la cabeza hacia atrás. Creo que tenía el raciocinio apagado y que lo único que campaba a sus anchas en mi cuerpo era el deseo. Hugo me cogió entonces del cuello sin presionar pero con firmeza, rematándome. El orgasmo empezó a acercarse.

—Contesta. ¿Qué quieres?

Le miré con la expresión empañada y contesté algo que ni siquiera pasó por mi filtro mental. Fue lo primero que me vino a la cabeza:

—Quiero ser tu puta.

Hugo se quedó mirándome sorprendido. No pudo disimularlo; hasta sus embestidas se calmaron, a pesar de que sabía que él también debía de estar cerca de correrse.

—Dímelo otra vez… —masculló entre dientes.

—Quiero ser tu puta.

La colisión entre sus caderas y las mías empezó a ser más y más violenta y me abandoné. Del fondo de mi sexo nacía un calor, una pulsión, que iba extendiéndose por el resto de mi cuerpo. Y su polla, que me dilataba por completo, daba continuamente en el centro de una diana que me llevaba a la luna. Y cada vez la notaba más gruesa, más dura…

—Me corro… —le dije a voz en grito—. Dios…, ¡me corro!

Su boca se acercó a mi oído y mientras empujaba hacia mi interior empezó a susurrar:

—Quiero correrme en tu preciosa boca. Quiero que me lamas, que deslices tu lengua por encima. Que disfrutes sintiendo cómo me voy…

Eso me pudo. Su voz, derritiéndose en mi oído, diciendo aquellas cosas… Creo que hasta puse los ojos en blanco cuando estallé. Y estallé como si fuera el último impulso de mi cuerpo antes de morir. El orgasmo más brutal y glorioso de toda mi jodida existencia.

—Sí… —gimoteé.

Hugo me cogió la cara con una mano otra vez y me acercó a su boca. Nos besamos como dos animales y aspiró mis gemidos finales, deslizando su lengua por todos mis rincones. Nunca antes había sentido mis labios como una zona erógena con aquella intensidad. Me corrí también con ellos. Y quise hacer realidad sus palabras.

Empezó a gemir con fuerza entre jadeos roncos y adiviné que estaba a punto de correrse también. Así que me encaramé a él y acercando mi boca a su oído susurré:

—Quiero que te corras en mi boca. Quiero lamer hasta la última gota y disfrutar con el sabor.

Hugo salió de mí de golpe y tiró del condón hasta quitárselo. Sé identificar una invitación desesperada cuando la tengo delante, así que me moví con celeridad y me arrodillé delante de él, de pie junto a la cama. Cuando me la metí en la boca sabía a látex y ya se intuía el sabor dulzón del sexo. Succioné con fuerza, le miré a través de mis pestañas maquilladas y le insté a agarrarme del pelo, llevando su mano hasta mi cabeza. Cerró los ojos durante unos segundos, en los que empujó, follándome la boca; los abrió muy pronto y estudió mi expresión, con el ceño fruncido y los labios apretados. Noté el disparo cálido llegar hasta mi garganta y tragué. Le siguieron más y más y más y yo tragué y le miré gemir. Cuando su mano ya no ejercía fuerza en mi cabeza la saqué de mi boca y le pasé la lengua repetidas veces por la punta.

—Me cago en la puta, Alba… —gruñó estremeciéndose.

Apoyé la frente en su cadera, jadeando. Me sentía como si hubiera corrido la maratón: sudorosa, cansada y… satisfecha. Me levanté y pasé un dedo por la comisura húmeda de mi boca. Los ojos de Hugo me recorrieron la cara al completo. Después me acercó a él y me besó. Le dio igual haberse corrido allí momentos antes, porque me devoró hambriento, como si acabáramos de empezar.

—Lo que acabas de hacer… —dijo jadeante— no se me va a olvidar en años. —Me reí a carcajadas y él sonrió, pero con una pulsión oscura bajo ese gesto—. No sabes lo que has hecho, nena. Ahora no querré parar.

8

Yo siempre había tenido una norma: si follas con un tío una noche y vas a su casa, huye nada más terminar. No es que tuviera mucha experiencia en aquel tipo de rollos de una noche, la verdad, y ahora estaba tumbada desnuda en la cama de un compañero de trabajo con el que había coqueteado desde el primer día. Había sido el mejor polvo de mi vida, sí, es verdad, pero trabajábamos en la misma oficina y apenas nos conocíamos… Por no mencionar que me daba bastante vergüenza recordar el tono que había tenido nuestro encuentro. ¿Le había pedido de verdad que me tratara mal? ¿Había salido de mi boca aquel «Quiero ser tu puta»? Y lo peor: ¿cómo podía haberlo dicho en serio?

Cuando me levanté con intención de vestirme él me pidió que me relajara y me dijo que me haría algo de cenar.

—¿Crees que no voy a querer repetirlo? —preguntó de soslayo antes de salir de la habitación con un pantalón de pijama liviano.

Pues vaya..., que no sé dónde quedó la norma aquella noche. Mucho teorizar sobre cosas por las que no había pasado y ahora era una mojigata jugando a decir guarradas en la cama de un tío del que ni siquiera sabía cosas tan básicas como la edad. Ay, por Dios..., Alba...

—¿Zumo o Coca-cola? —preguntó desde la cocina.

—De verdad que no hace falta, Hugo. Debería irme a mi casa.

Hugo volvió a la habitación cuando me estaba colocando las braguitas a la altura de la cadera. Solo llevaba el sujetador y el culote y sus ojos se deslizaron por todo mi cuerpo. Dejó la bandeja que cargaba sobre la cama y tiró hacia mí la camisa que llevaba puesta en la fiesta.

—Si no..., mal vamos. —Sonrió.

Me la puse y una bofetada de su olor me envolvió entera. Era tan delicioso que deseé poder llevármela a casa y dormir con la suave tela encima de... nada más. La abotoné un mínimo y me arremangué. Hugo me lanzó una mirada de reojo que me derritió y me señaló la bandeja, donde había dos vasos de zumo y un sándwich partido en dos triángulos. Me tendió el plato y me sonrió.

—Yo...

—No seas tonta. Cómetelo tranquila. Después ya decidirás.

—Gracias. —Le di un mordisco muerta de vergüenza, pero mi cara mutó a la sorpresa, porque aquello sabía a gloria—. Joder. Qué bueno.

Me guiñó un ojo, tendió el vaso de zumo hacia mí, cogió el suyo y se lo bebió de un trago. Yo masticaba observando el cuadro que había frente a la cama, el de la ilustración sugerente. Le miré de reojo y me reí de manera infantil volviendo mis ojos a los trazos del dibujo.

—Me gusta. —Asentí antes de dar otro bocado.

Se colocó a mi lado y me palmeó el culo por debajo de la camisa.

—Estoy completamente loco por tus piernas. —me dijo cogiéndome por la cintura y colocándose detrás de mí.

Nunca habían alabado mis piernas y me sentí... halagada. Tremendamente halagada, a decir verdad.

—Gracias —contesté con una sonrisilla y la boca llena.

—¿Por el piropo o por el polvo?

—Por las dos cosas. —Rocé mi trasero contra su paquete y le escuché ronronear.

—Joder..., qué culo. Me encantaría follártelo.

Me giré con el sándwich en la mano y los ojos abiertos de par en par. Tragué.

—¿Perdona?

—¿Qué? —preguntó con el ceño fruncido.

—¿Me acabas de decir que quieres follarme el culo?

—Sí. La pregunta es: ¿quién no querría?

—Eh... —Pestañeé forzosamente y me reí, alcanzando el zumo para bajar el bocado que se me había quedado parado en mitad del esófago—. Joder, Hugo.

—¿Qué?

—¿Vas diciendo por ahí a la gente que quieres sodomizarla?

Chasqueó la lengua y se rio desvergonzadamente.

—¿Ves como aún no...?

—Aún no ¿qué?

—Aún no tienes mucha idea. Aunque apuntas maneras.

—Oh, seguro que tú puedes enseñarme —me burlé.

—Claro que puedo, pero no sé si no te habrás puesto muchas barreras. Una pena, con ese culo y tu edad, las cosas que te vas a perder en la vida.

—Ilústrame —dije apoyándome en la pared en posición chulesca.

—¿Qué quieres saber?

—No sé. Tú eres el que pareces estar más enterado sobre estas cosas.

Se tiró en la cama con una exhalación y yo me quedé allí de pie, mirándolo.

—Estás increíblemente sexi ahí, recién follada, mirándome con mi camisa puesta —dijo.

—Pues tú estás muchísimo mejor sin ella. Pero estoy esperando la clase magistral.

—Este tipo de clases no son teóricas, *piernas* —se burló mientras acomodaba la almohada debajo de su cabeza.

—Es la peor excusa que he oído nunca para repetir.

—¿Necesito excusas? —preguntó arqueando una ceja.

—Si me dices que quieres petarme el culo, te aseguro que necesitas excusas y muchas drogas.

—Menos lobos, caperucita... —Hugo se echó a reír y yo le acompañé a carcajadas—. Tienes pinta de estirada, ¿lo sabes?

—Así ahuyento a tíos como tú.

—Espero que te funcione mejor con otros imbéciles porque te acabo de echar un polvo de vicio.

—Vicio el que tienes tú... —contesté de soslayo mirando de nuevo el cuadro.

—Hay que probar y... no finjas, que se te ha visto proactiva.

Me giré de nuevo con una mirada de simulado desprecio.

—De las cosas que se hacen en la cama no se habla.

—¿Te gusta el sexo violento de verdad?

—¿Hablas de sadomasoquismo? —pregunté a mi vez.

—No. Eso es más bien un juego de poder. Las cosas tan disciplinadas no me van.

—¿Entonces?

—Ya sabes. Tirones de pelo, nalgadas, empujones, que te cojan del cuello, *breath control,* que te follen a lo bestia, que te escupan...

Mi hermana siempre dice que no sirvo para jugar al póquer. Imaginaos mi cara al escuchar todas estas cosas. Lo de «que te escupan» había terminado de rematarme. Pues no…, no me gustaba que me escupieran. Eso se saldaría con un puñetazo en la entrepierna con toda seguridad.

—Paso de los escupitajos.

—Mujer…, así dicho. No es tal cual.

—Da igual.

—¿Y te gusta el sexo anal?

—Joder, Hugo, ¿qué es esto? ¿Una entrevista guarra de trabajo? —Me reí.

—Me ha gustado —dijo con una sonrisa sensual—. Quiero repetir y repetir y repetir…

—¿Y eso qué tiene que ver con…?

—¿Te gusta o no?

—No es mi plato preferido del menú —contesté tratando de parecer resuelta.

Lo había hecho con mi exnovio alg(una) vez y la verdad que cediendo ante su insistencia. Pero no terminó de gustarme… o sí. No lo sé. A lo mejor el que no terminaba de gustarme era él.

—¿Te has follado alguna vez a una tía? —Y Hugo lanzó la pregunta al aire como quien consulta la predicción del tiempo.

Pestañeé.

—¿Debo creer que haces habitualmente todas esas cosas? Y en cualquier caso…, ¿tengo por qué contestarte?

—Lo que quiero saber es hasta dónde has llegado hasta ahora y hasta dónde te gustaría llegar. Sin más, *piernas*. Conversación poscoital.

—Eso nunca se sabe. Las cosas no son así y te estás pasando. Creía que eras un caballero.

—Y lo soy, pero hablo claro, nena. Todo el mundo tiene un límite al que no quiere llegar.

—¿Y cuál es el tuyo?

—Uhm. —Se acomodó—. Temas escatológicos. El sado tampoco me va, pero si quieres atarme…

—Dios…, esta conversación es absurda.

Le di otro bocado al sándwich y después me bebí el zumo. Me llamó a su lado en la cama y le pregunté con qué intención.

—Ven, tonta. Estamos hablando.

Le lancé una mirada furibunda con las cejas arqueadas y él insistió, tirando de mí hasta que me acomodó de lado, mirándole. Me besó en los labios. Como siempre, aquel beso no tuvo nada de plácido o tranquilo. Cuando Hugo besaba lo hacía con labios, lengua y dientes, que deslizaba sensualmente por tu labio, dejándolo escapar. Metió la mano bajo mi camisa y me acercó de manera que enredáramos las piernas.

—¿Por qué te enfurruñas?

—No me gusta esta conversación. Parece que estás hablando de ganado.

—¡Eso no es verdad! —Se rio—. Solo quiero saber cosas. Y si no las pregunto, ya me dirás cómo lo hago.

Me acomodé en la cama. Era lo suficientemente blanda y firme como para ser perfecta. Allí se debía de dormir de miedo… Ya me constaba que se follaba de miedo.

—Qué bien… —comenté por llenar el silencio.

—Estás tan sexi… —Su nariz acarició mi cuello y sus dientes me lo mordisquearon—. Vas a protagonizar muchas fantasías, me parece.

Le miré de reojo, allí tirado, con un brazo debajo de la cabeza, el torso desnudo y aquellos pantalones de pijama tan livianos…

—Es posible que tú también.

—¿Y con qué fantaseas? —me preguntó.

—¿Vamos a hablar de eso?

—¿Por qué no? Quiero saberlo…

Miré al techo lanzando un suspiro.

—Para ser sincera, últimamente con lo que acaba de pasar sobre esta cama.

—Y en esas fantasías ¿cómo te follo?

—Ay, Hugo, pues no sé…

—Tabúes.

—Hombre, estarás de acuerdo conmigo en que no es un tema de conversación muy cómodo…

—Yo no tengo problemas en decirte que me he pasado la tarde pensando en follarte el culo mientras te tiras a Nicolás.

Me giré para mirarlo totalmente estupefacta. Habíamos cubierto el cupo de cosas que no entendía y que podía disimular. Me aparté un poco y después de unos segundos de reflexión, me levanté, me quité su camisa y la dejé sobre la cama. Hugo se incorporó.

—¿Qué haces?

—Me visto.

—¿Por qué?

—Pues porque me voy.

—Alba…

Cogí el vestido y me lo coloqué lo más rápido que pude. Después me puse las sandalias y salí a por el bolso, que había dejado caer sobre la cheslón del sofá. Hugo me siguió.

—¿Puedes esperar?

—Si lo que quieres es repetir, creo que ya tienes material para otra paja.

—Pero ¿qué te pasa?

Me retuvo con suavidad y yo me zafé. Me sentía… mal. Sucia. Asco. Todo empezó a tomar matices moralistas y me sentí como si mi madre fuera a terminar por enterarse de que había follado como una loca con un tío del curro al que apenas conocía. Las cosas que Hugo me decía no me gustaban. No me gustaban una mierda.

—Juguetear es una cosa, ¿sabes? Pero te estás pasando y a mí se me ha debido de ir la olla por completo.

—Alba, respira. —Sonrió—. La mitad de las cosas que digo son solo una provocación. Me irás conociendo. Estoy bromeando. No pasa nada.

—Claro que no pasa, porque me voy.

—El sexo además de hacerse también se habla, ¿sabes?

—Me parece estupendo. Haz lo que te plazca con tu polla, pero déjame estar. No me gusta que me traten así.

—¿Cómo? ¿Te he tratado mal?

—Me has tratado sucio.

—El sexo siempre es sucio, Alba. Piénsalo. Te estás ofuscando. Es sexo y nos hemos corrido los dos. Solo estábamos jugando.

No se me ocurrió decir nada más, así que le pedí que me dejara ir y él me soltó sin discusión. Cuando cerré la puerta de su casa sentí tantas cosas que… no sabría numerarlas. Asco. Miedo. Vergüenza. Me sentía… ridícula, utilizada y… arrepentida.

Lloré como una cría en el taxi de vuelta a casa. Me había equivocado. Mucho. «Es un tío del curro…, joder, Alba…».

9

Eva me llamó a las doce del mediodía para preguntarme si quería acompañarla a comprar unas cosas al centro. Decliné la invitación y cuando propuso pasarse por mi casa con unas cervezas le dije que había asistido al cóctel de la empresa la noche anterior y que tenía resaca. Una verdad a medias. Si tenía tanta resaca era porque al llegar a casa me había sentado en el sofá a beberme unas copas de vino más. Me puse el iPod con música a toda pastilla y cuando me desperté la batería se había terminado y yo seguía con los auriculares y el vestido de noche puestos. Eso y el recuerdo latente del sexo brutal e hipersatisfactorio con Hugo.

Tenía la boca seca. La boca seca y el cuerpo lleno de una extraña sensación, mezcla de vergüenza y decepción. Me avergonzaba lo que había pasado la noche anterior y a la vez sentía que había sido una de las experiencias sexuales más increíbles de toda mi vida. Algo me decía que Hugo buscaba provocarme con aquello, que solo estaba jugando pero... ¿para qué?

—Oye, Alba, ¿estás bien? —me preguntó Eva—. Si quieres paso por el Dunkin' Donuts y te cojo uno de esos que parece el Monstruo de las Galletas.

—No. No. Necesito darme una ducha y seguir durmiendo.

—¿Tan *destroyer* fue?

—O más.

Cuando colgué me di cuenta de que había recibido un mensaje de Olivia en el que me preguntaba si me encontraba mejor. Le contesté que tenía el estómago revuelto y que necesitaba dormir, pero que no era nada que no se curara con una ducha y un fin de semana de cama y pelis. Me pregunté a mí misma qué tipo de cama y qué tipo de películas me apetecían en realidad.

Haciéndome caso a mí misma por primera vez en mucho tiempo, me metí en el cuarto de baño dispuesta a darme una ducha. Allí me percaté de que tenía cuatro marcas redondas amoratadas en una nalga…, claramente recuerdo de los dedos de Hugo agarrándome con fuerza para hundirse en lo más hondo de mí y llevarme al espacio sideral.

Su puta madre en vinagre, joder. Volvía a estar cachonda solo con pensarlo.

A pesar del calor que hacía puse el agua muy caliente y aguanté debajo del chorro hasta que me dejé la piel roja y humeante. Después fui cambiándola a fría gradualmente. Los brazos de Hugo levantándome a pulso de la cintura me vinieron a la memoria. Dios. ¿En qué estaba pensando? Recordé haber bailado sucio con Nicolás, la mirada de Hugo mientras lo hacía y después sus fantasías, confesadas con la misma facilidad con la que alguien te cuenta que le encantan los días de tormenta.

Me sequé un poco el pelo con una toalla, me vestí y me preparé uno de esos tazones de *noodles* a los que solo hay que echarles agua hirviendo. Así, sentada en el sofá con las piernas encogidas, tratando de no morir abrasada por la sopa y con una Coca-cola light, me puse a ver una de esas películas de sobremesa de los fines de semana, pero no me enteré absolutamente de nada. Mi cabeza comenzó a divagar mientras mis manos llevaban mecánicamente la comida hasta mi boca. Primero los fideos, después un sorbo de Coca-cola. Así hasta que terminé, con la mirada perdida, pensando sobre mi vida. Mis veintinueve años. Mis experiencias vitales.

Relaciones aburridas. La única emoción que había en mi vida era el periódico, donde se trabajaba a destajo, siempre corriendo. Ahora ni eso. Una vida tranquila en una oficina que, aunque pagaba las facturas, me llevaría a una muerte segura por hastío. ¿Acabaría siendo una de esas personas para las que el mundo comienza a hacerse pequeño hasta reducirse a todo aquello que les rodea día a día y que no les satisface? Eso no era cuestión de a qué me dedicara, me dije, sino de cómo planteara mi vida. Ese era el problema.

Mi casa, pequeña, cara y que, por mucho que intentase nunca quedaba tan cuca como esos pisitos que aparecían en los blogs de decoración. Bueno, es un eufemismo. Mi casa era un antro. Mis amigas, con todas sus vidas tan enfocadas ya: Isa y su novio, que se casarían el verano siguiente; Gabi y su marido, que seguro decidirían tener bebés pronto. Mi hermana Eva, que terminaría alcanzando su sueño de trabajar en Google. Diana, para la que los relojes iban hacia atrás, ligándose cada fin de semana a un veinteañero diferente. Todo aquello que las hacía felices no funcionaba en mi vida. No me imaginaba conociendo un buen chico y manteniendo una bonita relación; estaba hastiada. No me imaginaba adecuando mis sueños laborales al escenario en el que me había tocado jugar. No me imaginaba casándome, teniendo hijos ni ligando en bares cada fin de semana. Estaba tan desubicada...

Una aventura.

Una aventura sexual con un hombre brutal, que me convertía en una voz delirante que pedía más sexo y más duro. Me había sentido tan bien con él... Antes, durante y parte del después... pero su «juego» verbal me había superado por completo.

Algo emocionante. Diferente. Arriesgado. Divertido. Peligroso quizá. Algo que nunca habría imaginado, ni siquiera con lo que hubiera fantaseado. Ir a donde otras manos quisieran llevarme porque yo quería que me llevasen. Aprender. Aprender cómo era realmente Alba por dentro, lo que quería, el porqué de esa insatisfacción natural. ¿Y si nunca me había dado lo que realmente deseaba?

Respiré hondo. Me estaba volviendo loca. En la pantalla del televisor una señora muy apenada decía en una rueda de prensa que su hija había desaparecido. Estaba claro que su novio había sido el responsable porque tenía otra familia en la otra parte del país. Se veía venir desde el minuto dos de la película.

Hugo y Nicolás. Porque de eso iba, ¿no? Nicolás y Hugo. ¿Qué querían ellos de la vida? Ellos trabajaban en una oficina y, a pesar de que Nicolás siempre parecía fruncir el ceño, daba la sensación de que se sentían... plenos. ¿Habrían aprendido ellos a completar su vida con juegos diferentes? ¿O estaba haciendo una montaña del granito de arena del comentario al azar sobre una fantasía? ¿Un comentario al azar... de verdad? No sonaba a eso. Sonaba a algo muy pensado. «Follarte el culo mientras te tiras a Nicolás».

¿Era aquello malo o moralmente reprochable? Yo me llenaba la boca de modernidad diciendo que cada cual hiciera lo que quisiera en su cama. Me creía una persona abierta y al día, pero era una mojigata. Bien lo había apuntado él. Tenía que confesármelo a mí misma. Hasta el sexo anal me asustaba. Me parecía... sucio. ¿Sucio? Como todo el sexo, me respondí a mí misma. El sexo es sexo, pero a veces se nos olvida meter la cabeza en la ecuación... y la cabeza media siempre.

¿Qué quería ser? ¿Una buena chica, acostándose de vez en cuando con un tío, esperando, ya no disfrutar, sino encontrar al hombre de su vida? Un hombre con el que, seguramente, terminaría aburriéndome. ¿Era eso lo que quería? ¿Dónde estaban todos esos hombres que llenaban las novelas y de los que hablaban en las revistas? Esos que te llevaban a cenar y con los que reías a carcajadas, como yo me había reído con Hugo. Esos que sabían qué llevaba cada combinado para poder hacértelo en su casa después de echarte un maratoniano polvo en el sofá de esos que te vuelven los ojos del revés. ¿Sabía yo lo que era eso? Porque lo único que conocía era el sexo convencional. Y con convencional quiero decir: me pica - me rasco.

«Alba…, nunca has sido una persona demasiado pasional».

«¿Que no? ¡¿Cómo que no?!».

Y todo lo que pensaba me lo discutía a mí misma unos segundos después.

Me eché encima del sofá con el móvil en las manos, jugueteando con los pies desnudos y unos cojines. Hugo tenía pinta de hacerte reír, aunque hablara de sexo de una manera tan descarnada. Y sabía hacer que te corrieras y volaras. Y sabía hacer un sándwich… ¿En más de un sentido?

Nicolás me cruzó por la cabeza. Un tipo interesante; un iceberg, que solo parecía mostrar en el día a día el diez por ciento de su verdadero yo. Porque sus manos pegándome a su bragueta no parecían coherentes con su nula familiaridad conmigo y su «simpatía». Y si el diez por ciento que se veía era solo una pose…, ¿cómo sería el resto?

¿Cómo serían los dos juntos? Porque… era aquello lo que habían propuesto, ¿verdad? Irnos a la cama los tres. ¿O los malinterpreté? No. O sí. ¿Uno miraría? ¿Los dos participarían? Jugueteé con la idea de ser más valiente y haberme enterado de los pormenores del asunto. Plantarme allí y pedirle explicaciones a Hugo. Echar otro polvo con él contra la puerta de su dormitorio y dejar que, mientras me follaba, me hablara de esa fantasía. Coger las riendas de cosas que me avergonzaba desear. Ser… lo suficiente mujer como para saber hasta dónde estaba dispuesta a llegar yo misma. Uno debe conocer sus límites, ¿no? Debe hacerse preguntas.

No sabía si había perdido la cabeza del todo o si el orgasmo de la noche anterior me había hecho enloquecer. ¿Dónde se habían quedado las preocupaciones derivadas de follar con alguien del trabajo en una empresa en la que acabas de entrar?

Busqué entre los mensajes y leí el suyo… ¿Y si le llamaba? Sí, hombre. Me moriría de vergüenza. ¿Qué iba a decirle? Las palabras no eran lo mío; bueno, sí lo eran, pero las escritas. Escribiendo no tenía ningún problema, pero el tú a tú me aturullaba. Y más si iba a ser la voz de Hugo la que me encontrara al otro lado del teléfono. Entonces… ¿y si le enviaba un wasap? ¿No se había inventado la mensajería instantánea para estas cosas?

Busqué entre mis contactos de wasap y allí lo encontré. Como estado, solo el típico «Hi, there, I'm using WhatsApp!». Un tío de los que no perdían el tiempo en cambiar esas chorradas. Yo sí lo había hecho, pero porque en mi tiempo libre me sobraban las horas para prestar atención a aquellas cosas. Él seguramente estaría follando como una bestia en el mismo momento en el que yo me preguntaba qué frase sería más ocurrente para poner como estado.

Abrí una conversación. Sí tenía foto. Era una foto suya en la playa, vestido, para mi desgracia. Se trataba de la típica foto que una tía elige por un tío para ese tipo de cosas. ¿Una exnovia quizá? El típico: «¿Por qué no pones una foto en wasap? Esta, por ejemplo». Estaba realmente guapo, sentado en la arena, riéndose, con los ojos escondidos como si le diera el sol de cara. Ay, Dios. Morenito e increíble.

Empecé a escribir: «Siento haberme ido anoche como lo hice. No sé si fue el alcohol o que no estoy habituada a vérmela con esas situaciones». Leí el texto. Lo volví a leer. Me mordí el labio inferior y borré. Al final dejé:

«Siento haberme ido anoche como lo hice».

Le di a enviar y me levanté del sofá, dejando el móvil a un lado. Fui a la cocina y me hice un café. Me lo serví con hielo y me lo bebí a toda prisa porque, aunque estaba simulando tranquilidad, me moría por volver al sofá a comprobar si había contestado o si, simplemente, le habría llegado el mensaje. Cuando me encontré a mí misma con la frente apoyada en las baldosas de la cocina decidí que lo mejor era enfrentarme a ello.

Volví a coger el móvil y el estómago se me puso de corbata al ver que tenía una contestación esperándome:

«No te preocupes. Es una reacción bastante más normal de lo que crees. ¿Todo bien? ¿Resaca?».

«Alba. Déjate de tonterías. Si le estás escribiendo es porque quieres. Déjate la mojigatería para fingirla delante de tu madre», me dije en voz alta, gesticulando.

Estupendo. Ya era oficial: estaba loca.

«Lo dices como si estuvieras muy acostumbrado a lidiar con esas reacciones. Todo bien. Aburrida. Resaca controlada», le envié.

Escribiendo…

«Es que estoy habituado a lidiar con esas reacciones».

Directo, como siempre. ¿Habituado a lidiar con esas reacciones? Sería pedorro el tío. Petulante.

«Si estás aburrida, ¿por qué no vienes?», añadió.

«¿Adónde?».

«A mi casa».

«¿Para qué?».

«A tomar una copa. A escuchar música. A hablar. A follar. Puedes elegir. En la terraza dentro de un rato se estará de vicio».

«Uy…», exclamé repipi, y me abaniqué la cara con la mano.

«¿Estás tú solo?», pregunté.

«Sabes la respuesta».

Me debatí. ¿Qué coño iba a saber yo?

«No sé, Hugo».

«Coge un taxi ya. Deja de darle vueltas. Creo que ya le has debido de dar demasiadas».

«Las cosas se piensan», contesté.

«Las cosas se hacen. Ven YA».

El siguiente mensaje era una dirección. Tras esto, dejó de estar en línea. Era un «decide tú» con todas las de la ley. ¿Y qué iba a decidir?

10

Sentada en el taxi me pregunté doscientas mil veces qué cojones estaba haciendo. Loca del coño, eso es lo que estaba. Puto furor uterino. Me sentí tan ridícula allí sentada, vestidita con un pantalón vaquero capri de color negro y una camiseta blanca con rayas también negras, con mi *eyeliner* perfectamente estudiado, mis labios rojos, mis pestañas maquilladas y mi pelo en un moño fingidamente despreocupado. Que alguien me explique a qué cojones iba yo. A follar, estaba claro. Porque… íbamos a follar, ¿no? Cada vez que lo pensaba me daba un vuelco el estómago y el sexo se me contraía en un espasmo de placer. La garganta seca, los oídos taponados de recuerdos de gemidos y grabada en la memoria la visión de su cuerpo desnudo. Joder. Debía de ser el pedo que llevaba la noche anterior, pero lo recordaba como un jodido *kurós* griego.

El taxi paró junto a un edificio de viviendas de ladrillo rojizo y un poco apartado, en la zona de Arturo Soria. La noche anterior no me había dado ni cuenta de dónde estábamos.

Ni a la ida ni a la vuelta. ¿Estaba hecha una demente o no? Llamé al telefonillo que Hugo me había indicado y me abrieron sin mediar palabra. Subí en el ascensor al borde del desmayo, llamándome imbécil y con la tentación de marcharme de allí y no volver a saber nada del asunto.

Cuando la puerta del ascensor se abrió, Hugo me esperaba apoyado en el quicio de la puerta en una postura que… no sé ni explicar. Dentro de mi cabeza yo gritaba como una fan de Justin Bieber. Llevaba una camiseta de color azul verdoso y unos vaqueros oscuros. Iba descalzo y despeinado y en su cara reinaba una expresión que me infundió… tranquilidad.

—Hola, nena. —Sonrió. Si pensaba que yo era una cerda, desde luego no se le notó.

Pero… ¿qué tipo de reflexión era esa? ¿Acaso pensaba yo mal de él por disfrutar del sexo como lo habíamos hecho la noche anterior? Concentración, Alba.

Me dio un beso en la mejilla y me pidió que pasara. Eché un vistazo. No había moros en la costa.

—¿Qué te apetece tomar? —me preguntó mientras se metía en la cocina.

—Nada —le contesté—. Pero gracias.

—No seas tonta. ¿Una copa de vino?

—¿Qué tomarás tú? —le pregunté girándome hacia él.

—Lo mismo que tú. —Sonrió.

—Pues… ¿blanco?

—Claro. Siéntate. Enseguida voy.

Como una autómata me senté en el sofá. Nada que ver con el mío. Nada de ese piso tenía que ver con mi casa. Mi casa entera cabía en aquel salón, pensé. Me sentí desaliñada, como una niña con las manos llenas de chocolate en mitad de una casa completamente blanca. Aquello me provocó cierta ansiedad, hasta que la presencia serena de Hugo volvió a llenar la habitación.

—Rueda —me informó, como si yo entendiera de vinos—. Este silencio es un poco maligno. ¿Te parece si pongo algo de música?

—Claro —asentí como una tonta y cogí mi copa.

Hugo fue hasta uno de los módulos colgados de la pared y sacó un vinilo. Lo que me faltaba: un melómano. ¿He comentado que me encantan los hombres guapos, altos, con buen gusto y que aman la música? Y el arte, que no se nos olvide...

—No tengo muchas cosas que no suenen a hilo musical de Zara Home. —Se rio—. ¿Santana?

—Santana está bien.

Colocó el vinilo en un tocadiscos y empezó a sonar *Into the night.*

—No es su mejor disco. —Hizo un simpático mohín—. Pero nos sirve, ¿verdad?

Asentí y le sonreí. Se sentó a mi lado y se quedó mirándome, como esperando que dijera algo. Le mantuve la mirada y a los dos se nos fue dibujando una sonrisa lobuna.

—¿Qué? —le pregunté.

—Tienes una de las sonrisas más bonitas que he visto en mi vida —dijo—. Y la verdad es que muero de ganas de tener mi lengua dentro de tu boca, entre otros sitios.

Una de cal y otra de arena, como si tratase de mostrarme sus dos posibles caras. Le di un sorbo a mi copa de vino pero, antes de que pudiera seguir escudándome con ella, Hugo me la quitó de la mano y la dejó sobre la mesa, junto a la suya. Sus ojos recorrieron mis piernas y acercó una mano a ellas; lejos de acariciarme, me agarró de la cadera y me obligó a moverme hacia su cuerpo; no sé cómo lo hizo pero lo siguiente fue encontrarme sentada sobre él, a horcajadas. Hugo se mordió con deseo el labio inferior y después lo dejó escapar de entre sus dientes.

—Mucho mejor, ¿no crees? —Y cada bocanada de aire que Hugo exhalaba era sexo puro. Tragué saliva—. A mí me gusta llamar a las cosas por su nombre. Nico dice que os asusto pero... ¿qué puedo hacer?

—Ser más suave. Menos ofensivo. Por poner un ejemplo —musité con un hilo de voz—: me largué sintiéndome una mierda.

—Si te sentiste una mierda fue porque te agarras a cosas que tienes muy aprehendidas. Yo te hice sentir libre de hacer lo que quisieras, porque no te voy a juzgar y porque me apeteces de pies a cabeza.

Las manos de Hugo me cogieron de la cintura y me acomodaron encima de él. Después fueron subiendo hasta llegar casi hasta mis pechos. Encajada dentro de aquellas manos grandes y masculinas me sentí más femenina. Y me gustó.

—Siempre me han gustado las chicas como tú, ¿sabes?... —empezó a decir mientras me rozaba con disimulo pero sin tregua. Cuándo me rendí, no lo sé, pero sabía que había poca vuelta atrás ya en aquel momento—. Morenas, altas, con buenas piernas y pechos grandes. Con carne encima del hueso. Prietas. Sexis. Una tía de verdad. —Me arqueé con un jadeo cuando el bulto de su bragueta comenzó a rozar un punto muy sensible—. Nico y yo compartimos bastantes cosas; entre ellas, el gusto por las mujeres como tú. Y se nos da bien... jugar.

—Jugar ¿a qué?

—A follar.

—¿Juntos? —pregunté fingiendo que no me escandalizaba.

—Juntos, sí. Si estamos de acuerdo en el objetivo es bastante... placentero. —Se hundió en mi cuello, besándolo, reptando con sus labios hacia el lóbulo de mi oreja. La lamió y después susurró—: ¿Te has comido alguna vez dos pollas, Alba?

No tengo palabras para explicar todo lo que se tensó dentro de mi cuerpo al escucharle.

—No —contesté con los ojos cerrados e invadida por completo del olor intenso de su perfume.

—¿Te han tocado cuatro manos?

—No —jadeé.

—¿Y te gustaría?

—No lo sé.

—Para eso estamos aquí, ¿no? Para saber.

Me mordí con fuerza el labio inferior. Tenía toda la piel de mi cuerpo de gallina. Se me ocurrió que quizá existiría la posibilidad de ir poco a poco en aquella historia... Mal. Empezaba a ceder. Malditos labios esponjosos recorriéndome la piel.

—¿Te apetece jugar, Alba?

Me erguí para verle la cara. Hugo no estaba nervioso. Se mostraba tranquilo, excitado, sí, pero sereno. Hugo había hecho aquello muchas veces, estaba claro.

—¿A qué?

—A aprender lo que te gusta, sin prejuicios. Conmigo.

No supe qué contestar. Me levantó un poco y hundió la nariz entre mis pechos y mordió suavemente uno de ellos sobre la ropa. Por el amor de... todo lo amable.

—Sí —contesté.

—Bien... —ronroneó—. Porque dije en serio que me encantaría follarte mientras Nico también lo hace. ¿Te supone eso algún problema?

Abrí los ojos como platos.

—¿Cómo? —alcancé a decir con un hilo de voz.

—Nico, tú y yo. ¿Te apetece?

—¿Cómo? ¿Por qué?

—Porque cuando a los dos nos gusta la misma tía y sale bien es una jodida pasada. Porque te va a gustar. Porque me apetece... y sé que a él también. Y porque me encantaría encontrarme con la Alba que goza de verdad.

Sus manos subieron mi camiseta hasta hacer que me desprendiera de ella. Debajo llevaba un sujetador de encaje color rosa palo a través del que se intuían mis pezones.

—Quiero enseñarte las cosas que puede sentir tu cuerpo si no te coartas.

Sus labios pellizcaron mis pechos a través de la tela y yo gemí. Solo un roce y su aliento cálido… y mi sexo ya estaba desesperado, azotado. Le levanté la camiseta y nos deshicimos de ella de un tirón. Le deseaba con tanta fuerza…

—Me gustó lo de anoche… —confesé a media voz, con sus labios recorriéndome el cuello y los hombros de nuevo.

Le acaricié la cara y él besó mi boca lo más suave que supo.

—No soy la clase de chica que hace esas cosas.

—¿Qué chicas? ¿Las felices?

—No intentes manipularme. —Me reí.

—Yo no quiero manipularte, *piernas*. Me gustas —dijo—. Me gustaste en el metro, a primer golpe de vista. Cada día desde entonces ha sido una tortura, porque quiero tenerte.

—Ya me has tenido.

—Pero lo quiero todo.

Me levantó con sus enormes manos alrededor de mi cadera y después me desabrochó el pantalón. Lo bajé yo. Miró las braguitas a conjunto con el sujetador y se hundió en mi monte de Venus, respirando hondo.

—Cerdo. —Me reí.

—Hueles tan bien…, cada rincón de tu jodido cuerpo me llama.

Me senté de nuevo a horcajadas sobre él y los dos desabrochamos con manos locas su vaquero.

—Te voy a confesar algo… —susurró.

—¿Qué?

—Nunca nadie me había besado como tú.

—¿Y cómo beso yo?

—Como siempre he querido que lo hicieran.

Eso nos hizo sonreír. Sus labios estaban esperándome cuando volví a embestirle con mi boca. Gimió. Me saboreó. Me calentó y nos apretamos. Todo manos, lenguas, necesidad. Jadeábamos cuando aquel beso terminó y me moría por más. Más de aquello. Más de Hugo.

—No tengo condones en el salón… Vas a tener que dejar que me vaya al dormitorio —dijo de soslayo cuando mis manitas se metieron dentro de la bragueta abierta.

Me incorporé un mínimo y Hugo fue a levantarse, pero aproveché para bajarle un poco el pantalón y la ropa interior. Empezamos a besarnos como locos, con la lengua ávida y curiosa. Le mordí la barbilla y él me desabrochó el sujetador cuando el recorrido de mi boca terminó en el lóbulo de su oreja, que mordí y lamí.

Sus dedos crispados cogieron el tejido de las braguitas y de un tirón las desgarraron por la parte trasera. Gimió de frustración cuando intentó terminar de arrancarlas y no pudo. Apreciaba mi ropa interior, pero…, por Dios, que las terminara de romper y me las quitara de una vez… En el siguiente intento acabaron siendo nada más que un jirón sobre el suelo, eso y una línea roja encima de mi piel, efecto del brutal tirón. Había sido rudo, hasta desconsiderado, pero en aquel momento… me gustó. Agarré con manos firmes su erección y la introduje dentro de mí. Hugo gimió con los dientes apretados.

—Ah…, no, joder… El condón…

—Tomo la píldora…

Me levantó jadeando, saliendo de mí.

—Yo no follo sin condón.

Y me gustó que me dijera aquello a pesar de que me frustrara.

—Vale… —dije avergonzada, mordiéndome el labio inferior.

Me miró dubitativo.

—¿Por qué me haces esto? —Se rio—. Quiero volver a hacerlo.

Se hundió de nuevo en mí y me moví arriba y abajo, arriba y abajo. Era increíble. Notaba su grosor dilatándome y toda mi piel sensible.

—Deberíamos parar —jadeó.

—Para, para...

—No puedo. Dime que no follas a menudo sin condón...

—Ni siquiera follo a menudo.

—Es mi norma más sagrada, *piernas*.

—Y la mía.

—¿Y qué estamos haciendo?

Me moví en su regazo, subiendo y bajando, y gocé tanto que creí que estaba volviéndome loca.

—¿Estás sana? —preguntó con el ceño fruncido.

—Sí. ¿Y tú?

Asintió enérgicamente mientras tragaba.

—Joder... —gemí, y paré.

Hugo frunció el ceño y volvió a penetrarme con fuerza, arrancándome un grito.

—Sigue. Sigue moviéndote. No pares ahora...

—Te siento en todas partes...

Me acercó a su boca con violencia y empezamos a besarnos. Sus manos se agarraron a mis nalgas con fuerza, marcando el ritmo de la penetración. Sus largos dedos rozaban una zona en la que nadie nunca se había aventurado a dedicarme caricias, pero me dio igual. Solo quería que siguiera follándome e hiciera que me corriera como la noche anterior.

Hugo empezó a empujar desde abajo y a gruñir. Los sonidos del sexo llenaban el salón y cuando solté sus labios de entre los míos me preguntó:

—Sabes que comparto piso, ¿verdad?

—No —jadeé.

—Comparto piso con Nico... Ha salido un rato pero... no sé cuándo volverá.

Imaginé a Nicolás entrando en su casa y pillándonos allí, en mitad de un polvo supersalvaje. Imaginé que se acercaba y se unía. Eché la cabeza hacia atrás. Cambié la fantasía y lo situé a nuestro lado en el sofá, mirando y tocándose. Aceleré las caderas y el ritmo de mis movimientos.

—¿Te gustaría que entrara ahora? ¿Te gustaría comérsela mientras te follo?

Abrí la boca y empecé a gemir como creía que jamás en mi vida haría. ¿Sabéis esas películas subidas de tono en las que ella grita como si la estuvieran matando…? Pues casi.

—Eso es, nena. Eso es. Déjate llevar. Déjate llevar más…

Me acerqué a él y le lamí el cuello. Él hizo lo mismo con el mío. Después tiró de mi pelo hacia atrás y metió su dedo corazón en mi boca, agarrándome con fuerza.

—Sigue follándome, no pares —jadeó—. Voy a correrme.

Yo también estaba a punto. No hizo falta mucho para lanzarme de pleno en aquella caída. Su dedo humedecido por mi saliva presionando mi clítoris, las embestidas secas de su cadera y la mía y su lengua lamiendo de una manera demencial mis labios. Grité y sentí cómo lo apretaba en mi interior, convulsionándome de placer.

—Ah… —exclamó echando la cabeza hacia atrás—. Me corro, me corro, nena…

Dejó de moverse y yo lo llevé hacia mi interior una y otra vez meciendo las caderas; se abandonó a que yo mandara en el ritmo, la profundidad y la fricción. El orgasmo estaba siendo tan intenso que ni siquiera pensaba. Los dedos de su mano izquierda me apretaron y lanzó un alarido de placer. Juro que le sentí corriéndose dentro de mí…, fue increíble. No dejé de moverme hasta que Hugo no me paró con las dos manos en la cintura. Me miró con la boca abierta, jadeando, y esbozó una sonrisa sorprendida.

—Joder…

Hugo salió de mí y apoyamos la cabeza el uno en la del otro, jadeando aún por el esfuerzo.

—Increíble —susurró.

Cuando iba a levantarme me pidió que me quedara quieta. Sentí algo resbalar hacia mis muslos, donde ahora él tenía los ojos clavados.

—Ya no podré parar… —musitó. —Sólo quiero estar dentro de ti.

Salí del baño con las mejillas bastante sonrojadas. Lo encontré en el salón, ya vestido y aseado. Nada del pelo revuelto que mis dedos le habían dejado. No supe qué decir. Él sí, claro.

—¿Te apetece salir a cenar esta noche?

Me sorprendió. Siempre pensé que esta clase de historias eran del tipo «hoy te follo y ya volveremos a llamarnos cuando nos pique». O a lo mejor era que a Hugo le picaba muy a menudo.

—Claro —asentí—. Déjame ir a casa a cambiarme y ya me dices dónde.

—¿Y si cenamos aquí?

—¿Aquí?

—Sí. Los tres.

Me mordí el labio, rebufé y le dije con un hilo de voz que no sabía si era buena idea.

—Además, creo que hasta le caigo gorda.

—Lo que pasa es que se la pones gorda. —Se rio—. Nico es muy suyo, pero es genial, ya verás. Cocino yo. ¿Te recojo a las nueve y media en tu casa?

—Pues…

—Venga… —Sonrió con suficiencia—. Será divertido. —Me dio un beso en el cuello—. Te prometo que valdrá la pena y que no tiene por qué pasar nada. Una cena de amigos. Déjame recompensarte; no me gustó ofenderte anoche.

—Liante.

Hugo me besó en los labios y lo tomé como la despedida, así que fui a coger el bolso.

—Espera. —Se levantó—. Te llevo.

Desapareció tras una puerta durante un par de minutos y después volvió con unas zapatillas de El Ganso. El Ganso..., no podía ser de otra manera.

Bajamos callados en el ascensor hasta el aparcamiento. Volvía a respirarse tensión entre nosotros y su olor narcótico invadía por completo la atmósfera. Me miró de reojo y se inclinó hacia mi cuello, donde dejó un besito distraído. Me acerqué y permití que me envolviera la cintura y se frotara un poco contra mi trasero.

—Dios… Me vuelve a apetecer.

—Joder…, y a mí.

Me froté un poco más.

—Ay, *piernas...*, no juegues.

—¿Y eso?

—¿Le doy al botón de stop y te lo enseño?

—Ni se te ocurra.

El deseo era irrespirable, unido a la tensión que provocaba lo poco convencional que resultaba todo aquello.

Entramos en el fresco ambiente del aparcamiento y tras unos cuantos coches encontramos un Golf negro nuevo y brillante que él abrió con un guiño de luces. Me senté en el asiento del copiloto. El interior olía a nuevo y a perfume.

—¿Dónde vivías? —preguntó mientras encendía el motor.

—En la plaza de Lavapiés. ¿Me llevaste anoche en este coche?

—No —dijo escueto.

Puso música en cuanto salimos del garaje. Sonaban Los Rodríguez desde el cedé. A mi hermana le encantaban; eso me hizo sonreír. ¿Se imaginaría Eva alguna vez que su hermana estaba fantaseando con meterse en una historia sexual con dos hombres a la vez? Volví a sentir que el vientre se me contraía de deseo.

—¿Te integras bien? —me preguntó—. En la oficina, digo. ¿Estás a gusto?

—Sí; al menos eso creo.

—No te veo nunca con las chicas de nuestra planta.

—Es que son… poco sociables.

—No te pierdes nada. Son… un poquito frígidas las pobres. Pero anoche te vi rodeada de gente.

—Olivia me ha puesto las cosas muy fáciles.

—Sí, es una tía genial. —Sonrió para sí.

—Oye…, aclárame una duda: ¿Olivia y vosotros…?

—Uhm… —negó—. Lo siento, *piernas,* pero me temo que tendrás que preguntarle a ella. Cualquier respuesta me dejaría en muy mal lugar.

Lo miré. Conduciendo estaba aún más irresistible. Lo que me gusta a mí un tío conduciendo…, pues imaginad a Hugo. Apretaba la mandíbula ligeramente mientras el coche se deslizaba entre el tráfico de un sábado por la tarde.

—¿Se lo ofrecisteis? —volví a preguntar.

—Vaya por Dios, cuánta curiosidad.

—¿Es este vuestro *modus operandi?*

—Si lo que me preguntas es si tenemos el coto de caza privado en la oficina, la respuesta es no.

—¿Por qué?

—Joder con la periodista —se quejó—. Normalmente estas cosas surgen. No se puede ir ofreciendo a diestro y siniestro un dos por uno. Además, por raro que te parezca —me miró un momento, desviando los ojos de la carretera, y bajó el tono de voz como si fuera a contarme el secreto de la creación del cosmos—, no nos gustan todas las tías.

—¿Es que sois un pack indivisible?

—A veces. Y huimos de las historias complicadas como un gato del agua.

Aquello era una advertencia, ¿verdad?

—¿Os gustáis entre vosotros?

—¿Puedes dejar de hacer ese tipo de preguntas? —pidió sonriendo—. Me siento como en un tercer grado.

—Entenderás que me quedan muchas dudas.

—Lo entiendo y te prometo que iremos despejándotelas en su momento, si te apetece. Y seré suave; ya he visto que no reaccionas muy bien a la provocación.

—¿Os ponéis o no? Esto necesito saberlo.

—Somos dos hombres heterosexuales.

—¿Bisexuales? —pregunté.

—Heterosexuales —insistió con una sonrisa—. Alba, cielo, ¿por qué no aparcas un poco esa necesidad de investigar y simplemente…?

—¿Me dejo llevar?

—Exacto.

No contesté. Me dejaría llevar si la situación se hubiera dado en un local, de noche, con unas cuantas copas de más, y no hubiera habido teoría, sino práctica. Un pim pam pum, bocadillo de atún. Ellos el pan y yo lo de dentro, ¿no?

Llegamos a mi casa cuando sonaba *Sin documentos*. Hugo se inclinó hacia mí y me besó en el cuello.

—Te recojo a las nueve y media.

—Bien.

—¿Qué vas a hacer ahora?

—Echarme una siesta —mentí.

—Mejor. Te quiero descansada. Y *open mind*.

Abrí la puerta con la intención de salir, pero él me detuvo.

—Esto…, Alba…, voy a pedirte algo, ¿vale? Si esta noche surgiera la conversación…, obviemos el hecho de que esta tarde hemos follado a pelo en el sofá.

—Claro —dije cortada.

—Es importante.

Después de eso me despedí con un movimiento de cejas y salí del coche con las piernas flojas. Mucho secretito. Mucha cosa turbia. Alba…, ¿en serio sabes dónde te estás metiendo?

11

PROBANDO

Cuando entré en casa me dio un ataque de «Pero ¿qué coño estoy haciendo con mi vida?» al que siguió un «¿Es que te has vuelto completamente loca?» y el indispensable «¡¿Con qué piensas: con la cabeza o con el papo?!», que era justamente lo que yo le decía siempre a mi hermana Eva cuando se metía de cabeza en alguna de esas historias *hippies* de las suyas. Y yo... ¿de verdad estaba planteándome la posibilidad de ponerme a juguetear con dos hombres hechos y derechos que podrían, no sé, obligarme a hacer cosas en contra de mi voluntad? Siempre había sido «Alba, la sensata». Y no es un decir, es que en casa siempre había sido la niña que nunca tiene problemas en el colegio, la que no se pone demasiado brava en la adolescencia, la que no monta pollos, la que saca buenas notas, la que se pone a currar pronto... Y ahora, al parecer, era la que se planteaba meterse en la cama con dos mozos.

Evidentemente no me eché a dormir la siesta. ¿Alguien habría conciliado el sueño en mi situación? Muy al contrario, me senté delante del ordenador y me puse a indagar. De vez en cuando debería desconectar el «modo periodista» de enfrentarme a las cosas, pero me cuesta. Y eso fue lo que hice: investigar sobre los tríos sexuales como si fuera a escribir un artículo sobre ellos, no como si estuviera planteándome participar. Y la documentación que encontré no me dijo mucho. Hablaba de clubes *swingers*, de intercambios de pareja, de matrimonios liberales…, pero nada se acercaba a la idea de dos hombres solteros y tremendamente atractivos ofreciéndose para abrir nuevas posibilidades sexuales a alguien como yo. Y se me ocurrió que lo más parecido era el porno, ilusa de mí, así que… allí que fui.

Me metí en un servidor de vídeos porno gratuitos y eché un vistazo a la categoría «Tríos». Casi todos eran de dos mujeres con un hombre. Claro. Los grandes consumidores de porno seguían siendo los hombres y aquellos vídeos estaban pensados para ellos. Seguí trasteando, con más curiosidad que excitación, y de pronto me encontré con un vídeo que sí encajaba en lo que estaba buscando: dos chicos guapos con una chica. Me sorprendió la calidad de la imagen, la luz, perfecta y bonita. Era, claramente, porno para mujeres. Me concentré, aunque, como suele pasar, no había trama; pero lo miré todo con ojo clínico. Creía que terminaría convenciéndome de que no podía ser, de que yo no era chica para aquello, pero empecé a sentir más bien lo contrario. No es que de pronto estuviera segura de que era ese algo que siempre me había faltado, fue solo que… me excité. Intenté imaginar que esa chica era yo y que esos dos hombres eran Nicolás y Hugo. Besos húmedos, sexo oral, manos por todas partes…

El teléfono móvil sonó encima de la mesa sacándome de un empujón de mi estado. Lo miré un segundo de reojo: Hugo. Consulté el reloj del ordenador. Eran las ocho; ¿se lo habría pensado mejor? Quise mutear la imagen desde el teclado Mac y contestar al mismo tiempo, con tan mala suerte que en lugar de quitarle el volumen al vídeo, lo subí. Los gemidos se escucharon en toda la habitación, amplificados, y Hugo se echó a reír.

—Eh..., hola —me apresuré a decir.

—¿Viendo porno, nena?

—No —mentí—. Los vecinos.

Me tapé la cara avergonzada.

—No digas tonterías. ¿Qué ves?

—Nada. Ya te lo he dicho.

—Ah..., ya. ¿Es porno a tres? ¿Estás viendo un trío?

—Que no, que no... —dije tontamente.

—Dime lo que ves. Eso me excita. —Y el tono en el que lo dijo, oscuro, grave y sensual, me dejó noqueada.

Su voz era narcótica. Cerré los ojos.

—Son dos chicos y una chica —le contesté.

—¿Y te gusta?

—No lo sé.

—Deja de decir «no lo sé». Empieza a llamar a las cosas por su nombre, Alba. ¿Te gusta?

—Sí, supongo que sí. Pero verlo es una cosa y otra...

—No te estoy preguntando eso.

Qué rabia me daba cuando se ponía así de firme... y qué cachonda también. Yo también quería sonar así de firme. Yo también quería exigirle cosas y que él cumpliera entre mis piernas.

—¿Qué hacen ahora?

—Hombre, ¿tú qué crees que hacen? ¿Calceta? Pues lo están haciendo. —Y soné tan adolescente que me di un cabezazo contra la mesa.

—¿El qué?

—El qué ¿qué?

—¿Que qué están haciendo?

—Pues… eso.

—Las cosas por su nombre. ¿Están follando?

—Sí —asentí.

—Ponle sonido.

Qué voz, Dios. Era como algo caliente y dulce pegándose en cada rincón de mi cuerpo. Miré la pantalla. Los dos chicos penetraban a la chica con fiereza. ¿Yo sería capaz de aguantar esos envites? Pulsé un botón y los gemidos volvieron a llenar la habitación. Sentí la respiración de Hugo a través del teléfono y me excité tanto que deseé que estuviera en mi casa. Mi cabeza podría decir misa, pero mi cuerpo estaría todo el día a merced de ese hombre…

—¿Te gusta lo que ves? —inquirió.

—Sí —confesé—. Me gusta.

—Te gustará más cuando estés entre nosotros dos. Los dos follándote a la vez. Lo haremos despacio.—Cerré los ojos. Todo mi cuerpo palpitaba. Todo mi cuerpo ardía en aquel momento—. ¿Qué hacen ahora?

Parpadeé. Me imaginé cómo gemirían en mi oído, cómo me sentiría, expuesta y excitada, cómo dejaría mi cuerpo a merced de sus caprichos. Y cuando digo «sus caprichos» hablo de los de mi cuerpo. Cogí aire y… apagué la pantalla del ordenador.

—¿Llamabas para algo en concreto?

—Oh…, se acabó el juego telefónico.

—Sí. Se acabó. —Me tapé la cara otra vez. Esto estaba volviéndome un poco loca—. Dime.

—Nada, te llamaba para decirte que en lugar de a las nueve y media, estés preparada a las diez. Nico tiene un asunto de trabajo que solucionar antes.

—Bueno, también podemos cenar nosotros y ya está, ¿no?

—Pobre Nico…, no tienes corazón.

—Lo que no tengo es pene… —maldije entre dientes.

—No, pene no tienes, lo ratifico. Me apetece mucho pasarme un buen rato con la lengua en lo que tienes en su lugar.

No gemí de puro milagro. Iba a tener que instalar una alarma antiincendios dentro de mi casa, por si algún día de estos me daba por arder.

—¿Algo más?

—No.

—Esa información cabía en un mensaje y no te digo ya las posibilidades de WhatsApp…

—Pero me apetecía escuchar tu voz. No te toques demasiado…

Colgué con una sonrisa tonta en la boca. Me quedé mirando la pantalla apagada del ordenador, me levanté con un suspiro y me fui hacia el baño. Encendí el agua y llamé a Gabi, a sabiendas de que estaría esperando que le contara que el cóctel de la empresa había sido un éxito.

—Dime que no te pusiste borracha —dijo nada más descolgar.

Vaya.

—No, no me puse borracha. Bueno, un poco. Lo justo. Ya sabes, en esas fiestas si no te entonas desentonas.

—Qué poético. ¿Hiciste el ridículo? Dime que no.

—No, claro que no.

—¿Qué te pusiste?

—Eh…, un vestidito negro. Nada vistoso —mentí.

—¿Cenamos esta noche y me lo cuentas?

—Pues… —Me desabroché el pantalón, haciendo malabarismos para sujetar el teléfono—. No puedo. He quedado.

—¿Con quién?

—Pues… con las chicas del curro. —Me estaba haciendo una maestra de la mentira. Muajaja—. Te estoy haciendo caso y socializando.

—Ah, qué bien. Pues… igual llamo a tu hermana y a Diana para tomarnos algo. Bueno, y a Isa, claro. ¿Te pasas después?

—Estoy cansada. Cenaré y vendré a casa.

—Bueno… —musitó decepcionada—. ¿Cañas mañana en La Latina?

Joder, qué insistencia. Yo no quería verla, no estaba preparada para que no me sonsacara nada.

—Ya te diré algo. No quiero ir el lunes como un zombie al curro.

—Qué responsable estás, Albita… —canturreó—. ¿Es posible que estés sentando la cabeza?

Sí. Sentando en la cabeza la idea de enrollarme con un tío que gritaba «danger» por todos los poros de su piel.

Después de una larga ducha, me ondulé el pelo y me puse la mejor ropa interior que tenía mientras me convencía a mí misma de que solo era una cena con dos chicos tras la que lo más probable sería que terminara metida en la cama con Hugo. Con Hugo y solo con Hugo. Fantasear es una cosa; follarme a dos tíos a la vez, otra muy distinta. ¿Sería realmente viable? Me dolía ya solo el concepto. Bueno, no. Miento como una bellaca. No me dolía. En la imaginación estas cosas no duelen.

A las diez en punto estaba apoyada en el espejo del rellano esperando a que me recogiera. Por décima vez en la última hora, pensé que todo aquello era una locura que no iba a terminar bien y me sentí tentada a subir a mi casa e inventarme una enfermedad tropical para no ir a esa cena de mierda. ¿Es que estaba loca? Sí. Lo estaba. Me miré en el espejo por enésima vez. Llevaba un pantalón vaquero pitillo, un top lencero de color beis y un kimono de florecitas medio transparente encima. Sandalias de tacón, eso sí, a conjunto con el bolso de mano. ¿Qué se habría puesto Hugo? ¿Por qué esa pregunta me llevaba al recuerdo del polvo que habíamos echado en el sofá? Dios. A pelo. Se había corrido dentro de mí, con aquellos espasmos de placer tan…

Sí, definitivamente estaba loca. Debía pedirle algo que me confirmara que estaba sano. Había sido una locura, una irresponsabilidad… ¿Desde cuándo hacía yo aquellas cosas?

Un coche pitó en la calle y salí del portal. Localicé el Golf negro de Hugo y corrí hasta él, metiéndome de inmediato en el asiento del copiloto.

—Joder. He debido de perder la cabeza por completo. No sé por qué no estoy en mi casa en pijama comiendo helado.

—Te perderías el *show* de Hugo cocinando.

Me giré asustada para encontrar a Nicolás cogido al volante, con esa mueca característica en su boca que no llegaba a ser una sonrisa. Dentro del coche, a esas horas, sus ojos azul oscuro parecían negros. Llevaba una camisa blanca y un pantalón de traje; me extrañó muchísimo verlo de aquella guisa, como si acabara de salir de la oficina un sábado a las diez de la noche. Siempre pensé que sería de los que anda con camisetas y unos vaqueros rotos.

—Pensaba que…

—Ya —dijo.

—¿Cómo es que vas vestido de oficina?

—Ah, tenía unas cosas de curro que solucionar. Por eso me he pasado yo a por ti. Hugo estaba metido de lleno en la cocina. Se toma muy en serio las cenas en casa, ya verás.

—Ah. Bueno. No importa. Pero ¿fuiste a la oficina hoy?

—No. Un asunto de otro curro. Tengo… una especie de negocio.

Asentí y me quedé callada. Él puso el coche en marcha y salimos de allí a toda prisa y sin mediar palabra. Eché de menos la banda sonora que Hugo siempre ponía para rellenar esos silencios.

—¿Puedo poner música?

—Claro. Espera. —Pulsó los mandos del sonido que tenía en el volante y comenzó a sonar *17*, de Kings of Leon.

—Oh. Me encanta esta canción.

—¿Sí? —preguntó sin mirarme—. No te imaginaba escuchando esta música.

—¿Y qué música te imaginabas que escucho?

—Pues… no sé. ¿Betty Missiego?

Me reí y él esbozó una media sonrisa de lado. Nicolás sonriendo a toda potencia debía de ser un arma de destrucción masiva.

—No sé ni quién narices es Betty Missiego —susurré—. Y por cierto, podía haberme acercado yo a vuestra casa.

—No importa.

Dios. Qué parco en palabras era. ¿Sería mejor no luchar contra el silencio?

—Eres periodista, ¿verdad? —preguntó.

—Sí. Tú…

—Economista, supongo. —dijo mientras giraba en una calle a la derecha y reducía la marcha.

Por todos los dioses que amparan a las chicas solteras… Pero ¡qué sexi! Respiré hondo. ¿No estaría contaminada por las fantasías que Hugo me había metido en la cabeza?

—No hablas mucho —comenté.

—Dicen que es preferible callar y parecer imbécil a abrir la boca y confirmarlo.

—No pareces un imbécil.

Soltó una risa seca.

—No me gusta la gente —confesó—. Así suelo ahuyentarlos.

—Entonces mejor paso de entablar conversación, ¿no?

—No tienes por qué.

Joder…, qué complicado me lo ponía.

—Mantener esta conversación es harto difícil, ¿sabes?

—Relájate. El silencio no es malo. Solo… relájate.

—Ya… —dije mirando por la ventanilla. Relajarse en aquella situación no era fácil.

—Hugo puede llegar a ser muy bruto —comentó—. Ya lo habrás comprobado. Que no te avasalle con sus discursos. Al final tú eres la que manda y nosotros los que nos contentamos con lo que tú decidas. Tienes la sartén por el mango, no al revés.

Y ese comentario terminó de dejarme fuera de juego. Pero… ¡es que estos chicos no conocían las charlas superficiales de introducción! Bueno, de introducir cosas me parece que sabían demasiado. Después de eso…, no, señoría, no tengo más preguntas. Por el momento.

Nicolás bajó al garaje con la misma habilidad que Hugo. Maniobraba con facilidad donde yo habría dejado el coche encajado y preparado para el desguace.

—¿El coche es tuyo o de Hugo? —pregunté.

—Es mío. El de Hugo es ese. —Señaló el que había en la plaza de enfrente, un BMW negro de tres puertas y línea bastante deportiva—. Pero como lo compró con el rabo en lugar de con la cabeza y esa bestia chupa más que una puta, termina cogiendo el mío.

Me quedé mirándolo sorprendida por la vehemencia con la que había hablado y él se rio y apagó el motor. Desde mi asiento no pude disfrutar de su sonrisa y me pareció una pena.

—Venga, vamos.

Nicolás abrió la puerta y le seguí fuera del coche. Pasos sobre el cemento del garaje. El zumbido del tubo fluorescente del ascensor. El silencio denso envolviéndolo todo. El sonido de llaves en el bolsillo de su pantalón…

En la cocina, a mano derecha, se escuchaba el extractor de humo y movimiento de platos.

—Ya estoy aquí, cariño —anunció con sorna Nicolás.

—Cómeme la polla —respondió Hugo.

—Traigo a Alba, por si no te acuerdas.

Hugo salió de la cocina secándose las manos con un paño de cocina de hilo negro.

—Perdona —se disculpó, volviendo a su actitud de *gentleman*—. ¿Qué tal? Qué guapa estás, *piernas*.

Me sorprendió con un beso en los labios. Llevaba un pantalón chino color beis y una camiseta azul marino que le marcaba bastante el pecho.

—Os dejo un segundo —dijo Nicolás mientras se perdía hacia el interior—. Voy a cambiarme.

Hugo sonrió y me preguntó qué quería beber.

—Una copa de vino blanco.

—Genial. Ven.

Entré en la cocina detrás de él, donde a pesar de reinar el aroma de la comida estaba todo impecable. Sacó una botella de vino blanco de una pequeña vinoteca y me lo sirvió.

—Es el de esta tarde. No te ha dado mucho tiempo de probarlo.

—No sé por culpa de quién habrá sido…

—Tuya, sin duda.

Se inclinó hacia mí y me besó en la boca. Sus labios se abrieron sobre los míos y se deslizaron, húmedos. Me rodeó la cintura con su brazo izquierdo y yo acaricié sus brazos disfrutando de su tacto y dureza. Jamás había estado con un hombre así, y mucho menos que despertara en mí todas aquellas sensaciones.

—No dejo de pensar en lo de esta tarde en el sofá —susurró muy bajito.

—Ya. —Me avergoncé y me escondí en su pecho—. No suelo descontrolarme tanto, ¿sabes?

—¿Eso es una disculpa?

—Algo así.

—Pues no tienes por qué disculparte porque me vuelve loco cuando te dejas llevar. ¿No lo has notado? —Me besó la sien.

—Creo que… se nos ha ido bastante la olla, Hugo. Tú y yo casi no nos conocemos y…

—Ya. Supongo que tienes razón. Pero…, bueno… —se separó un poco y se rascó la mandíbula—, estoy sano y tú también…

—Quizá… deberíamos chequear que está todo bien.

—No puede no estarlo, *piernas*. Yo nunca follo sin condón. ¿Tú no? Porque dijiste que…

—Sí, sí. Creo que…, creo que eres el primer tío que…

Hugo carraspeó y volviéndose hacia el horno dijo subiendo la voz.

—Nico, ¿le enseñas a Alba la casa mientras yo termino con esto?

—Creía que se la habrías enseñado ya tú —contestó Nicolás saliendo a mi encuentro con una camiseta gris de cuello de pico y unos vaqueros muy rotos.

—No. Ayer vio solo el salón y mi dormitorio.

—Y el baño —musité bajito.

—Me pregunto por qué —contestó Nicolás mirándome con su clásica expresión. Levantó una ceja—. Ven. ¿Cenamos en la terraza o en el salón, Hugo?

—En la terraza.

—Pues entonces lo dejo para lo último. —Me guiñó un ojo y yo le sonreí.

Pasamos por el dormitorio de Hugo, que estaba exactamente igual de impoluto que la noche anterior cuando llegamos. Sin el alcohol en la sangre me fijé en pequeños detalles en los que no había reparado, como la alfombra de color amarillo mostaza bajo la cómoda y los cinco libros que había sobre una de las mesitas. Guapo, alto, melómano, entendido en arte, sabía cocinar y hacerte llegar al orgasmo… y además leía. Santo Dios. Que alguien lo fichara para clonar sus células.

Junto a esta habitación estaba el baño que yo había usado a toda prisa aquella tarde. Era amplio; encontrabas de frente una pila grande, con un mueble de madera oscura y un gran espejo, a la izquierda una bañera de líneas modernas y de color negro y a la derecha una ducha grande con una mampara de cristal.

—Es el baño de Hugo —me explicó—. Lo de la bañera es algún fetichismo de los suyos —bromeó.

—¿Os bañáis juntos los domingos?

Ni contestó. Antes de salir vi reflejados en el espejo unos pequeños marcos colgados de la pared, junto a la bañera. Me acerqué y los estudié con ojos curiosos. Eran fotografías en blanco y negro de dos cuerpos entrelazados: uno femenino y uno masculino. Se trataba de imágenes de sexo en las que todo se adivinaba pero no se enseñaba nada. Eran sexis y pondría la mano en el fuego por que el cuerpo masculino era el de Hugo.

—¿Es él? —pregunté.

—Sí —asintió.

—¿Quién hizo las fotos?

—Yo.

Ahí tenía la respuesta a quién le había fotografiado en plena mamada. Esa fotografía seguía escondida en mi casa, por cierto.

—Pues son preciosas —le dije—. Una luz perfecta. Es como…, como si susurrase pero no contase nada.

—Me gusta jugar con las sombras —añadió.

—Así que la fotografía es uno de tus hobbies.

—Sí. Cuando quieras… podría fotografiarte a ti.

Me giré hacia él sorprendida y le sonreí.

—Me encantaría.

Agachó la cabeza y salió del baño rumbo a otra de las puertas, que, al abrir, descubrió un estudio. Tenía un gran ventanal tapado por un estor gris oscuro, del mismo color que la alfombra que había bajo la mesa de trabajo, de líneas muy sencillas y con dos estrechos cajones. La silla era de cuero negro. Tras ella, dos largas estanterías llenas de marcos de diferentes tamaños y colores que combinaban con el resto de la habitación y con más fotografías en blanco y negro. El pelo ondulado y largo de una chica volando alrededor de su mano; una mano femenina flotando en agua, el cuerpo de una chica zambulléndose en el agua… Todas preciosas. Llamó mi atención una de una pareja besándose apasionadamente, con las lenguas enredadas. Ella estaba desnuda y él, vestido con un jersey grueso gris, la tenía agarrada de la espalda y del pelo. Él era Nicolás.

—Qué bonita —dije señalándola—. ¿Quién es ella? ¿Una exnovia?

—No, qué va. Dejó que la fotografiara. La sesión fue muy… mágica.

—¿Y terminó así?

—Bueno… —Se mordió el labio inferior—. Terminó.

Salió del despacho y cuando salí, cerró la puerta para abrir a continuación la última, su dormitorio. La pared donde estaba apoyada la cama se hallaba cubierta de unas láminas estrechas de madera gris donde estaban integradas unas mesitas de noche del mismo estilo. La cama, baja y muy grande, tenía las sábanas blancas, dos almohadas y un cubre muy fino de color gris pardo que llegaba hasta el suelo. A los pies, una especie de diván de cuero gris oscuro, donde había dejado la ropa que se había quitado. El único punto de color de toda la estancia era una ilustración enmarcada en la pared frente a la cama, que representaba a una chica rubia con el maquillaje de los ojos corrido y comiendo un helado de hielo de color azul, rojo y blanco, como si estuviera haciéndole una mamada. A su alrededor había más helados, como si se encontrara en el centro de un montón de hombres que esperaran su turno.

—¿Es del mismo ilustrador que la que tiene Hugo en su dormitorio?

—Sí. Es de Keith P. Rein. ¿Te gusta?

—Muy explícito —contesté.

—Sí. Un poco. Pero ¿te gusta?

—Eh…, sí. Supongo.

—Esa puerta da a mi cuarto de baño —indicó señalando una puerta entornada.

Me asomé. También gris oscuro, con una ducha con el suelo de madera. Bonito, limpio, espartano y muy masculino. La piel se me puso de gallina cuando nos imaginé a los dos debajo del agua. A los dos; a Nicolás y a mí…, abrazándonos desesperados mientras nuestras lenguas se enrollaban sin descanso.

Nicolás me esperaba en la puerta y los dos salimos rumbo a la terraza, donde Hugo estaba terminando de preparar la mesa. La barandilla aparecía llena de plantas cuidadas y tenía una especie de balancín haciendo esquina sobre el que había un montón de pequeñas bombillitas blancas. En el centro, una mesa de teca con seis sillas y al otro extremo, dos tumbonas también de teca con cojines de color blanco roto. Todo estaba iluminado por un moteado de luces blancas y sobre la mesa ondeaban unas cuantas velas. Un poco de brisa me acarició el pelo y Nicolás me pidió que me sentara. Hugo me trajo la copa de vino y se sentó en la cabecera de la mesa, a mi lado. Frente a mí, Nicolás. Desde el salón sonaba, suave, un vinilo de jazz instrumental.

—Tenéis una casa impresionante —les dije—. Y si la habéis decorado vosotros, mi sincera enhorabuena.

—Lo dejamos en manos de profesionales: un estudio de interiorismo de aquí de Madrid. ¿Cómo se llamaba el chico? Víctor algo. Estaba casado con una escritora muy guapa. ¿Te acuerdas?

—Sí. —Nico me miró fijamente y añadió—: Y por culpa de Hugo creo que siguen creyendo que somos una pareja de gays con muy buen gusto.

Yo me reí comedidamente. Hugo puso los ojos en blanco y se incorporó para acercar la ensalada y servirla en mi plato.

—Que piensen lo que quieran. De todas formas, creo que no quedó duda cuando me tiré a su ayudante —comentó con sencillez—. Rúcula, tomates secos, parmesano y nueces con vinagreta de tomate.

—Qué bueno. ¿Con estilo y además sabes cocinar?

—Por no hablar de lo bien que follo —bromeó.

Además de verdad. Me sirvió, se sirvió a sí mismo y le pasó el bol de cristal a Nicolás, que hizo lo mismo.

—Lo cierto es que es raro que viváis juntos —dije—. Si fuera vuestra vecina supongo que también pensaría que sois pareja. ¿El piso es vuestro?

—De Hugo —respondió Nicolás al tiempo que dejaba el bol vacío en la mesa y alcanzaba el vino.

—Era de mis padres —aclaró el aludido—. Era demasiado grande para mí. Cuando conocí a Nico, él estaba buscando piso y a mí me sobraba sitio. Aunque por aquel entonces no se parecía en nada a lo que es ahora.

—¿El piso o Nico? —bromeé.

—Buena pregunta —apuntó Nicolás—. Pero supongo que ninguno de los dos.

—El piso estaba lleno de muebles mastodónticos de los setenta y Nico llevaba el pelo medio largo y chupa de cuero. No te digo más.

Me eché a reír.

—Hugo llevaba flequillo y greñas —contraatacó el aludido.

—De greñas nada. Siempre he sido un tío con estilo. —Me guiñó un ojo y siguió hablando—. Cuando empecé a trabajar me gasté parte de la herencia en renovar el piso y Nico ya era como de la casa. Somos amigos, nos llevamos bien y…

—Y os gusta compartir cosas… —dije antes de meterme un poco de ensalada en la boca.

—Ni yo mismo lo hubiera definido tan bien —replicó.

—¿Tú vives sola? —inquirió Nicolás.

—Sí. Si tuviera que compartir ese espacio con alguien más tendríamos que poner literas. Es un piso enano que creo que cabe en vuestro salón. Pero prefiero vivir sola a tener una casa más grande y compartirla, por ejemplo con mi hermana. Para mí es un lujo poder entrar y salir sin dar explicaciones a nadie.

—Di que sí. Así nadie te molesta cuando te pones a ver porno —contestó Hugo.

Nicolás se echó a reír y yo me sonrojé.

—Ah, sí, ya me ha puesto al día. Todo bien, ¿no? ¿Investigando? —me preguntó Nicolás con una sonrisita insolente que le quedaba fenomenal.

—¿Sabes? No te pega nada estar ahí burlándote de mí por haber visto un poco de porno; mejor pon esa cara que pones en el curro. —Le imité, poniendo cara de bulldog.

Hugo se atragantó con lo que estaba masticando y tuvo que echar mano de la copa de vino para hacer pasar el bocado.

—Ya te he dicho que la gente no me gusta demasiado. Evito tener que hacerme el simpático con todo el mundo.

—Lo haces muy bien. Yo creía que te caía fatal.

—Aún no tengo datos ni para bien ni para mal.

Bebí un poco de vino y le enseñé el dedo corazón erguido, lo que le hizo sonreír, pero tampoco pude ver su sonrisa esta vez porque agachó la cabeza hacia el plato. Bueno, pues no era para tanto, ¿no? Éramos tres personas cenando; tres compañeros de trabajo conociéndose un poco mejor. No pasaba nada. «Respira hondo, Alba». Les sonreí a los dos y seguimos comiendo. Lo cierto era que estaba alucinando con la maña de Hugo en la cocina. Como lo hiciera todo tan bien en la vida…, íbamos jodidos.

—La ensalada está muy buena —apunté.

—Le incomodan los silencios —le aclaró Nicolás a Hugo.

—¿Te incomodan? Bueno, no te preocupes. Intentaremos llenarlos con sonidos. —Guiñó un ojo, dejando en el aire qué tipo de sonidos serían esos que llenarían el éter—. Voy a por el segundo.

Se levantó y se llevó los platos que habíamos utilizado para la ensalada, dejándonos solos a Nicolás y a mí.

—Entonces… —empecé a decir— ¿os conocéis desde hace mucho?

—Sí —contestó—. Desde primero de la facultad. Hace…, a ver…, quince años.

—¿Cuántos años tenéis?

—Treinta y tres —contestó.

Hugo volvió a salir a la terraza con una bandeja de cristal humeante que presentó como lubina al horno. Olía increíblemente bien. En el fondo, una base de verduras hacía de cama para un pescado de carne jugosa y blanca, partido por la mitad. Traía consigo también tres platos limpios preciosos.

—¿Seguro que no eres gay? —Me reí al darle la vuelta al plato y ver que eran de Zara Home.

—Bueno, tú ya tendrías que estar suficientemente segura de que no lo soy, ¿no?

—Dijiste que no tenías tabúes. A lo mejor eres bisexual.

—Eso no tendría absolutamente nada que ver con mi buen gusto, chata. Y te recuerdo que de todas formas me lo has preguntado ya. He probado con hombres, si esa es tu duda, pero no me pone. Y es muy desagradable notármela tan flácida.

Me atraganté con el vino y me puse a toser.

—Qué impresionable —exclamó Nicolás mirándome.

—Bah —contestó con desdén Hugo—. Estas periodistas… Preguntan sin parar y luego… tosen.

—Pero… —conseguí decir.

—Come. No tiene gracia si estás borracha.

—La cuestión es que te desinhibas un poco, no que termines inconsciente —apuntó Nicolás con sorna.

—¿Es de lo que va esta cena? ¿Tomarme un vino, desinhibirme y después…?

—Básicamente —respondieron los dos a la vez, luciendo una mueca lobuna y sexi en sus labios.

—Entonces después… ¿qué toca?

—Pues habíamos pensado que a lo mejor te apetecía jugar —dijo Hugo.

—Si lo dices así queda tan gay… —se burló el otro.

Me eché a reír mientras Nicolás se servía comida en su plato.

—¿Te estás poniendo pescado o estás haciendo una autopsia? —le preguntó ceñudo Hugo.

—Solo falta que me sirvas en el plato y me quites las espinas. ¿Vas a venir a besarme la frente antes de dormir? —refunfuñó Nicolás, y yo disimulé la risa pasándome la servilleta sobre los labios.

—La punta del rabo te voy a besar cada noche —gruñó Hugo como contestación.

—¿Estáis siempre así? —pregunté arqueando las cejas.

—Como novios —bromeó Nicolás—. Pero así destensamos el ambiente. ¿Sigues nerviosa?

—Ah, ¿que estás nerviosa?

—Bueno…, nerviosa no. Es solo que… es raro.

—No lo es —afirmó Hugo antes de meterse un pedazo de pescado en la boca.

—La cuestión es esta: ¿qué hay de malo? —planteó Nicolás.

—Qué hay de malo… ¿en qué exactamente? —me hice la tonta.

—En follar los tres.

Bien. No se iban por las ramas…

—Joder…

—Sí, joder —se burló Hugo.

—Es que… No sé muy bien de qué va esto. Si no os gusta la palabra raro…, digamos que es poco convencional.

—Como no sé qué le has dicho… —comentó Nicolás dirigiéndose a Hugo—. Le has podido decir tal sarta de barbaridades…

—Se lo planteé con honestidad.

—No es cómo me lo planteara…, es lo que me planteó —puntualicé—. Porque, si no he entendido mal, la cuestión es que os gusta…, bueno…

—Acostarnos con la misma mujer —puntualizó Hugo.

Abrí los ojos como platos y los señalé, como evidenciando lo que me parecía un problema en sí mismo. Lo primero es que… tres son multitud, ¿no? Y, segundo…, una espera que si alguna vez, en un momento absurdo de su vida, le plantean formar parte de un trío, lo hagan con mucha más poesía. Nico interrumpió mi discurso interno para decir:

—Y ¿qué hay de malo? Quiero decir…, cuando algo es moralmente reprochable de verdad es porque afecta de forma negativa a alguien, ¿no? ¿A quién hace daño que tú explores un poco dónde están los límites de tu propia sexualidad?

—¿No debería hacernos daño a nosotros mismos? —señalé—. Quiero decir que… sumergirse en el hedonismo y en el vicio sexual es…

—¿Hedonismo y vicio sexual? Bueno…, cualquier acto sexual que no tenga fines reproductivos es vicio entonces, ¿no? ¡Bah! Eso son patrañas moralistas. Lo cierto es que hablamos de costumbre más que de moral. Alguien nos dijo que el sexo era de dos en dos y entre hombres y mujeres y nosotros parece que no tenemos los cojones suficientes para ponerlo en entredicho.

—La homosexualidad está hoy a la orden del día y nadie tiene por qué esconderse —apunté yo.

—Sí y no. Aún hay mucho prejuicio. Y si tienes razón y el mundo se ha dado cuenta de que solo es una opción sexual tan respetable como las otras, ¿por qué no lo va a ser acostarse con dos hombres o con dos mujeres o participar en una jodida orgía? ¿Es eso lo que te echa para atrás? ¿Es porque es tabú? ¿Por el qué dirán?

Qué sorpresa que Nicolás se mostrara tan hablador. Miré a Hugo de reojo, que fingía estar concentrado en retirar las espinas de su plato de pescado. Estaba dejando hablar a Nicolás porque probablemente era a quien mejor se le daba explicar la situación, aunque él fuera más vehemente. Chasqueé la lengua contra el paladar.

—Qué conversación más rara para una cena —suspiré—. No es que me plantee el qué dirán… o sí. No lo sé. El caso es que resulta… poco natural. No en sí, quiero decir, sino en el planteamiento. Me abordáis, me ofrecéis sexo a tres bandas. ¿Qué queréis que os diga…? Esto parece un acuerdo de fusión.

—Que yo recuerde, la cosa anoche fluyó bastante bien —se rio Hugo.

—Sí, joder. No me refería a eso. Es que… ¿Siempre tratáis los temas así tan abiertamente?

—Es posible… —contestó Hugo con un mohín burlón.

—¿Preferirías que lo hiciéramos de otra manera?

—Quizá.

—No me siento cómodo engatusando a nadie —terminó diciendo Hugo—. Prefiero que sepan de primeras de qué hablamos y que siempre se decida con toda la información. Es lo más honesto.

—Esto va así. Fases: primero rechazo. Después curiosidad. Luego negación. Más tarde aceptación —dispuso Nicolás muy seguro de lo que decía.

—¿Puedo hacer preguntas? —Los dos hicieron un gesto afirmativo mientras comían—. ¿Cuándo fue la primera vez?

—Hace cuatro años.

—Cinco —le corrigió Hugo—. Aunque, bueno…, en realidad en la universidad ya lo hicimos una vez.

—¡Qué va! —se quejó Nicolás—. Aquello fue diferente.

—¿Por qué? —inquirí yo.

—Una tía que habíamos conocido en un curso de inglés nos hizo una mamada una noche mientras veíamos una película. Segundo de carrera.

Arqueé las cejas. A Nicolás le entró la risa al escuchar a Hugo y volvió a agachar la mirada. Puta sonrisa escurridiza. Se hacía de rogar.

—Resulta muy raro… Los tíos sois como muy territoriales, ¿no? Y además está ese asunto tan masculino de «a mí que ningún tío me toque con su chorra» —dije imitando un tono de voz grave.

—Todo eso son prejuicios de gente que duda de su sexualidad —afirmó resuelto Hugo—. Pero ¿sabes? Hablar demasiado de ello lo convierte en una asignatura, no en un juego. No creo en teorizar el sexo.

—Anoche me pareció que teorizabas.

—Marcaba los límites. Y te provocaba. Me salió mal, está visto.

—Pero es que tengo preguntas.

—Tiene preguntas —dijo en tono jocoso Nicolás.

Hugo suspiró.

—Jodida periodista… Y si… ¿solo cenamos? —preguntó—. Al menos por ahora…

Como bien había apuntado Nicolás, el silencio me molestaba, así que les pregunté acerca de sus trabajos en la empresa y cuántos años llevaban allí. La conversación se volvió fluida, normal y divertida. Por debajo, el saxofón que sonaba en el vinilo seguía proporcionándonos un telón de fondo sexi, muy sexi.

Una vez terminamos de cenar, mientras hablábamos sobre un jefe que nunca aparecía por la oficina, una jefa de secretarias a la que le gustaba demasiado el protocolo e historias para no dormir, fuimos trasladando platos sucios a la cocina, donde nos apoyamos a beber nuestras copas de vino. Hugo y Nicolás se alternaban para cargar el lavaplatos y yo bebía tan cómodamente. No recordaba la última cena con un hombre en la que me había sentido más cómoda. Aunque no era un hombre, me aclaré a mí misma, eran dos. Y con uno había follado dos veces en las últimas veinticuatro horas.

Hugo sacó unos pequeños bizcochos circulares de chocolate de la nevera y los colocó en la bandeja del horno unos minutos, de donde salieron oliendo de maravilla. Los sirvió en un bonito plato rectangular y fue a buscar unos frutos rojos.

—¿De verdad que no es gay? —bromeé con Nicolás.

—Yo diría que de vez en cuando me mira con ojos golosones, ¿sabes?

Lancé una carcajada.

—Ay, qué graciositos sois —suspiró Hugo.

Dejó caer unas cuantas grosellas sobre el postre. Nicolás estaba apoyado en la pila y yo me encontraba frente a él. Hugo dejó el plato con el postre encima de la encimera, y cogió con la mano parte de uno de los bizcochos, que se desmoronó mostrando un corazón líquido y humeante. Sus dedos manchados de chocolate fueron directos hasta mis labios, que se entreabrieron de forma instintiva. Primero manchó la superficie y cuando mi lengua salió tímidamente para lamer las gotas, se introdujeron un poco dentro de mi boca.

—¿Te gusta? —preguntó con ese tono oscuro y grave que le secuestraba la voz cuando la situación se encendía.

Asentí. Miré a Nicolás, que seguía atento los movimientos de mi boca. Hugo se acercó y me susurró que lamiera bien sus dedos; al ver que yo tenía los ojos puestos en la tercera persona que ocupaba la cocina, me cogió la barbilla con la otra mano y me obligó a dirigir la vista hacia él.

—Mírame a mí, nena.

Cogí su mano y pasé la lengua por sus dos dedos saboreando y succionando ligeramente. Cuando terminé y le solté, fue su boca la que se acercó a la mía.

—Tienes una boca de escándalo, niña. Casi no puedo pensar en otra cosa.

La boca de este me recibió entreabierta; su lengua no tardó en adentrarse en busca de la mía y gemí de placer ante un beso tan contundente y demandante. Nunca, en toda mi vida, me habían besado con semejante hambre. Era el beso de un hombre que sabía lo que quería y ese deseo pasaba por metérseme muy dentro, en todos los sentidos. Cerré los ojos, tratando de olvidar que allí, a un escaso metro de distancia, estaba Nicolás. Nuestras lenguas se enredaron de manera salvaje y gemí bajito, dejándome llevar por el hambre de su beso. La atmósfera se cargó de electricidad y hasta el aire se hizo más denso. Una especie de ronroneo salió de su garganta cuando mordí con cuidado su labio inferior. Sus manos acariciaron mis brazos y después, cogiéndome de los hombros, me giró de cara a Nicolás, acomodando mi trasero apretado a su bragueta. Me apartó el pelo a un lado y su boca empezó a devorarme ávidamente el cuello, haciéndome gemir. Nicolás se acercó un poco y yo, al atisbar movimiento, abrí los ojos asustada.

—Tranquila… —susurró.

Hugo maniobró desde detrás hasta abrir el botón de mi pantalón vaquero y la bragueta y meter la mano dentro de la ropa interior hasta llegar a mis labios.

—Estás húmeda… —jadeó—. ¿Sabes por qué? Porque te apetece. Date el gusto, *piernas*. Prueba y si no te gusta, olvídanos.

—No puedo… —gemí.

—Sí puedes. Y quieres.

Sus dedos juguetearon sobre mi clítoris hasta arrancarme un gemido. Nicolás se acercó más. Le miré con los labios entreabiertos y las mejillas ardiendo cuando me acarició el pelo.

—Qué guapa estás… —dijo con un hilo de voz.

—¿Te gusta Nico, Alba? —Apoyé la cabeza en el hombro de Hugo, dejándome tocar. Él siguió susurrando—. Esto es un juego en el que quien manda eres tú. Eso es lo que lo hace tan increíble.

Nicolás deslizó los nudillos y los dedos por la superficie de mi cara y después por mis labios en particular. Sus ojos azul oscuro, sus pobladas y algo desordenadas cejas rubio oscuro, su nariz, pequeña y un poco infantil, y su boca de labios mullidos, ahora húmedos… Transmitía la idea de que había mucho detrás de la fachada. Los labios se me curvaron en una sonrisa tímida y, por fin, Nicolás sonrió delante de mí y… por poco no me quedé ciega. Era la sonrisa más bonita que había visto jamás. Clara, sincera, inocente, preciosa. Me infundió tranquilidad. Yo, en medio de dos hombres que me sacaban una cabeza, jurando que querían complacerme a niveles que yo no conocía. Imaginé que me sentiría avasallada, usada, violentada…, nunca poderosa. Levanté las manos hasta hundirlas en su agradecido y desordenado pelo color rubio oscuro y enredé los dedos entre sus mechones. Él se inclinó hacia mí y, despacio, se acercó.

—¿Puedo besarte? —me preguntó—. Me gustaría hacerlo…

Los dedos de Hugo seguían deslizándose entre mis labios humedecidos, terminando siempre el recorrido sobre mi clítoris. En un gemido ronco se dejó llevar hasta el fondo de mí y me penetró con dos dedos. Cuando los arqueó en mi interior, fui yo misma la que acercó a Nicolás hasta mi boca y nos fundimos en un beso. No me lo podía creer. Aún notaba el sabor de la saliva de Hugo cuando se mezcló con la de él. Nicolás besaba diferente, pero increíblemente bien. Había menos urgencia y algo mucho más caliente, como prohibido. Era lento, tortuoso y… algo tierno. Los movimientos de su lengua, lentos y decadentes, me arrancaron un ronroneo de placer. Sus labios se deslizaban entre los míos y dibujamos círculos concéntricos entre saliva y ganas.

—¿Ves? —susurró Hugo junto a mi oído—. Has nacido para tenernos cuando quieras y cuanto quieras.

Volví a acercar a Nicolás a mi boca y nos besamos hondamente. Me gustaba besarle. Había algo allí…, algo intenso. Empecé a gemir dentro de sus labios a medida que el movimiento de los dedos de Hugo se aceleraba. Me sentía tan… mala. Nico se alejó un poco de mí y le dijo con voz suave que frenara.

—Se va a correr.

—No, Alba…, no te corras. Aún no…

Asentí como pude y tuve que pararle la mano, porque estaba a punto de precipitarme a un orgasmo goloso.

—Para… —le supliqué.

En cuanto Hugo sacó la mano de dentro de mi ropa, Nicolás tiró de mí hasta envolverme entre sus brazos y besarme. Los dos cerramos los ojos y a nuestro alrededor todo desapareció. La cocina, el piso, el edificio, el barrio, Madrid y el mundo entero giraban en torno a nosotros. Cuando abrí los ojos, los dos estábamos jadeantes.

—¿Me dejas llevarte a mi dormitorio? —me preguntó. No supe qué contestar. Estaba saturada de sensaciones—. Voy a besarte —añadió—. Y solo haré lo que tú quieras que haga. Pero tienes que saber que me muero por ver cómo te abandonas y te corres.

Hugo tiró de mi mano pero, como no me moví, me preguntó si quería hacerlo.

—Yo… no lo sé —dije.

—Pues averígualo…

Nicolás volvió a besarme y cerré los ojos; sus brazos me cargaron sobre él y anduvo hasta su dormitorio. La noche anterior había confundido su perfume con el de Hugo, pero había algo más dulce en él, tal y como lo había en la manera en la que hablaba ahora que la temperatura de la situación había subido. Era narcótico y combinaba a la perfección con el de Hugo, que deslizaba sus manos por mis brazos, deshaciéndose del kimono. La boca de Nico se deslizó por mi barbilla, mi cuello y después por mi escote. Eché la cabeza hacia atrás, apoyándola en el pecho de Hugo, que trataba de subir mi blusa de tirantes. Me aparté de los labios de Nicolás y levanté los brazos para desprenderme de otra pieza de ropa. Entre mis pechos cayó con fuerza la piedra verde en la que terminaba el collar que adornaba mi escote. Mi sujetador de media copa, de color beis, mantenía mis tetas firmes y altas. Me bajé de las sandalias de tacón y Hugo me ayudó a quitarme los pantalones vaqueros; después Nicolás me subió de nuevo a sus brazos en un solo ademán, como si no pesase nada, y se dejó caer suavemente sobre la cama conmigo debajo. Hugo se quitó la camiseta y se desabrochó los pantalones. Vi por el rabillo del ojo cómo terminaba de desnudarse, hasta quedar solo con la ropa interior. Se acercó a la sencilla mesita de noche y sacó dos preservativos del cajón. Aquello me aterrorizó. Los dos dentro de mí… ¿Ya?

—Frena… —le pidió Nicolás—. La estás asustando.

—Nena…, no te asustes.

Asentí y me costó horrores tragar saliva; tenía la boca seca y me di cuenta de que, a pesar del calor, los dientes casi me castañeteaban. Hugo me giró hacia él y abordó mis labios, besándome a escasos centímetros de Nicolás, que se quitó la camiseta. Tenía poco vello por encima de los pectorales, muy marcados, al igual que el músculo de sus caderas. El ombligo, pequeño, estaba en el centro de un vientre apretado y plano.

Se levantó de la cama y Hugo aprovechó para echarse a mi lado y, cogiéndome de la cintura, llevarme con él y subirme encima de su cuerpo. Me froté instintivamente sobre su erección y él gimió.

—Eso es, Alba. Disfruta…, deja que Nico lo vea.

Cerré los ojos al sentir unos labios en mi cuello y dos manos desabrochándome el sujetador. Mis pechos quedaron al descubierto y la lengua de Nicolás se deslizó por toda mi espalda como una enredadera para, finalmente, acomodarse de rodillas detrás de mí. Noté el bulto de su pene duro pegarse a mi trasero. Me moví y los dos se movieron conmigo, al unísono, con un gemido.

Tiré de la ropa interior gris de Hugo hacia abajo hasta destapar su erección y Nicolás me levantó en volandas para quitarme también la mía. El corazón empezó a bombearme fuertemente en el pecho.

—¿Qué estoy haciendo? —musité.

—¿Quieres parar? —susurró Nicolás en mi oído.

—No. No paréis.

Mis braguitas cayeron al suelo y pronto sus calzoncillos siguieron el mismo camino. Intercepté una mirada interrogante entre ellos dos, como si se consultaran por dónde seguir en ese momento. Hugo echó mano de los condones y le tiró uno a Nicolás, que lo atrapó al vuelo, pero al tiempo que negaba con la cabeza.

—Ni de coña, Hugo. Los dos imposible —le dijo.

—Nena, tócate… —me pidió Hugo mientras ellos se decidían.

Yo, arrodillada sobre la cama, mirándolos, me senté en mis talones y me acaricié despacio.

—Es pronto —escuché decir a Nicolás.

—¿Hasta dónde quieres llegar, Alba?

No lo sabía. Los miré con miedo. ¿Qué…, qué iba ahora?

—Fóllame —le dije a Hugo.

—¿Y él?

Acerqué a Nicolás cogiéndolo por detrás de uno de sus muslos y cuando estaba a la altura de mi boca, me metí su erección dentro, sin darme opción a pensar más. Lanzó un grito contenido de placer y me encendí. Tenía un sabor dulzón y su piel olía de una manera deliciosa. La saqué de mi boca y volví a tragarla hasta lo más hondo y él repitió aquel sonido. Sentí detrás de mí a Hugo colocarse y rasgar el envoltorio del preservativo. Nicolás me acarició el pelo y empujó un poco con su cadera y yo, ahuecando las mejillas, lo recibí con placer hasta casi mi garganta. La primera embestida de Hugo fue certera y me hizo gritar.

—Shh… —susurró Nicolás.

—No pares —le pedí a Hugo—. No pares, por favor.

Me agarró el hombro con la mano derecha y empezó a empujar con fuerza, facilitando el movimiento de mi boca sobre la erección de Nicolás, que ya estaba empapada de saliva. La agarré con una mano, manteniéndome en equilibrio sobre la otra y las rodillas, y le acaricié al ritmo en que la introducía entre mis labios, pasando la lengua por la corona carnosa de su pene y succionando con fuerza cuando me alejaba de él.

—Dios… —gimió la segunda vez que lo hice.

Las embestidas de Hugo eran brutales y sentía la vibración de su pecho al contener sus gruñidos de placer. Todo estaba sucediendo muy deprisa y yo sabía que no duraría demasiado. Me pasó por la cabeza la idea de que no sabía cómo me sentiría al terminar, pero la deseché. Adiós. No era en lo que quería pensar yo en aquel momento.

Hugo redobló la fuerza de sus penetraciones.

—¡Qué apretada estás, joder! Y húmeda… y caliente… ¿Te gusta? ¿Te gusta así?

—¡Dios! Qué boca, nena… —gruñó el otro.

Gemí con la polla de Nicolás enterrándose en mi boca. Me sentía tan... sexual... Deseaba más y más y más. La agarré de nuevo con la mano derecha y empecé a masturbarle con fuerza, jugando con la punta de la lengua a lo largo de toda su longitud. Se acercó un poco más y yo bajé la lengua hasta sus testículos. El gemido llenó la habitación de más deseo conteni-do, si cabía. Abrí la boca y acaricié despacio con mi lengua la piel suave para después succionar con cuidado. La mano de Nicolás se puso sobre la mía y marcó un ritmo aún más rápido.

—Chúpamela..., Alba. Chúpamela un poco más.

La recibí en mi boca húmeda y empujó con fuerza pro-vocándome una arcada. Se disculpó.

—Perdona...

—Le gusta duro... —gimió Hugo, que seguía enterrán-dose dentro de mí. La piel chasqueaba al chocar y separarse y notaba todo mi cuerpo húmedo de sudor y de flujo—. ¿Verdad, nena? Díselo. Dile que te gusta duro.

Miré a Nicolás a través de mis pestañas maquilladas y asen-tí un poco. Él volvió a empujar fuerte y se agarró a mi pelo.

—Estás tan guapa... Quiero hacerlo despacio y disfrutar-te. Mirarte mientras me corro y te corres...

—Casi estoy, nena... —gimió Hugo.

Saqué de mi boca la polla de Nicolás y empecé a gemir con fuerza. El golpeteo se hizo más rápido y más contundente y mis ojos empezaron a cerrarse del placer. Abrí la boca de nue-vo y seguí chupándosela con toda la intensidad que pude. El sabor me avisó de que estaba a punto de correrse.

—¿Puedo correrme en tu boca, Alba?

Asentí. Se mordió el labio y los tres nos fundimos en unos gemidos intensos que empezaron a rebotar contra las cuatro paredes del dormitorio. La primera en correrme fui yo. Miré a los ojos a Nicolás mientras lo hacía, deshaciéndome y esfor-zándome por no cerrar los míos. La cara me ardía. Me ardían las manos, los brazos, el sexo… Exploté con un alarido contenido y Nicolás fue el siguiente en terminar, lanzando su orgasmo al fondo de mi garganta. Tragué y se retiró. La siguiente descarga cayó sobre mis labios, al igual que la que vino después. Hugo se agarró con fuerza a mis caderas y se dejó ir con dos estocadas más. La última hasta me dolió, pero era esa clase de dolor placentero por el que pasarías mil veces en la vida. El final de aquello fue como una explosión que dejó sin oxígeno la habitación.

Hugo apoyó la cabeza en mi espalda, recuperando el aliento, y Nicolás se apartó un paso de mí, mirándome fijamente. Me pasé una mano por los labios húmedos, limpiándome. Fue el mismo Nicolás el que me lanzó lo primero que encontró para secarme la mano. Era su camiseta.

Hugo se dejó caer jadeando en la cama y yo hice lo mismo. Nicolás fue el siguiente, quedando yo en medio. Sus labios me besaron la frente, la mejilla, el cuello y después la boca. A él parecía darle igual también haber terminado allí dentro, porque su beso se volvió más profundo y húmedo.

—Ha sido increíble —gimió Hugo.

Nicolás y yo nos dimos un beso corto y me giré hacia nuestro otro compañero de cama, que me recibió con una sonrisa. Nos besamos también, pero escuetamente. El sexo me seguía palpitando de deseo solo al recordar lo que acababa de hacer y…, sorprendentemente, estaba de pronto demasiado cansada como para pararme a pensar en si aquello había estado mal. Los párpados me pesaban y la rítmica respiración jadeante de ellos dos fue introduciéndome en un estado de duermevela al que… me abandoné. Como había querido Nicolás, yo ya me había abandonado.

12

No sabría decir qué me despertó. Sencillamente abrí los ojos. Durante unos segundos me sentí desubicada. No sabía dónde estaba ni cómo había llegado hasta allí. Después un movimiento a mi izquierda me devolvió a la realidad. Hugo, solo vestido con unos bóxers grises y sus largas piernas desnudas, dormía plácidamente a mi lado. Sonreí instintivamente. Estaba muy guapo dormido, sin comentarios ácidos en su boca, sin sus miradas seductoras. Solo él. Le acaricié la sombra de su incipiente barba y se removió. Se pasó el dorso de la mano por la zona que yo había tocado y, con un suspiro, se giró hacia el lado contrario. Yo también me giré. Al otro lado, en una postura más típica de una sesión de fotos que de dormir, estaba Nicolás. El brazo derecho por encima de la cabeza, la cara ladeada hacia mí, el torso al aire.

Respiré hondo. Cerré los ojos y recordé el sexo, atrapada entre sus dos cuerpos, disfrutando, haciendo disfrutar. Me froté la cara. Se me había ido la olla. Mucho. Eran compañeros de trabajo. De mi nuevo trabajo. Eran dos hombres.

Me escurrí hacia los pies de la cama evitando tocarlos. No quería que se despertaran. Solo quería marcharme y pensar con tranquilidad. O fumar opio y olvidar, no sé. Cada bocanada de aire que inspiraba me provocaba más y más ansiedad. ¿Qué había hecho? Me había acostado con los dos. ¿En qué posición me dejaba eso?

Encontré las braguitas a tientas en el suelo. Me había quedado dormida con el collar como única «pieza de ropa» y ellos se habían dormido cada uno a un lado. Mi piel olía a los dos y a sexo. Necesitaba una ducha. Localicé el sujetador y me lo puse a toda prisa. Recogí los pantalones, el kimono y las sandalias y salí del dormitorio en silencio. Debería haber hecho una parada técnica en el baño, pero quería salir de allí. Me puse el top lencero en el salón y me senté para ponerme el pantalón, pero me quedé con él en la mano, confusa. ¿Quién era esa Alba que se deshacía entre dos hombres? Quería desaparecer de allí con la misma prisa con la que había entrado. Al orgullo de haber disfrutado con mi cuerpo sin prejuicios le había seguido una vergüenza brutal. Notaba cómo me ardía la cara. Estaba mareada, me temblaban las manos y no dejaba de rondarme la cabeza el eco de los gemidos y el recuerdo de la tensión de los músculos antes de explotar en un orgasmo. Nunca pensé que fuera a tener una experiencia como aquella. Ni siquiera me lo planteé. Y ahora que lo había hecho, no me decidía sobre cuál era mi opinión de mí misma.

Un sonido salió del dormitorio y antes de poder reaccionar vi aparecer a Nicolás con los pantalones de pijama nada más. Llevaba el ceño fruncido y los ojos somnolientos. Miró su muñeca, pero no encontró el reloj.

—¿Qué hora es? —preguntó en voz muy baja.

—No..., no lo sé.

Intenté ponerme el vaquero a toda prisa, pero él se acercó a mí y los cogió, apartándolos un momento.

—Las cuatro y cuarto de la mañana —dijo mirando el reloj que había dejado sobre la mesa baja del salón—. ¿Adónde vas?

—Me voy a mi casa.

—¿A hurtadillas?

—No quería despertaros.

Suspiró y se dejó caer a mi lado en el sofá. Me palmeó la rodilla.

—No te vistas. Voy a preparar un té.

—Pero...

—Sal a la terraza. Por favor —susurró mientras se levantaba e iba hacia la cocina—. Ahora voy.

Me crucé el kimono sobre el pecho y, descalza, le obedecí sin saber muy bien por qué. Así como la presencia de Hugo tranquilizaba de una manera extraña, la voz de Nicolás conseguía el mismo efecto. Era serena, como la de una persona que no acostumbra a hablar si no es para decir algo valioso.

Me senté en una de las hamacas de teca y miré hacia el cielo que se adivinaba azul oscuro y estrellado. Hacía una temperatura perfecta. Tras unos instantes de silencio escuché a Nicolás andar despacio hacia allí. Se paró junto al equipo de música y lo apagó. Hasta que no lo hizo no me di cuenta de que se escuchaba el empolvado sonido de la aguja de un tocadiscos sobre un vinilo que ya giró hasta el final. Se asomó con los ojos un poco más despejados y dos tazas, una en cada mano. Me tendió una y se sentó frente a mí en la otra hamaca, dándole un trago a la bebida. Yo también lo probé. Estaba templado y dulce. Sabía a canela y a miel. Nicolás no me miraba; tenía los ojos puestos, como yo hacía un momento, en el pedazo de cielo que se veía desde allí.

—Siempre me ha gustado la quietud de estas horas. En este barrio no se oye ni un alma. Salgo mucho a la terraza, incluso en invierno. Es uno de mis lugares preferidos en el mundo.

—Sí. Es agradable.

Me miró de reojo.

—Cuéntame, ¿qué te pasa?

—Nada.

—¿Y por qué te ibas como un ladrón, en mitad de la noche?

—Yo… —Miré la taza—. No lo sé. Todo esto es muy raro.

Nicolás se acomodó en la hamaca, apoyando la espalda en el respaldo, y con las piernas extendidas cruzó los tobillos y respiró hondo.

—Creo que el término «raro» está sobrevalorado.

El tono dulce y plácido de su voz me dejó fuera de juego. Sus ojos azules brillaban, pero parecían casi negros. Estaba saliéndole un poco de barba y me llamó la atención fijarme en que tenía ese tipo de belleza aniñada que te provoca un nudo en el estómago y una vibración en el vientre.

—No quiero convencerte de nada, ¿sabes, Alba? —dijo por fin. Le miré de reojo y él hizo lo mismo antes de seguir hablando—. Hugo es como es. Todo ese ímpetu… es bueno para algunas cosas, pero no entiende de tacto. Yo… solo quiero que entiendas, por ti, no por mí, que lo de antes no está mal. Me da la sensación de que te sientes avergonzada.

—Me siento sucia —confesé.

—En el sexo cada cual hace lo que le apetece, ¿no? A nosotros nos apeteció. El resto son connotaciones que tú le das. No hay valores positivos ni negativos intrínsecos en ello. Ha sido. Ya está.

—Pero…

—Alba, si no deseas repetir, estoy de acuerdo. Pero no quiero que vistas el asunto de «no me gustó», porque lo cierto es que no es lo que yo he visto… Hubo química. No es posible que yo haya sido el único en notarlo.

—Tendrías que preguntarle a Hugo... —dije intentando pasar la patata caliente a otra persona.

—Si Hugo no lo hubiera sentido también, habría sido un polvo sin más. Tú ahora estarías en tu casa y no habría más que hablar. Hugo no es de los que follan por follar dos veces con la misma chica. Si repite es porque le gusta. Y yo también.

Le miré a los ojos. Sí, había habido química. Siempre había sentido físicamente esa química con Hugo, desde el momento en el que me lo crucé en el metro; con Nicolás la había sentido por primera vez cuando le besé..., fue electrizante. Tragué saliva.

—¿Estás en la fase de negación o en la de rechazo? —Sonrió.

—No lo sé. No sé nada y no me gusta esta sensación.

—¿Por qué no le das la vuelta a eso? No saber no es malo.

—¿Cómo que no? No es agradable sentirme tan...

—Escúchame... No saber es ser un folio en blanco. Qué emocionante descubrirlo todo por primera vez, ¿no?

—No vas a convencerme. Lo que hemos hecho es raro y... demasiado...

—No quiero convencerte, Alba.

Le miré fijamente. ¿No quería repetir? ¿Él no quería?

—Tú mismo estás diciendo que ni siquiera quieres repetirlo... —empecé a decir.

—Ah, no. —Sonrió—. No me has entendido. Lo que no quiero es camelarte y convencerte a regañadientes. Yo quiero... que la próxima vez que pase sonrías al correrte. ¿Convencerte? ¿De qué serviría? La magia la pones tú...

—No puedo querer que pase. ¿Qué clase de chica sería?

A su cara volvió ese gesto..., ese «sé algo de ti que tú aún no sabes».

—Alba..., la clase de chica que quieras ser; nosotros no tenemos interés alguno en ponernos a juzgar a la gente, ni a nosotros mismos. Al menos no lo haremos por el sexo. ¿Sabes algo de lo que los demás hacen o dejan de hacer? Eso no les convierte en las personas que son. Siempre y cuando hablemos de algo sano, claro.

—¿Y esto es sano?

—Déjate esa doble moral en casa, Alba. No hace nada por ti.

Bebió otro sorbo y yo le imité.

—Tu sutil manipulación... —empecé a decir.

—De verdad que no quiero manipularte... —contestó riéndose—. Pero... ¿para qué decirte lo contrario? Me encantaría que volviera a pasar.

—¿Por qué?

—¿Por qué no?

—¿Nunca hacéis nada por separado?

—Hacemos muchas cosas por separado.

—Me refiero con las chicas.

—Uhm... —Miró al cielo—. Lo cierto es que nos gusta este juego.

—¿Y cuándo acaba la partida?

—Eso, Alba, es algo que no se puede decir antes de empezarla...

—Si lo piensas es... como una película porno.

—Cualquier cosa es como una película porno si nos empeñamos. Pero en la vida hay que hacer lo que a uno le apetezca. Estamos de paso. Y ¿sabes una cosa? Da igual lo que hagas con tu vida: siempre habrá alguien queriendo hablar de ello. Al menos habrá que disfrutar. —Le sonreí y él me guiñó un ojo—. ¿Vienes?

—¿Adónde?

—Ven aquí. —Abrió las piernas, dejándome un hueco entre ellas.

Me levanté dubitativa y me acomodé con su ayuda en el espacio que me había dejado. Apoyé la espalda contra su pecho desnudo y sentí el calor de su aliento en el cuello antes de notar un beso sobre ese pedazo de piel. Horas antes habría jurado que no nos caíamos demasiado bien. Ahora sus manos, deslizándose a lo largo de mis brazos, me hacían sentir… refugiada.

—Y… ¿cómo funciona?

—Cómo funciona ¿qué?

—Esto.

—Ah. Ni idea —dijo rodeándome la cintura con sus brazos.

—Si tú no tienes ni idea…

—Quédate a dormir. Mañana ya veremos. ¿O no? —preguntó al notar mi silencio.

—Creo que me caes bien.

—Un comienzo prometedor.

Su tono se volvió un poco burlón y yo me di la vuelta; me senté con las piernas colgando a uno y otro lado de la hamaca. Dejó la taza en el suelo y me acercó por las caderas hasta sentarme sobre él. Durante unos segundos solo nos miramos y fue especial. Unas fracciones minúsculas de tiempo que preceden a un beso. Como si hubiéramos pasado el verano deseándolo, como si aquel fuera el final predecible de un encuentro muy preparado. Cuando se inclinó y me besó, sentí más de lo que esperaba. Sentí ganas, deseo, curiosidad y hasta ilusión. Pero también rechazo.

Me aparté y negué con la cabeza, pero él insistió. Las sensaciones se diluyeron en el sabor de su saliva en mi boca. Sabía a él y dulce, seguramente por el té. Su lengua acarició la mía y sus manos me cogieron el cuello y el pelo, pegándome más a él. Otra chispa, de pronto. Me aparté y me escondí en el arco de su cuello.

—No, ven, Alba. Déjame decírtelo otra vez.

Y le dejé decírmelo de nuevo, con besos suaves sobre mis labios, un pellizco y su sabor. Últimamente siempre terminaba pasando por el mismo proceso: arrepentimiento, vergüenza, reincidencia. Enredé los dedos en sus mechones de pelo y el beso se convirtió en algo mucho más intenso.

—Me gusta besarte —confesó—. Es como imaginé.

—No sé si voy a poder.

—Deja de plantearte tanto las cosas.

—¿Cómo voy a hacerlo entonces?

—Haciéndolo.

Respiré con dificultad.

—No. Quiero irme a casa, Nico.

Me miró sorprendido y, tras unos instantes, asintió. Después me levanté y empecé a vestirme nerviosa.

—¿Dejas al menos que te lleve a casa? —Suspiré con congoja. Por un momento creí que me echaría a llorar—. No te agobies. No quiero que te agobies, de verdad.

Asentí y fui hacia el salón a coger el bolso. Nicolás desapareció un segundo en su habitación y volvió poniéndose una camiseta, con sus vaqueros desgastados ya colocados. Me pregunté si Hugo habría reaccionado de aquella manera a mi negativa.

—Venga, vamos.

—Prefiero coger un taxi.

—No voy a dejar que te vayas a las cuatro y media de la mañana de mi casa en taxi, Alba. No tiene sentido. Déjame llevarte.

Fuimos hacia la puerta y cerró con cuidado de no hacer ruido. Frente al ascensor, mientras lo esperábamos, me froté la cara.

—Joder…

—¿Qué te agobia?

—Todo.

Se acercó con una sonrisa benigna, conformada, y se encogió de hombros.

—Debemos dar un miedo horrible.

Eso me hizo sonreír.

—No sois vosotros. Es que…

—«Es raro. No es lo normal». Ya sé; me conozco el discurso.

—Lo habréis escuchado muchas veces, supongo.

—No. Es que yo también me lo dije a mí mismo.

—Pero…

—Uno no lo hace un día y al despertar dice: «Joder, qué bien, voy a hacer esto el resto de mi vida». Entiendo de verdad lo que estás pensando. Solo que… al final uno termina preguntándose por qué tiene que ponerse tantas limitaciones, por qué no puede sentir ciertas cosas.

—Lo planteas como si fuera algo más que sexo.

—Es más que sexo. Es complicidad.

El ascensor se abrió delante de nosotros y él me animó a entrar, poniendo una mano sobre mi espalda.

—¿Siempre es así?

—No. —Se rio—. No abordamos a chicas diciéndoles: «Hey, qué buena estás, móntatelo con los dos». Solo es que… sabemos lo que es y… nos gustas. Existía la posibilidad de que te lo plantearas, ¿no?

Miré al suelo del ascensor. Silencio. Bajamos los primeros pisos. Nicolás mantenía la vista en la puerta, somnoliento. Se frotó un ojo con el puño y, sin darme cuenta, sonreí. Era… ¿tierno? Era sincero, o al menos eso me pareció en aquel momento.

—Me siento fatal —susurré.

—Y yo. Siento haberte puesto en una situación incómoda. Siento…, siento que te vayas a casa así.

El garaje nos recibió encendiendo una fila de luces a nuestro paso. Abrió el Golf, se acomodó en el interior y se puso el cinturón. Yo hice lo mismo en mi asiento y…

Nada.

El motor no rugió.

Nico no giró la llave.

Yo no le pedí que lo hiciera.

—Quiero decirte una cosa —musitó con los ojos clavados en sus manos—. Solo una. Después te llevaré a casa y el lunes como si nada. Te lo prometo. —Aguardé en silencio—. Yo sigo teniendo ganas de besarte y Hugo se despertará con ganas de besarte también. Y no estarás. Sí, vale, un día lo olvidaremos… o no, pero ten la certeza de que estas cosas no siempre son como ha sucedido. No siempre se encaja y no siempre se sonríe después. Hoy funcionó… y es una pena.

Giró la llave de contacto y cuando puso la mano en el cambio de marchas, la mía se colocó encima…, no sé qué me pasó. Solo sé que cerré los ojos cuando se acercó a besarme.

Los besos que compartimos dentro de aquel coche fueron… raros. Especiales. Silenciosos. Sentí que me gustaba estar con él y que me gustaba sentir cómo me envolvía, que no quería irme y, lo más extraño, que no quería que Hugo estuviera solo en la cama mientras nosotros nos besábamos allí. Me sentía… fuera de lugar de mi propia vida. Y no era una sensación reconfortante.

—Acompáñame arriba otra vez —suplicó entre besos—. Solo… acompáñame. ¿Qué hay de malo aquí?

—No lo sé.

Nada. No parecía haber nada malo, como si la situación mutara y se disfrazara, cual camaleón, meciéndose en el límite entre algo que me horrorizaba y que me llamaba a gritos.

—Y si subo…, ¿qué va a pasar?

—Eso tendrás que decidirlo tú.

Hugo se despertó cuando entramos de nuevo en la habitación y, para mi sorpresa, sonrió.

—Mierda, eres una traidora —bromeó somnoliento.

—He vuelto, ¿no?

—¿Por cuánto tiempo?

Y esa era una pregunta que no podía responder.

—Déjanos enseñarte algo…

Nos desnudamos extrañamente despacio para ser tres personas con la clara intención de terminar explotando juntos en un orgasmo. Aquello también podía ser suave, me estaban diciendo. Nicolás besó mi espalda en dirección descendente mientras yo me acomodaba sobre Hugo. Cuatro manos me tocaban, haciéndome consciente de cada centímetro de piel.

Hugo se dedicó a besar y succionar uno de mis pezones y Nicolás hizo lo mismo con el otro mientras yo me dejaba entre suspiros. Nicolás fue el primero en moverse y coger posiciones, deslizándose hacia abajo y lamiendo en su recorrido mi vientre y el interior de mis muslos, que abrió para acomodarse en medio. Sentí su lengua, despacio, húmeda, cuidadosa, introduciéndose curiosa en mis pliegues, nadando entre ellos y mi humedad. Hugo no tardó en moverse también, con una sonrisa provocadora con la que se acomodó de manera que su erección se deslizara entre mis pechos. Los apreté con las manos y él gruñó empujando con su cadera. Nicolás se entregó a lo que estaba haciendo con su lengua a conciencia y yo empecé a gemir y a retorcerme con Hugo encima. Me agarró la cabeza, se acercó y se hundió en mi boca con un alarido.

—Dios, nena…, haces música.

Mis dedos se apretaron con fuerza en sus muslos y succioné y lamí sintiendo que la lengua de Nicolás, lenta y decadente, estaba a punto de hacerme llegar al orgasmo. Justo en el momento en el que empezaba a dejarme ir, él se incorporó, pasándose después el dorso de la mano por los labios.

—Déjame verla… —susurró.

Hugo se separó de mi boca a regañadientes y Nicolás se recostó sobre mí y besó mi cuello con hambre y ganas.

—Toma —dijo Hugo pasándole un preservativo.

—¿Quieres, Alba? —me preguntó.

Sí. Quería. Quería saber cómo sería sentirle dentro de mí, cuál sería la cadencia de sus movimientos, cómo sería el placer al que me llevaría. Asentí, mordiéndome el labio, y él dudó. Miró a Hugo.

—No sé si…

Ni siquiera lo pensé. Me incorporé y tiré a Nicolás en la cama, abrí el preservativo y se lo puse lo más rápido que pude. ¿Qué me estaba pasando? Me subí sobre él y me introduje su erección, que fue entrando en mí lentamente a pesar de lo húmeda que estaba. Era gruesa y mi cuerpo tiraba para dilatarse y acomodarse a su tamaño.

—Joder… —grité—. ¿Lo sientes…?

Su gesto se contrajo de placer y se mordió con fuerza el labio inferior.

Hugo se apartó un poco, dejándonos hacer pero mirando de cerca. Yo moví las caderas encima de Nicolás con tantas ganas que le hice blasfemar. Sonreí y él también lo hizo. Aceleramos el ritmo. ¿Cómo una acción exactamente igual, tan física, puede sentirse diferente con una persona u otra? Placer, sí, pero distinto al que me azotó cuando lo había hecho con Hugo. Alargué las manos y le toqué el pecho, clavando la yema de los dedos en sus pectorales, sin dejar de moverme. Los muslos me ardían del esfuerzo, pero algo dentro de mí me suplicaba que no parara. Nicolás me miraba, sin hacer nada más que disfrutar, empujar desde abajo cuando quería más fricción y gemir. Miré a Hugo humedeciéndome los labios y lo vi tocándose despacio, mirándonos.

—¿Sabes que eres una puta locura? —dijo.

—¿Por qué te alejas? —le pregunté.

—Porque aún no estás preparada para que me acerque. Y te puedo romper. —Sonrió tan macarra…

Miré a Nicolás, que me apartó el pelo hacia un lado y dobló las rodillas, acomodándose para poder ejercer más presión, moviendo las caderas hacia arriba. Nos movimos al mismo ritmo y sonreímos. Presionaba en mi interior en todos los puntos que me proporcionaban placer, envolviéndome las caderas con las manos, llevándome hasta arriba para dejarme bajar por su erección humedecida. Aquello no era un polvo sucio y sórdido. Era sexo…, sexo cómplice, sincero.

—Eso es… —decía—. No pares.

Hugo terminó acercándose. Llenó sus manos con mis pechos y besó mi cuello utilizando para ello también sus dientes y su lengua. Llegó a mi oído y comenzó a susurrar:

—Estoy impaciente. Quiero hacerlo, hacerlo bien, que te corras a gritos con los dos dentro de ti…, que quieras más.

Sentí su boca en la nuca y el dedo jugar… detrás. Me incliné hacia delante para besar a Nicolás, dejándome más accesible, y su dedo entró por completo para salir después. Abrí la boca con los labios sobre los de Nicolás.

—¿Te gusta? —me preguntó.

—Sí. —Noté cómo me contraía, abrasada de calor por dentro.

Hugo siguió penetrándome con su dedo a la vez que yo me introducía la erección de Nicolás. No era la primera vez que jugaba a eso; con mi exnovio habíamos tanteado el tema, aunque nunca le encontré demasiada gracia, pero, claro, él no lo hacía como lo estaban haciendo ellos. La situación era diferente y esta invitaba a estar más abierta y más proclive a que pasara cualquier cosa.

Con la mano derecha Hugo seguía tocándose a sí mismo, paseando de vez en cuando su pene entre mis nalgas hasta que se cansó de jugar en segunda división.

—Para…, para un segundo —me pidió.

Tanto Nicolás como yo dejamos de movernos y Hugo empujó hasta que la cabeza de su pene empezó a colarse dentro de mí. Me quejé y él paró entre jadeos; la sacó, la humedeció con saliva y volvió a intentarlo. Esta vez, de golpe, coló varios centímetros dentro de mí.

—¡Ah! —volví a quejarme cuando una especie de rampa me partió por la mitad.

—Hugo… —dijo con voz reprobatoria Nicolás.

—Ya está, ya está.

Los tres nos quedamos quietos durante unos segundos. Los sentí palpitando dentro de mí. Me escocía y me dolía, pero cada milésima de segundo que pasaba lo hacía un poco menos. Estaba incómoda pero tan excitada y tan caliente que no se me pasó por la cabeza la idea de parar. Nicolás movió la cadera y Hugo aprovechó para colarse un poco más hondo. Apenas podía ni gemir. Me apoyé en el pecho de Hugo con los ojos cerrados.

—¿Bien? —me preguntó en un susurro.

—No —respondí.

—¿Paro?

—No te muevas. —Apreté su antebrazo bajo mis dedos.

La habitación se llenó de sonidos de sexo suspendido en el aire, en una pausa que mi cuerpo aprovechaba para acomodarse a su invasión.

—Que se mueva… —pedí de pronto refiriéndome a Nicolás—. Pero despacio.

Este me agarró de nuevo de las caderas y se movió; Hugo lo hizo después. Asentí, dándoles permiso para seguir moviéndose, y fueron cogiendo ritmo. Uno hacia dentro, otro hacia fuera, primero con suavidad, después un poco más firmemente. No podría describir la sensación…

—¿Te gusta? —preguntó mimoso Hugo.

—Es raro…

—¿Paro? —Tanteó totalmente abrazado a mi cintura.

—No.

Nicolás gimió ante mi negativa. Les gustaba que no quisiera parar, pero por primera vez en mucho tiempo no era por eso por lo que yo quería seguir, sino por mis ganas. Quería experimentar con mi propio cuerpo y averiguar si eso que estaba sintiendo èra el placer más grande que había sentido en toda mi vida, que se encontraba en estado latente. Ellos se movían perfectamente acompasados y yo acoplé mis movimientos a los suyos. Notaba a Hugo penetrando despacio, controlado, y sus brazos alrededor de mi cintura cerrándose con fuerza. Es como si estuviera canalizando la brutalidad de las penetraciones que no podía ejercer abrazándome a él. Nos aceleramos todos. La habitación era un hervidero de sonidos de placer: jadeos, gemidos, gruñidos, suspiros… Estábamos empezando a coger ritmo y yo me sentía tan colapsada de sensaciones que lo más probable era que el orgasmo me estuviera esperando agazapado en un rincón…, hasta que se escuchó un chasquido y Nicolás movió las manos con celeridad.

—Joder… —se quejó—. Para, para. —Nos quedamos quietos y él me obligó a levantarme—. Se ha roto…

—No, no, no… —gimió Hugo, que debía de estar muy cerca.

—Ah… —empecé a gemir yo.

Tiró y sacó de mi interior parte del preservativo; después desenrolló la parte que había quedado en él. Hugo no se pudo contener y me embistió de nuevo. Sin tener a Nicolás dentro la penetración fue mucho más suave. Seguimos moviéndonos y Nicolás gruñó frustrado mientras estiraba la mano hacia la mesita de noche en busca de otro condón. Yo lo agarré con la mano derecha y empecé a acariciarlo al mismo ritmo que los empellones de Hugo se volvieron más secos. Nicolás me pidió que parara, pero antes de que pudiera apartar la mano, se corrió manchándome la mano, el pubis y parte del vientre. Echó la cabeza hacia atrás y el sonido que salió de su garganta fue morbo puro y dio el pistoletazo de salida a mi orgasmo. Rápido, como un explosivo de mecha corta, me recorrió la espalda, las piernas, los brazos y llegó a mi boca en forma de grito. Hugo se retiró enseguida y sentí algo caliente mancharme la parte baja de la espalda y recorrerme la nalga derecha hacia abajo.

Jadeando, me miré sudorosa, pringada y desnuda entre dos tíos. Nicolás se tapó la cara con el antebrazo.

—Qué desastre... —musitó.

Y a mí, que debería estar muerta de vergüenza, que debería estar pensando que volver había sido un error..., me entró la risa. Hugo apoyó la frente en mi nuca y se echó a reír también. Nicolás nos miró sorprendido y también sonrió.

—Esto me ha creado un trauma —bromeó.

Los tres nos reímos como tontos.

—Bien, Nico, así seguro que decide repetir.

Hugo me besó en la sien justo antes de levantarse y andar a oscuras hacia el cuarto de baño que había junto a su habitación. Yo también me puse de pie con cuidado de no manchar las sábanas y Nicolás se incorporó también. Entró por delante de mí en el cuarto de baño, donde solo encendió una de las luces. Me llamó en un gesto y los dos nos metimos en la moderna ducha. Abrió el agua, que salió inmediatamente templada. Con la palma de su mano fue ayudándome a limpiarme.

—Qué desastre. —Se rio—. Menuda demostración.

Apoyé después cansada la sien sobre su pectoral y sus dedos serpentearon sobre la piel de mi espalda mojada. Bajo su músculo sonaba rítmico el corazón, tranquilo, sereno, sosegado, constante.

—No puedo creer lo que acaba de pasar —susurré, empezando a ser consciente.

—Normalmente no es así. Suele salir bien. Te lo prometo; esto funciona.

—No es eso —musité—. Ha pasado... muy pronto.

—Hugo no lo ha pensado.

—He sido yo —confesé mirando hacia arriba—. Quería probar.

—¿Entonces? ¿Qué hay de malo?

—¿Cuál era la segunda fase del proceso?

—Curiosidad. —Se rio mirándome.

—¿Y la tercera?

—Rechazo.

No dije nada, pero me dio miedo despertarme metida hasta las cejas en ese rechazo del que él hablaba. Nicolás miró la puerta entornada del baño y después me cogió en brazos, de manera que mis piernas rodearan su cadera y mis ojos quedaran a la altura de los suyos.

—Cada vez que creas que te arrepientes, llámame. No dejes que se enfríe el recuerdo de por qué vale la pena arriesgarse a probar.

Metí los dedos entre los mechones mojados de su pelo y lo acerqué a mi boca. Nos besamos y después, en un gesto que me salió solo, rocé la nariz contra la suya. Fue un mimo, un mimo íntimo que me habría salido de la misma manera con una persona a la que conociera de mucho más tiempo y con la que me uniera algo. No pudo esconder que aquel gesto lo descolocó. Me dejó en el suelo y después cogió el gel de ducha.

Hugo se asomó en ese preciso momento.

—Mira qué a gustico ahí los dos —bromeó—. Pitufina y Gruñón.

Yo me eché a reír. Nicolás le miró de soslayo mientras se enjabonaba de arriba abajo.

—Faltas tú, Gargamel —apunté con sorna.

Nos mostró su dedo corazón levantado y salió hacia la habitación de nuevo, donde pronto nos volvimos a encontrar.

13

SEGUNDOS DESPERTARES NUNCA FUERON BUENOS

*A*brí un ojo, somnolienta. Entraba un poco de luz grisácea a través de las ranuras de la persiana a medio bajar. Nicolás dormía en otra postura imposible, boca abajo y con la cara ladeada hacia la pared. A mi otro lado no había nadie pero se adivinaba el espacio en el que había estado Hugo. Eran las ocho de la mañana. Me moví sigilosamente y me levanté. Estudié si Nico se movía, pero cuando me aseguré de que seguía durmiendo, salí de la habitación a hurtadillas. Recogí mi ropa y me vestí a toda prisa. Después solo me escabullí hacia el rellano cerrando la puerta con suavidad.

Mientras andaba por la calle en busca de un taxi (que a esas horas de un domingo no se prodigan mucho) me puse a pensar en lo que había hecho la noche anterior. Sentía la necesidad de contárselo a alguien para que, desde fuera y con más criterio, apuntara algo que me costaba discernir cuando estaba con ellos: que aquello estaba mal. Me había acostado con dos tíos a la vez, como si mi vida se hubiera convertido de pronto en una película X, intensa y desmedida, donde los orgasmos duraban minutos y te dejaban con ganas de seguir indagando cuánto era posible que tu cuerpo sintiera. Aquella casa era algo así como el País de Nunca Jamás, donde las cosas pesaban menos y las decisiones se podían tomar más a la ligera. Era vicioville, con una tentación en cada esquina, y yo, como Alicia tras caer a través de la madriguera del conejo, debatiéndome entre tomar o no los botes de cristal con un «bébeme» en la etiqueta.

Por fin conseguí dar el alto a un taxi y atravesamos Madrid en poco tiempo, deslizándonos por las calles desiertas a aquellas horas. Cuando llegué, mi piso me pareció más pequeño y feo que nunca, a pesar de lo mucho que me había esforzado por hacerlo habitable. Me quité la ropa, me puse el pijama y me preparé una taza de café solo, a la que me agarré dándole vueltas al asunto. Rechazo era la siguiente fase, ¿no?

Cerré los ojos, apoyé la cabeza en el sofá y recordé lo de la noche anterior. Hugo jadeando, Nicolás gimiendo con los dientes apretados, yo corriéndome como en mi vida, dejándome hacer, curiosa por sentir la experiencia de dos hombres llenándome por completo. Dos hombres como ellos...

Me estaba volviendo loca. Abrí los ojos. ¿Qué tipo de episodio adolescente era aquel? ¿Qué estaba haciendo con mi vida? ¿Qué era aquello? Seguramente una fase después del batacazo que había supuesto mi despido del que consideraba el trabajo de mi vida. Buscar la emoción a través de experiencias sexuales locas y desmedidas; una emoción y una pasión que antes sentía por mi trabajo. Pero ¿en quién me había convertido?

Lo mejor era olvidarlo; confiar en que ellos serían discretos. Esperaba que, como adultos, pudiéramos relacionarnos en el trabajo sin tener que sacar el tema. Me avergonzaba tanto... Aquello me lo habría esperado de alguien como mi hermana, tan *hippy* que rechaza sistemáticamente todo lo que le suena a tradicional. Pero... ¿de mí? Me había acostado con Hugo tres veces desde la fiesta… No, cuatro. Y la tercera y la cuarta fueron con Nicolás también. Haber sucumbido ya al sexo anal con ellos me aturdía. ¿Qué me había pasado? ¿Qué pensarían de mí?

«¿Qué pensarían de mí?». Allí estaba, el pensamiento moralista. La vuelta de tuerca del remordimiento. Porque no me planteaba lo que yo pensaba de ellos porque les gustara acostarse con la misma chica a la vez. No lo ponía en duda. Eran sus preferencias y punto, pero sí juzgaba el hecho de haber probado dónde estaban mis límites en la cama. El cuento de nunca acabar; nosotras teníamos que ser virginales, moralmente irreprochables y bla, bla, bla, pero ellos podían explotar su sexualidad tanto como quisieran. Estaba harta de darme cuenta de que éramos las mismas mujeres las que tirábamos piedras a nuestro propio tejado. ¿Liberación sexual? A medias.

«Da igual», me dije. No se iba a repetir porque no me hacía sentir cómoda. Me arrepentía de haberme dejado dominar por las situaciones. Por el amor de Dios, Hugo y yo habíamos practicado sexo anal la segunda noche que estuvimos juntos. ¿Qué sería lo próximo?, ¿participar en las olimpiadas del morbo?

Cogí el teléfono y pensé en llamar a Diana. Ella era muy abierta con estos temas; seguro que diría algo que me reconfortaría. Pero… ¿quería yo que lo supiera? Porque Diana no era buena confidente ni de sí misma. Al final todas terminábamos al día de todas las cosas que hacía y que deshacía y a veces incluso nos sentíamos violentas. ¿Quería yo que un día se le escapara delante de mi hermana aquella información? Aunque Eva era el menor de los problemas, porque en el fondo creía en el amor libre. Tuvo una temporada en la que no hizo más que defender la idea de una sociedad abierta en la que no existiera la monogamia y en la que los hijos fueran criados por todos, como futuro de la comunidad. Hablaba de matriarcados, de sociedades indígenas que vivían bajo esas normas, donde el sexo era algo natural sin connotaciones sociales, morales ni religiosas, y a mi madre estuvo a punto de darle un ictus un millón de veces.

No, ella no me preocupaba. A lo sumo me haría doscientas mil preguntas y después se reiría con esas carcajaditas agudas, me señalaría con el dedo y diría algo como: «¡Te han dejado el culo como la bandera de Japón, *cochinácea!*». Pero… ¿y si Isa se enterara? Isa, por Dios, para la que un polvo de una noche era algo de lo que una mujer no podía presumir y cuyos problemas sexuales se limitaban a luz encendida o apagada. ¿Y Gabi? Dios. Gabi, sí, la que me había conseguido el trabajo donde yo ahora iba eligiendo a mis compañeros de cama…

El teléfono empezó a sonarme en la mano, dándome un susto de muerte. La primera llamada fue de Hugo; no contesté. Dejé que se cansara de los tonos mirando hacia el televisor apagado. Después recibí un wasap: «Iba a prepararte tostadas francesas para desayunar, *piernas*. Qué decepción más grande. Llámame cuando te despiertes, porque seguro que has ido a tu casa a poder dormir sin dos tíos ocupando el 75% de la superficie de la cama».

Suspiré. Dios. Era simpático, inteligente, morboso y honesto hasta límites preocupantes. Era guapo, estiloso, gracioso. Me hacía reír. Y me sentía cómoda con él. Me gustaba. EN MAYÚSCULAS. No recordaba la última vez que me sentí de aquel modo con un hombre. En la cama me hacía volar y accionaba un interruptor interno que me convertía en una Alba diferente, desinhibida, que disfrutaba sin más. Me hacía sentir guapa y sexual. El problema es que fuera él quien me lo hiciera sentir y no lo sintiera yo porque sí. Una no puede depender tanto de los demás, es algo que me quedaba aún por aprender.

Aparté el teléfono y, tras dejarlo abandonado sobre la mesa baja, me fui al dormitorio, donde encendí el aire acondicionado y bajé la persiana. Me tumbé en la cama y cerré los ojos. Recordé la sensación de Nicolás corriéndose en mis manos y mi vientre. Le vi esa expresión…, tratando de contenerse sin conseguirlo. Sentí el orgasmo brutal provocado por las penetraciones secas de Hugo y el morbo de estar haciendo algo «prohibido». El sexo empezó a palpitarme. Me coloqué boca arriba y pensé que podría tocarme pensando en ello y después olvidarlo para siempre. Una experiencia loca que callar siempre y de la que reírme internamente mientras me decía a mí misma que había sido una chica mala. Metí la mano dentro de mi pantaloncito corto y, sorpresa, estaba empapada. Empapada solo de recordar cómo me había gustado follarme a Nicolás. Imaginé, tocándome, que aquello hubiera salido mejor y que los tres nos hubiéramos corrido a la vez, con los dos empujando en mi interior. Imaginé que se derramaran dentro de mí y eso valió para que me asaltara el orgasmo otra vez. ¿Qué me estaba pasando?

Me quedé mirando al techo un rato, sorprendida por la velocidad con la que mi cuerpo había reaccionado a la fantasía de tenerlos de nuevo a los dos. Me levanté y me encerré un rato en el baño, enfadada conmigo misma. Se me iba a tener que pasar. El agua helada logró sofocarme un poco. El resto lo conseguiría mi cabeza.

Me tiré de nuevo encima de la cama y me puse el iPod con los auriculares. Empezó a sonar *Jubel*, de Klingande, y cerré los ojos. Dormir. Dormir y olvidarme de todo. Centrarme en el tacto de las sábanas frías bajo mi piel. Suave. Agradable. Sueño… El saxofón fue desdibujándose dentro de mi cabeza, convirtiéndose en notas trazadas en el fondo en negro de mi cabeza.

A las cuatro de la tarde me desperté tapada hasta el cuello con la sábana y The Steve Miller's Band sonando en mis oídos, cantando alegremente *Abracadabra*. Tenía la boca pastosa y estaba hambrienta. Sin darme tiempo ni de lavarme la cara fui a la «cocina» y metí en el microondas una de esas lasañas pre-cocinadas que están listas en cuatro minutos. Me sentía bien, aunque adormilada y atolondrada. Mientras se preparaba la comida pensé en darle un toque a Eva para ver qué tal lo habían pasado la noche anterior. Una cosa llevó a la otra y me acor-dé…, me acordé de qué me había mantenido tan ocupada como para no cenar con ellas.

En el móvil había dos llamadas más de Hugo y dos de un número que no tenía guardado en mi teléfono. Más wasaps de Hugo y una pista sobre a quién pertenecían las otras llamadas.

Hugo: «Vale, pues empieza a ser más que evidente que no coges el teléfono porque no quieres. Eso o te han raptado. Qué pena, *piernas*… ¿Nos dejas tirados ya? ¿O es que te has ido de gira a enseñar esas piernas perfectas por el mundo? Harás felices a muchos hombres, menos a dos, que consiguieron tenerlas muy cerca. Deja de pensar ya. Hazte ese favor. Háznoslo a los tres».

Nicolás: «Sé que no tienes mi número, pero imagino que no es por eso por lo que no me lo coges. Es porque no quieres. Fase tres y no nos has llamado. Pero recuerda: a la negación le sigue la aceptación. Si algún día quieres dejar de fingir que no ha pasado nada, llama. No es fácil encontrar alguien con quien… conectar».

Y lo que hice fue… desconectar el teléfono.

14

No es que el domingo hubiera sido fácil, pero no tuvo ni punto de comparación con el hecho de levantarme a las seis y media de la mañana el lunes para ir a trabajar y recordar, aún entre sueños, que iba a encontrarme de cara con los dos tíos con los que había pasado el sábado por la noche. Dos tíos a la vez, corriéndose encima de mí entre gruñidos de placer. No. El domingo no fue un día fácil, sobre todo porque ni yo entendía cómo podía ser que lo mismo que me atormentaba me excitara tantísimo.

Esperaba que no escarbaran más. No tenía nada que decirles. ¿Qué iba a explicarles, que me moría de jodida vergüenza y que me sentía sucia? Eran dos tíos acostumbrados a meterse en la cama a la vez y no precisamente porque les gustara dormir abrazados. Les gustaba compartir las mujeres. Les gustaba encerrarlas entre sus cuerpos y follárselas a la vez. Les gustaba sentirse entre ellos, jodiendo a la misma mujer entre espasmos de placer.

Me recompuse el careto como pude. Había dormido poco y mal. Había tenido sueños agitados y no en el sentido erótico. Pesadillas que no recordaba al despertar.

Llegué al trabajo cargada de una bolsa de Starbucks con dos *chai tea latte* y una magdalena enorme de fresa y chocolate blanco. Tenía la sensación de que el fin de semana había dado demasiado de mí y que debía centrarme en el trabajo. Sí, ese trabajo «tan apasionante». Esa no era la actitud, me reproché. Así que, tras dejar mis cosas en la mesa, subí a buscar a Olivia a su planta y la encontré encendiendo el ordenador. Le tendí uno de los envases calientes y puse carita de pena.

—Mi ofrenda a modo de disculpa por largarme el viernes casi sin avisar.

Ella lo cogió, sonrió y me sorprendió dándome una palmada en el culo.

—¿La resaca bien? —preguntó arqueando las cejas.

—Sí, sí. Creo que necesitaba una cura de sueño.

—Ya —dijo con suspicacia—. ¿Sabes? Creo que pasaré por alto la coincidencia de que en el momento que te fuiste desapareciera también Hugo. Ya me contarás las cosas cuando te apetezca.

Me quedé callada y con cara de susto. No estaba preparada para contar aquello y mucho menos a alguien de la oficina que, aunque me caía bien, no conocía de verdad. ¿Quién me decía que podía confiar en Olivia? Solo podría asegurármelo el tiempo. Gracias al cosmos, ella decidió cambiar de tema y aligerar el ambiente diciéndome que le gustaba mi ropa. Llevaba un vestidito camisero corto cruzado de color blanco con topos grises y unas sandalias de cuña del mismo gris humo que los lunares de la tela. Y cuando le confesé que había estado haciendo compras digitales en Asos nos enzarzamos en una conversación frívola y cómoda que tuvimos que atajar cuando las manecillas del reloj del pasillo se acercaron peligrosamente a las ocho en punto.

Me acomodé en mi cubículo dando sorbos a lo que quedaba de bebida y encendí el ordenador. Escuché la voz de Hugo en el pasillo dando los buenos días con su tono meloso y galante y no pude evitar recordarle susurrando palabras sexuales y calientes en mi oído. «Haces música», me había dicho. Y en aquel momento me pareció que jamás había recibido un halago mejor. Temí que viniera a decirme algo, pero lo escuché alejarse hacia su despacho.

Una de las amargadas de mi departamento se acercó para pedirme que transcribiera el acta del día de una reunión de la semana anterior y después pasó por allí otro compañero pidiéndome que realizara una tabla actualizada en Excel para que todo el mundo pudiera señalar cuáles serían sus semanas de vacaciones. Eso me devolvió a la realidad de que en poco tiempo yo sería la única pringada de guardia en la oficina, «atenta» por si sonaba un teléfono que seguro no sonaría. ¿Se irían Nicolás y Hugo también? Y eso… ¿me haría un favor o me haría tremendamente infeliz? ¿Infeliz? ¿En qué jodidos términos estaba hablando?

Después de transcribir unos folios casi ilegibles, me puse con el Excel. En la biblia que Olivia había confeccionado para mí había un apartado para los cuadros de vacaciones en el que me indicaba la ruta donde podría encontrar las versiones anteriores y con las instrucciones básicas. Esta Olivia era una máquina.

La voz de Hugo al teléfono llegó hasta mis oídos. Deseé tener otra pared y un techo en mi cubículo que me aislaran de los sonidos. Lo recordé diciéndome que quería correrse en mi boca, cargado de placer y de lascivia. Dios. Maldita sea. Mi vientre volvió a contraerse de deseo.

Abrí una conversación para Olivia en el programa de mensajería instantánea de la empresa.

Aranda, Alba:

«Estoy haciendo el cuadro de las vacaciones. ¿Voy a ser la única desgraciada que eche el verano aquí?».

Del Amo, Olivia:

Muy probablemente. Tú y los pocos que tienen la suerte de cogerlas en septiembre. Ese es un lujo reservado para unos pocos.

Aranda, Alba:

«Tú ¿cuándo te vas?».

Del Amo, Olivia:

«Agosto. Me largo a los States a ver a un amigo que vive allí».

Aranda, Alba:

«¡¿Sí?! ¡¡Qué envidia!!».

Del Amo, Olivia:

«San Francisco, ¡allá voy!».

Le contesté una carita sonriente y le dije que luego hablábamos. Ojalá yo también pudiera largarme de vacaciones. Eva y yo teníamos planeado escaparnos una semana a Nueva York pero desde mi despido en el periódico…, como que no. Maldito origen de todos mis males. Con lo bien que vivía yo rodeada de reporteras sin escrúpulos y hombres feos.

Cuando terminé el cuadro y avisé en un *email* conjunto a todo el departamento de que ya lo tenían disponible, me quedé sin trabajo y… empecé a darle vueltas al tarro. Mirando como una boba la pantalla del ordenador, me puse a pensar otra vez en lo del sábado. La guarra de la oficina. En eso me iba a convertir si alguna vez se sabía. No en la chica eficiente, tan buena que merece una oportunidad en el área de comunicación. No. En la tía que antes de cumplir un mes en la oficina ya ha protagonizado escenita de cama con dos de los hombres del departamento. Dos. A la vez. Uno por detrás. Si alguien se enteraba, tendría que cambiar de trabajo. Igual era el momento de tomar esa decisión que había ido postergando y marcharme al extranjero a mejorar mi inglés. Quizá sería feliz en un pueblecito irlandés, sirviendo cafés cargados de whisky.

Una carpeta llena de papeles aterrizó en mi mesa y me despertó del trance. Miré a la persona que la había dejado caer. Era Hugo, con un traje perfecto color gris oscuro y una corbata granate que hizo que el estómago se me subiera a la garganta. No sé cómo no lo escupí. Creo que no había nada más deseable sobre la faz de la tierra, con ese pelo revuelto... o estudiadamente revuelto. Pelo de recién follado. Joder. Follado, debajo de mí, en el sofá, a medio vestir...

—Despierta, Bella Durmiente —dijo con simpatía—. Son contactos de Presidencia. Me preguntan si puedes darlos de alta en la base de datos de clientes. Eso y el proyecto: si es una propuesta, si está aceptado, si no... ¿Sabes?

—Claro —respondí volviendo la mirada a mi mesa.

—Cuando hayas acabado, por favor, pásate por mi despacho. Tengo otra cosa que comentarte.

Asentí sin mirarle y abrí la carpeta, esperando que aceptara el gesto como una invitación a dejarme sola. Debió de entenderlo. Cuando miré de reojo ya no estaba allí.

La tarea podía ser tediosa, pero al menos me mantuvo ocupada. Me puse el iPod y elegí mi lista de reproducción «Soy una perra con clase». El nombre de mis carpetas de música no lo ponía yo. Era tradición que fuera Eva la que las bautizara. Después siempre me hacía sonreír su interpretación.

A la una, Olivia y yo salimos a por algo de comer. Como teníamos veinte minutos nos sentamos a la sombra en una terraza colindante al edificio y nos bebimos un granizado mientras charlábamos y engullíamos un sándwich de pollo. Cuando quise darme cuenta, eran las tres menos cuarto y estaba metiendo el último contacto en el sistema. No quise pensar que Hugo lo había hecho a propósito, dándome una tarea larga que me obligaría a pasar por su despacho casi a la hora de salida. No quise pensarlo, pero se me pasó por la cabeza, porque soy horriblemente retorcida.

Recogí mi cubículo para dejarlo ordenado y fui hacia allá con el sonido amortiguado de mis tacones sobre la moqueta. Llamé a la puerta y me recibió con un «pasa».

—Hola, Hugo. ¿Querías verme?

—Sí, pasa. Siéntate. —Me lo temía. Cerré la puerta y me senté con las piernas cruzadas en una de las sillas frente a su mesa. Me miró; sus ojos serpentearon subiendo desde mis rodillas hasta mis labios. Después levantó las cejas y sonrió—. Por lo visto voy a tener que prestarte yo papel y boli. —Me quedé mirándole confusa—. Necesito explicarte un programa de reuniones que tienes que agendar junto con la secretaria de Presidencia. Son bastantes; no es que no confíe en tu memoria. Es que... dudo mucho que alguien pueda memorizar quince reuniones con ocho personas diferentes.

Por poco no se me cayó la cara de vergüenza. No quería hablar sobre lo del sábado (y mi huida del domingo). Era trabajo. ¿Era posible que para él no fuera nada? ¿Y si había pasado página? ¿Estaría buscando al siguiente objetivo ya? Alguien que no corriera escaleras abajo avergonzada por probar algo nuevo con dos tíos que le atraían.

Ay, Alba... Me convertía en una veleta girando enloquecida en la dirección en la que empujase la respiración de aquellos dos hombres.

—Perdona. Se me fue el santo al cielo —me disculpé—. Voy a por mi cuaderno.

—No, déjalo. Son casi las tres. Toma.

Me pasó un folio doblado y un bolígrafo con el anagrama de la empresa y empezó a recitar, mirando su agenda. Cosas aburridas como «Con el área de estrategia que sea antes del 30 de julio, porque casi todo el equipo se va de vacaciones». Nada que ver con un «Quiero volver a repetir y ver cómo te deshaces en un orgasmo entre mis manos». Y mientras él hablaba, seguro de sí mismo y diligente, yo anotaba y fantaseaba con que volviera a rodearme la cintura desnuda con sus manos abiertas, subiendo hasta amasar mis pechos y llevarlos a su boca. Dios, esa boca. Cubría sus dientes con los labios antes de morder la punta de mis pezones y provocarme un calambrazo de morbo.

Dejé de escucharlo y levanté la mirada. Me estaba observando.

—¿Eso es todo?

—Sí —dijo empezando a dibujar una sonrisa—. No sé qué habrá pasado este fin de semana, señorita Aranda, pero lleva todo el día más allá que acá.

—Perdona —me disculpé.

Alguien entró en su despacho sin llamar. Era uno de esos hombres encorbatados con camisa de manga corta que ni siquiera se disculpó por interrumpir. Traía la americana mal doblada en un brazo y se largaba a toda prisa.

—Muñoz, te paso las encuestas de calidad de los clientes de la cuenta Premium. Ya lo hablamos mañana.

Un tropel de pasos llenó de sonido del pasillo y el hombre volvió a salir, dejando la puerta abierta. Hugo suspiró y se levantó. La camisa se le ajustaba al pecho y la cintura a la perfección, exquisitamente metida dentro de su pantalón de traje. Paseó con elegancia hasta la puerta y la volvió a cerrar.

—La educación aquí brilla por su ausencia. Espero que no aprendas de las malas formas. La desidia es contagiosa y ya hace tiempo que repta por los pasillos de esta empresa.

—Qué poético —bromeé.

Hugo se dejó caer en su silla de nuevo y esbozó una sonrisa.

—Ya ves.

—No te preocupes. Aprenderé de tus galantes formas y tus cuidadas maneras.

—Me parece que llego tarde en el aviso y que algo se te ha pegado ya, porque tienes la extraña costumbre de despedirte siempre a la francesa.

—Mejor me voy —contesté.

—Son más de las tres. Ya no estamos en horario laboral. Explícame, por favor, por qué te fuiste corriendo sin dar ni una explicación.

Su barba de tres días perfectamente cuidada. El mechón rebelde que se escapaba de su peinado y caía sobre su frente. El brillo de sus ojos. La punta de su lengua humedeciendo sus labios. Dios, échame una mano y déjame ciega un ratito…

—¿Y si no quiero explicártelo? —contesté recuperando la compostura.

—Desde luego no tienes por qué. Por eso te lo pido por favor. Me gustaría saber qué hicimos mal Nicolás y yo.

—Nicolás y tú no hicisteis nada mal. Lo hicimos los tres —dije bajando la voz hasta casi un murmullo—. Lo que hicimos es un asco.

Hugo levantó las cejas sorprendido.

—Un asco… Vaya… Menuda patada en los cojones me acabas de dar, *piernas*. Pues discúlpame, pero creo recordar que te corriste dos veces y que fuiste tú quien llevó la batuta toda la noche. Nosotros te dejamos ir a tu ritmo. Y disfrutamos los tres.

Empecé a acalorarme. Me sentí palpitar. La respiración se me agitó.

—Me he arrepentido. No quiero volver a hablar de ello. Me avergüenzo. Punto.

Hugo se encogió de hombros y en un gesto me pidió que le pasara la carpeta que el encorbatado de dudosa educación había dejado en mi extremo de la mesa.

—Hasta mañana entonces.

—Bien. Hasta mañana.

Salí del despacho apretando tanto el papel dentro del puño que cuando llegué a mi mesa era prácticamente una pelotita. Respiraba de forma agitada, jadeando. La sola proximidad de ese hombre me turbaba.

Crucé la puerta del edificio con paso firme y el teléfono pegado en la oreja, dando tonos. Olivia me hizo un gesto con la mano y me paré frente a ella cuando Eva contestó:

—¡Hombre! Pero ¡si es mi hermana! ¿Qué tal la vida?

—No hace tantos días que no hablamos —gruñí. Olivia se rio mientras se encendía un cigarrillo—. ¿Nos tomamos algo esta tarde?

—Sí quiero, pero tiene que ser a partir de las seis y media.

—Genial. ¿En la boca de metro de Lavapiés?

—Que así sea. Que lo que la cerveza una no lo separe un hombre.

Colgamos y Olivia me preguntó con quién hablaba.

—¿Un churri?

—Ah, no. Es mi hermana. Necesito tarde de chicas y desintoxicar. ¿Te vienes?

Olivia arqueó una ceja y se lo pensó durante unos segundos. Después solo me cogió del brazo y me ofreció un cigarrillo.

15

MARTES

Objetivamente ya era martes. Eran las dos y media del lunes. ¿O del martes? Tenía la cabeza muy turbia por culpa de la cerveza. Mi hermana, que ya estaba de vacaciones, y yo llegamos a mi casa en unas condiciones bastante lamentables. Las dos borrachas de cerveza, que me produce una resaca terrible, y con serios problemas para ejecutar la sencilla tarea de meter la llave en la cerradura y abrir la puerta. Ah, y apestando a humo, claro. Mi hermana fumaba como una carretera y Olivia también. Juntarlas había sido el error más grande y divertido de todos los tiempos. Al final yo también había fumado y..., si no recordaba mal, había confesado que había alguien del trabajo que me ponía muy perra. Para que luego digan que los borrachos no mienten. Aquello era una enorme mentira por omisión, porque la realidad era que había dos tíos que me ponían como querían. Dos. Dos capaces de hacer que me corriera entre sus cuerpos desnudos y sudorosos. Joder. Sus cuerpos jodidamente esculpidos. Puta cerveza. Puto Nicolás, con sus ojos perfectos, azul oscuro y hondos. Puto Hugo, con una boca de puro vicio y una mirada que desnudaba.

Eva se durmió en el sofá casi de inmediato en una postura imposible que me recordó a Nicolás en la cama. En vez de dormir parecía que estaba posando para una sesión de fotos de Calvin Klein, el muy puto. Fui a la cocina a ponerme un vaso de agua y picar algo con lo que asentar el estómago antes de acostarme. Iba a dormir muy poco… ¿A quién se le había ocurrido alargarlo tanto? Olivia… Olivia era una máquina de beber cerveza. Y la muy asquerosa se había ido sobria, riéndose de nosotras. Estaba a otro nivel… Yo, nivel bebedora principiante que se pone tibia con tres dobles y termina gritándole al camarero: «¡¡¿Es que no piensas ponernos una tapita?!!».

Mientras me comía unos panecillos crujientes de eneldo de pie en la cocina como si fuera un ratón, encontré algún tipo de placer masoca en volver a leer los mensajes que Hugo y Nicolás me habían mandado el domingo. Los leí a media voz. Uno en tono graciosillo y el otro hablando de… conectar. Conectar es otra cosa, me dije. Conectar con alguien no tiene nada que ver con follar como si no hubiera un mañana. Bueno, también, pero no era lo único. Y lo único que habíamos hecho nosotros era chuscar como animales. Como putos perros en celo. Como estaba borracha me pareció una buenísima idea contestarle al mensaje, así que, muy concentrada en no escribir palabras inventadas, empecé con la redacción.

«Conectar no es fácil, pero follar sí. Y lo que hicimos fue meter, sacar, meter, sacar y corrernos; eso pueden hacerlo hasta los animales de granja. Ciertamente creo que fue lo que parecimos. No hables de conectar tratando de hacerme chantaje emocional. Yo inventé ese tipo de chantaje».

Y digo yo…: ¿para cuándo una aplicación en el iPhone que analice la cantidad de alcohol que tienes en sangre y evite que escribas o llames a nadie que no sea la policía o emergencias? Apple Store, ya estáis tardando.

Ni siquiera recuerdo haberle dado a enviar, esa es la verdad. Recuerdo estar escribiéndolo y recuerdo haber pensado que un sándwich me vendría genial. Entre yo escribiendo y yo comiéndome dos rebanadas de pan de molde con un trozo de tomate y sal (que era lo único que quedaba en la nevera)… no había nada. Por eso me sorprendí tantísimo cuando me sonó el móvil y apareció en la pantalla un 650… que no tenía guardado pero que sabía a quién pertenecía.

—¿Sí? —dije, aunque sonó más bien a «Shiii».

—Dime una cosa… ¿El tema no te deja dormir o es que no eres consciente de las horas que son? —susurró Nicolás.

—Yo… salí a tomar algo. —Me aclaré la voz. Tenía que sonar más segura de mí misma—. Aunque no tengo que darte una mierda de explicaciones. Adiós.

—¿Ahora vas a colgarme?

Me quedé callada, tragando saliva.

—No quisiera perturbar tu sueño —contesté con mala baba.

—No estoy acostado. Tenía trabajo que hacer.

—Es tarde —añadí crípticamente.

—Sí, lo es.

Ninguno de los dos dijo nada entonces. Le escuchaba respirar con tranquilidad al otro lado del teléfono y hasta aquello me pareció sexi.

—¿Puedo pasarme por tu casa? —preguntó—. Estoy en el coche. Solo dime el piso y… subiré.

—No puedes subir.

—Pues baja tú. Si me mandas un mensaje a estas horas es porque tienes algo que decirme, ¿no?

Colgó. Me quedé mirando el móvil y me dije a mí misma que me negaba a bajar. ¿Qué quería decir eso? A mí nadie me daba órdenes y menos en mi vida personal. ¡Buena era yo! Me fui al cuarto de baño y me lavé los dientes con fruición y después me puse el pijama. Revisé que el despertador sonara a las seis de la mañana, pero antes de meterme entre las sábanas sonó de nuevo mi móvil. Era Nicolás.

—¡No voy a bajar! —dije como respuesta.

—¿Puedes ser un poco consecuente con las cosas que haces, por favor? ¿Qué tenemos?, ¿quince años?

Eso me cabreó y salí andando por el pasillo, descalza, para terminar cogiendo las llaves de casa y salir hacia el ascensor. No sé ni siquiera si colgué. E ir descalza no era el mayor de mis problemas, os lo aseguro. Como única indumentaria llevaba una camiseta desbocada y tan lavada que era prácticamente transparente y unas braguitas de cadera baja. Maldita cerveza. Maldita aplicación inexistente para controlar los mensajes cuando vas pedo.

Bajé rápidamente por las escaleras y le abrí el portal de un tirón, superdispuesta a darle dos gritos y explicarle todas las razones por las que no podía presentarse en mi casa a esas horas. Pero no dije ni mu porque Nicolás se me adelantó, entrando como un toro y cargándome en brazos al momento. Cuando mi espalda tocó el cristal que revestía el patio, ya teníamos las lenguas enredadas y sus manos se colaban por dentro de mi ropa interior. Durante unos minutos lo único que hicimos fue besarnos sin control, lamiéndonos los labios y frotándonos en aquella postura. Fueron los besos más desesperados y apasionados que había dado en mi vida; me sentía perdiendo el control. Maldita cerveza… o ¿maldito Nicolás?

Fue él quien terminó con el beso de manera sonora mientras yo lo miraba con cara de imbécil.

—Te dije que me llamaras… —susurró junto a mis labios—. Te dije que si te pasaba, me llamaras.

Después, simplemente, me di por perdida.

Cuando entramos en mi casa le pedí por favor silencio en un gesto y le señalé el sofá donde mi hermana dormía con un brazo y una pierna colgando. Él me cogió la cara y me besó de nuevo y yo anduve hacia el dormitorio; es decir, di seis pasos.

Nos dejamos caer encima de la cama totalmente enredados. Manos, piernas, bocas, lenguas. No había nada «tuyo» o «mío». Era un amasijo de carne que empezaba a encontrarse húmeda por el sudor. La ventana estaba cerrada y el aire acondicionado apagado; el ambiente era un poco asfixiante con todo el calor del día condensado en sus paredes. Nicolás me quitó la camiseta y hundió la cara entre mis pechos, respirando hondo, besando, mordiendo; su mano se metió dentro de mis braguitas y las bajó. No mediamos palabra. Lo siguiente fueron su camisa blanca y sus pantalones grises de traje. Los zapatos y el resto de la ropa interior terminaron de cubrir el suelo de mi dormitorio, que, por cierto…, no tenía puerta. Y mi hermana a seis pasos de distancia, en el salón.

—Shhh… —le dije cuando en un movimiento se rozó con mi sexo y gimió.

Se estiró y abrió desesperado mi mesita de noche, donde revolvió ruidosamente. Repitió la operación con la otra. Yo sabía que debía de estar buscando preservativos, pero no tenía en casa. ¿Para qué los quería alguien que no follaba ni pagando y que además se tomaba la píldora? Negué con la cabeza y él rebufó, besando el costado de mi nariz y dejándose caer sobre mi cuerpo. Sus ojos debieron de ir hasta la superficie de la mesita y ver el vaso de agua y el blíster de pastillas. Eso o le dio igual todo, porque se revolvió sobre mí y empezó a ejercer presión hasta colarse dentro de un empellón. Subió encima de mi cuerpo y volvió a bajar, empujando con sus caderas. Una palabra, solo una: delicioso. Me agarré a su espalda y clavé las yemas de mis dedos en su piel. Nos besamos y se recostó del todo sobre mi cuerpo, con mis piernas a cada lado; sus manos me recorrían de arriba abajo. Cuello, pechos, cintura, cadera, muslos. Era como si quisiera aprenderse mi cuerpo, trazar un mapa sobre él y memorizar cada rincón. Le agarré la cara entre mis manos y le besé dejando los labios entreabiertos sobre los suyos y gimiendo despacio, bajito.

No fue lento ni largo. No creo que fueran más de diez minutos de empujones y embestidas, pero mi cuerpo, húmedo y receptivo, tomó rumbo al orgasmo sin remedio. Yo misma me sorprendí y, hundiendo mi nariz en su cuello, contuve los gemidos de satisfacción mordiéndole el hombro. Él se fue después, empujando fuertemente, haciendo chasquear la piel húmeda de los dos y crujir el viejo somier, que un día de estos me dejaría en el suelo. Al final, una última penetración profunda y un gemido grave contenido en su garganta tras el que nos fundimos en un beso, desmadejados.

Silencio en la habitación. Algún jadeo, cogiendo aire desesperadamente. Nicolás se dejó caer en la cama, a mi lado.

—Dios… —Se tapó la cara—. Qué desastre…

—Deja de decir eso.

—Nunca es como planeo.

—¿Lo planeas a menudo?

—Apenas puedo pensar en otra cosa.

Me giré hacia él y le sonreí.

—Si te sirve de consuelo, a lo mejor mañana no me acuerdo. Estoy borracha —confesé.

—Lo he notado. —Él también me sonrió, mirándome de lado.

Suspiramos hondo los dos. Su pecho perfecto subía y bajaba, llenándose de aire y expulsándolo después a la atmósfera que nos envolvía.

—Qué bueno estás, joder. —Y fue entonces cuando me di cuenta de lo ridículamente pedo que estaba.

—Llevas un pedal como un piano. —Se rio—. Y yo me tengo que ir.

—Lo sé. Las dos cosas —añadí.

Se levantó de la cama como una exhalación y recogió su ropa. Lo vi vestirse en silencio, desnuda entre las sábanas revueltas y agarrada a la almohada. Cuando estuvo completamente vestido de nuevo, apoyó una rodilla en la cama y se inclinó para besarme.

—Se nos ha ido un poco de las manos. —Sonrió—. Yo quería hablar.

—¿Entonces?

—Perdí el control. Ayudaría que la próxima vez bajaras a abrirme la puerta vestida.

Me reí en silencio y le di otro beso. Él se incorporó, se palpó los bolsillos y sacó las llaves del coche.

—Hasta mañana —le dije.

—Alba…, ¿puede quedar entre nosotros? Todo.

—Me da la impresión de que tenéis unas normas sobre el asunto de las que no sé nada.

—Me da la impresión de que pronto pondrás las tuyas propias.

Me guiñó un ojo y, tras desearme buenas noches, se marchó. Casi no oí ni la puerta cerrarse.

El despertador me dio un susto de muerte. No grité porque el cosmos no quiso. Me quedé mirando el techo con los ojos somnolientos y pensé que mis sueños eran cada vez más dalinianos… Poco me faltaba para ver relojes derritiéndose por todas partes.

Me levanté como una autómata al baño y me sorprendió ir como mi madre me trajo al mundo. ¿No me había puesto yo la camiseta de dormir? ¿No llevaba yo braguitas al acostarme?

Mientras esperaba a que el agua de la ducha saliera templada, me noté húmeda y me miré en el espejo, pensando. ¿A que no había sido un sueño? Efectivamente, la ducha me refrescó la memoria. Nicolás había venido hasta mi casa pasadas las dos de la madrugada y, sin mediar palabra, habíamos echado un polvo a lo bruto en mi cama, con mi hermana en el sofá a seis pasos de distancia. Olé. Pero… ¿qué narices le estaba pasando a mi tranquila existencia?

Aquella mañana me costó más que nunca arreglarme y ponerme decente. La resaca siempre me deja la piel como grisácea y unas ojeras a lo oso panda para las que hay que sacar la artillería: el corrector de MAC. Me puse una falda hasta la rodilla plisada y vaporosa de color menta, una blusa blanca arremangada y, por dentro de la falda, un fino cinturón dorado a juego con las sandalias y me recogí el pelo en un moño deshecho. Salí hacia el salón pilladita de tiempo y desperté a mi hermana con todo el tacto que me fue posible. Eran las siete y cuarto de la mañana.

—¿Qué? —farfulló.

—Me voy a currar. Tienes cosas para desayunar en el armario, pero no hay leche.

—Gracias. Eres muy buena. —Abrió los párpados con esfuerzo—. ¿Siempre vas tan guapa a trabajar?

—Es una oficina. No puedo ir en vaqueros.

—Y hay alguien que te la pone muy gorda.

—No me la puede poner gorda porque no tengo polla, loca. —Me reí.

—Polla loca. Con eso he soñado. He soñado que entraba en tu casa el tío más guapo que he visto en mi vida. Joder…, si los hubiera así por la calle…

Le di un beso, manchándola con *gloss,* y salí corriendo hacia el trabajo, mientras le mandaba un wasap a Olivia para avisarle de que llegaría justita y no podría pasarme a tomar café con ella. Me contestó que fuera directamente a mi mesa y que nos veríamos a media mañana para salir a comprar el almuerzo. Añadía un «¡¡¿Es que no piensas traernos una tapa?!!» en referencia a lo loca que me pongo cuando tengo hambre.

Cuando me dejé caer en un asiento del tren, pensé que iba a quedarme dormida. Iba escuchando The Naill McCabe Band y temí que su ritmo no fuera suficientemente movido como para espabilarme y evitar que terminara despertándome en la estación de Chamartín. Y en ello estaba, buscando canciones más movidas en mi iPod, cuando me llamó la atención la postura en la que estaba sentado el pasajero de enfrente. Piernas largas, cruzadas a la altura del tobillo, de manera sensual y masculina. A nuestro lado no había nadie. Levanté la mirada y le repasé el cuerpo entero hasta llegar a los ojos, que brillaban divertidos.

Era Hugo. Pero ¡¡qué bonita coincidencia, me cago en mi vida!!

Me froté la frente, maldiciendo no haber salido de casa cinco minutos antes, pero no hice ademán de quitarme los auriculares y él tampoco de hablar conmigo. En su boca, una sonrisa gamberra le alegraba esa cara tan increíblemente atractiva que tiene. Bajé los ojos de nuevo hasta mi iPod y le vi por el rabillo del ojo acomodarse, descruzando las piernas y apoyando los antebrazos en sus rodillas, inclinado hacia mí. Sin mediar palabra me quitó el reproductor de las manos y empezó a mirar las canciones que tenía guardadas mientras sonaba Florence & The Machine. Pronto ese tema se cortó y él eligió *Mr. Brightside*, de The Killers. Le miré y me sonrió. La letra no nos podía ir más como anillo al dedo. «Lo quise todo. Empecé con un beso. ¿Cómo pudo terminar así? Fue solo un beso. Fue solo un beso». ¿No decía aquello la canción? ¿No nos había pasado a nosotros algo parecido? Repasé sus rasgos; sus ojos marrones almendrados, su boca carnosa, la sombra de su barba de un par de días, su mentón perfecto. Se levantó el cuello de la camisa y se colocó lentamente una corbata que llevaba guardada en el bolsillo interior de la americana. Con dedos hábiles tuvo el nudo hecho en segundos. Y yo… mirándole como una boba.

Cuando anunciaron nuestra parada yo ya había sucumbido, me había quitado los auriculares y había guardado el iPod. Los dos nos levantamos y me dejó pasar delante; quise que fuera una excusa para tocarme o rozarme, pero, como un caballero, respetó mi espacio vital. Cuando el tren estaba frenando y entraba en la estación me giré a mirarle.

—Señorita Aranda… —dijo con placer—. No la había visto.

—Este tren no te pilla en tu ruta entre casa y el trabajo —apunté muy seria.

—A lo mejor es que no he dormido en casa…

Una punzada de celos me carcomió el estómago y me sentí estúpida e infantil, así que volví a girarme hacia delante y salí del vagón a paso rápido. Y hasta podía sentirlo en mi nuca, andando tranquilamente con una sonrisa plácida y sexi en la boca.

Si yo no quería jugar al son que ellos proponían…, ¿por qué sentía la necesidad de que los dos fueran míos?

Cuando llegué a mi mesa, me derrumbé sobre la silla. Encima de mi escritorio había un *chai tea latte* de dimensiones faraónicas y una bolsita de papel marrón con el logo de Starbucks Coffee con un *post-it* grapado.

«Serrana, bebes como una cosaca, pero aún te falta mi poder de asimilación del alcohol. Aprenderás, apuntas maneras. Llámame a media mañana y nos fumamos un pitillo porque después de anoche… ya fumas, ¿no?».

Le di un trago al té y sonreí con paz interior. Dentro de la bolsita de papel me esperaba más paz interior en forma de *muffin* de chocolate con trozos de chocolate. No digo más.

Cuando estaba engullendo el desayuno presa de esa «hambre de resaca» que solo te pide hidratos de carbono en cantidades mortales, me entró curiosidad por ver cómo marchaba el famoso Excel de las vacaciones. Entré en el ordenador siguiendo la ruta que ya me sabía de memoria y lo consulté. La semana siguiente la oficina empezaría a estar desierta porque casi el noventa por ciento de la plantilla cogía las vacaciones entre entonces y agosto. Vamos, que durante ese mes seríamos en la oficina…, conté…, cuatro personas. Y entre ellos… ¿adivináis quiénes las habían pedido en septiembre?

En esas estaba cuando alguien carraspeó a mi espalda. Era Nicolás, con unos pantalones de traje azul oscuro y una camisa color azul pálido. No llevaba la chaqueta ni corbata.

—Hola. —Y me sentí sonrojar como una cría.

—Hola. —Una sonrisa muy breve le cruzó la boca, pero se comidió enseguida—. Oye, avísame cuando tengas las reuniones de Hugo cerradas, ¿vale? Necesito que me eches una mano con una cosa.

—Si quieres puedes mandarme las indicaciones por *email* y voy adelantando entre rato y rato.

—Ah, pues… vale. Ahora te lo mando. —Miró la magdalena con ojos golosos y añadió—: Que aproveche.

—¿Quieres?

—No. Esta mañana me comí uno de esos bizcochos calientes rellenos de chocolate…

El modo en que lo dijo ya conectó directamente con el recuerdo de los dedos de Hugo embadurnados de chocolate colándose entre mis labios. Y la lengua llena de los matices del cacao mezclándose con el sabor de la saliva de Nicolás y el deje de vino blanco en su paladar. Después… la cama. Los tres juntos. Dos asaltos.

Tragué saliva y me giré hacia mi mesa. Debía concentrarme en el trabajo.

De las quince reuniones que me había pedido Hugo, diez fueron sumamente fáciles de agendar, tres regulares y dos estaban convirtiéndose en un auténtico infierno. Tenía el *email* de Nicolás categorizado como urgente, así que cuando terminé me puse a leerlo. Era un correo de los densos, con varios archivos adjuntos que fui metiendo en una carpeta en el escritorio del ordenador. Me pedía que, con mi experiencia de periodista, les echara un vistazo a los textos y ejerciera un poco de correctora. Se los había mandado gente de su equipo para una propuesta comercial y le daba la sensación de que estaban muy mal redactados.

De: Nicolás Castro

A: Alba Aranda

Lo haría yo, pero lo cierto es que carezco de los *skills* necesarios para hacerlo como seguro que tú sabrás hacerlo. Además, estoy bastante saturado. Si pudieras tenerlo a lo largo de la mañana te lo agradecería. Tengo que terminar con esto hoy y muero de ganas de ir a casa a dormir un rato. Ha sido una noche... agitada. Seguro que me entiendes.

Gracias.

PD: Creo que tú también necesitarías una siesta, de esas de TRES horas. Piénsatelo.

Llamé a Olivia para decirle que Nicolás necesitaba ayuda con una cosa que me iba a llevar un buen rato y que no podía salir con ella a comprar comida. Me llamó cosas como «putuca», pero lo entendió. Incluso se ofreció para traerme algo, pero aún tenía la magdalena posándose en el estómago como cemento y pensé que ya comería algo a las tres. A las TRES. Siesta de «TRES horas. Piénsatelo».

Los textos eran bastante áridos. Estudios sobre viabilidad de proyectos, el currículo de otros trabajos llevados a cabo por la empresa, un *briefing* sobre el cliente y una presentación sobre nuestra firma. El equivalente en palabras de a kilo y medio de Prozac, para que os hagáis a la idea. Cuando terminé con el último documento tenía ganas de morir, pero un montón de conocimientos de…, de nada. Todo el mundo sabe que empresas como la mía se dedican a vender humo.

Adjunté los documentos corregidos en un *email* que dirigí a Nicolás.

Martes 22 de julio de 2014. 14.40 h.

A: Nicolás Castro

De: Alba Aranda

Asunto: Revisión de textos

Hola Nicolás,

Adjunto te paso los textos revisados. He estado leyendo algunas presentaciones colgadas en la página web de la matriz internacional para, a partir de ahí, tener criterio suficiente. Las correcciones están especificadas con el control de cambios, para que puedas revisarlas.

PD: Me alegro de que los dos podamos terminar con nuestro trabajo hoy para ir a casa a dormir una buena siesta. Aunque creo que la mía será de UNA hora; las de TRES me dejan desvelada toda la noche.

Gracias,

Alba

Después, como no tenía nada más pendiente, eché un vistazo a Pinterest desde el móvil. A las tres en punto me marché hacia la salida con el repiqueteo de mis tacones en el suelo y… nada más.

No dormí una hora. Dormí tres y media, pero… sola.

16

El miércoles me puse pantalones. Unos de color negro y corte años sesenta, de cintura alta y pata de elefante. Los combiné con una camiseta de algodón orgánico de color hueso, que trasparentaba un poco, y un pañuelo de estampado de leopardo. Con pantalones estaría más cómoda, me dije. Pero era una mentira. Me los había puesto para torturar un poco a Hugo, al que parecía que le gustaban mis piernas. Y aunque yo me había convencido a mí misma de que no quería nada más con ninguno de los dos…, pues, vaya, me parece que buscaba encontrarles las cosquillas.

Empezó como un día más. El café con Olivia. Los cotilleos y planes sobre el fin de semana. Las miradas de las lagartas del departamento. Unos pocos *emails* solicitando mi ayuda para organizar unos viajes de trabajo a una oficina de nuestra empresa en Londres… Anodino. Y ni rastro de Hugo, al que yo quería fastidiar un poco.

A las once de la mañana Hugo y yo tuvimos mi ansiado encontronazo en el pasillo, lo único es que no fue en absoluto como yo lo había imaginado. Nada de miraditas de reojo incendiarias. Nada de esa sonrisa provocadora que me volvía loca en sus labios jugosos. Cero tonteo. ¿Por qué? Porque me estampé contra su camisa cuando salía del baño como una polilla contra el parabrisas de un coche. Pero ese no fue el problema; el problema fueron mis labios pintados de rojo pegados a la tela, dejando una marca perfecta sobre el blanco nuclear. Blanco..., cómo le quedaban esas malditas camisas blancas entalladas.

Hugo levantó la mirada hacia el techo y maldijo entre dientes.

—Me cago en mi alma... —Y su nuez viajó arriba y abajo en su garganta, acompañando una respiración honda.

Yo me asusté y cogí aire sonoramente entre los dientes.

—¡Perdona!

—Joder...

Sin mediar más palabras que esas, se dio media vuelta y fue andando a paso rápido y furibundo hacia su despacho, adonde le seguí no sé por qué.

—Perdona, de verdad...

—¡Tengo una puta reunión con un cliente en cuarenta minutos! ¡Y no me da tiempo a pasar por casa porque aún me están imprimiendo los jodidos *values maps!*

Después, apretando los puños, gruñó como un crío un «joder» bastante más alto de lo normal. Abrió un cajón, sacó uno de esos botes de antimanchas y fue a embadurnarse la camisa, pero no llegó a hacerlo.

—La mancha de pintalabios no va a salir con eso.

—Ya lo sé —masculló de malas maneras mientras dejaba el quitamanchas encima de la mesa.

—¿Qué puedo hacer?

—Mirar por dónde andas estaría bien. —Me quedé mirándole sorprendida y después de pestañear me pidió perdón en un gesto de cansancio—. Disculpa. Es que estos últimos días, hasta que se vayan todos los tocapelotas de vacaciones, son un infierno. Perdona. Tengo mucho curro y parece que hoy todo me sale mal, joder.

Se me ocurrió una cosa y me acerqué a él, que se despegaba la camisa del pecho para evaluar los daños de mi labial (que, no sería yo la que se lo dijera, era de los de larga duración).

—¿Y si me acerco a comprarte una camisa corriendo y te la traigo al despacho mientras tú esperas las impresiones? —Me miró de reojo, como midiendo las posibilidades de que eso no pudiera salir bien—. También puedes ir así y decirle al cliente que es la nueva moda.

—Ya podía haber sido más a la izquierda. Se podría haber disimulado con la americana.

—Bueno, perdona. No calculo dónde pongo la boca cuando atropello a alguien.

Eso le hizo sonreír. Cogió la cartera del bolsillo interno de la americana y me dio unos billetes. Joder con Hugo; yo en mi monedero llevaba a lo sumo tres euros. Después anotó en un papel la talla y me dio las gracias.

—No me las des. Mis labios han sido los culpables del desastre.

—Bueno, compensa que me hayan dado alguna que otra alegría.

Lancé una carcajada y fui a salir del despacho, pero volví sobre mis pasos.

—Oye..., ¿y dónde te la compro?

—Massimo Dutti está aquí al lado —dijo sin mirarme, revolviendo papeles de encima de su escritorio.

Y, no es por nada, pero arremangado con aquella camisa blanca manchada y la corbata verde botella estaba para morirse.

Desvié mi teléfono al dispositivo móvil y salí corriendo. No tardé más de quince minutos en volver con la camisa en una bolsa. Y… hacía tantísimo tiempo que yo no compraba ropa para un hombre que una sensación extraña anidó dentro de mi estómago.

Entré sin llamar y lo encontré hablando por teléfono.

—No, no se preocupe. Ha sido solo… una complicación de última hora. En veinte minutos estaré allí. —Hizo una pausa y se empezó a desabrochar los botones de la camisa, sujetando el móvil entre su oreja y el hombro—. Estupendo. Hasta ahora.

Tiró el móvil encima de la mesa, deshizo el nudo de la corbata y se quitó la camisa. Yo estaba entretenida quitándole los alfileres que mantenían la nueva dobladita, pero no pude evitar levantar la vista y echarle un vistazo. Allí, a plena luz del día, sin camisa y con el pantalón del traje, Hugo era una puta locura. Creo que nunca antes había gozado tanto de esa imagen, a pesar de que lo había tenido empujando entre mis piernas, perdido en mi cuerpo, penetrándome desde atrás… Le pasé la camisa y él se la puso a toda prisa.

—¿Puedes sacar los gemelos de la que me he quitado?

Joder. Plateados, redondos, con laca negra y la silueta de una abeja en el centro. Eran de Dior. Se los tendí y él los colocó con prisas, antes de desabrocharse el pantalón y meterse la camisa por dentro. Cuando terminó estuve a punto de ponerme de rodillas, cogerle las piernas y pedirle que no se fuera.

—Gracias —dijo escuetamente y sin mirarme.

—¿Te dejo las vueltas encima de la mesa?

—Sí, por ahí mismo. Cierra el despacho cuando te vayas.

Y el que se fue… fue él. Cogí la camisa que había dejado allí tirada y la doblé como pude. Lo mejor sería que me la llevara a casa para quitarle la mancha. No sé por qué me sorprendí al ver que en la etiqueta se podía leer bien claro Hugo Boss. Bien. Acababa de mancharle con un pintalabios de diez euros de Sephora una camisa de doscientos. ¡¡Bravooo Alba!!

Volví triste a mi mesa y me puse a hacer algo que se me da fenomenalmente bien: comerme la cabeza. Todo se mezclaba: recuerdos, fantasías, las dos veces que me había tocado la tarde anterior pensando en ellos, los «estás loca», los «eso no puede volver a pasar jamás» y las imágenes de Hugo quitándose la ropa. Por el amor de Dios. Por si fuera poco, recordé el polvo loco que eché con Nicolás la noche del lunes.

El día fue aburridísimo. No volví a ver a Hugo y Nicolás parecía ir escondiéndose de mí por todos los rincones. De todas maneras…, ¿es que quería decirle algo si lo veía? No. Pues ya está.

Cuando llegué a casa iba arrastrando los pies. Tiré todas mis cosas sobre la cama y después me dejé caer yo con los brazos y las piernas en aspa. Pero… ¿qué me estaba ocurriendo? ¿Qué quería? ¿No había decidido pasar del tema? ¿Por qué esa necesidad de cruzármelo por el pasillo, de escucharlo, de verle sonreír? Y cada cosa que pensaba la pensaba sobre los dos. Nicolás y Hugo.

Lancé las sandalias de plataforma fuera de la cama de una patada y me quité el pantalón. Después me levanté y de mala gana lo dejé todo ordenado en el armario, quitándome también la camiseta. Fui a ponerme el pijama pero miré la bolsa de Massimo Dutti que había dejado sobre la cama y saqué su camisa. La olí. Joder. El perfume de Hugo debería estar prohibido por las autoridades sanitarias para evitar ataques de lujuria en la comunidad femenina y gay. Me la puse alrededor y así, tirada en la cama, cogida a un trozo de tela muy caro y en bragas…, me dormí.

Me despertó el timbre. Insistente. Meeeeeec meeeeeec. Parpadeé. ¿Quién cojones sería? ¿Mi hermana otra vez? Jodida cansina. Busqué debajo de la almohada y cogí un camisón, que me fui poniendo de camino a la puerta.

—¡Ya va! —vociferé.

Al abrir me encontré con una sonrisa que no esperaba.

—Ale, devuélvemela, yonqui, que eres una yonqui —dijo con sorna Hugo.

—¿Qué dices? ¿Cómo sabes cuál es mi puerta?

—Una señora muy amable me dejó entrar en el portal y leí tu nombre en el buzón. Soy Houdini. Venga, dámela ya.

—Que te dé ¿qué?

—Mi camisa. Deja de tocarte oliéndola. Eso no debe de ser sano.

Me entró la risa.

—La traje para lavarla, cretino. ¿No creerás que iba a robártela?

Mi vecina de enfrente salió de su casa y se entretuvo bastante en cerrar con llave. *Cotillácea.*

—Viniste, como la pajillera que eres, a masturbarte. —Tiré de él hacia el interior de mi casa y él se giró y añadió—: Buenas tardes, señora.

Cerré de un portazo y le arreé en el brazo. Después me di cuenta de que empezaba a tomarme muchas confianzas con él y pedí disculpas.

—Nada, no pasa nada. —Sonrió—. Buen brazo… Claro, de pajillera.

Me reí y apoyé la frente en la pared.

—Qué pesado eres…

—Venga, *piernas*, que no tengo toda la tarde.

Fui hacia mi dormitorio y cogí la camisa. Hugo me había seguido hasta allí y se descojonó.

—Joder, ¡era verdad! ¿¡Te has dormido la siesta con ella!?

—Eres imbécil. La saqué para lavarla y… me he dormido antes de hacerlo.

—Antes de hacer ¿qué? ¿Te has dormido con la mano en las braguitas?

Hugo se acercó y empezó a hacerme cosquillas. Yo me defendí, apartándole las manos haciendo el molinete infernal. Cuando se cansó de reír hizo un movimiento de cabeza.

—Venga, vístete.

—¿Cómo que me vista?

—Ya, yo también me planteo muy seriamente qué está siendo de mi vida cuando te pido que te vistas y no que te desnudes, pero es que tengo prisa.

—¿Adónde vas?

—¿Adónde vamos? A cenar a mi casa. Tenemos cosas de las que hablar… Te doy cinco minutos. Después entraré y te arrastraré hasta el coche, lleves lo que lleves puesto.

Qué prometedor, ¿no?

Minifalda de algodón negra, camiseta blanca con un logo de Chanel derritiéndose (de una tienda al lado del mercado de Fuencarral, no de Chanel, que el sueldo no me daba) y una chaquetilla tipo chupa pero de un tejido muy fino. Piernas al aire, claro. Hugo esperó en mi rellano moviendo nerviosamente los pies hasta que cerré con llave.

—¿Has cogido una muda? —me preguntó.

—¿Para qué quiero una muda si voy a cenar?

—Porque a lo mejor me caigo encima de ti con los labios pintados —bromeó.

Lo tomé por loco y eché a andar hacia el ascensor. Él hizo lo mismo, cogiéndome por la cintura.

Podía negármelo cuantas veces quisiera, pero había estado deseando algo así desde que decidí alejarme.

—Tu casa es enana —puntualizó.

—Cállate.

Llegamos a la suya en un suspiro. Aparcamos en el garaje y me pidió que llamara al ascensor mientras él sacaba unas bolsas del maletero. Iba a volver a cocinar.

Cuando entramos en casa se metió directamente en la cocina y Nicolás salió del estudio con unos pantalones vaqueros hechos polvo y una camiseta blanca, descalzo.

—Hola —le saludé.

—El secuestro se te da fenomenal, Hugo —comentó sonriendo.

—Fui a recuperar mi camisa. Creo que se debió de coger como una garrapata y… aquí la traigo.

Puse los ojos en blanco y Hugo pasó por nuestro lado como una exhalación.

—Voy a cambiarme. Nico, pon música, vino y esas cosas. Todo a mogollón.

Nicolás me dejó eligiendo el disco mientras sacaba una botella de vino de su vinoteca. Blanco, frío, perfecto. Escogí un disco de Otis Redding y lo coloqué con cuidado en el plato. Pronto el sonido empolvado llenó la habitación. Hugo salió de la estancia con otro vaquero clarito bastante usado y una camiseta blanca. Cuando se encontró de morros con Nicolás los dos arrugaron la nariz.

—Joder, macho… —refunfuñó Hugo—. Mellizos.

—Igualitos, sobre todo en el blanco de los ojos —me reí yo dejándome caer en el sofá.

Hugo se acercó, se puso de rodillas junto a donde yo estaba recostada y me desabrochó las sandalias. Después tiró de mí, me quitó la chaquetilla y me puso en pie.

—Preparada para hacer de pinche.

El vino estaba espectacular, tan frío que entraba solo, pero como algo me rondaba la cabeza persistentemente, me obligué a darle solo un par de sorbitos. Hugo se puso a hervir agua y empezó a sacar salmón, atún, aguacate y pepino de la nevera. Estaba claro: íbamos a hacer sushi.

—¿No te gusta? —preguntó Hugo señalando la copa que yo había dejado sobre la encimera.

—Sí.

—¿Y por qué no bebes?

—Porque quiero tener la cabeza despejada cuando plantees esas cosas «de las que tenemos que hablar».

Nicolás entró con una sonrisa burlona en la cara y se sacó una cerveza de la nevera, sin mirarnos.

—Termino unas cosas en el ordenador y vengo…

—El muy cabrón… —dijo entre dientes Hugo—. Ahora no te escabullas.

—Tú eres el más vehemente de los dos, ¿no?

Suspiré sonoramente y Hugo se giró hacia mí, secándose las manos con un paño de cocina con dibujos de carpas japonesas naranjas. Me quedé mirando el trapo y él lo miró después.

—Son carpas —aclaró él al ver cómo las miraba.

—Ya me había parecido.

—Las carpas molan. Molan cantidad —añadió con sorna.

—Uy, vamos…

Nicolás se rio.

—No me marees —farfulló Hugo echándose el paño sobre el hombro—. Si estás aquí es porque quieres estar. Ya sabes de qué va todo esto.

—No. Vas a tener que ilustrarme.

—Tú quieres repetir y lo sabes. Nosotros también. Sobre todo hacerlo bien, sin que aquí el colega se ponga a romper gomitas…

—Lo que Hugo quiere decir es que…

—¡Ella ya me ha entendido!

—Es que no sé de qué va esto —les dije a los dos.

—Va de cuando conoces a alguien, te cae bien, te excita y te gusta acostarte con él.

—Y ese «él» en este caso sois «vosotros».

—Sí —contestaron a la vez.

—¿Esto es una relación a tres?

—No es una relación —apuntó rápidamente Hugo.

—Bájese las gónadas de la garganta, caballero, que no es que me seduzca mucho la idea así de primeras.

Nico volvió a sonreír, mirando al suelo, como queriendo esconder que le hacían gracia mis contestaciones.

—¿Has tenido un rollo informal con alguien alguna vez?

—¿Por quién me tomas? —contesté molesta por que me trataran como un bebé.

—¿Y cómo fue?

—Pues quedábamos para cenar, para tomar algo, para… meternos en la cama.

—Creo que si dice «follar» implosiona —le dijo Hugo a Nicolás.

—Quedábamos sin compromiso. Si no podíamos, pues bueno, no nos pedíamos explicaciones ni nos atamos el uno al otro.

—«Pero él no me gustaba ni de lejos como me gustas tú», pensé.

—Bien, pues supongo que ya sabes de qué va. —Y Hugo sirvió más vino en mi copa.

—No intentes emborracharme, por favor.

—No intento emborracharte. Me gustas más sobria. A ver…, lo que te planteamos es lo mismo. La única diferencia es que para hacerlo viable… hay normas —añadió.

—¿Qué clase de normas?

Hugo fue levantando dedos conforme decía:

—Primero: siempre con los dos a la vez; no puede haber sexo si no estamos los tres. Segundo: el sexo siempre con condón, por delante y por detrás…

—Aunque parece ser que en eso hemos empezado siendo un poco laxos, ¿no, Hugo? —comentó Nicolás refiriéndose a la última noche que estuvimos los tres.

Tampoco podía hablar mucho porque… cuando nos acostamos los dos tampoco se acordó de ese detalle. Ni yo tampoco. ¿Irresponsable y calentorra? Culpable de todos los cargos.

—Tercero: discreción ante todo; a nadie le importa si nos vemos, si nos acostamos o quedamos para dar de comer a los patos. Por lo que respecta a la gente del trabajo, nosotros solo nos vemos en la oficina. Cuarto: esto no es una relación, no somos tus novios y no nos debemos fidelidad. —Levanté las cejas. Pero ¿qué mierda era esa?—. ¿Te parece bien? —consultó.

—Vamos a ver… —empecé a decir—. Pongamos que estoy lo suficientemente loca del coño como para seguiros el rollo con esto… Las normas las pongo yo.

A Nicolás se le atragantó la cerveza que estaba tomando y tosió mirando al techo.

—Pero, nena… —dijo con condescendencia Hugo.

—Yo no sabré mucho de cama, pero sí sé de otras cosas. Norma número uno: nos relacionaremos como personas normales; no me abro de patas en la cama para cumplir vuestras fantasías como una muñeca hinchable. Aquí mando yo. Norma número dos: mientras este acuerdo dure, ninguno de los tres se acostará con una cuarta persona. Norma número tres: por ende, como yo tomo la píldora y no lo hacemos con otras personas, podremos prescindir de los condones, que es algo que me parece que a los dos os seduce por mucho que os pongáis en plan «no queremos que nos pegues champiñones». Norma número cuatro: como yo sí que me fío poca cosa de vosotros, quiero un análisis a conciencia vuestro que me asegure que estáis completamente sanos. Norma número cinco: de esto no se va a enterar ni Dios u os la cerceno.

—¿Puedo añadir una? —preguntó Nicolás.

—Prueba… —dije chulita.

—Nadie escapa en mitad de la noche sin dar explicaciones.

Los tres nos quedamos callados, mirándonos. Estaba loca…, loca y loca de ganas de empezar con aquello.

—Yo tengo una duda —indicó Hugo—. ¿Qué implica la norma número uno?

—Oh, joder, eres odioso —farfullé escondiendo la sonrisa que me provocaba su actitud—. ¿Crees que te voy a obligar a ir a comer con mi madre? ¡Pues a lo normal! No siempre que quedemos tenemos que ponernos a follar como locos nada más cruzar la puerta, ¿no?

—Ahora estamos dentro de una casa, con sus cuatro paredes y todo, y… no estamos follando. No sé si me equivoco.

—Pues eso. Y yo también tengo preguntas antes de seguir.

—Qué raro… —se quejó Hugo.

—¿Soléis hacer esto a menudo?

—Oh, no —se descojonó Nicolás—. Creo que es la primera vez que nos planteamos esto así. Y desde luego es la primera vez que nos ponen normas.

—Vale. ¿Cuándo estaremos todos de acuerdo en que termina?

—Cuando alguno encuentre más interesante meterse en otra cama —apuntó Hugo.

—O cuando alguno quiera más —añadió Nicolás.

Los tres nos miramos, como si hubiéramos mentado a la parca.

—¿Es obligatorio dormir los tres en la misma cama?

—No si se tiene clara la cláusula de que nada de sexo sin estar los tres.

—¿Y si a mí me apetece, a ti te apetece y a él no?

—Eso no va a pasar —negó con la cabeza divertido Nicolás.

—¿Tenéis más rollos por ahí? ¿Soléis hacerlo sin condón con otras personas?

Movieron la cabeza negativamente.

—Hasta que pisaste esta casa los dos éramos muy claros con el tema del preservativo. Bien. ¿Estamos todos de acuerdo? —preguntó Hugo alargando la mano hacia mí.

—No lo sé.

—¿Impones términos marciales y no lo tienes claro? —lloriqueó Hugo.

Nicolás, que debía de entender bastante más de psicología femenina, se acercó a mí, dejando la cerveza sobre la encimera donde Hugo tenía montado todo el tinglado de la cena. Me cogió la cara y el cuello y me acercó a él. Nos besamos primero concisamente; después el beso se volvió más profundo y sensual. Me dejé llevar con los brazos de Nicolás envolviéndome de pronto. Cuando separó su boca de la mía miró a Hugo.

—¿Crees de verdad que no está de acuerdo?

Nicolás volvió al despacho y me quedé ayudando a Hugo, en silencio, mientras comenzaba a darme cuenta de que acababa de sentar las bases de un rollo con dos tíos a la vez. Eso me excitaba y me torturaba a partes iguales. Me dije a mí misma que debía apartar de mi cabeza todas las ideas preconcebidas de lo que estaba bien o mal en la cama. Si había decidido en un ataque de locura uterina meterme allí por algo sería. A lo mejor necesitaba dejar atrás a la Alba que todo lo hacía bien, porque lo cierto era que poco le lucía el pelo a pesar de todo. Adiós a la ultra autoexigencia. Miré a Hugo. Nada que hiciera en la cama con él podía estar mal, no me fastidies. Me miró de soslayo.

—Haz bolitas —me dijo refiriéndose al arroz que tenía entre las manos—. Pero no lo sobes de esa manera, puerca.

Sonreí.

—Creía que yo te gustaba bien cerda —contesté.

—En la cama. Tira eso. ¿Te has lavado las manos?

—Me has visto lavármelas.

—Ponte guantes, no me fío. Soy muy fan de la profilaxis.

—Ya, ya sé yo lo fan que eres.

Esbozó una sonrisa preciosa y se inclinó para besarme en los labios.

—Qué buena estás cuando me follas a pelo, joder.

Me eché a reír.

—Oye, Hugo…, ¿de dónde venías el otro día cuando te vi en el metro?

—Ah… Nico y yo tenemos una especie de negocio. A veces implica que me quede hasta las tantas en el local y esos días duermo allí.

—Ya me comentó Nico. ¿De qué va el negocio?

Se movió incómodo.

—Un día de estos te lo cuento.

Le miré con curiosidad.

—¿No me lo quieres contar?

—¿Qué pasa, cosita? —dijo con tonito—. ¿Es la periodista la que me lo pregunta?

Gruñí. Total, a mí me daba igual. Era por hablar de algo. Así que por mucho que me incomodara, me mantuve en silencio a su lado, siguiendo sus indicaciones, hasta que la cena estuvo preparada.

Avisamos a Nicolás para que nos ayudara a poner la mesa en la terraza, pero no contestó. Yo misma me asomé al despacho para decirle que ya estaba listo el sushi y que había en cantidades industriales, pero lo encontré muy concentrado en la pantalla de su Mac. Hice un gesto con la mano y a duras penas desvió los ojos hacia mí.

—Dime.

—¿Con qué estás? ¿Curro?

—No. Ahora no. Estaba descargando unas fotos de la cámara.

—¿Puedo verlas?

—Claro.

Me acerqué y, dando la vuelta a la mesa, me senté en el brazo de su silla, pero él me acomodó en su regazo. Cogí el ratón de entre sus dedos y me puse a pasar fotografías. Eran del centro de Madrid, en blanco y negro y muy bonitas. Un niño corriendo detrás de una paloma en la plaza Mayor, una pareja alejándose cogida de la mano por la calle Carretas, el detalle de las manos de un anciano sentado en la plaza de Santa Ana.

—Qué bonitas, Nico.

Se acercó y junto a mi oído susurró:

—Tú sí que eres bonita…

Qué raro escuchar a Nico en aquel tono. Qué raro que alguien al que no le gustaba la gente sonase tan dulce. Qué raro que todo pareciera fluir con naturalidad, como si fuese el inicio de algo convencional, algo para lo que hubiéramos nacido. Me giré hacia él y le acaricié el pelo.

—Estoy loca, ¿verdad?

—¿Quién no lo está?

17

Cenamos sushi en la terraza. La mesa estaba puesta con toda la ceremonia que le gustaba a Hugo, pero terminamos repantingados en el mullido balancín de la esquina, con las lucecitas blancas envolviéndonos y los pies sobre la mesa baja que había enfrente. La leve brisa que cruzaba Madrid a esas horas parecía más fresca. Nos bebimos varias botellas, reímos como tontos y cuando me amodorré por el vino, lo hice con el pensamiento de que era muy fácil dejarse llevar cuando estaba con ellos porque para Hugo y Nico aquello era... normal. Todo lo normal que es que tres personas se gusten.

Cuando el reloj de pulsera de Hugo, que era el que me tenía envuelta entre sus brazos, marcó las doce, les dije que tenía que marcharme. Lo cierto era que los dos habían bebido demasiado vino como para coger el coche y llevarme de vuelta a casa, así que pensaba irme en taxi.

—Quédate a dormir —dijo Hugo volviendo a recostarme sobre su pecho—. Mañana te llevo a casa para que puedas cambiarte.

—No, en serio. —Me froté los ojos—. Necesito desmaquillarme y... todas esas cosas.

—Mañana temprano... —susurró con sus labios en mi cuello.

Y todo se fue desvaneciendo con sus dedos deslizándose entre los mechones largos de mi pelo. Cerré los ojos. Nicolás me besó el cuello.

—Buenas noches —musitó.

Los escuché hablar entre ellos. Al principio hasta interrumpía haciendo alguna broma sobre sus respuestas, pero mis silencios empezaron a hacerse más largos y sus palabras más borrosas y lejanas.

—Se ha dormido. —Oí.

Pero ya no me apeteció contestar nada.

En un momento determinado sentí un tirón y al abrir los ojos somnolientos, me vi en los brazos de Hugo, que cruzaba el salón.

—Uhm... —me quejé, apretando la nariz en su cuello.

Como respuesta solo una risa sorda. Cuando me dejó sobre la superficie de una cama, me acomodé sobre las sábanas frescas sin importarme en qué habitación estaba. Escuché el pitido del aire acondicionado y después un cuerpo cálido se tumbó a mi lado. Floté hasta hundirme del todo en el sueño.

Pi pi. Pi pi. Pi pi. Un pitido impersonal, insistente, llenó la habitación. Abrí los ojos y no reconocí el dormitorio. Pestañeé forzosamente con las pestañas maquilladas casi pegadas entre ellas. El reloj marcaba las cinco y media y un bulto se apretó a mi espalda, abrazándome mientras se resistía a despertar. Cerré los ojos, tenía sueño. Los volví a abrir... ¿Es que no me interesaba averiguar dónde narices estaba?

El dibujo de una chica tatuada sujetándose las tetas con gesto lascivo me ayudó a localizarme. Dormitorio de Hugo.

Miré por encima de mi hombro y lo vi sonreír. Se estiró, se levantó y cruzó la habitación en dirección al baño con una erección de kilo en posición de firmes dentro del pantalón de pijama. Me giré hacia el otro lado de la cama y me tapé con la sábana fresquita. Escuché el agua de la ducha en el baño de al lado y de fondo otro despertador, este con música.

Más movimiento. Más sonidos en la casa. El aroma de café llenando las estancias del amplio piso.

—Nena...

Abrí los ojos y Hugo, inclinado en la cama, me sonreía.

—Venga, *piernas*, levántate o irás muy justa de tiempo.

Me levanté y me estiré justo delante de él, que se abotonaba una camisa de color rosa pálido. Se inclinó hacia mí y me besó.

—Buenos días. —Sonrió.

Sonreí avergonzada y fui al baño. Al salir escuché voces en la cocina y me apresuré a vestirme sin recordar muy bien cuándo me había quitado la ropa. Cuando fui en su busca, Hugo ya me esperaba con las llaves del coche en la mano. Eran las seis y veinte.

—Venga, *piernas*.

—Buenos días —musité al encontrar a Nicolás tomándose una taza de café en pijama, apoyado en la barra.

—Buenos días. ¿Quieres un café?

—No, me lo tomaré en la oficina.

—Bien. Dame un beso, ¿no? —Me acerqué y con la boquita pequeña le di un pico.

Las calles aún estaban transitables cuando marchamos hacia mi casa. Hugo llevaba puesta la música bastante alta, como de costumbre. Sonaban The Kooks dentro del Golf negro de Nicolás, cantando *Naive*. Seguro que ese cedé era suyo. Empezaba a conocerlos un poco y ese estilo de música no pegaba mucho con Hugo.

Al llegar a mi portal me incliné para despedirme con un beso, pero Hugo reaccionó echándose un poco hacia atrás, como si esos besos solo estuvieran permitidos dentro de las cuatro paredes que formaban su casa.

—Venga, *piernas*, date prisa, te espero.

—No, no —negué vehementemente—. Paso de que me vean llegar contigo.

—Pero ¡si aparco donde Cristo perdió las polainas! —refunfuñó.

—Que no, hombre, que no. Que te vayas.

Hugo puso los ojos en blanco y yo salí a toda prisa del coche. Eran ya las siete menos cuarto de la mañana e iba justita de tiempo.

—*Piernas*… —me llamó a través de la ventanilla bajada.

—¡Vete! —Me reí.

—A la próxima… ¿me haces caso y te coges una muda?

Me guiñó un ojo y salió de allí con una sonrisa insolente en su boca de pecado.

Llegué a la oficina con un vestido azul marino con lunares bajo una chaquetilla de punto de seda de color verde botella. Iba acelerada por llegar al trabajo y no me dio tiempo ni siquiera a pasar a comprarme un café. La mañana se avecinaba larga.

Encendí el ordenador y repasé las cosas pendientes; para cuando terminé, el estómago ya me rugía dentro del cuerpo con un sonido ensordecedor que me avergonzaba. Desvié el teléfono a mi extensión móvil, aunque la cosa empezaba a estar ya muy tranquila, y me fui a la cocina a hacerme un café y a roer un par de galletas. Mientras lo hacía, no podía dejar de pensar en la noche anterior. Me había gustado. Había sido todo cómodo y sano. Las connotaciones negativas habían caído como cascarones vacíos. Había ayudado no habernos puesto a follar como animales, claro. Aunque me resistía a pensar que no les apeteciera. Tenía pinta de haber sido una magistral maniobra de entretenimiento y manipulación. Y lo cierto era que había sido una decisión acertada, porque yo ahora me sentía bastante más cómoda con la idea de lo que estábamos haciendo juntos y... muerta de ganas de seguir indagando cuánto me gustaba.

Cuando volvía a mi mesa me encontré con Hugo, que, al tiempo que le echaba un vistazo a mis piernas, me dijo que me había mandado un *email* con un par de reuniones más por agendar. Le respondí que me pondría de inmediato y con una sonrisa educada me dijo que confiaba en mi criterio. Era tranquilizador pensar que, al menos, todas aquellas cosas que me parecían tan complicadas en el ámbito personal no estaban contagiando al laboral. Pero no podía evitar pensar, por mucho traje que llevara puesto en aquel momento, en lo bien que estaba sin él y con aquellos pantalones de pijama. Volví por el pasillo más roja que un tomate y..., qué casualidad, me crucé con Nicolás, que me dedicó una de sus sonrisas. Y a partir de ahí mi cabeza voló durante parte de la mañana.

A la una y cuarto Olivia y yo nos encontramos en la puerta para ir a por algo de comer. En un principio iba a sumarse una compañera de su departamento que había conocido en la fiesta, pero se le había complicado la mañana y solo había pedido que le lleváramos algo para no morir de hambre. No entraba en mis planes confesarme con Olivia sobre las cosas que estaban sacudiendo mi hasta entonces tranquila vida sentimental (¿o debería decir sexual?), pero aproveché estar a solas con ella para intentar saber algo más del porqué de la advertencia que me había dado sobre Nicolás y Hugo pocos días después de mi incorporación. No sabía cómo abordar el tema, pero allí sentadas al sol, en silencio, pensé que lo mejor era ser directa.

—Oye, Olivia… —empecé a decir cuando ella sorbía su granizado—. ¿Te acuerdas de lo que me dijiste sobre…?

—Ay, madre —exclamó—. ¡Ya te han liado!

La miré sorprendida. Madre del amor santísimo, qué tía más espabilada.

—¿Qué? ¡No, no! Pero ¡si no me has dejado ni preguntar!

—Hugo y Nico…

—Sí. Pero es solo por curiosidad.

—En mi casa dicen que la curiosidad mató al gato.

—No es eso… Es que me sorprendió que… me advirtieras sobre ellos.

—A ver… Vale, deja de darle vueltas. —Se giró hacia mí, envolvió lo que le quedaba de comida y lo metió en su bolso a la vez que sacaba un cigarrillo y se lo encendía—. Voy a contarte esto. No quiero que te sientas obligada a contarme nada. A decir verdad, te pido que no me lo cuentes; el día que quieras o lo necesites, lo escucharé. Ahora solo voy a hacer un acto de fe contigo y voy a contarte algo personal, esperando que te ayude y que quede entre nosotras. ¿Vale?

—Vale —asentí.

—Nicolás y yo coincidimos en un evento fuera de Madrid. Lo conocía de vista y, evidentemente, me había fijado en él. Es un buen paisano, leche. Es alto, le quedan los trajes de vicio y tiene unos ojos increíbles. Cuando sonríe es como…, no sé, llama la atención. Yo estaba de soporte en aquel evento y él abrió con una ponencia de buena mañana. Cuando terminamos nuestro trabajo y empezamos a aburrirnos, nos escabullimos a tomar una copa fuera del hotel. Me sorprendió mucho; siempre pensé que era un estirado, un estúpido que no quería relacionarse con nadie. Y fue tan amable, tan dulce… Nos lo pasamos bien y, con unas copas de más, nos unimos al resto del equipo que había viajado hasta allí, que se habían puesto finos durante el cóctel. Entre ellos… Hugo. La cosa se quedó ahí.

Después del viaje seguimos coqueteando. La hora del café, comimos un par de veces juntos, una caña a la salida… e incluso se unió a mi pausa del cigarrillo. Fue a lo largo de un mes o así. Y yo pensaba que nos gustábamos; no hablo de amor, ¿eh? Hablo de… química. Después quedamos una noche en su casa y pasó algo. Fue… —Olivia miró a lo lejos entonces—, fue muy guay. Repetimos un par de veces hasta que una noche… se destapó el pastel. ¿Qué pastel, me irás a preguntar? Chata, a estas alturas de la vida ya debes de saberlo.

—¿No te atrajo la idea? —pregunté cautelosa.

—Bufff…. —Le dio una calada al cigarrillo y miró al infinito—. Sí y no. Nada es blanco o negro. No hacía mucho que había salido de una relación complicada y lo último que me apetecía era meterme de cabeza en algo que no conocía. Entendí que yo no les gustaba lo suficiente a ninguno de los dos como para salir de ese jueguecito. A mí los juegos no me van.

Asentí. ¿Yo no les gustaba lo suficiente como para salir de ese juego o era que les gustaba lo suficiente a los dos como para no dejarlo pasar?

—¿Crees que lo hacen por algo? Quiero decir… que siempre es así por…

—No creo que sean traumas ni nada por el estilo. —Me sonrió y volvió a coger su granizado—. Creo que eso les da la oportunidad de juguetear con chicas con las que de esta manera es más natural no comprometerse. No hay equívocos. Y supongo que les da morbo. Y a quién no, me pregunto. —Lanzó un par de carcajadas—. Dos tíos como dos soles poniendo la chorra a remojo a la vez. Y menudas chorras. —Las dos nos echamos a reír y yo agaché la cabeza esperando que no se percatara de mis mejillas sonrojadas. ¿Me incomodaba saber que muy probablemente ella había estado en la misma situación que yo? Un poco—. No digo que lo hiciera —aclaró— ni que no lo hiciera. Yo era bastante más joven y ellos también. Lo que pasó, pasó hace demasiado tiempo como para ni siquiera acordarse. Fue anecdótico.

—¿Nunca te lo pensaste mejor? —pregunté.

—Ah, no. Y por cierto..., creo que ese tren solo pasa una vez en la vida. No creo que sean hombres de los que dan muchas oportunidades ante una negativa. —Me quedé callada, mirándola, y ella, tras chasquear la lengua contra el paladar, aclaró—: Siento haber hecho esa advertencia así, sin contextualizar. Son buenos tíos. Jamás he tenido un malentendido con ellos y si algo son... es sinceros. A veces demasiado. Y discretos. El problema es que no creo que haya muchas mujeres preparadas de verdad para lo que les gusta.

No dijimos nada más. Con su habitual talento para distender el ambiente, Olivia me preguntó si ya me habían llegado los vestidos que compré en Asos y... simplemente cambiamos de tema. Los vestidos, los bolsos de Coach al cincuenta por ciento y el último tratamiento de Clarins para la piel no me quitaron de la cabeza el asunto, claro. Y me asustó darme cuenta de que empezaba a sacarme de encima los prejuicios. ¿Tan rápido me adaptaba a una situación como aquella? ¿Era yo en realidad una mujer preparada para lo que a ellos les gustaba o terminaría sepultada por todo ese... erotismo? ¿Me molestaba confirmar la idea de que yo no era la primera? Aunque tampoco me había quedado muy claro el rol de Olivia en todo esto; prefería pensar, como a menudo pasa, que lo nuestro era diferente.

A la hora de salir volvía a estar un poco superada por el tema de tanto darle vueltas. Era como si solo con estar con ellos, a su alrededor, me sintiera bien y cómoda pero en cuanto me alejaba unos pasos su influjo se deshiciera y yo volviera a castigarme con preguntas a las que no sabía dar respuesta. Preguntas como: ¿en qué me convertía aquella historia? ¿Acabaría mal? ¿Sabía realmente dónde me metía? ¿Qué esperaban de mí?

Me fui a mi casa convencida de que una siesta me quitaría de la cabeza todos aquellos interrogantes… o al menos haría que pesasen menos. Albergué durante parte del trayecto en metro la esperanza de que me llamaran para cenar juntos o para ver una película, pero después me di cuenta de que, estando Hugo tan preocupado como se había mostrado por remarcar que aquello no era una relación, lo lógico sería que se hicieran los duros, como una señorita victoriana con su virgo. Seguro que pasarían días sin acercarse a mí de aquel modo, solo por recalcar que esa historia no nos convertía en novios. No hacía falta, pensé. Nunca creí que tener dos parejas fuera de lo más natural del mundo. Yo era la primera interesada en marcar una frontera entre una relación y lo que nosotros tres habíamos empezado a instaurar.

Con la cabeza como un bombo llegué a mi casa, dispuesta a meterme en la cama y no levantarme hasta el día siguiente, pero sentado en el sofá me encontré el cojonero recordatorio de que mi vida era más que una relación sexual a tres bandas con dos hombres de vértigo: mi hermana.

—Hola —dijo con la boca llena de patatas fritas—. Te he esperado para comer.

—He picado algo a media mañana.

—¿Desde cuándo eso es impedimento para seguir comiendo? —preguntó con una sonrisa—. Además he traído cervezas Budweiser fresquitas. Así a lo mejor me dices qué te pasa.

Fui hacia la nevera, saqué dos botellines de cerveza y después me dejé caer pesadamente en el sofá. Le di un trago a la mía y a continuación miré a mi hermana.

—Si te digo que no me pasa nada…, ¿lo dejas correr?

Negó con la cabeza, revolviendo su pelo brillante, negro y liso mientras bebía a morro de su Budweiser. Después dijo:

—Ni de coña. ¿Es por el trabajo nuevo o por el tío ese que dices que te pone perraca?

—Echo de menos el periódico, estoy trabajando de secretaria en una empresa gris y... mi vida personal anda un poco mareada.

—Déjate de mariconadas, joder, háblame en cristiano. Nunca he sido muy lista para entender estas cosas. Pónmelo fácil.

—No conozco a ninguna tía más lista que tú. —Le sonreí—. Si tú estuvieras en mi situación sabrías qué hacer.

Encogió sus piernas delgadas y pálidas para subir sus pies de bebé encima del sofá y esperó a que me arrancara a hablar. Pero... ¿cómo se le explica a tu hermana pequeña que te has embarcado en un rollo a tres bandas que no entiendes con dos tíos de tu nuevo trabajo? Con dos chorras en acción, básicamente. Resoplé.

—Tengo un rollo con alguien, Eva, pero no estoy preparada para contarte más ni para responder a un interrogatorio. Es alguien del curro, es lo único que te puedo decir. Y además es... una cosa como muy intensa y muy rara...

—¿Está casado?

—No. —Negué con la cabeza.

Las dos nos echamos a reír, no porque frivolizáramos con aquello. Nos reímos porque mi madre defendía por aquel entonces que yo era la típica tía que terminaría colgada de un casado que me haría pasar penurias. Lo decía en plan moraleja, para que me espabilara y tuviera cuidado de ciertas situaciones en las que una siempre tiene las de perder, pero no dejaba de resultar cómico verla planteando la situación...

—¿Es una tía? —preguntó después.

—¿Cómo?

—Que si te has liado con una tía.

—No. —Negué.

—Tampoco pasaría nada si de repente descubrieras que te va el marisco, ¿sabes?

—Ya lo sé. —Sonreí—. Pero del marisco lo único que me va son los percebes.

—Son setenta por ciento pene, ¿lo sabías? —La miré de soslayo y ella lanzó una carcajada—. A ver, dime, si no está casado… ¿qué hay de malo?

—Pues que es una historia poco convencional —confesé sin mirarla.

—¿Y?

—Bueno, no sé si estoy haciendo bien o si debería dejarlo pasar…

—¿Cómo te hace sentir? Pero no cuando estás aquí en casa tú sola dándole vueltas al tarro, sino cuando estás con él.

Ellos, pensé.

—Me hace sentir bien. Liberada. Cómoda.

—Pues entonces deja de pensar sobre ello. Yo creo que las relaciones entre seres humanos son como el arte: primero tienen que emocionar y después pararse a entenderlas. Siempre y cuando sean emociones positivas. Ya sabes, que sumen. Nunca que resten.

La miré con una sonrisa en los labios.

—Eres una *hippy.* —Me reí.

—No sé por qué no me cuentas esto con pelos y señales. —Hizo un mohín—. No sé si crees que voy a juzgarte.

—Es para no juzgarme yo.

—Conociéndote debes de darte leña al mono…, así que ya me lo contarás bien cuando tu señorita Rottenmeier interior te deje en paz. —Hizo una pausa, en la que bebió un buen trago de cerveza. Después me miró de reojo—. ¿Está bueno?

—No hay palabras en el mundo para contestar esa pregunta como se merece. —Me reí.

—¿Ves? Aura follaril. Todo esto porque te tiraste a aquel feo de la cita a ciegas.

Me froté la cara y después me descojoné.

—Voy a la cocina a calentar la pizza.

—¿Cómo sabes que traje una pizza?

—Serás una *hippy* pero eres poco original... Con la cerveza siempre pizza.

Comimos en la cama, viendo por enésima vez *Love Actually*. Mi hermana está secretamente enamorada del niño pelirrojo y cree que nadie lo sabe, pero se le escapan suspiritos cuando lo ve tan acongojado de amor. Y yo estoy secretamente enamorada de ese chico colgado de la mujer de su mejor amigo. Las dos veíamos la película en silencio, en la oscuridad de mi dormitorio, con el ordenador en mi regazo. Justo en esa escena, cuando aparece el chico con el radiocasete y los carteles en la puerta de casa de Keira Knightley, mi hermana dijo:

—En un mundo ideal esta chica habría podido quedarse con los dos.

La miré y sonreí, abrazándola.

—Ay, Dios, Eva... El mundo necesita más tías como tú.

Ella me miró con el ceño fruncido, sin entender por qué le había dicho aquello, pero su expresión fue mutando hasta una sonrisa.

—El mundo es muy grande y somos muchas personas viviendo en él. ¿Por qué acotar todas las cosas que somos capaces de sentir a lo que ya estamos acostumbrados? Al final lo único que hacemos es repetir esquemas que no nos hacen felices. Conoce a un buen chico, cásate, ten hijos... ¡¡Y si yo quiero enamorarme de una jodida palmera y pasar la vida morreándome con ella!?

—A mamá no le sentaría demasiado bien —bromeé.

—Bah, ya me entiendes, joder. Así que... ¿sabes qué? Da igual lo intensa y complicada que sea esa historia que te traes entre manos. Vívela como si te fueras a morir mañana; no te encuentres con sesenta años suspirando por las cosas que dejaste de hacer por miedo.

Eva... el oráculo.

18

Habría sido genial poder decir que después del consejo de Eva me tomé aquello de otra manera y todo lo demás vino de forma natural, pero lo cierto fue que tuve que elaborar un programa mental (que me tuvo parte de la noche en vela) para hacer frente a la situación con naturalidad. Y si llegué a alguna conclusión fue que me sentía demasiado bien con Nicolás y con Hugo como para dejar que todo quedara en sus manos. Una tiene que preocuparse de tomar la iniciativa en aquellas cosas que participan en su vida, ¿no?

Así que al día siguiente cuando me crucé con Nicolás y con Hugo en el pasillo al volver de tomarme el café con Olivia les sonreí… y sin sonrojarme.

—Buenos días —dijeron los dos al unísono repasándome con los ojos de arriba abajo.

—Buenos días.

No añadí más que un pestañeo coqueto, pero me fui a mi mesa directa a dejarles un mensaje instantáneo a los dos. Había pensado en un *email,* pero imaginaba que la empresa los monitorizaba, mientras que ese chat interno quedaba en el limbo. De ahí que Hugo utilizase una cosa y no la otra para coquetear conmigo semanas atrás. A los dos les puse lo mismo:

Aranda, Alba:

«¿Cena en mi casa hoy? No tengo terraza y mis paños de cocina no tienen glamurosas carpas japonesas, pero se me da bien hacer jarras de margarita y comida mexicana».

Media hora más tarde, cuando ya estaba azul de nervios temiéndome una negativa, Hugo contestó:

Muñoz, Hugo:

«Comida mexicana por la noche…, tú quieres matarme. De postre ¿qué vas a darme? ¿TNT?».

Me eché a reír.

Aranda, Alba:

«Perdóneme usted, master chef. Es eso o chino grasiento a domicilio. Tú eliges».

Muñoz, Hugo:

«Por el amor de Dios, *piernas.* Prefiero una fajita a comer rata, por supuesto. Pero prepara cantidades ingentes de margarita. Y sal de frutas».

Muy sonriente cerré su conversación. A los diez minutos fue Nico quien contestó.

Castro, Nicolás:

«¿Sabe Hugo que vas a cocinar eso?».

Me eché a reír a carcajadas sin poder remediarlo.

Castro, Nicolás:

«Oigo tus carcajadas desde aquí. Ya se te borrará la sonrisa cuando se ponga a quejarse de ardor de estómago. No sabes lo pesado que se pone».

Aranda, Alba:

«Podré soportarlo».

Castro, Nicolás:

«¿Qué llevamos?».

Aranda, Alba:

«Nada. Ganas de estar conmigo».

Castro, Nicolás:

«Creo que de eso vamos sobrados».

A las tres de la tarde corrí a casa como alma que lleva el diablo. Quería que mi humilde madriguera estuviera decente para recibirles. Recordemos que toda mi casa cabía en el salón de la suya y, además, no era tan bonita. Aun así, había conseguido que quedara más o menos cuca a pesar del horrible sofá del salón, la dudosa edad de los muebles y los espantosos azulejos de la cocina. Cojines, unos cuadritos con ilustraciones y pocos trastos y ya me creía capaz de colgar fotos de los treinta metros cuadrados en Pinterest, aunque, seamos realistas…, habría hecho el ridículo. Mi casa era fea, incómoda y en algunos puntos, si te parabas a mirar… hasta ruinosa.

Aun así, la aseé de arriba abajo, limpié todos los rincones del baño como si fuesen a venir los de CSI y ahuequé cojines por doquier. Después me puse a cocinar lo suficientemente pronto como para poder limpiar después y solo tener que calentar cuando vinieran. Y ni siquiera sabía a qué hora iban a hacer acto de presencia.

A las ocho me di una cumplida ducha, me puse uno de mis kimonos de estampado étnico, una camiseta de tirantes blanca y un short vaquero. No me molesté en calzarme, pero sí dejé que mi pelo se ondulara al aire y me maquillé muy poco con mi arsenal de productos Benefit, maniáticamente ordenados en mi cuarto de baño en unas cestitas. Cuando salí del baño el timbre de casa me avisó de que probablemente ya estaban allí, pero antes de que pudiera abrir unas llaves se metieron en la cerradura y abrieron.

—Monguer… —escuché la voz de mi hermana.

—No. Joder —musité.

Nos encontramos en el salón, que hacía las veces de recibidor también.

—¡Qué bien huele! —dijo contenta—. ¿Fajitas?

—Eva, te tienes que ir —contesté nerviosa.

Ella se llevó las manos a la boca, tapándosela.

—Ay, ¿tienes cita?

—Sí…, no…, ¡vete!

Si le decía que sí se iría sin mediar palabra, pero si tenía mala suerte y se cruzaba con Hugo y Nicolás en el quicio de la puerta…, tendría que darle muchas explicaciones después. Si por el contrario le decía que no…, no haría preguntas pero se sentaría en el sofá, haciéndose un moño y bebiendo margarita directamente de la jarra.

El timbre de mi casa sonó y las dos nos mantuvimos la mirada.

—¿No vas a abrir?

—Necesito que te vayas —repetí.

—Quiero verlo. Aunque sea cruzarme con él.

—Es mucho más complicado que eso. Vete y baja por las escaleras, por favor.

—Vas a tener que abrirle, ¿no? —insistió.

—Eva, te lo pido por favor, baja por las escaleras. Le abriré cuando estés bajando.

—¡Joder! ¡Que no soy un *critter!* —se quejó—. Puedes presentármelo de pasada. ¡No voy a ponerte en evidencia!

—No es eso, joder. ¿Puedes hacerme caso por una vez en toda tu jodida existencia, tocapelotas?

—¡Estás siendo muy irreflexiva! —se volvió a quejar.

Emití un cruce entre grito y gruñido y apreté los puños.

—Ya te dije que te lo explicaría un día de estos, Eva. Haz el favor de ponerme las cosas fáciles. ¡Pírate de una jodida vez!

—Pero… ¿qué pasa? ¿Tiene un pene en la frente o qué?

Empecé a musitar insultos entre dientes y lo que sonó entonces fue el timbre de mi casa. La miré con horror.

—*Piernas…* —se escuchó desde fuera.

Malditos vecinos que dejaban entrar a cualquiera en el portal…

Suspiré. Ya estaba, ¿qué más daba? Ya daría explicaciones el día siguiente. Abrí la puerta y una sonrisa de oreja a oreja se me dibujó en la cara cuando descubrí allí apoyado solo a Hugo.

—Hola, preciosa —dijo a la vez que se inclinaba para darme un beso.

Abrí un poco más la puerta para que pudiera ver a mi hermana, que soltó un exabrupto al verlo. Y es que Hugo estaba impresionante con un polo negro y unos vaqueros. Llevaba el pelo aún húmedo y traía consigo una cestita pequeña envuelta en papel de celofán negro.

—Eh… —farfulló confuso.

—Es mi hermana, que ya se iba.

—Ah…, encantado. Soy Hugo.

Dejó la cesta en mis manos y se acercó a darle dos besos. No me pasó inadvertido el gesto de placer de mi hermana cuando lo olió. Hasta cerró los ojos, la muy golfa.

—Yo ya me iba —dijo en un gallito.

—Una pena. —Sonrió él seductor—. Por un momento pensé que íbamos a ser… más.

Le calcé una patada y él se echó a reír.

—¿No te ibas? —insistí.

—Sí. Sí —respondió Eva mientras asentía tontamente.

Tragó saliva y fue hacia la puerta. Estaba saliendo, despidiéndose de Hugo (haciéndolo un poco más largo de lo necesario), cuando se chocó contra el pecho de Nicolás, que iba a entrar en casa y que se quedó muy confuso, mirándola. Los dos lo hicieron y yo me puse a hacerle señas como una loca a él para que disimulara y fingiera llamar a otra puerta. Pero él me miró con cara de horror, sin saber cómo reaccionar. Suspiré.

—Esta es Eva —repetí a Nico, que sostenía en la mano una botella de tequila y una cajita que parecía de pasteles.

—Soy Nicolás, encantado. —Y casi lo gruñó. No podía disimular que la gente le gustaba en su justa medida.

—Ya se iba —añadí.

Mi hermana se giró hacia mí con cara de confusión y los agujeros de la nariz muy abiertos. Sus ondas cerebrales me hicieron llegar el mensaje, no se necesitaron palabras: esto tienes que explicármelo. Eso y un par de insultos.

—Es una cena de negocios —le expliqué.

—Ya, ya. No quiero molestar. Te dejo en tan… grata compañía.

Salió al rellano y yo metí a Nicolás en casa de un tirón y cerré la puerta. Los dos me miraron sin saber por qué yo estaba roja como si me fuera a dar un infarto.

—Joder…, tiene llaves. Y entra cuando quiere.

—No pasa nada. —Se encogió de hombros Nico—. ¿Cuál es el problema?

Miré la caja que tenía en las manos tratando de tranquilizarme. La cara me ardía. El interrogatorio al que iba a enfrentarme al día siguiente sería minino.

—¿Qué es esto?

—Un regalito de parte de Nicolás. —Se apresuró a decir Hugo mientras se hacía cargo de lo que este llevaba en las manos y lo metía en la nevera—. Joder, Alba, tienes la nevera que se le pueden hacer radiografías.

—Eso ha sido idea de él; ni caso —aclaró Nicolás señalando el paquete envuelto de regalo.

—Pasad al salón, voy a calentar la cena.

—Recalentada, qué bien —farfulló entre dientes Hugo, asomado al horno.

Le arreé con un paño mucho menos bonito que los suyos hasta que salió de allí y se unió a Nicolás en el salón. Los escuché hablar de lo ruidoso que era el barrio mientras yo, apoyada en la bancada de la cocina, cogía aire. No pasaba nada. Nada. Encendí uno de los fogones y me puse a calentar la mezcla. Metí las tortitas de maíz envueltas en un paño en el microondas y me concentré en sacar la jarra de margarita casi granizado que había preparado.

—No tengo copas bonitas para esto, pero no creo que os importe beberlo en vaso.

—A mí no —dijo Nicolás.

—Ni a mí —aclaró Hugo, que lo miraba todo de arriba abajo—. ¿Puedo poner música?

—Claro, ahí están los cedés y el equipo. Pon lo que más te guste.

Los dejé entretenidos examinando mi gusto musical y volví a la cocina, donde removí el pollo y las verduras y abrí el paquete que habían traído.

—Pero ¡¡¿qué coño es esto?!! —mascullé muerta de risa.

Los dos estallaron en carcajadas y no pude evitar hacer lo mismo desde la cocina. Empezó a sonar *Ceremonial*, el disco de Florence & The Machine. Nicolás se asomó.

—Te dije que había sido idea de Hugo.

La cajita que tenía delante contenía un juego de paños con dibujos de carpas japonesas en un naranja vivo y gris, un bote enorme de lubricante (¿tamaño industrial, quizá?), una naranja, un tarrito con canela molida y una Polaroid. Fui hacia el salón con todo en las manos y Hugo me guiñó un ojo.

—Un detallito por invitarnos a cenar. En la nevera hay tartaletas.

—Las ha horneado él y te juro por todo lo santo de este mundo que se ha puesto un delantal para hacerlo.

Me tapé los ojos. Vaya par.

Les pedí que se sentaran y aparté la caja, que dejé como centro de mesa en la auxiliar, que reinaba entre el sofá y la televisión. Fui a la cocina a por la comida, pero Hugo se me había adelantado y ya estaba emplatándolo todo. Nicolás sirvió los vasos de margarita y nos sentamos los tres. Hasta yo eché de menos estar cómodamente instalada en la terraza de su piso. Mis sillas no eran muy cómodas y en mi casa hacía calor, pero ellos no dijeron nada y yo tampoco. Solo levanté el vaso para brindar:

—Por esta noche —dije ceremonialmente.

—Por ese short —brindó Hugo con sorna.

—Por nosotros.

Los tres bebimos. No es porque lo hubiera hecho yo, pero aquel margarita estaba buenísimo. Hasta me había preocupado de poner sal en el borde de los vasos. Los dos lo alabaron y como buena anfitriona comencé a servir la cena a la vez que Hugo se ponía a sobarme el trasero metiendo las manos por las cortas perneras de mi pantalón vaquero recortado.

—¿Puedes hacer el favor? —le pedí riéndome.

—¿Cómo de grande es tu cama? —preguntó al tiempo que se acercaba hasta mordisquear mi cadera.

—Hugo… —le reprendí.

—Vaaale. —Suspiró y volvió a su silla—. ¿Os lleváis mucho tu hermana y tú?

—Bueno…, un poco. Tiene veintitrés; a veces parece una cría de quince años y otras una octogenaria. Acaba de terminar un máster y se está tomando unas vacaciones antes de vender su alma para trabajar en Google —dije mientras servía esta vez a Hugo en el plato, que, ahora que me fijaba, estaba lleno de desconchones.

—Las pruebas de acceso son un infierno. Te preguntan cosas como cuántas pelotas de golf caben en esta habitación —comentó Hugo—. Tengo un amigo dentro. Que me dé el currículo a ver qué se puede hacer.

Me senté, concentrada en cerrar una fajita a la que había puesto demasiado relleno. Los dos me miraron divertidos cuando le di un bocado.

—¿Qué? —farfullé.

—¿Hambre? —preguntó con las cejas levantadas Nicolás.

—Mucha.

—Me encanta —dijo Hugo mirando directamente a Nico—. Sencillamente me encanta.

—¿Qué te encanta? —pregunté mientras le daba otro mordisco.

—Creo que se refiere a ti —sonrió Nicolás.

Mastiqué y les miré intercambiar miradas cómplices.

—Se os va a enfriar.

—Me parece a mí que esta noche no se enfriará nada…

Y después de aquel comentario dejado caer, los dos empezaron a cenar, pero con bastante más estilo que yo y menos chorretones recorriéndoles la barbilla, dónde va a parar…

Hablamos de música al principio, a colación de muchos de los discos que guardaba en la estantería por orden alfabético. Después, una cosa llevó a otra y tras hablar de la banda sonora de *Kill Bill*, el tema cambió a Tarantino. Nico era un amante de su cine, de Tim Burton y de Orson Wells. Menuda mezcla. Hugo, por su parte, era un apasionado del cine clásico y odiaba el musical, como yo. Y en esas estábamos cuando terminamos con la cena y las dos jarras de margarita que había preparado.

Qué ideal todo. Qué calor. Qué guapos estaban. Qué palpitar entre mis muslos. Qué miradas entre los dos. Qué roces «casuales» por debajo de la mesa.

Me ayudaron a recoger, y Nicolás se puso a fregar los platos y Hugo a preparar el postre en un plato que le presté. Me pidió la naranja y la canela que habían traído en la caja y cuando se la pasé, lo dispuso todo en un platito pequeño, junto a la bandeja de tartaletas. Después Nicolás llevó la botella de tequila a la mesa y él todo lo demás. Yo solo tuve que seguirlos. Y mirarles el culo.

—¿Tienes vaso de chupito, vino o similar?

Saqué de la armariada del salón tres vasos de cortado que me había regalado mi madre y Nicolás los llenó hasta la mitad de un tequila de color anaranjado. Cuando terminó yo ya me había zampado tres dulces. Algo me decía que a partir de allí dejábamos atrás la conversación y entrábamos en terreno mucho más sexual.

—A nosotros nos gusta tomar el tequila así, con canela y naranja —explicó antes de dejar la botella sobre la mesa.

Hugo me sentó en sus rodillas y, tras apartarme el pelo, dibujó con saliva una pequeña línea sobre la piel de mi cuello que después cubrió con la canela. Su lengua pasó por encima de ella con fuerza, a continuación se tragó el tequila y terminó con un pedazo de naranja. Aún tenía los ojos cerrados cuando Nicolás tiró de mí y me sentó en sus rodillas para repetir el proceso con la parte contraria de mi cuello. La piel al completo se me puso de gallina, incluida la de mis piernas.

—Ahora tú —dijo Nicolás después de dejar la monda de naranja junto a su vaso.

—Tú tienes que tomar dos.

Los miré con la respiración ya jadeante. ¿Querían jugar? Bien.

—¿Puedo elegir la zona?

Cruzaron una mirada cómplice de nuevo y asintieron. Cogí la botella y la canela y fui hacia el dormitorio; desde el vano donde debería estar la puerta si la hubiese me giré a mirarlos, llamándolos. Ninguno de los dos trajo la naranja, pero tampoco me acordé de ella cuando me coloqué entre ambos y, poniéndome de puntillas, besé a Nicolás. Su lengua sabía a una mezcla de canela, naranja fresca y alcohol. Sus labios resbalaron entre los míos y sus manos me quitaron el kimono. Me giré hacia Hugo y, como siempre, me abordó de una manera brutal y demandante. Su lengua me recorrió con fuerza la boca y después me mordió el labio inferior. Contuve un gemido en mi garganta antes de tirar de su polo hacia arriba hasta quitárselo; lo empujé y él se dejó caer sobre la cama.

—Nico..., ¿me pasas la canela? —dije mientras me ponía de rodillas entre sus piernas, en el suelo.

No era yo la que hablaba. Era el margarita.

Desarmé el cinturón y el pantalón y después lo abrí. Mi lengua dibujó un camino pegado a su ropa interior y algo dentro de esta se agitó. Salpiqué con canela ese pedazo de su piel y después la lamí despacio, mirándole. No creo que le produjera más placer que el morbo de ver mi expresión, pero Hugo gimió con los dientes apretados. Después di un trago a la botella de tequila y cerré los ojos. Estaba más fuerte de lo que pensaba.

—Tenemos que dejar de jugar a beber... —Me reí acercándome a Nico, que se había dejado caer sobre la cama junto a Hugo—. Vais a terminar por hacerme alcohólica.

Hice lo mismo con Nicolás, que también gimió cuando mi lengua lamió la canela sobre su piel, pero después del trago de tequila unas manos me empujaron de nuevo hacia él. No eran las suyas... ni las mías. Entre los dos nos deshicimos de su ropa mientras Hugo me lamía el cuello con entrega y la polla dura pegada a mi trasero. Una mezcla de suspiros, primeros gemidos y ropa en el suelo caldeó el ambiente aún más. Fueron las manos de Hugo de nuevo las que me empujaron para meter la erección de Nicolás dentro de mi boca.

—Eso es... —dijo con voz baja y morbosa, viendo cómo la enterraba en mi boca.

Cerré los ojos y succioné con fuerza a la vez que me alejaba para volver a hundirle hasta mi garganta en el siguiente movimiento. Nicolás gimió palabras entrecortadas que venían a decir que no parara y que lo estaba haciendo muy bien.

Hugo, mientras tanto, me quitaba las braguitas y susurraba en mi oído:

—¿Quieres probar duro, Alba? ¿Quieres que te follemos fuerte y te tratemos mal?

Saqué a Nicolás de entre mis labios y mientras sentía los dedos de Hugo penetrarme dije que sí.

—Grita «no» cuando quieras que paremos —contestó con diligencia.

Y no me pasó inadvertida la seguridad con la que él creía que yo querría que pararan. Aquello sonaba a algo consensuado entre los dos.

Pensé que sería Hugo quien tomaría la iniciativa, pero fue Nicolás el que hundió de nuevo su erección en mi boca con celeridad hasta provocarme una arcada violenta. Le miré con los ojos llorosos y con voz morbosa me dijo que aguantara... Después repitió manteniéndose en lo más hondo durante uno, dos, tres segundos. Le di una palmada en el vientre y él me soltó. Cogí aire exageradamente y él volvió a empujarme hasta penetrar mi boca.

—Aguanta, aguanta... —gimió.

Empezaba a faltarme la respiración cuando aflojó la fuerza que hacía con mi cabeza y pude alejarme. Tenía la boca anegada de saliva y jadeaba buscando oxígeno, pero... me encantó.

—Más... —le pedí.

Volvió a hacerlo, ejerciendo fuerza con sus manos, y esta vez, en lugar de salir por completo de mi boca, marcó el movimiento a lo largo de su polla húmeda a causa de mi saliva. Ladeó mi cabeza y se frotó contra el interior de mi mejilla para después golpear suavemente mi piel allí donde se marcaba el bulto. Gimió con la cabeza hacia atrás. A ese Nicolás no lo conocía... y me excitaba esa manera sucia y ruda de follarme la boca con violencia. Me cogió del pelo y me dirigió arriba y abajo, siempre hasta tocar mi campanilla. Después, tirando de los mechones que tenía agarrados en su puño derecho, me alejó de él y me exigió que le dijera que me gustaba.

—Me gusta —dije mordiéndome el labio.

Hugo tiró de mí hacia atrás y jadeé, notando mis mejillas húmedas de lágrimas provocadas por las arcadas. Aquello no era limpio ni de lejos, pero... dicen que el sexo bien hecho nunca lo es.

Las manos de Hugo me sobaron con rudeza delante de los ojos fríos de Nicolás, que miraba tumbado en mi cama. Sus dedos pellizcaron mis pezones fuertemente durante milésimas de segundo para frotarlos contra la palma suave después. Repitió aquello dos o tres veces, hasta que me ardieron de placer. Me sujetó por la cintura y, levantándome entre sus brazos, tanteó mi entrada con su erección. La penetración fue violenta y húmeda y me hizo gritar. Después de un par de empujones en aquella postura que no era precisamente cómoda, me tiró sobre la cama, donde reboté. No tengo palabras para describir lo caliente que me puso.

Nicolás tiró con fuerza de mí y me subió encima de él. Me cogió la cara con los dedos de su mano derecha apretando las yemas contra mi piel y me mandó que le mirara; con la mano izquierda guiaba su erección hacia mi interior empapado. Las embestidas fueron brutales a pesar de estar yo encima. Y sus dedos se me clavaban en la barbilla.

—Mírame. Mírame mientras te follo.

Miré hacia atrás buscando a Hugo y él, como contestación, me palmeó la mejilla mientras me agarraba la cabeza con fuerza; cuando me recompuse de la sorpresa, solo dije:

—Más.

Sentí algo húmedo y cálido resbalar por entre mis nalgas y después los dedos de Hugo juguetear extendiendo el lubricante. No fue suave al empujarme hacia el pecho de Nicolás antes de penetrarme. Cuando quise darme cuenta, ya lo tenía dentro, colándose con tal facilidad que me asusté. Grité y la palma de su mano me tapó la boca casi de un manotazo.

—Calla —dijo volviendo a embestir hacia mi interior—. Cállate...

Yo jadeé contra su mano, condensando en su palma el vaho de mi aliento, y fue Nicolás quien gimió poniendo casi los ojos en blanco. Una suave pared en mi interior los separaba; la fuerza que ejercía uno llegaba directamente al otro. Así fue como durante un buen rato se alternaron para empujar hacia mi interior, cada vez con más fuerza, arrancándome gritos. Y ni yo misma sabía si gritaba de placer, de morbo, de miedo o de dolor. Ellos confiaron en que yo diría «no» cuando quisiera parar, pero... no necesitaba hacerlo.

La mano de Hugo dejó libre mi boca de nuevo y empujó mi cabeza hasta juntar mi boca contra la de Nicolás con mucha más suavidad de la que esperaba. Nos lamimos y recuerdo haber pensado que jamás me había besado con aquella brutalidad. Hugo tiró de mi pelo hacia atrás y giró hasta dejarme al alcance de su boca, que hizo lo mismo.

Me notaba dolorida, dilatada, sudada y húmeda, pero mi única tarea era dejarme llevar y alcanzar cuantos orgasmos quisiera. El primero me sacudió nada más pensé en ello. Nunca había sentido durante tanto tiempo una doble penetración y nunca había estado con alguien que me llevara de aquella manera hacia donde mi cuerpo quería. Me quedé completamente quieta mientras me corría, medio ida, notando cómo todo mi cuerpo se abría y se cerraba ante la invasión de sus penetraciones, sensibilizando toda mi piel hasta el cuero cabelludo. Escuché a Nicolás gritar de gusto y me di cuenta de estar apretando todos mis músculos, tratando de alargar el orgasmo que me provocaba tenerles dentro. No pude más y me dejé caer desmadejada sobre su pecho; ellos siguieron penetrándome.

—¡Dios, deja de apretarme...! —pidió Nico en un gemido que creo que escucharon todos mis vecinos.

Hugo salió de mí con violencia, me levantó en volandas y me agarró en brazos mientras me besaba, colonizando mi boca con su lengua. Nico se irguió y Hugo me dejó en el suelo. Por un momento todo fue un lío de lenguas y sonidos sexuales, hasta que Nicolás me cogió en brazos y me levantó; su polla se coló sin dificultad ninguna dentro de mí y me sacudió para penetrarme. Jadeaba de una manera casi animal, gruñendo, rudo, brutal. Me obligó a rodearle el cuello con los brazos y agarró una de mis piernas, abriéndolas más. Hugo gritó cuando colocó su erección entre mis nalgas y empujó. En esa postura entró tan dentro que me quedé sin aire. Cuando empezaron a follarme con fuerza, los ojos se me pusieron en blanco y me recosté sobre el pecho de Nicolás gimiendo débilmente. Una bola de calor empezaba a concentrarse en mi clítoris; dolía y pedía ser acariciado en la misma proporción. Nicolás me agarró del pelo y me llevó hasta la boca de Hugo, que me recibió entreabierta. Nos besamos mientras él mordía y lamía mi cuello y el lóbulo de mi oreja.

—No aguanto más. Me voy... —gimió Hugo.

—¿Dentro o fuera?

—Espera, espera, espera... —empezó a gemir, hundiéndose con más fuerza en mi interior.

Temí que me rompieran entonces pero, aun así, no pedí que pararan. Necesitaba más, más... hasta volver a estallar. Nicolás se retiró y Hugo me tiró de malas maneras sobre la cama, tras lo que me dio la vuelta y me colocó a cuatro patas en el borde. Se inclinó sobre mi espalda y noté la piel húmeda de su pecho pegarse a la mía. Agarré uno de los cojines y hundí la cara en él para que amortiguara el grito de placer, morbo y dolor que vino después. Hugo no fue suave ni cuidadoso, ni falta que hizo. Una palmada resonó sobre mi nalga y la piel empezó a escocerme. Repitió el movimiento, restallando. Empujaba tan fuerte que sentía los huesos de sus caderas clavarse mientras agarraba fuertemente mi carne con su mano izquierda. Cogió mi pelo y tiró un poco de él.

—Ah, dios. Me corro…

Ni siquiera me hizo falta tocarme para estallar. Lo hice con la cara hundida en el cojín mientras un sonido lastimero nacía de mi garganta. Cuando levanté la cara con los últimos empellones de Hugo, me encontré a Nico frente a mí, mirándome con una expresión morbosa y oscura. Él aún no había terminado conmigo. Cuando su amigo salió de mi interior, tiró violentamente de mí hasta sacarme de la cama y me dejé caer en el suelo delante de él.

—Tócate.

Llevé la mano hasta el interior de mis muslos. Estaba empapada, palpitaba y las caricias fueron recibidas por mis terminaciones nerviosas con entusiasmo. Nicolás se tocó delante de mí, miró su erección húmeda y se mordió los labios. Incliné la cabeza hacia atrás, dejando mi boca a su disposición, y Nicolás repitió las hondas penetraciones hacia mi garganta. Las arcadas se sucedían y yo buscaba aire como una loca, palmeando con fuerza la parte trasera de su muslo cuando no podía más. No me avisó cuando vio acercarse el orgasmo. Solo la sacó de mi boca, me agarró del pelo y empezó a correrse sobre mis labios. Y yo me sentí a la vez cachonda, sucia, mala y… complacida.

—Mírame… —gimió.

Cuando lo hice me manchó con las últimas gotas. Pestañeé sorprendida por la intensidad de todo lo que había pasado allí y, dejándome caer exhausta sobre el suelo frío de la habitación, aparté de mi cabeza cualquier cosa que no fuese esa felicidad poscoital.

Durante un par de minutos lo único que se oyó fueron tres respiraciones ahogadas. Nicolás fue el primero en moverse:

se metió en el cuarto de baño, abrió un grifo y vino de nuevo hacia mí con una toalla de tocador húmeda. La cogí con la cabeza gacha y me la pasé por toda la cara. Nicolás, con los bóxers puestos, se colocó a mi altura y terminó de pasar el tejido esponjoso y húmedo por mi piel, dibujando una sonrisa. Se acercó y me besó en los labios de un modo que nada tenía que ver con lo que acabábamos de hacer en la cama.

—¿Bien? —me preguntó.

Avergonzada, asentí. Al parpadear sentí las pestañas apelotonadas y me di cuenta de que la toalla estaba negra, llena de rímel.

—¿Parezco el zorro? —inquirí con una sonrisa tímida.

—Batman, diría yo —bromeó Nico, besándome en la frente.

—Qué coño, pareces Ozzy Osborne. Pasa de hacer fotos ahora con la Polaroid o te arrepentirás de por vida.

Nos giramos hacia Hugo, que estaba tumbado en la cama al través. Tenía cara de satisfacción y una sonrisa socarrona en los labios. Me acerqué y le di un beso.

—Eres un bruto, ¿sabes?

—No te oí quejarte.

Me levanté y fui hacia la ducha, adonde no tardaron en seguirme.

Mi cuarto de baño tenía poco que ver con el suyo, la verdad, así que tuvimos que hacer malabarismos para darnos una ducha los tres a la vez. La vergüenza por lo que había pasado en la cama me duró lo que tardó el agua en empaparme entera. Los labios, ahora mimosos, de Hugo y Nicolás dejaron besos distraídos en mi sien, en mis hombros, en mi cuello, en mi boca. Después, mientras me desmaquillaba, Hugo se encargó de ponerme un poco de crema en la nalga derecha, donde tenía la marca roja de sus dedos. Pero me daba igual. Me había encantado la experiencia; no recordaba haber tenido ninguna sesión sexual más placentera en toda mi vida.

Cuando nos dejamos caer en la cama, Nico trajo la cámara de fotos y nos hicimos algunas. El resultado era divertido, hasta tierno. Como esas fotos de un verano que disfrutaste demasiado. Como esa sonrisa que se te queda en la cara tras ojear las instantáneas de tu dieciocho cumpleaños. Como la sensación de que el pasado siempre pareció mejor y más sencillo. Las guardé bajo el colchón, junto a la que sustraje del despacho de Hugo y que nadie parecía haber echado en falta, y después me apoyé en el pecho desnudo de Nicolás, mientras la nariz de Hugo dibujaba espirales en mi espalda.

—Mmm… —Me arrullé contra sus pieles suaves, agradecida por el mimo—. Nunca había estado tan cansada.

—Te gustó… —aseguró Hugo en mi oído.

—Hacéis difícil contestar otra cosa que no sea sí. Aunque ha sido… duro.

—¿Demasiado? —preguntó Nico.

—El sexo es sexo —contesté yo encogiéndome de hombros.

—No…, no lo es.

Sucumbir a las demandas del cuerpo sin imponerse el tabú de lo socialmente establecido no era fácil, pero iniciaba el proceso con la convicción de que si ellos podían…, yo también. Nunca me planteé que aquello no fuera a terminar bien. Nunca me planteé que pudiéramos encontrarnos problemas por el camino…, creados por nosotros mismos.

19

Cuando sonó mi despertador ni Hugo ni Nicolás estaban ya allí, pero el olor a sexo y sus perfumes seguían impregnando las sábanas. Ni siquiera me planteé cambiarlas. Quería volver a dormir rodeada por esos olores al menos una noche más.

Después de la ducha perdí algunos minutos mirando como una lela las instantáneas de la noche anterior. Se me veía sonriente, despreocupada y feliz. ¿Quién no quiere sentirse así? Me reía a carcajadas entre sus dos cuerpos. Casi me parecía sentir la calidez de su piel...

Cuando ya salía de casa rumbo a la oficina, encontré un *post-it* en la puerta en el que ponía: «Anoche fue perfecto. Todo. Tú». Aquella nota era de Nicolás y no me hacía falta la firma para saberlo.

El día transcurrió con normalidad a pesar del dolor sordo de mi trasero cada vez que me sentaba de golpe. Se lo habían pasado bien conmigo. Bueno, esa frase está mal construida: nos lo habíamos pasado muy bien. ¿Quién iba a decirme que encontraría tanto placer en sentirme entre dos hombres? Yo…, ni en mis sueños más locos.

Ya no había demasiado trabajo y la gente empezaba a cerrar proyectos de cara a las vacaciones. El mes que nos esperaba por delante sería tranquilo y tendría que buscar algo con lo que llenar las horas en la oficina si no quería morir de hastío. A la una Olivia pasó a por mí y fuimos a dar un bocado. Me preguntó un par de veces por qué estaba tan contenta, aduciendo que estaba muy guapa, como muy ilusionada. «Recién y muy bien follada» era la respuesta, pero me callé y sonreí, responsabilizando al maquillaje de mi buen aspecto. Me vibraba todo el cuerpo y se me contraía el vientre cada vez que recordaba la experiencia de la noche anterior. Y lo mejor era saber que cada noche que pasara con ellos sería diferente. Empezaba a estar abierta a propuestas y a probar y… no me los quitaba de la cabeza durante todo el día.

Cuando ya volvíamos a la oficina, Olivia me preguntó por mi hermana. Me paré en la calle y la miré, sintiendo náuseas de pronto, porque lo que el recuerdo del sexo había tapado era la certeza de que Eva vendría a pedir explicaciones de por qué mis citas consistían en cenar con dos tíos. Dos jamelgos de impresión, para más señas.

El resto de la jornada me lo pasé tratando de encontrar una excusa que justificara lo que mi hermana había visto y para la hora de la salida ya creía tener una coartada sólida, pero me crucé con Nicolás en la puerta y… claramente se estaba haciendo el encontradizo. No había habido mensajes, llamadas ni *emails* por mi parte ni por la suya en todo el día y ni siquiera nos habíamos cruzado por el pasillo. Me dejó la puerta abierta y me pidió que pasara primero.

—Por favor… —dijo con una pequeña sonrisa.

—Gracias.

Empecé a andar por el pasillo de suelo de damero y escuché sus pasos detrás de mí. Pronto sus largas zancadas me alcanzaron.

—¿Todo bien? —preguntó en un susurro.

—Sí, genial.

—Creía que huías de nosotros después de lo de anoche. —Le lancé una mirada de soslayo y negué con la cabeza, demasiado avergonzada en el fondo como para poder hablar de ello abiertamente—. ¿Vas al metro?

—Sí.

—¿Puedo acompañarte?

Salimos bajo un sol de justicia y fui a ir hacia la izquierda, pero él me llevó a la derecha y anduvimos hacia el centro comercial de dos plantas que había frente a la parada de metro de Santiago Bernabéu.

—Me pilla mejor Nuevos Ministerios para ir a casa, Nico —dije.

Él no contestó. Me hizo un gesto con la cabeza pidiéndome que le siguiera. Una vez dentro agradecimos el aire acondicionado, que estaba a todo trapo. Caminábamos uno al lado del otro, sin hablar y sin cruzar ni una mirada, como si fuese una coincidencia que nuestros pasos nos llevaran hacia la misma dirección. Cuando nos metimos en el metro y bajamos en dirección a Pinar de Chamartín, me di cuenta de que íbamos a su casa.

Corrimos en el último tramo de escaleras para alcanzar el metro que había parado en el andén. Él entró corriendo y tiró de mí hasta meterme justo cuando las puertas empezaban a cerrarse. El vagón estaba semivacío; solo un par de estudiantes con los auriculares puestos y dos señoras cotorreando, un señor barbudo haciendo fotos con un iPhone a una chica dormida y… nosotros. Cuando el metro entró en el túnel de nuevo Nicolás tiró de mí y, envolviéndome la cintura con sus brazos, me besó. Fue un beso fantástico porque no lo esperaba. Y fue dulce y… especial. Como esos besos que ves en las películas, cuando la pareja de protagonistas se está enamorando, aunque no fuera el caso. Seguimos besándonos, sonriendo y a veces hasta riendo, con mis brazos rodeándole el cuello y los suyos cogidos a mis caderas. Me sentía como aquella vez, en el instituto, que me puse a salir con uno de mis amigos de la pandilla sin que nadie se enterase. Era emocionante, erótico, un poco salvaje. Era esa parte de la vida que siempre había mantenido al margen.

—¿Hugo sabe que vamos a casa? —pregunté.

—Sí. —Sonrió—. Vendrá en cuanto termine.

—Déjame adivinar…: vuestro negocio.

Sonrió y sus labios hicieron cosquillas a los míos acercándose sin llegar a besarme.

Salimos del metro subiendo a saltos los escalones. Nico llevaba la americana en la mano derecha, mientras en la otra tenía cogida la mía. Íbamos hablando de picar algo y bebernos unas cervezas cuando me sonó el móvil. Miré quién llamaba y no me sorprendió ver que era mi hermana.

—Hoy tengo que dormir en casa —le dije a Nicolás.

—Te llevaré a la hora que quieras.

Tiró de mi brazo, nos besamos sonoramente y seguimos andando hacia su casa. Colgué la llamada sin contestar y después mandé un mensaje torpemente con una mano (porque no quería soltar la que Nicolás tenía agarrada): «Ahora no puedo hablar. Cenamos esta noche en mi casa. No te pongas histérica».

No respondió. Debía de estar enfurruñada y/o verde de curiosidad.

El interior del piso nos recibió con un ambiente bastante fresco. Allí dentro siempre olía a limpio y la luz bañaba toda la estancia de una manera tan… relajante… Nicolás me pidió que me pusiera cómoda y se metió en su dormitorio, adonde le seguí. Le ayudé a quitarse la camisa y le besé el pecho; de la boca de Nicolás se escapaban suspiros, que flotaban en el aire cuando mi lengua imprimía una pequeña huella húmeda en su piel. Se deshizo también de los zapatos, los calcetines y los pantalones de traje. Se entretuvo entonces en quitarme la blusa negra escotada y los pantalones capri de vestir del mismo color. Tiramos las sandalias por el suelo y nos tumbamos en la cama en un amasijo de brazos, piernas, cosquillas, aleteos de pestañas, risas y besos. Seguimos besándonos durante un rato, como dos críos que tienen la casa para ellos solos. Y que conste que los primeros besos eran como parte de un juego, sonoros, poco sensuales, pero fueron adquiriendo un cariz mucho más sexual a medida que a la lengua le dio por explorar. Me acomodé a horcajadas sobre él, pero me cogió del final de la espalda, y dio la vuelta sobre el colchón, quedando encima de mí. Había despertado una erección dentro de su ropa interior que no podíamos obviar y cuando empezamos a suspirar con demasiada fuerza, Nico decidió que era hora de llamar a Hugo. Se sentó en el borde de la cama con el móvil colocado junto a la oreja firmemente agarrado y yo, detrás de él, me dediqué a besar cada pedazo de la piel de su espalda que quedaba a mi alcance. Era suave, lisa y marcaba unos músculos de lo más sexis.

—Tío —le escuché decir—, ¿te queda mucho?

Hugo respondió de manera airada, pero no alcancé a saber qué le decía. Nicolás asintió, como si aquel pudiera verle.

—No, no es eso. —Mi mano bajó por su estómago hasta meterse dentro de la ropa interior y empezar a sobarle—. Joder..., ¿y no puedes dejarlo estar hasta mañana por la noche?

La perorata de Hugo siguió en la otra parte de la línea telefónica mientras yo masturbaba en silencio y despacio a Nicolás, que se mordía el labio, mirando lo que hacían mis dedos.

—No es tan grave. El puto sistema siempre termina fallando. Llama al servicio técnico y andando, Hugo, pero vente para casa de una puta vez.

Nico fingió que asentía para disimular los primeros gemidos que se le escaparon cuando agarré con cuidado y mimo sus pelotas.

—Esta noche me acerco yo. Vale. Sí.

Colgó el teléfono y lo dejó en la mesita de noche. Después detuvo mi mano y cuando, mimosa, le besé el cuello y le pregunté por qué paraba, musitó entre dientes que Hugo tardaría al menos una hora. Me cuestioné entonces por qué esa maldita norma de siempre con los dos, pero me dejé caer hacia atrás y me recosté en la cama sin decir nada. Él se giró.

—Así es mejor —dijo como convenciéndose y a modo de explicación.

—¿Por qué?

—En las relaciones abiertas… también hay celos. No queremos problemas entre los dos. No queremos tener problemas por una chica.

—Pues jugáis a algo bastante peligroso de por sí.

—Nunca lo es. —Sonrió—. Sinceramente, Alba, así es bastante más sencillo.

—No implicarse —murmuré.

—El sexo a tres es sexo y a nosotros nos gusta el sexo, pero no tenemos tiempo para invertir en una relación. Así es mejor.

Me incorporé sobre mis codos y sus ojos se deslizaron desde el cuello hasta mi ombligo; casi pude sentirlos encima de la piel.

—No hace falta que me des más explicaciones. Entiendo que vuestro negocio es la prioridad —comenté.

—Hemos invertido mucho tiempo, mucha energía y mucho dinero en él. No te molesta, ¿verdad? Quiero decir que supongo que los tres lo tenemos claro.

—Sí, sí. No hay problema. —Fingí sonreír—. Sexo y ya está.

—Pero siempre los tres —aclaró—. Si no..., sí habrá problemas.

Me sentí tan incómoda entonces que me levanté y empecé a vestirme. Nico no me preguntó por qué lo hacía ni me pidió que me tumbara a su lado. Por el contrario, se levantó de la cama y se colocó unos vaqueros, una camiseta y unas Vans negras.

—Yo te llevo a casa —dijo antes de desaparecer de la habitación.

Cuando llegué a mi piso me sentía decepcionada y cabreada. Decepcionada porque supongo que en el fondo había sepultado las ganas de que aquello se convirtiera en algo más. Había vuelto a hacerlo... Sacándome de encima los prejuicios en cuanto a lo que a la cama se refiere no había hecho más que quitar la sábana que tapaba mis ganas de romanticismo. ¿No habíamos quedado en que debía disfrutar del sexo sin esperar encontrar el amor de mi vida? Además... ¿no era absurda esa sed de romance estando, como estaba, metida en una historia a tres bandas? De ahí el cabreo. Estaba enfadada conmigo misma por no haber sido capaz de gestionar mis expectativas con practicidad. En un par de días ya había volado hacia el país de la piruleta donde todo era amor, cariñitos y mimo, y lo cierto era que esa historia no pintaba para nada así. Pintaba más con pollazos en la frente a lo película porno de mal gusto.

Me senté en el sofá a echarme una reprimenda mental. Me concentré en recordar el polvo salvaje de la noche anterior, con cachetes, empujones y rudeza. Así sería. Exploraría todas esas caras del sexo que no conocía y que lo hacían tan placentero y después volaría lejos con todo lo aprendido. Me metí en la cabeza cuán importante era plantear aquella situación como una amistad con derecho a roce real. Pero real, no esa fantasía femenina de que esas cosas son la ventana a algo más.

Para cuando llegó mi hermana, a mí los morros me llegaban hasta el suelo y lo último que me apetecía era tener que esforzarme por hacer verosímiles las mentiras que había inventado para ella. Cuando se sentó a mi lado abriendo una Cocacola zero y me miró de reojo, todo se me hizo cuesta arriba de nuevo.

—Joder, Eva… —rezongué—. ¿Es que no podéis dejarme en paz?

—No he abierto la boca, imbécil —respondió de malas maneras—. Has sido tú la que me has dicho que venga a cenar. Podía haber quedado con mis amigas o con las tuyas… Sí, esas que hace días que no saben nada de ti.

Me quedé callada, abrazada a mis rodillas y con la mirada perdida más allá del televisor apagado que tenía delante. Era verdad. Hacía dos semanas que tenía muy abandonadas a Gabi, Isa y Diana. Y a mi hermana también. Y todo por dos tíos que follaban como bestias pero que cuando tocaba estar un ratito a solas conmigo corrían raudos y veloces a ponerse los pantalones y llevarme a casa. Escondí la cabeza y rebufé.

—Suéltalo ya —espetó Eva.

—Quiero contártelo pero no quiero contártelo —confesé—. No quiero que mi hermana pequeña piense cosas horribles de mí.

—Las pienso desde hace años. Nada de lo que me cuentes empeorará más tu imagen que aquella vez que me vomitaste en el regazo.

Levanté la mirada hacia ella y no pude evitar sonreír. Ella me observó con suficiencia, dándoselas de tener un amplio dominio de la psicología «albística», y era verdad: nadie me conocía como ella.

—Tengo un rollo con…, con dos tíos del trabajo.

—¿Y ellos lo saben? Quiero decir…, ¿saben que con el otro también?

—No me has entendido. Tengo el rollo con los dos a la vez.

Eva pestañeó, tratando de controlar su expresión de asombro.

—¿Me quieres decir que a ellos les mola que tú andes un día con uno y otro día con el otro?

—Sigues sin entenderme, Eva. Me los tiro a los dos... a la vez.

Mi hermana se levantó del sofá y fue hacia la cocina. Por un momento pensé que se iba, aunque luego me pasó por la cabeza la idea de que fuera a llenar un cubo de agua para tirármelo por encima. Volvió con su paquete manoseado de tabaco de liar y se puso a hacerse un cigarrillo sin mirarme.

—Hazme uno —le pedí.

—Tú has dejado de fumar. Sigue hablando.

Cogí aire y miré al techo, extendiendo las piernas sobre la mesa de cristal que había delante y donde yacía, vacía, la caja de regalo que habían traído Nicolás y Hugo cuando los invité a cenar. Y, sin que mi hermana me mirara, tuve la libertad de contarle todo lo que me había pasado con ellos desde que me encontré a Hugo en el metro antes de mi primer día de trabajo hasta la reacción de Nicolás de esa misma tarde. Al final, Eva se fumó su cigarrillo escuchándome porque, como en una vomitona, no podía parar de hablar. Constantemente le hacía jurar que aquello no saldría nunca de allí y después me esforzaba por explicarle cómo me sentía cuando estaba con ellos. Necesitaba que me entendiese, aunque yo sabía que no tenía sentido justificarme de cara a mi hermana, porque era tan tonto como tratar de hacerlo conmigo misma. Ella me conocía y sabría la verdad. Simplemente la sabría porque las hermanas siempre la saben. Cuando terminé mi perorata Eva apagó la colilla, bebió dos tragos de su refresco y me dijo:

—No sé si esperas que te diga que estás pirada o que te pregunte dos mil detalles sobre cómo cojones te los haces a la vez, aunque ya me imagino que te sientas a duras penas. El caso es que…, Alba…, ¿qué más da? —Eso me sorprendió, pero antes de que pudiera pedirle explicaciones, ella siguió hablando—: Quiero decir, ¡vive, joder! Vive a través de algo que no sea tu trabajo. ¿Qué quieres? Si esas cosas te van, pues adelante. Me parece que ellos han sido muy honestos contigo y no veo que haya ningún juego macabro detrás de esto. ¿De qué va, de follar? ¡Pues folla! Y cuando te dejen en casa no pongas cara de acelga rehogada. Te están dando una puta *master class,* tía. Después de esto vas a ser la jodida Afrodita.

La jodida Afrodita… sin palabras. Todo el día sufriendo, pensando que mi hermana me juzgaría cuando la única que se flagelaba era yo misma. Fue el paso definitivo. La palmada en la espalda. El permiso. La patada. Iba a hacerlo. E iba a hacerlo bien.

20

COSAS DE CHICAS

El jueves quedé para cenar con mis amigas en la terraza de Pipa & Co. Nos encontramos en la puerta, a los pies de la escalera por la que una vez me despeñé dándome una torta digna del Oscar a los mejores efectos especiales… pero sin especialista. Diana fumaba allí sentada porque sufría unos zapatos nuevos. No sé qué tipo de fetichismo masoquista tiene con los zapatos, pero se pasa media vida quejándose del daño que le hace el calzado al juanete que tiene por herencia familiar. Yo, que fui la segunda en llegar, me senté a su lado, le di un beso en la mejilla, pedí perdón por haber estado desaparecida y le pregunté sobre su último ligue, un estudiante de Educación Física de veinticuatro años. Al contrario de lo que pueda parecer, Diana no era una *cougar* destroza corazones. Diana era una romántica que estaba convencida de que lo último que necesitaba en ese momento era un hombre mangoneando su vida. Creía tanto en el amor que quería repartir todo el que tenía. Repartirlo bien. Siempre andaba muy estresada con su carrera profesional y decía que una relación sentimental seria restaría en lugar de sumar, porque si algo tenía ella claro era querer llegar lo más lejos posible laboralmente. Las relaciones amorosas, que vinieran después, cuando ella ya tuviera un despacho propio. Allí sentadas las dos, con nuestros bolsos de mano en el regazo, esperamos a que llegaran las demás poniéndome al día y enumerando las doscientas razones por las que estaba pensando que quizá debía «romper» su no-relación con Marcos, que era el nombre del jabato que se la chuscaba hasta siete veces por noche, en polvos de siete minutos como máximo, cabe decir. Y en esas estábamos cuando llegó Gabi(nete de crisis) con sus aires de institutriz sexi, de las que salen en las películas porno con unas gafas de pasta falsamente colocadas casi al final de la nariz. Me recibió con un beso, una sonrisa y una reprimenda por estar tan enfrascada en mi nueva vida laboral como para no llamarlas. Si ella supiera…

Isabel y mi hermana llegaron juntas, tarde, como siempre. Nosotras ya las esperábamos en la mesa, tomando unas Cocacolas zero (Gabi te mira mal si entre semana pides vino con la cena). Y no encontré en Eva rastro alguno de juicio hacia mí tras mi confesión sobre la naturaleza de mi relación con Nico y Hugo. Me dio un beso en una mejilla y un guantazo suave en la otra, para que no me acostumbrara a los mimos, decía siempre, y después se sentó a la cabecera de la mesa subiendo un poco su falda larga.

—Me sudan las rodillas. ¿A alguien más le pasa o empiezo a buscar parentesco con alguna familia porcina? —preguntó.

—Mujer, tu hermana es un poco cerda —apuntó Diana con un guiño.

—No sabes cuánto —respondí yo.

Todas se echaron a reír y nosotras dos nos miramos con complicidad. Sí. Había sido un acierto contárselo. Me arrepentí de no haberlo hecho antes y haber cargado durante días con la angustia yo sola.

—Bueno, Albi, ¿qué te cuentas? —preguntó Isa dando un repaso concienzudo a la carta, aunque todos sabíamos que terminaría pidiendo la hamburguesa con más ingredientes.

—Poca cosa —mentí—. Haciéndome al nuevo trabajo. ¿Qué tal por el periódico?

—Bien. Ya sabes, casi es agosto. Olfo está como loco cerrando turnos de vacaciones.

—Joder, siempre espera al último momento —farfullé como si aún me afectase—. ¿Y vosotras? ¿Qué me contáis?

—He discutido con Berto —dijo ella tomando las riendas de la conversación.

—¿Y eso? ¿Ha tenido el desconsiderado atrevimiento de pedirte que se la chupes? —se burló mi hermana, a la que le hacía gracia la relación casi beata que unía a Isa y a su novio.

—Eres gilipollas. —Se rio Isa—. Por eso no, pero repito que me aburre soberanamente el sexo oral, que quede constancia. Lo que pasa es que quiere ir de vacaciones a Marbella con su madre. Por el amor de Dios..., ¿es que no somos lo suficientemente tristes ya sin ella?

—Paseos junto a la playa y pagarle helados de limón a tu suegra —puntualizó Diana—. Eso te espera.

—Pues a mí me apetecía otra cosa, la verdad. Me prometió pensarse lo de la autocaravana.

—Imponte —señaló Gabi sin mirarla—. Si no sientas un precedente peligroso y se creen con derecho a opinar.

Pero qué nazi podía llegar a ser la muy puta...

—Vosotros al final ¿qué? —le preguntó Isa con ojitos tristes.

—Juanjo y yo al final nos vamos a Nueva York —contestó ella cerrando la carta y llamando al camarero. Si no la quisiéramos tanto... a veces era un poco repelente. Doña «lo tengo todo controlado».

—Qué guay —dije yo con envidia de la buena—. Cómprame tangas de Victoria's Secret, por favor.

—Hecho. —Me sonrió—. Y leche hidratante.

—Leche hidratante…, Alba. Leche por todas partes, por la cara, por el pelo… —dijo mi hermana, que siempre estaba haciendo ese tipo de chistes guarros, como un niño de quince años.

—Eva, haz el favor —le pidió Gabi con las cejas arqueadas y una sonrisa—. Pareces el equivalente femenino de Chicho Terremoto.

—A mí no me pone ver bragas. A mí mejor que me enseñen carne. En barra. Y, por cierto, os vais a cocer —comentó mi hermana con fingida malicia—. Nueva York en agosto…, ¿a quién se le ocurre?

—Nos vamos a cocer de tanto follar, que después nos vamos unos días a Punta Cana —le contestó la aludida con cara de viciosa—. En estas vacaciones le dejo hasta que me sodomice. —Mi hermana y yo compartimos una mirada disimulada que casi provocó que me diera la risa—. Oye, chica, igual la sodomía es un plato que no había entrado antes en el menú pero es hora de ponerlo en la carta…

—Qué malota eres —se burló Eva.

—Lo siguiente es el trío, Gabi —dije como un guiño para mi hermana sobre nuestro secretito.

Ella se atragantó y yo me descojoné, riéndome bien a gusto, con la boca abierta.

—Eres la hostia —murmuró mi hermana secándose la Coca-cola que le había salido de la nariz.

—¿Tríos? No, gracias. No quiero más tías en mi dormitorio si no es para hacerme la cama —dijo con su aire de marquesa del siglo pasado.

—Arg, qué asco das cuando te pones en ese plan —le reprochó Diana.

—Lo siento —dijo Gabi—. Ese comentario ha estado totalmente fuera de lugar. ¿Sabéis ya lo que queréis?

—¿De la vida o de la carta? —contesté con sorna.

El camarero anotó la comanda, pero vamos, que debía de saber de memoria lo que tomábamos cada una porque siempre pedíamos lo mismo y era un restaurante bastante recurrente para nuestras reuniones.

—Entonces, Alba…, ¿todo bien en tu nuevo trabajo? ¿En qué consiste?

—Pues lo típico: tipografío cosas, reservo salas, monto reuniones, bla, bla, bla… No es demasiado interesante, pero lo cierto es que es cómodo.

—¿Y la gente? —preguntó Gabi—. ¿Se portan bien? Dice mi prima que las tías de tu departamento son bastante zorrascas.

—Sí, las tías son bastante peste, pero he conocido a otra gente. Tenías razón, el cóctel de la empresa me vino bastante bien. —Recordé el primer polvo con Hugo y tuve que carraspear después—. Es gente muy maja en general. Hay una chica que es un encanto. Antes tenía mi puesto y me ha hecho la vida muy fácil con un manual en el que está anotado absolutamente todo. Hasta si al director comercial le gustan las servilletas de hilo o de papel en las comidas en su despacho.

—Comidas en su despacho, ¿eh? —apuntó malignamente Diana.

—Ah, calla. Ya dije algo por el estilo delante de él. —Y ese ÉL me quemó la lengua. Ese ÉL era Hugo—. Le di razones para reírse de mí durante meses.

—¿Está bueno? —inquirieron a la vez mi hermana y ella.

—Sí —asentí—. Brutalmente bueno.

—Por favor, Alba. No te metas en rollos en el trabajo —pidió Gabi—. Y menos recién llegada…

—Ya lo sé, mamá —refunfuñé—. Joder, no se puede decir nada delante de ti últimamente.

—Ah, ya lo sé, son las hormonas… y que me estoy haciendo vieja. Creo que mi reloj biológico no sabe ya cómo gritar que tengo que preñarme de una puñetera vez y dejaros en paz a vosotras.

Todas la miramos de soslayo. Así era ella. Si quería algo, tenía que ser ya.

—Paciencia —le recomendé—. Ya tendrás tiempo de cambiar pañales.

—Perdona, Albi. —Tiró de mi mano y me dio un besito sobre esta, dejándome una leve marca de su pintalabios—. Sé que lo harás bien.

¿Lo haría bien? ¿De verdad?

—Relaja la raja, que controlo.

—Tú tranquila, que controlo… Eso suena tan hombre haciendo la marcha atrás… —dijo con una carcajada Diana.

La conversación derivó entonces hacia el tema de la maternidad, los ginecólogos, los ovarios poliquísticos y los métodos anticonceptivos. Estábamos en aquella época de la vida, aunque Eva y yo siempre nos sentíamos algo descolgadas cuando charlábamos de aquellas cosas. Iba a añadir algo sobre que nos estábamos haciendo mayores a pasos agigantados cuando el móvil me vibró en el bolso, que tenía en el regazo. En el fondo tampoco es que fuera a aportar mucho a la conversación porque lo único que conseguiría sería desviar el tema hacia las primeras arrugas y algún achaque del tipo: «Pues desde que llegué a los treinta cada mes tengo una migraña». Saltándome a la torera la norma de no sacar el teléfono durante nuestras reuniones (que solo estaba permitido para enseñar la foto de ese chico que te parecía mono o ilustrar una historia con la versión exacta de un mensaje), atendí al wasap de Hugo que anunciaba la pantalla.

«¿Qué haces tú y qué hacen tus piernas?».

Contesté:

«Cenar con unas amigas»

Escribiendo. Sonreí como una tonta.

«No debe de ser una cena muy divertida cuando tienes el móvil en la mano».

«Me estoy saltando todas las normas. Soy una rebelde».

«¿Dónde estáis cenando?».

«Pipa & Co».

«¿Te pasas por casa cuando termines? Se me ocurre un buen postre».

«Eres un cerdo».

«Me refería a brochetas de fruta con chocolate caliente».

«Es jueves. Cuando termine me voy a MI cama».

«En mi casa también tenemos camas».

«Sí, pero en las vuestras no se duerme».

«Ay, *piernas...*, qué mala eres. Solo quieres usarnos para tu placer».

Me reí internamente.

«Ese es el trato».

«Qué puta cabrona estás hecha».

Solté una risita y después vigilé que nadie se hubiera percatado de mi intercambio de mensajes por debajo de la mesa. Ellas seguían muy interesadas hablando de los efectos secundarios de la píldora.

«Creía que te gustaba que fuera muy puta».

«Oh, sí. A mí me encanta. ¿Sabes qué me encanta también?».

Hugo empezó a escribir, a escribir, a escribir... Diana me preguntó qué marca de anticonceptivos usaba yo. Le contesté, les dije que yo no notaba las tetas más gordas o duras y ellas se enzarzaron en una discusión sobre si era o no leyenda urbana que la píldora engordara. Por fin apareció el texto en mi móvil.

«Me encanta cuando me la estás comiendo y me miras. Me gusta hasta cuando te follo la boca tan fuerte que te dan

267

arcadas. Y me encanta cómo te arqueas cuando te vas a correr, cómo aprietas cuando te vas… Ay, *piernas,* ¿de verdad no quieres dejar esa cena aburrida y plantarte aquí sin bragas?».

Sonreí.

«Lo único que me aburre aquí es hablar sin parar de tu rabo. Dale las buenas noches de mi parte. O, mejor, que se las dé Nico. Seguro que cuando os pica os hacéis unas pajillas…, pero sin maricronadas, ¿eh? A lo Torrente».

«Mañana te voy a sentar en mi regazo y te voy a dar nalgadas hasta que me pidas perdón».

«Hasta entonces».

Después apagué el móvil y, apoyándome en la mesa, presté toda la atención que debía a lo que Isa estaba contando sobre el preservativo femenino. La de cosas que se aprenden…

El resto de la cena fue como siempre, lo que no quiso decir que resultara aburrida. Fue reconfortante. A veces, en una cena de chicas nadie dice nada extremadamente sabio ni se solucionan tus problemas. En ocasiones ni siquiera tienes la fuerza necesaria para confesar algo que te carcome, pero no hace falta. Con estar allí y escucharlas hablar de sus vidas, de sus rutinas, de sus sueños y sus quebraderos de cabeza vuelves a sentirte parte de ese mundo que a veces da la sensación de dar vueltas demasiado deprisa. Aquella noche, además, sus cosas me hicieron darme cuenta de que yo realmente no quería sentar la cabeza aún. ¿Casarse? ¿Quedarse embarazada? Aún no era mi momento. Dando un paso más…, ¿y si no había momento para mí? ¿Y si yo sencillamente no estaba hecha para aquello?

Cuando llegué a mi casa y me metí en la cama, lo hice prácticamente convencida de que en la vida hay que sacar partido de lo que se te pone por delante. ¿Cómo era ese dicho? Si la vida te da limones…, aprende a hacer limonada.

21

El despertador sonó como una alarma nuclear dentro de mi cabeza y del susto lo arrojé contra la pared. Fue tan ridículo que no pude más que reírme y salir de la cama rumbo a la ducha. Al recoger el móvil, que había terminado sepultado entre todos los cojines que tiraba al suelo cada noche antes de dormir, me llamó la atención un mensaje más de Hugo que no había leído al volver a conectar el teléfono: «Tráete un par de mudas. Te tenemos ganas».

Cogí una mochila y sin preguntarme mucho más (porque eso era lo que hacía la nueva Alba) metí ropa interior bonita, unos vaqueros, un camisón, varias camisetas y unas sandalias planas. Llené una bolsita de aseo con todo aquello sin lo que no me imaginaba subsistiendo. Como era viernes no me arreglé en exceso: un short de un tejido suave y no demasiado corto con estampado en blanco y amarillo y una blusita color menta. Después salí corriendo hacia el trabajo con una sonrisa más grande que el armario de mis sueños.

El día se me hizo eterno y me vi obligada a ordenar muchos más armarios de material de los que me habría gustado. Lo único que me animaba cada vez que pasaba por detrás una de las zorrascas de la oficina con aire de suficiencia era que pronto aquello estaría vacío, podría dedicarme a leer libros en horas de oficina y que…, ¡qué coño!, que me calzaba a dos tíos que para ellas los hubieran querido.

Hugo y Nicolás estuvieron liados en reuniones de equipo casi toda la jornada. Cada uno con su equipo, eso sí. ¿Se echarían de menos? Me daba risa imaginarlos mandándose mensajitos a la BlackBerry diciéndose cosas como «¿Qué haces? Me aburro». Y hablando de mensajitos, recibí la orden del día en mi móvil personal un ratito antes de salir: «Te recojo a la salida del metro», anunciaba Nico.

Qué ganas tenía de pasar aquel fin de semana con ellos. ¿Por qué? Pues no lo sé. Me convencí de que tenía ganas de mambo, en plan mujer fatal que no necesita a los hombres nada más que para eso. Pero lo cierto era que me gustaba estar con ellos.

Durante el trayecto en metro le mandé un mensaje a mi hermana diciéndole que iba a estar fuera todo el fin de semana y ella me contestó rauda y veloz preguntándome si había quedado con «los griegos», como los había apodado. Ante la respuesta afirmativa tuvo a bien consultar si podía llevarse a «un amigo» a mi casa para cenar allí. Dios. ¡Claro que no! Pero al final cedí, arrancándole la promesa de que encontraría mi casa tal y como la había dejado (y que cambiaría las sábanas si terminaba chuscando…, que lo haría).

Al salir, un coche me pitó y al acercarme vi a Nico al volante. Me metí dentro y me recibió con un beso, pero casi no habló en todo el trayecto. Yo tampoco dije mucho, ensimismada con el fresquito que salía del aire acondicionado y el olor de su perfume llenando el coche.

Dentro de la casa se escuchaba trajín en la cocina, signo inequívoco de que Hugo estaba preparando algo de comer. Se asomó hacia la entrada y me recibió con un beso bastante más apasionado que el de Nico, al que, la verdad, empecé a notar algo cabizbajo y que se metió en su habitación con la excusa de cambiarse.

—¿Qué le pasa? —le pregunté a Hugo.

—¿A este? Ah, nada. Nico es muy suyo —susurró—. Ya lo irás viendo. Un moñas.

—¿Ha sido algo que he dicho?

Hugo estaba concentrado en montar las láminas templadas de una lasaña fría, con un paño a cuadros de colores echado sobre el hombro.

—Claro que no, *piernas*. Supongo que no le gustó tener que dejarte en casa la otra tarde.

—Bueno, ¿tú no lo habrías hecho? —le consulté.

Se enderezó, cogió el paño y se limpió elegantemente las manos.

—¿A qué te refieres?

—Me refiero a si…, si tú y yo estuviéramos calentándonos y Nico dijera que va a tardar…, ¿me llevarías a casa?

Se mordió con desazón el interior de los labios y después se giró hacia la nevera, de donde sacó dos botellines fríos de cerveza. Sin mirarme, empezó a hablar:

—Pues tendría dos opciones: o darme una ducha fría y calmarme o llevarte a casa.

Me tendió uno de los botellines y brindamos.

—Le he estado dando vueltas, ¿sabes?

—¿A esto?

—Sí. No me sentí muy bien cuando me llevó a casa.

—Es lo que hay, *piernas*. —Se encogió de hombros.

—Sí, ya lo sé. Lo que quería decir es… que después lo entendí, ¿sabes? —Pareció sorprendido y levantó las cejas mientras daba un sorbo a su bebida. Yo seguí—: Entendí cuál es vuestra prioridad y por qué lo hacéis de esta manera. Así que estas serán mis vacaciones. Echaré cuantos polvos quiera con vosotros y luego volveré a centrarme... y tan amigos. Estamos todos de acuerdo.

Hugo me miró en silencio durante demasiados segundos, tantos que temí haber dicho algo improcedente. Al final sonrió y me preguntó si me apetecía comer en la terraza.

Él bajó los toldos mientras yo ponía la mesa sobre un mantel con estampado... ¿Cómo definirlo? La jungla hecha tela sería una buena imagen gráfica. Las servilletas amarillas hacían juego con algunos de los colores de este y también con los vasos. Le miré aguantándome la risa cuando volvió con una jarra de agua, hielo y limón a conjunto con el resto de la vajilla.

—¿Tienes acciones en Zara Home?

—Tengo buen gusto y uno cerca del curro —replicó—. Nico, la comida está en la mesa.

—Me da hasta risa imaginarte escogiendo manteles.

Nos fuimos sentando y Hugo presentó con formalidad el plato:

—Lasaña fría de salmón y bogavante con queso crema.

Nico salió a la terraza y se sentó frente a mí.

—Ya está arreglado el sensor de las tarjetas —le dijo a Hugo mientras dejaba caer la servilleta en sus rodillas—. No habrá que cambiarlas oootra vez.

—Mejor, porque con lo que nos costó que saliera bien la serigrafía...

—¿Lo del bar...?

—Solucionado. Lo repuse todo. Pero, joder, a veces creo que van a beber más que a otra cosa.

Los dos se callaron mientras Hugo servía nuestros platos.

—¿Me vais a contar algún día de qué va ese negocio que tenéis? —Ninguno contestó—. Pues si seguís con los secretitos podríais tener la decencia de no hablar de ello delante de mí.

—Cierto. Mil perdones, princesa —se disculpó Hugo con una sonrisa. Me besó la mano y siguió a la suyo.

Maldita curiosidad periodística. No me iba a quedar ahí.

—A ver… ¿Una agencia de modelos? Eso os pega cantidad.

—Por favor… —se descojonó Hugo.

—Oye, y si sale bien el negocio, ¿qué vais a hacer con vuestro curro?

—El plan trazado dice que yo seré el primero en dejar la oficina para ocuparme al cien por cien de nuestro «bebé» —explicó Nico.

—¿Y eso?

—Soy el que menos cobro.

—¿No os hartáis el uno del otro? —pregunté apoyándome en la mesa.

—Codos fuera. —Los deditos de Hugo me dieron un golpecito en el brazo.

—Maldita institutriz —farfullé.

—Con el tiempo hemos aprendido a aprovechar las sinergias —contestó él en tono profesional.

Mastiqué en silencio durante un rato. La lasaña estaba espectacular. ¿Tendría el negocio que ver con la habilidad de Hugo cocinando? Me daba que no. Y mientras ellos charlaban y comían…, a mí se me ocurrió algo.

—Bueno, vale. ¿Y si jugamos a las prendas?

—Esto empieza a ser interesante —respondió este levantando las cejas.

—Por cada pregunta que me contestéis me quito algo. —Y sin esperar respuesta empecé—: ¿Tenéis un restaurante?

—Ese tipo de preguntas es poco inteligente por tu parte. La respuesta es «no». No es mucha información para ti y para nosotros es una prenda menos.

Me quité una de las sandalias y la eché hacia un lado. Me fastidió que tuviera razón.

—¿Qué tipo de negocio es?

Nicolás se limpió la boca con la servilleta y la dejó sobre su plato vacío, mirándonos con sus ojos azules pero sin la aparente intención de contestar.

—Es un club —respondió Hugo.

Me quité la otra sandalia y Nicolás dijo:

—Si te lo quitas todo te lo cuento todo antes de echarte un polvo.

Hugo se giró sorprendido hacia su amigo, que sonreía con malicia. Yo me levanté, me encaminé hacia el salón y él me llamó entre dientes.

—No, no, no. Te lo quitas todo aquí, en la terraza.

Les miré incrédula. Eran las cuatro y media de la tarde de un viernes. Se escuchaba el vocerío de un tropel de niños que correteaban en el jardín de la urbanización y el bla, bla, bla de sus madres, que debían de estar cotilleando apostadas en la sombra. ¿Allí querían que me desnudara y me dejara hacer guarradas por dos tíos como dos armarios? Si levantaban la vista me verían desde el jardín. Podrían verme desde otros pisos.

En mi interior, sin embargo, se cocinaba a fuego lento una mezcla perfecta entre curiosidad y morbo.

Me quité la blusa y la dejé en el respaldo de la silla que ocupaba hacía unos segundos. Después me desabroché el short e hice lo mismo con él. El sujetador fue lo siguiente y las braguitas, aunque me costaron unos segundos de duda, también.

Hugo giró su silla hacia mí, como para no perderse detalle. Nicolás, que me tenía enfrente, se humedeció los labios.

—La de cosas que uno se pierde con la luz artificial —murmuró Hugo.

—Tenemos un local. Oficialmente es un híbrido entre un club de fumadores y el bar de un club de golf. En realidad, es algo… diferente. Tenemos socios exclusivos con perfiles muy concretos de nivel adquisitivo y cultural... Perdona, ¿puedes sentarte?

Estudié cómo sentarme para tapar la mayor parte de piel posible y cuando crucé las piernas, me dijo que no con el dedo índice de su mano derecha. Hugo permanecía allí con cara de estar encantado de la vida y media sonrisita burlona en los labios. Nico siguió:

—Los socios vienen buscando contactos y discreción. No somos un prostíbulo ni un bar de intercambios de pareja. Los socios buscan follar —la boca de Nico diciendo «follar» con ganas hizo que el estómago se me contrajera un poco más— sin tabúes y entre ellos. Actualmente tenemos ciento quince abonados, de los cuales sesenta y cinco son mujeres, sorprendentemente. Casi todas mujeres de negocios. Cualquier práctica sexual está permitida siempre y cuando se respete la legalidad y unas pocas normas que nos han parecido necesarias.

—Pero entre ellos...

—No te tapes con los brazos, ese no era el trato. —Me ordenó con una sonrisa—. Si dejas la pierna colgando del reposabrazos, te contesto lo que quieras.

Respiré hondo y lo hice. Hugo resopló, echó su silla hacia atrás para ver mejor y después se acomodó.

—¿Se conocen entre ellos?

—La mayoría no se conocían cuando entraron. Conforme crece el número de socios resulta más difícil que esto se mantenga, pero es algo a lo que se arriesgan cuando firman el contrato de inscripción.

—¿Cuánto pagan?

—Mucho dinero —añadió Hugo—. Eso sirve como filtro. No puede abonarse todo el mundo porque no hay mucha gente que pueda pagarlo. Esto no nos asegura que sea buena gente, no sé si me entiendes, pero sí la pervivencia del negocio.

—Tienen que ingresarlo en un solo pago e incluye la posibilidad de ir al club tres veces por semana a elegir por el usuario y cuanto quieran beber. Además de cosas más prosaicas.

—¿Vosotros pasáis por allí?

—Somos los dueños; nuestro trabajo es pasar por allí —aclaró Hugo antes de añadir—: Tengo el rabo para partir nueces, *piernas*.

Me eché a reír y escondí la cara entre mis manos.

—¿Algo más? —preguntó Nicolás con sorna.

—¿Habéis participado alguna vez de las actividades?

Los dos se miraron.

—En parte sí.

—¿En qué parte sí?

—No nos hemos acostado con nadie allí dentro, pero hemos mirado.

—¿Por trabajo o por placer?

—*Fifty fifty*.

—¿Qué habéis visto hacer?

—Si te tocas te lo cuento —respondió con picardía Hugo.

—Toma, cielo. Con esto. —Nico me pasó su vaso con dos hielos en su interior.

—Debes de estar de coña.

—No.

Los dos disimularon una risa y yo me planteé muy seriamente dejarlo ya. Ya tenía más información de la que me imaginé que me darían en un principio. Pues ya era suficiente. Eran dueños de un club perverso tipo *Eyes Wide Shut* pero sin prostitutas, vale. Les pegaba todo. Ya está. «Sería un artículo de investigación de puta madre —pensé—, gente influyente pagando un dineral por follar como animales, haciendo a saber qué». Después el cuerpo me contestó estremeciéndose en un escalofrío sexual y de curiosidad. Más información. Más. Daba igual el precio. Cogí un cubito de hielo y me lo metí en la boca, con la estúpida esperanza de que se templara un poco, para después deslizarlo entre mis pechos y terminar hundiéndolo en mi sexo. La piel se me puso de gallina y de la boca de Hugo salió una exhalación. Los miré a los dos mientras me acariciaba de manera circular. Era doloroso, morboso y placentero a la vez. Me calentó más aún pensar cómo me miraban, como dos adolescentes ensimismados en la visión de la primera tía desnuda.

—Estoy esperando… —dije.

—Tríos, orgías, *fisting, bukakes…*

—Tías con tías, algo de BSDM, sexo violento…

—¿Como el de la otra noche?

—Sí. Y más.

El hielo desapareció entre mis dedos convirtiéndose en agua, pero yo seguí tocándome. Nicolás no podía apartar los ojos de mi mano derecha y Hugo me recorría entera con los suyos. El silencio fue bastante más vehemente de lo que hubieran podido ser las palabras.

—¿A qué habitación vamos?

Hugo me llamó a su regazo con un gesto. Nos besamos. Noté su lengua muy caliente nadando en mi boca y gemí cuando dos dedos empezaron a frotarme. Nicolás se giró hacia nosotros. Adiviné en su postura que no pensaba participar, al menos por el momento. Hugo y yo desabrochamos su pantalón a zarpazos y metí la mano dentro. Jamás, en toda mi vida, había tocado una polla tan dura. Me subí sobre ella y la introduje dentro de mí con un alarido de satisfacción que rebotó en cada rincón del enorme patio que era en realidad el interior de aquella urbanización.

—Fóllame tú, nena —susurró con expresión extasiada—. Haz lo que quieras.

Me moví agarrándome a su cuello y subí y bajé encima de él. Nos besamos frente a la fija mirada de Nico, que ni siquiera se tocaba. Nos observaba como si al hacerlo quisiera comprobar algo. Arqueé la espalda y las caderas provocándole a Hugo un gemido.

—Dime cosas… —susurré encima de sus labios húmedos, sin separarme de ellos.

—Quiero follarte hasta que se acabe el mundo.

—Más… —gemí.

—Quiero tenerte de todas las maneras posibles —murmuró con los ojos clavados en los míos—. Quiero correrme en cada rincón de tu piel. —Aceleré el movimiento—. No dejo de pensar en ti —confesó—. Desde la primera vez. No te saco de dentro de mi cabeza… ni de mi polla. —Hugo empezó a empujar hacia arriba y la colisión entre nuestros cuerpos se volvió violenta—. Joder, voy a correrme —dijo sorprendido—. Voy a correrme ya.

—Para, para… —pidió Nico.

Hugo me levantó de su regazo jadeando y se puso también en pie, cogiéndome al vuelo. Cuando quise darme cuenta estaba tirada en el sofá y él se desnudaba rápido frente a mí. En el momento en que me agarró para llevarme encima de él otra vez, lo hizo poniéndome de espaldas. Nico entró en su habitación y salió al poco con la cámara de fotos en la mano. Después se sentó en el otro lado de la cheslón, que le daba una buena posición para tenerlo todo a la vista.

—Así no sé… —gemí frustrada sintiendo que si me movía saldría de mí.

—Arriba… —contestó fríamente Nicolás—. Abajo.

La postura no era cómoda y suponía esfuerzo. Los muslos empezaron a arderme muy pronto. Pero… nunca había sentido unas penetraciones más profundas que entonces. Nicolás nos miraba follar cómodamente sentado, estudiando la escena a través del visor de la cámara. Hugo me paraba de vez en cuando, abrazando mi cintura y jadeando ruidosamente con la boca pegada a mi piel.

—Para, para… —decía con un hilo de voz.

Y después de unos segundos reanudábamos el movimiento. No llevábamos ni cinco minutos cuando me corrí, y lo hice sin previo aviso, como en una explosión inesperada. Se escuchó el obturador de la cámara de fotos cerrándose una y otra vez, pero no quise preocuparme por aquello aún. Seguí moviéndome por inercia, con todo el cuerpo azotado por latigazos de placer y la voz perdida en el fondo de mi garganta, agarrada a las cuerdas vocales. No obstante, grité junto a Hugo cuando este se corrió con tanta fuerza que hasta lo noté. Sus brazos me envolvieron por completo y gimió en una mezcla de risa y lamento porque sé que, sin querer, le estaba apretando con mis músculos contraídos por el placer. Me dejé caer contra su pecho como una muñeca desmadejada y él se echó hacia atrás, apoyándose a su vez en el sofá. Continuaba dentro de mí y Nicolás seguía mirando la pantalla de la cámara.

—Joder, *piernas*. —Y sus labios me besaron la espalda hasta reptar hasta mi cuello—. Has nacido para follarme.

Eso me hizo sonreír, mientras sus dientes me atrapaban con suavidad el lóbulo de la oreja. La cámara volvió a inmortalizar la escena y miré a Nicolás, que después la dejó encima de la mesa baja del salón.

—Eres increíble —dijo.

22

INTIMIDAD

Siempre he considerado que la intimidad y el sexo son dos conceptos diferentes que lamentablemente no tienen por qué ir de la mano. Lo aprendí con la experiencia…, con las buenas y con las malas. Con el tiempo me hice sensible a esta distinción, sirviéndome de ella para encasillar sensaciones y relaciones. No había compartido cama con una cantidad de hombres tan amplia como para poder sacar una media ni porcentajes representativos, pero eso no fue obstáculo para identificar que, además de sexo, yo sentía que en esa casa se respiraba intimidad.

Después de recoger la mesa, Hugo y yo nos dimos una ducha. Una ducha intensa, pero no porque volviéramos a encendernos, sino porque fue… íntima. Nos miramos sonriendo y, no sé si en un momento de vulnerabilidad o en un intento de ser sincero, Hugo confesó que follarme le desarmaba durante un buen rato.

—Dejo de servir para nada —dijo al tiempo que me acariciaba el pelo mojado y metía sus dedos entre los mechones.

—Y eso… ¿es bueno o es malo?

—Es diferente.

—No siempre te ha pasado.

—No, no siempre. Me pasa desde que te encuentro tan decidida.

Besé su pecho. El agua caía casi fría por encima de nuestra piel.

—Quiero ver esas fotos —musitó con los labios pegados a mi piel—. Grabarlas en mi retina y que sean siempre mías.

Eso me gustó y le abracé. Todo parecía mucho más sencillo desde que había apartado preocupaciones y demás trabas. Todo parecía simplemente rodar.

Cuando salimos, Nico andaba sin camiseta por el pasillo, cámara en mano, dirigiéndose a la habitación del ordenador. En el pantalón de pijama que llevaba se marcaba aún un buen bulto, todo sea dicho.

Me puse un camisón fresquito que había traído entre mis trastos y caminé descalza hasta el despacho, donde me senté acurrucada en su regazo.

—¿Quieres verlas? —me preguntó.

Nico descargó las fotos en el escritorio del ordenador y después las abrió. En blanco y negro mi piel dibujaba zonas ensombrecidas en algunos rincones. Debajo de mi labio inferior se dibujaba una de esas sombras, dándole teatralidad a mi expresión de placer. Mis pechos, con los pezones endurecidos, llamaban la atención en contraposición a la piel morena de las manos de Hugo, que me agarraban. Eran fotos preciosas, no demasiado explícitas, en las que, además, me vi guapa. Y no solía pasarme. Yo, como casi todas las chicas, soy muy dura conmigo misma y muy exigente; siempre me encuentro doscientos mil defectos.

—Estás preciosa —murmuró.

Después sus labios juguetearon con los mechones húmedos de mi pelo.

—Me da pena pedirte que las borres —musité apoyándome por completo en él, que me envolvía.

—No tienes por qué pedírmelo. Te las mandaré y las borraré. Solo las tendrás tú.

—Quiero tener alguna contigo —contesté en voz baja, con vergüenza.

—¿Por qué de repente me apetece... —susurró— cumplir todos tus deseos?

Acaricié su mejilla áspera y él besó la palma de mi mano.

—Por lo mismo que yo quiero que los cumplas.

—¿Cumplas o cumpláis?

Nos sostuvimos la mirada.

—Cumpláis —dije muy segura, creyendo que con ello alejaría el peligro.

Pero... ¿era posible alejar el caos de algo tan caótico en sí como una relación a tres? Bueno..., borremos relación.

Hugo apareció en el umbral de la puerta con una taza de café en la mano y el morro apretado, diciendo que si le dejábamos el ordenador se quitaría de encima la revisión de unas cuentas del club y tendría el resto del fin de semana libre.

—Nos echaremos la siesta —dije yo al tiempo que me levantaba.

Cuando Nico se puso en pie ni siquiera trató de disimular la erección. Hugo se echó a reír y, mientras se sentaba en el sillón, dijo que quizá deberíamos hacer un stop antes de dormir.

—¿Y las normas? —pregunté confusa.

—En este caso no creo que haya problema —murmuró Hugo con una mueca—. Es lo justo. Si os apetece, adelante.

Cruzábamos la puerta del dormitorio de Nico cuando Hugo añadió algo que no esperaba:

—Dejad la puerta abierta, por favor.

Me sentí como en el instituto cuando venía a estudiar conmigo algún amigo. Mis padres siempre veían peligro en todas partes, aunque el compañero en cuestión no me gustara una mierda. Las puertas abiertas eran algo así como las garantes de mi virginidad. Y al final terminé haciéndolo también, como es ley de vida. En fin.

Me tumbé en el colchón suspirando al sentir las sábanas frías bajo mi piel. El aire acondicionado zumbaba muy bajito, escupiendo en la habitación suspiros a baja temperatura. Nicolás se acostó entonces encima de mí, solo con el pantalón de pijama y una rodilla entre mis piernas. Me besó de inmediato de una forma impulsiva pero dulce que me hizo sonreír. Era un beso especial. Se sostuvo después con sus brazos encima de mí y dijo:

—No estás aquí para satisfacer mis necesidades ni las de Hugo. Lo sabes, ¿verdad?

Asentí. Cuando su ceño no se fruncía parecía uno de esos chicos demasiado monos como para ser siempre buenos. ¿Cuántas chicas se habrían enamorado de él? ¿A cuántas habría utilizado para satisfacer sus necesidades?

Le rodeé las caderas con mis piernas y nos besamos de nuevo. Lento, como si nos lamiéramos la lengua con pasmosa tranquilidad.

—¿No quieres hacerlo? —le pregunté.

Eso le hizo reír. Qué sonrisa…

—Esa no es la pregunta adecuada. La cuestión es… ¿quieres tú?

Y eso me hizo sonreír a mí. Nico se dejó caer a mi lado en la cama, mirando al techo. Mientras con la mano derecha se mesaba los mechones cortos de su pelo, empezó a hablar.

—Muchas veces nos olvidamos de preguntarnos a nosotros mismos qué es lo que queremos. No solo en la cama, sino en la vida. Seguimos el patrón de unas ideas que tuvimos hace tiempo, de decisiones que tomamos o deseos de terceros, sin pararnos a pensar en si a día de hoy seguimos queriendo lo mismo. No quiero ser ese caso. Quiero que cuando estés conmigo lo desees, no cumplas.

—¿Crees que es posible estar contigo y no desearlo? —Sonreí.

—A veces decidir no hacer algo lo hace más especial.

No tuve nada que contestar a eso. Solo miré sus ojos azules, con las pupilas dilatadas, la nariz pequeña y algo respingona, su boquita. Me acerqué y dejé un beso sobre sus labios.

—Siento haberte llevado a casa la otra tarde —dijo de pronto, rozando su nariz con la mía.

—Era lo que debías hacer, ¿no?

—No. Debería haberte dejado elegir una película y haberla visto juntos en el salón. Debería haberte acompañado a pasear o tomarnos algo en una terraza bonita que hay a un par de manzanas. Tenía muchas opciones y elegí la única que me hacía parecer un imbécil.

—Elegiste la única que definía bien la situación.

—¿De verdad eso define bien esto?

—No lo sé. Vosotros pusisteis las normas.

—No. Las normas terminaste poniéndolas tú. ¿Qué quieres que defina esto?

Sus brazos me rodearon la cintura y me ayudó a acomodarme encima de él.

—No lo sé, Nico.

—¿Qué querrías que nos definiera si Hugo no estuviera en la ecuación? Sé sincera. Quiero que lo seas.

El corazón me bombeó rápido dentro del pecho, creando una vibración acelerada bajo mi piel.

—Pues… dos personas que se están conociendo. Lo típico.

—Ponnos en una situación que nos definiera.

—Tú y yo hablando en susurros en tu cama nos define bastante.

—Pues hagámoslo independientemente de que Hugo forme parte de esto. Define tu relación con cada uno de nosotros por separado y los tres nos esforzaremos por concretar lo demás.

—Pero esto es solo sexo —dije como queriendo dejarle claro que yo lo tenía muy presente.

—Nada es solo sexo…, ni siquiera el sexo.

Me incliné hacia él y nos besamos. Llegué a ver cómo cerraba los ojos antes de hacer yo lo mismo con los míos. Sus labios y los míos se resbalaron, pellizcando los del otro, saboreándolos tímidamente con la punta de nuestras lenguas. Sus manos se abrieron en mi espalda haciendo fuerza hasta tumbarme sobre él y después rodó hasta colocarse encima, entre mis muslos. Nos rozamos y él jadeó secamente hundiendo la nariz en mi cuello, con las manos agarrándome las caderas por debajo del camisón. Nos frotamos de nuevo y sonrió al dejar escapar un gemido.

—Podría correrme así, ¿sabes? Oliéndote, notándote alrededor…

Eso me gustó, pero no porque me excitara como las sucias palabras que escupíamos los tres mientras follábamos. Me gustó porque sonaba a confesión. Alcancé su boca y nos besamos; las caderas se movían en busca del otro, encontrándose en una colisión entre su erección y el centro de mi sexo. Las braguitas y sus pantalones se interponían entre nosotros, pero parecía que a ninguno de los dos nos molestaba de verdad. Era como si ambos fuéramos conscientes de que aquello era lo único que nos concederíamos.

El sonido de los besos enmascaró unos pasos hasta allí. Hugo nos hizo notar que estaba dentro de la habitación arrodillándose sobre el colchón. Los dos lo miramos.

—¿Puedo? —preguntó.

Yo asentí a la vez que lo veía acercándose a mi boca para besarme. Nicolás se perdió entonces hacia abajo, besando mi vientre y subiéndome el camisón. Hugo me bajó las braguitas y se desnudó también. Me incorporé, saqué la ropa por encima de mi cabeza, dejándola caer a un lado, y me puse de rodillas entre ellos dos. Cuatro manos dibujando mis perfiles, mis curvas, mis contornos. Y dos bocas recorriendo mi cuello. Nicolás se sentó sobre sus pies, de rodillas, y me subió a horcajadas; Hugo se colocó detrás de mi espalda, ayudando a sostenerme. Sentí cómo Nico tanteaba mi entrada y finalmente se introducía lentamente hacia el interior. Eché la cabeza hacia atrás y Hugo me besó; sus manos siguieron el ritmo y el movimiento para que mi cuerpo encajara con el de Nicolás, que hundía su cabeza entre mis pechos. Las penetraciones eran profundas, los jadeos continuos y el movimiento lento pero contundente. Apoyé toda la superficie de mi espalda en el pecho de Hugo y él metió una de sus manos entre mis piernas, acariciándome en círculos el clítoris.

—Córrete —supliqué—. Córrete dentro de mí.

Nico gimió y aceleró el ritmo; Hugo hizo lo mismo con sus caricias.

—Ah…, Dios… Dios… —gemí.

La boca de Hugo comenzó a mordisquear mi cuello y mientras su mano derecha seguía masturbándome, la izquierda amasaba mi pecho. Mi cuerpo nunca jamás había recibido tantas atenciones. Y todas certeras, calmadas, sabias. Todas destinadas a hacerme volar.

—Déjate ir… —susurró en mi oído Hugo—. Quiero que te sientas ir…, con él…, conmigo.

—Inténtalo… —gimió Nico—. Inténtalo, Hugo…, está muy húmeda.

Abrí los ojos y estudié su expresión. Unos mechones se habían pegado sobre el sudor de su frente y tenía el ceño fruncido y los labios entreabiertos. Sentí la erección de Hugo tantear mi entrada y Nico paró el movimiento. Sentí fuerza y mi piel tirando. Estaban tratando de penetrarme a la vez, juntos, piel con piel.

—¿Paro? —preguntó Hugo cuando lancé un quejido.

—No, no. Sigue —pedí.

Los primeros centímetros fueron dolorosos pero cuando se coló hasta el final y ambos se quedaron quietos, mi cuerpo fue acostumbrándose hasta envolverlos con placer. Noté una mirada entre ellos. Se estaban sintiendo de una manera mucho más íntima de lo que habíamos probado antes dentro de mí, que estaba húmeda y ansiosa. Cuando se movieron grité; los dedos de Hugo siguieron presionando mi clítoris.

—Dios… —Y juro que quise llorar. Todo era tan intenso…

—Sigue… —demandó Nicolás—, sigue un poco más.

Hugo dominó el movimiento durante unos segundos mientras nosotros dos nos conteníamos. Besé a Nicolás en los labios, rodeándole el cuello con los brazos.

—Eres increíble, nena —susurró Hugo—. Nunca jamás había conocido a nadie como tú.

—Ah… —gimió Nicolás.

—Córrete —le pidió Hugo.

—Con ella…, con ella —jadeaba ruidosamente.

Mis dedos se metieron entre mi clítoris y la mano de Hugo y la moví más rápido.

—Eso es, nena…, dánoslo.

—Mírame… —le exigí a Nico, que a duras penas podía mantener los ojos fijos en los míos.

Abrí la boca cuando empecé a correrme, pero ni siquiera me salió un sonido. Di bocanadas de aire, despacio, tratando de contener el placer y alargarlo. Me destrozaba, me azotaba, me colonizaba, me materializaba y me volvía etérea a la vez. Mi cuerpo tan sacudido, tan a la merced de las sensaciones…

Nicolás fue el siguiente en correrse en un alarido, agarrándome a él, hundiendo la cara entre mis pechos, maldiciendo. Le abracé, clavando las uñas en su espalda, y Hugo se corrió después.

—Muévete, muévete… —le pidió Nicolás.

Y en las últimas sacudidas nuestro orgasmo alcanzó lo más alto entre gritos.

Me encogí cuanto pude, tratando de absorber tanta energía y tantas emociones encontradas. Nicolás salió de mi interior y después lo hizo Hugo. El semen de los dos me resbaló manchándome el sexo y los muslos. Los labios de Nico me recorrieron los hombros y Hugo hizo lo mismo con mi espalda. No hablamos. Yo me abracé a Nico, oliendo su pecho húmedo, queriendo fundirme en él, y Hugo me abrazó a mí.

Otra experiencia que dibujarme en la piel. Aquello no había sido follar. Había hecho el amor con dos hombres, aunque no nos amáramos. Y de alguna manera ellos se lo habían hecho también. Intimidad. Conexión. Algo que…, como decía Nico, aunque fuera sexo, era más. Mucho más. Y entre todas las cosas que era… sería un problema.

23

EL CLUB

Vimos anochecer desde la terraza, los tres en silencio. Teníamos en la mano unos vasos preciosos de cristal decorado que pesaban por sí mismos mucho más de lo normal y que, además, iban cargados de unos cumplidos Long Island Ice Tea. Estaban suaves y fríos, casi granizados. El sol iba hundiéndose detrás de los edificios y el ambiente adquiría poco a poco una tonalidad azulada. Dentro del salón sonaba un vinilo viejo con canciones de amor pasadísimas de moda, que se titulaba *Noches de blanco satén*. Había pertenecido a la madre de Hugo, que había muerto hacía más de diez años, junto a su padre, en un accidente de coche. Hugo no tenía hermanos. No tenía tíos. No tenía abuelos. Ni primos. Solo tenía a Nico, entendí. Era lo más parecido a familia que tenía porque de la suya lo único que le quedaba era la herencia de sus padres y el seguro de vida que había cobrado tras el accidente, además de la renta de dos pisos, uno en la calle Pez, propiedad de sus fallecidos tíos abuelos, y otro en aquel mismo edificio, unos pisos arriba, además de una finca cerca de Ávila que le rentaba un buen dinero al mes gracias a los cerezos que había plantados en la parcela.

Nico, sin embargo, era el pequeño de cinco hermanas. Una familia caótica y divertida donde había tenido una infancia muy feliz. No hacía falta que lo explicara, se leía en la expresión que le inundaba la cara cuando hablaba de las tardes jugando con sus hermanas mayores que se divertían vistiéndolo de niña. Tuvo una adolescencia complicada, donde se rebeló contra todo sin ninguna razón real para hacerlo, pero se calmó cuando empezó a salir con la vecinita de arriba, con la que estuvo desde los quince hasta los dieciocho y con la descubrió el sexo. La madre de Nico era muy divertida y adoraba a Hugo. Durante un tiempo también consideró la idea de que su hijo pequeño se hubiera enamorado de un hombre e incluso empezó a tratarlos como una pareja cuando iban a verla, hasta que Hugo le aclaró que lo que menos le apetecía en el mundo era poner a su hijo mirando a Cuenca (y es posible que lo dijera tal cual).

Yo les conté poca cosa porque consideré que en mi vida no había nada tan interesante como en las suyas; nada que me hubiera marcado tanto como para definirme de por vida. Familia de clase media, orgullosa por dar estudios superiores a sus dos hijas. Padre currante como la vida misma; madre que se hace cargo de la casa con una superhabilidad para alcanzar a dominarlo todo como si fuera Sauron haciéndose con el anillo de poder. Hermana medio *hippy* con la que me llevaba seis años. Infancia feliz. Adolescencia tranquila. Años locos en la universidad, donde me dejé meter mano demasiadas veces, más por culpa del calimocho que por gusto. Novio formal de los veintitrés a los veintiséis. Después… trabajo. Sueños laborales. Aspiraciones vocacionales con las que esperaba conseguir hacer algo grande. Y pronto. Quería ser una joven promesa del periodismo.

Cuando terminamos de ponernos al día, nos callamos. Y así estábamos, con la primera brisa de la recién estrenada noche, mirando al frente, estudiando cómo las sombras iban dibujando rincones en el edificio de enfrente y escuchando cómo los niños volvían a sus casas a cenar.

Hugo dejó su vaso en el suelo y se levantó.

—¿Hacemos la cena? —me preguntó tendiéndome la mano.

Nicolás nos miró con una sonrisa apacible en los labios.

—¿Vienes? —le pregunté.

—Luego. Voy a aprovechar para llamar a mi madre. He caído en la cuenta de que llevo sin hacerlo una semana.

—Buf…, que Dios te proteja —murmuró de broma Hugo.

¿Echaría de menos Hugo a alguien a quien llamar, a quien contarle que todo iba bien? Me daba la sensación de que era una persona que se había construido a partir de la necesidad de no necesitar a nadie nunca más. Quizá Nico salía de ese esquema de una manera visceral y era la única debilidad que se permitía: un hermano sin sangre.

Entramos y Hugo se paró a dar la vuelta al vinilo; yo me quedé mirándolo mientras lo hacía. Aún me sorprendía lo absolutamente guapo que me parecía. Tenía unos ojos preciosos, de esos que hablan por sí solos sin necesidad de mediar palabra. Las pestañas, espesas y masculinas, los enmarcaban dándoles un aire misterioso, como esos galanes de película que esconden algo. ¿Escondería algo él? Esperaba que no. No más tíos con problemas. Pensé en aquel momento que el único problema que quería en la vida de esos dos hombres era yo.

Me miró con una sonrisa y me tendió su mano, que cogí para andar hasta la cocina; un cosquilleo apareció de súbito en mi estómago, provocándome una risita. Hugo abrió el frigorífico y se puso a estudiarlo todo.

—Qué coñazo… —rumió.

Me cogí a su cintura por detrás y aproveché para oler la mezcla del suavizante con el que lavaban la ropa y su olor personal.

—¿Y si salimos a cenar? —le sugerí.

—¿Te apetece? —me preguntó—. ¿Adónde quieres ir?

—Hay una pizzería en la calle Castelló que me encanta. Se llama…

—La Pizziccheria —terminó diciendo él.

—¿La conoces?

—El club está relativamente cerca. Nico y yo hemos cenado muchas noches allí.

—Madre…, qué románticos os ponéis. ¿Os cogéis la manita por encima de la mesa también?

Me atizó en el trasero y me ordenó que fuera a avisar a Nico de que saldríamos. Conforme me acercaba a la terraza la conversación telefónica iba haciéndose más nítida. Dejé de escucharle responder y pensé que habría colgado, así que entré diciendo:

—Nico, ¿cenamos mejor en la Pizziccheria?

Hizo una mueca señalando el teléfono y yo me disculpé en silencio. Tarde. Le escuché dar explicaciones.

—Es Alba, mamá; una amiga. —Se calló y sonrió—. Claro que la tratamos bien, ¿por quién nos tomas? —Después se echó a reír a carcajadas—. Vergüenza te tendría que dar pensar así de tu hijo. Te dejo, mamá, vamos a salir a cenar. Besos a todos.

Después me llamó a su regazo y cuando me dejé caer sobre él, me besó, echándome hacia atrás como en una película de Disney. Una película de Disney subida de tono, sin tabúes, donde el sexo parecía impregnarlo todo, hasta la brisa caliente de una noche como aquella.

Nicolás no se separó de la cámara de fotos desde que bajamos del coche. Me dijo que mis vaqueros ceñidos se merecían un reportaje y yo lo tomé por loco. Hugo me agarró por la cintura y Nico se quedó rezagado, lanzándonos un par de fotografías al azar. El tacón de mis sandalias resonaba contra el pavimento mientras recorríamos las ya refrescadas calles del barrio más pijo de la capital. Y estábamos de tan buen humor… que cualquiera diría que habíamos pasado la tarde follando los tres juntos.

Hugo me cogió a caballito y corrió por la acera, sorteando los árboles. Mi blusa holgada en blanco y colores pastel ondeaba con el aire cuando cogíamos velocidad. Tropezamos contra la puerta del local, pero nos mantuvimos en pie. Aún me reía a carcajadas cuando nos sentamos en ese rincón donde una fotografía de Roberto Benigni nos contaba que el secreto para que la vida sea bella es una buena pizza. Yo pensé, sin embargo, que el secreto era que alguien te hiciera sonreír como Nico y Hugo hacían conmigo.

Pedimos Martini Rosso para mí, vino para Hugo y Cocacola zero para Nico, que siguió haciendo fotos con sus vaqueros rotos de adolescente cada vez que yo prestaba atención a algo que no fuera él. Y resultaba difícil, que conste, porque tan relajado, tan sonriente…, estaba increíble. *Burratta di buffala*, mis tallarines, sus pizzas, y Hugo y yo volvimos a llenar nuestras copas. Nico llevaría el coche.

—El coche y a vosotros dos a cuestas, me temo. —Sonrió cuando nos entró la risa tonta a colación de los andares del camarero.

—Oye, y… ¿entonces vuestro club está por aquí? —pregunté mesándome el pelo, cambiando de tema.

—Sí —asintieron los dos con la boca llena.

—¿Y cómo es?

—Lo decoró Hugo, hazte a la idea —se burló Nico—. Todo lleno de cositas cuquis de Zara Home.

—Eres imbécil. No le hagas ni caso. Lo dejé en manos de profesionales. Yo creo que el resultado es elegante.

—Tiene pinta de cualquier cosa antes que de club de perversión —le dijo entre risas Nico.

—¡Esa era la intención! ¿Qué preferirías, que tuviera pinta de burdel?

—No es un burdel —respondió Nico de nuevo.

—Pues eso. Es… un club elegante.

—Sí, un club elegante donde hacer cosas poco decorosas —apuntillé yo—. ¿Y cómo se llama?

—El Club —dijo Nico.

Hubo un silencio en la mesa después del cual Nico rio para sí mismo.

—¿Qué pasa? —pregunté contagiándome de su expresión.

—Nada. Solo es que… es la primera vez que hablamos con franqueza del negocio.

Hugo asintió levantando las cejas mientras terminaba de masticar, dándole la razón.

—Ni a Paola —concretó tras tragar.

—¿Quién es Paola? —Y, quiera o no, debo confesar que me puse alerta.

—Algo así como la encargada —contestó Nico.

—Es la camarera —le rebatió Hugo—. A ella le decimos que es la encargada para fidelizarla y esas cosas, pero su trabajo es abrir, servir y cerrar el bar.

—Hace más cosas.

—Oh, sí que las hace.

Nico le miró con desaprobación y Hugo le quitó importancia con un gesto.

—Os la tirabais… —afirmé sin necesidad de confirmación.

—Alguna vez. Le va la marcha como a nosotros.

—A veces el ambiente allí se caldea mucho, ¿sabes? —aclaró Nico—. Aunque estés con la cabeza puesta en el negocio hay cosas que te entran directamente por los ojos hasta la…

—Hasta la polla —terminó de decir Hugo—. Con los clientes lo tenemos terminantemente prohibido. Era acostarnos con Paola o el uno con el otro.

—Os acostáis habitualmente el uno con el otro.

—¡Ah, no! Eso es diferente. —Se rio Nico—. Puedo prometer y prometo que nunca me he follado a Hugo.

—*Idem* —replicó este con una sonrisa.

Me quedé pensando en todo aquello mientras terminaba mi plato. Hugo pidió otra bebida para los dos y yo se lo agradecí dándole un beso en la piel que el cuello de la camisa dejaba a la vista. Aproveché para olerle. Dios, olía de vicio... o a vicio, me daba igual. ¿Y si aquellos dos hombres se convertían en mi vicio?

Después los miré, paseando mis ojos entre uno y el otro. Hugo tan moreno, tan masculino, con esa barba oscura y cerrada que ensombrecía la piel de su mentón si no se afeitaba todos los días. La sonrisa de Hugo era siempre descarada, daba igual de qué estuviera hablando. Siempre tan *polite* en público y con una lengua tan descarnada en la intimidad, era un arma de doble filo. Te mataba con sus atenciones de *gentleman* británico para terminar susurrándote guarradas al oído mientras te penetraba con fuerza, llevándote a un orgasmo que dudo que ningún otro hombre consiguiera hacerte alcanzar. Nico, con su pelo agradecido, rebelde y del color de la miel, a conjunto con su barba, que le ayudaba a aparentar la edad que realmente tenía y no pasar por un chiquillo. Sus ojos brillaban con una potente luz azul oscuro y tenían algo..., llamémosle equis, que hacía su mirada sumamente sensual. Nico parecía ese chico que tus padres no mirarían con buenos ojos pero que, bajo su apariencia de James Dean de la era iPod, te trataría como una reina. En aquel momento se humedeció los labios con la lengua..., esa boquita hasta infantil de donde nacían gemidos roncos cuando follábamos.

—Quiero ir al club —les dije.

Hugo me miró de soslayo.

—Ya ha pasado. La hemos vuelto loca a polvos. Habrá que avisar a las autoridades sanitarias de que producimos ese efecto.

—Lo digo en serio.

—No, no lo dices en serio. —Se rio Nico—. No creo que te guste. No es un sitio al que ir a hacer una visita de cortesía.

—No creo que vea nada que me asuste.

Ellos dos cruzaron una mirada y se echaron a reír. Me sentó fatal. ¿Qué creían que era? ¿Una santurrona? ¿Acaso no era suficiente con acostarme con los dos para demostrarles que no era como pensaban? Pero... ¿cómo era de verdad? ¿Lo estaba haciendo para demostrar algo? Bueno, quizá a mí misma.

—Vuestras carcajadas se deben a... ¿qué?

—Alba, cielo. —Y la mano de Hugo fregó con suavidad mi espalda—. No te ofendas. En este caso creo que te estamos echando un piropo. Tú no eres tan...

—¿Tan qué? Quiero verlo.

—No quieres verlo —aseveró él de nuevo—. Créeme.

—Pero... ¿qué problema hay? Si no me gusta, diré «Puaj, qué asco de gente» y nos piraremos.

Se miraron de nuevo. Hugo dejó los cubiertos sobre la loza de la vajilla y se limpió elegantemente la boca con la servilleta de tela.

—Alba..., eres periodista y nuestro negocio es privado, sórdido e implica a gente conocida. ¿Sabes ver dónde está el problema?

Abrí los ojos como platos.

—¿Perdona? —pregunté ofendidísima.

El camarero se acercó a nosotros y nos preguntó si queríamos algo más. Me acabé de un trago mi copa de Martini y le pedí la cuenta, con la clara intención de irme.

—Café solo —solicitó Hugo con un suspiro, como si tuviera que lidiar con una pataleta infantil después. Cuando me vio cogiendo el bolso añadió—: Quédate ahí quieta, haz el favor.

—Lo que me acabas de decir es horrible.

—No le hagas caso —intervino Nicolás.

—No te lo tomes a mal, Alba, pero no he dicho ninguna mentira. Eres periodista.

—Y secretaria.

—Lo de secretaria es una cosa eventual y lo sabes. Hemos invertido mucho en este negocio. Una filtración lo echaría todo abajo.

—No hagas caso, Alba. Ese no es el problema —le reprendió Nico.

—Ese es uno de los problemas, Nicolás —apuntó Hugo de nuevo.

—Me voy.

—¿Puedes no hacerle caso? Es solo que… no es para ti.

—¿Puedo follar con vosotros dos, dejar que me deis por donde os dé la gana pero no estoy preparada para ver eso? Suena más bien a que pensáis que sería capaz de venderos por un artículo.

Los dos se miraron.

—La culpa es tuya por contárselo todo. Tres años callados como putas y ahora se lo explicamos con todo lujo de detalles a nuestra amante la periodista. De lujo —refunfuñó Hugo—. No es personal, Alba, pero es que no me fío ni de mi mano derecha.

—Ni de mí, vamos —aclaró en un bufido Nicolás.

—Oh, por Dios. ¿Qué os pasa? ¿Os tiene que bajar la regla?

—¡Joder, eres odioso! —respondí—. Y me voy a mi casa. Ya me traeréis la mochila el lunes.

El camarero puso frente a Hugo el café y la cuenta en el centro de la mesa. Nicolás se levantó y dejó caer sobre la cuenta su DNI y la tarjeta. Hugo nos miró mientras daba un sorbo al café.

—Puedes disculparte y ya está, ¿sabes? —le dijo Nico reteniéndome cuando pasé por su lado de camino a la puerta.

—Ah, bien. Pues perdón por ser demasiado sincero.

—¡Eso es mezquino! —me quejé.

—¿Puedes parar un segundo? —Nico tiró de nuevo de mi muñeca—. Hugo…

—¿Qué pasa?

—Dile que no es por eso por lo que no la llevamos.

—¿Y por qué es, Nico? —preguntó Hugo apoyando los codos en la mesa, algo que no entraba en el protocolo pero que en él hasta parecía elegante.

—Pues ¡porque no!

—Esa razón es de puta madre —rugí.

—Lo que quiere decir Nico es que no nos haría ninguna gracia que te molara el rollo y tener que mirar cómo se te follan cinco cerdos de mierda con una polla de risa, pero de eso parece que tampoco vamos a hablar. —Bebió el expreso en un trago más y se puso en pie—. Pero si quieres ir, vayamos. A lo mejor así nos ahorramos algún que otro problema.

—¿¡Se puede saber por qué te enfadas tú ahora!? —pregunté indignada.

—No había una tía más tozuda y con peor carácter en toda España —rezongó—. Qué ojo tengo, madre de Dios.

—El que se está poniendo un poco tozudo eres tú, que conste —le contestó Nico.

—Vamos y punto.

Salimos del restaurante y ellos dos echaron a andar en la dirección contraria a donde estaba aparcado el coche.

—Voy a pillar un taxi —les informé, pero en realidad ya os imaginaréis que no quería coger ningún taxi.

Hugo se giró, vino hacia mí, me cogió de la muñeca y se encaminó hacia donde Nico nos miraba con sus ojos azules muy despiertos.

—Si vas a tocarme los cojones, que sea con la boca y con cariño, cielo —escuché farfullar a Hugo.

Me paré en mitad de la calle, apretando los labios y mirándole. Él hizo lo mismo conmigo y… no sé en qué momento la situación empezó a hacernos gracia. Los dos disimulamos una sonrisa, pero terminamos dejando campar ese gesto a sus anchas en nuestros labios.

—Ay, *piernas…* —suspiró—. Serías capaz de convencernos de cualquier cosa, maldita sea.

—¿Lo sería? —pregunté.

Él obvió mi pregunta y se dirigió a Nico:

—Nos tomamos una copa allí y de paso revisamos que todo esté bien.

Nico se encogió de hombros, como si no estuviera de acuerdo pero pensase que nadie iba a prestarle atención si lo verbalizaba. Luego fuimos paseando una manzana y media hasta que los tacones de mis sandalias empezaron a molestarme.

Pararon frente al enorme portal de un edificio señorial, cuya fachada estaba llena de molduras y demás elementos decorativos que, junto con los balcones cerrados a modo de pequeños miradores de cristal y hierro forjado, daban a aquella construcción un aire aristocrático. La puerta se hallaba abierta y cedió al empujón de Hugo, que estaba echando mano a la cartera que llevaba, como siempre que no vestía de traje, en el bolsillo trasero de sus vaqueros.

—Van a flipar cuando nos vean entrar de esta facha —murmuró.

—Seguro que os habrán visto con menos ropa —bromeé yo muerta de celos.

Me llevé una buena palmada en el trasero como respuesta.

Giramos a la derecha, dejando atrás el precioso ascensor del siglo pasado, y subimos un par de escalones de mármol hasta encontrar una puerta de madera maciza con la típica mirilla artesonada. Al lado de la cerradura había un sensor, como el de la empresa, por donde Hugo pasó una tarjeta negra con un logo dorado en el que parecían leerse una e y una ce entrelazadas. El portón se abrió con un chasquido y entramos a un pequeño hall oscuro, donde nos recibió una pared granate y lisa con el logo impreso en el mismo dorado lujoso que en la tarjeta. Hugo se encaminó por el recodo de un pasillo que me pareció extraño; después me di cuenta de que estaba concebido para dar intimidad al gran salón que se abría a continuación. Era cuadrado y a uno y otro lado resaltaban cuatro columnas metálicas que repartían la habitación en dos zonas: la central, que quedaba dentro del área que dibujaban estas; y la exterior, que suponía el cuadrado que la rodeaba. A la izquierda, una pared de cristal ofrecía vistas a un jardín interior iluminado al que se podía acceder por una puerta corredera casi al fondo. La pared de la derecha dibujaba el camino hacia un pasillo que se adentraba hacia zonas más privadas. El bar estaba al fondo de la zona central. Madera y luces. Todo me pareció muchísimo más moderno de lo que había imaginado. Quizá en mi cabeza asociaba un club privado con brocados, detalles dorados, lámparas de araña y señores con copas de brandy y puros. Los sillones no eran de terciopelo, como los imaginaba, sino de madera y cuero. Las mesas eran aparentemente sobrias pero se sostenían con unas patas artesonadas. Sillones de color turquesa destacaban entre tanto marrón oscuro con la luz amarillenta de las lámparas tubulares que colgaban del techo. Todo aquello tenía pinta de ser muy caro.

En el sofá una mujer muy bien vestida de unos cuarenta y muchos leía un libro, luciendo unas gafas de pasta granates.

Frente a ella, en la mesa de centro, había un algo que parecía un gintonic servido en una elegante copa y decorado con virutas rizadas de naranja y unos cubitos de hielo del mismo color que la piel del cítrico. Nos miró de reojo cuando aparecimos y devoró con los ojos a Hugo, que pasó de largo, directo hacia los taburetes que había frente a la barra. Allí una chica le sonrió a la vez que salía a su encuentro; se daba un aire a Miranda Kerr, con un rostro aniñado de muñeca, un precioso pelo castaño claro y un cuerpo delgado. Vestía una blusa negra transparente con pequeños lunares blancos; la doble tela de los bolsillos del pecho era lo único que se interponía entre nuestra mirada y sus pezones. La combinaba con un pantalón tobillero negro y elegante y andaba subida a unos preciosos Christian Louboutin de charol negro. Se puso de puntillas para besar en la mejilla a ambos; pese a los muchos centímetros de tacón, se veía pequeña frente a ellos y hasta frente a mí. Me miró con una sonrisa seductora cuando se presentó.

—Hola, soy Paola, la encargada.

—Es una amiga, no una cliente. —Se rio Hugo al tiempo que entraba en la barra y alcanzaba de la estantería una botella de Sloane's Dry Gin.

—Déjame ser amable. No traes a muchas amigas por aquí.

No había que ser muy avispado para darse cuenta de que Paola tenía un preferido entre sus dos jefes, y era Hugo. Me pregunté si a mí me pasaba lo mismo con mis dos amantes.

—Encantada, soy Alba —me presenté.

—¿Quieres una copa, Alba?

—Sí, gracias. Un gintonic.

Rodeó la barra y, tras quitarle la botella de ginebra de las manos a Hugo, se puso a servir ella las copas. Me pregunté cómo aguantaría toda la noche subida a aquellos tremendos tacones.

—¿Qué ginebra prefieres?

—La misma que le pongas a él. No tengo preferencias.

—Si no tiene preferencias ponle la más barata —bromeó Hugo.

—Di que sí, tú a una chica siempre dale de lo bueno, lo mejor —le respondió con sorna.

—Eso es lo que hago. De lo bueno, lo mejor y... más grande.

A mi lado, Nicolás, callado, me miraba de reojo. Yo también le miré y sonreímos. Mientras Paola y Hugo cacareaban en algo muy parecido a un coqueteo que me incomodaba más de lo que quisiera confesar, yo me acerqué a Nico dispuesta a mantener una conversación con él. Me sorprendió besándome en los labios y no me pasó inadvertida la mirada de Paola, que supongo que tampoco se imaginaba a Nicolás dando besos a nadie en público. Pronto ella volvió a centrar su atención en Hugo y yo miré por encima de mi hombro hacia la señora que leía cómodamente sentada en el sofá.

—Dime..., ¿cómo funciona? Porque lo que hay a la vista no parece demasiado depravado.

—Probablemente ha quedado con alguien en encontrarse aquí —explicó refiriéndose a la clienta—. A veces lo hacen; intercambian números de teléfono, quizá del móvil de trabajo o algo similar. Cuando les apetece se llaman y quedan en verse aquí.

—¿Y dónde transcurre la acción?

—¿Por qué no le enseñas un poco los pormenores? —le dijo a Hugo, que parecía muy atento a nuestra conversación.

—¿Por qué no se los enseñas tú?

—Porque ni siquiera quería traerla.

Paola hizo una mueca y, dándole una palmadita a Hugo en la espalda, le dijo que no se preocupara.

—Yo la acompañaré.

El sonido amortiguado de sus tacones en la madera del suelo llenó el salón por encima de la suave música ambiental hasta que llegó a mi lado. Me cogió del brazo obviando mi tensión por la proximidad sin confianza y echó a andar hacia el pasillo de la derecha.

—A veces no los entiendo —suspiró—. Una siempre tiende a pensar que alguien que monta este tipo de negocio lo hace porque le gusta participar en él. Pero a veces creo que no se visten con trajes de protección nuclear para entrar aquí de milagro. —Sonreí cuando ella me dedicó el mismo gesto—. Mira, estas puertas son habitaciones privadas. Puedes reservarlas si ya tienes el plan hecho, como la señora que está esperando en el salón, que tiene reservada la ocho a la espera de sus acompañantes. Todas tienen estas luces en la entrada.

Señaló tres bombillitas junto al marco de una de las puertas, una verde, una roja y otra naranja. En aquel momento estaba encendida la roja.

—¿Son un código?

—Sí. Se pone en rojo automáticamente cuando desde dentro activan el pestillo. Eso quiere decir que quieren intimidad.

—¿Hay quien no la quiere?

Me miró confusa, como si esperase que mi pregunta fuera una broma. Después, cuando se cercioró de que lo decía en serio, asintió.

—Claro. La luz naranja significa que las personas que están dentro aceptan *voyeurs,* pero no más participantes. Puedes entrar y mirar, pero no tocarlos ni sumarte al juego.

—La luz verde es…

—La luz verde es jornada de puertas abiertas. —Sonrió—. Puedes entrar, mirar, participar…, lo que quieras. Excepto hacer fotos o grabar en vídeo. —Asentí tontamente y me quedé allí, curiosa, confusa y… excitada—. ¿Quieres entrar? —Señaló una de las puertas, con la luz naranja encendida.

—¿Yo?

—Sí —respondió—. Puedes entrar a echar un ojo y salir cuando quieras.

Tragué saliva. Ella asintió, como animándome a hacerlo.

—Pero… ¿qué voy a encontrarme?

—¿Por qué no lo averiguas tú misma? —Sonrió, con su preciosa cara de muñeca.

—¿Entras conmigo? —le pedí sin saber por qué.

—No puedo. Yo trabajo aquí.

—Pero ellos han entrado alguna vez, ¿no?

—Ellos son los dueños. Ninguno de los socios tiene que verlos todos los días que pasen por aquí. No son ellos quienes tienen que servir sus copas. No creo que muchos de ellos ni siquiera sepan al verlos que son los propietarios.

Me giré hacia la puerta y respiré hondo. Si había llegado hasta allí era porque quería averiguar con mis propios ojos qué es lo que tenía lugar dentro del club que gestionaban Hugo y Nico. Tenía la falsa y tonta creencia de que eso me ayudaría a conocerlos mejor. Es posible que el problema de base fuera que lo que yo buscaba husmeando en aquel sitio no fuera nada que tuviera que ver con ellos, sino conmigo misma.

El picaporte giró al primer movimiento de muñeca y yo me interné en la oscuridad con el corazón en un puño y la respiración superficial y jadeante. Tenía los oídos como taponados y escuchaba en Dolby Surround mis latidos, empujando en las membranas de mis orejas y palpitando en mi masa cerebral. Al principio no vi nada, solo aprecié el olor almizcleño del sexo y el perfume juntos. Eso y jadeos apagados. Tanteé la pared con la mano hasta tropezar con una especie de diván que había frente a la cama. No me explicaba por qué alguien a quien le gusta que otra persona lo vea follar no dejaba al menos una luz encendida, la verdad. Me senté y adiviné dos bultos moviéndose en la cama; parpadeé, esperando que la vista se me acostumbrara rápido a la oscuridad para ver pronto qué había allí dentro y poder salir. Poco a poco la negrura fue disipándose, como la bruma, para dejarme ver que los dos cuerpos que retozaban entre las sábanas eran los de dos mujeres. Una de ellas me lanzó una mirada traviesa mientras la otra besaba su cuello y se frotaba entre sus piernas.

—Hola —dijo.

Eso me sorprendió. Creí que con luz naranja tampoco se podría hablar.

—Hola —contesté con un hilo de voz.

Ella se rio. No tendría más de treinta y siete o treinta y ocho años. Era guapa, llevaba el pelo largo y moreno algo ondulado, como yo. Por un momento me pareció verme a mí en unos años. ¿Terminaría por estar metida en escenas como esa si seguía implicándome en esa historia? La otra chica era pelirroja, con dos grandes pechos y la piel blanca e inmaculada. La morena se tumbó y abrió las piernas, dejando que su compañera se acomodara entre ellas y se inclinara para hacerle un cunnilingus. Los sonidos de la humedad y la lengua llenaron la habitación y un pálpito extraño e incómodo inundó mi ropa interior. La morena empezó a gemir y adiviné cómo la pelirroja la penetraba con un par de dedos.

Me levanté del diván y, nerviosa, palpé a mi alrededor hasta encontrar un punto de referencia y seguirlo de camino a la puerta, tras la que me encontré a Paola.

—¿Estás bien?

Me imaginé qué pinta debía de tener: sonrojada, jadeante…

—Sí. Vamos. Quiero esa copa —le pedí.

Justo en aquel momento la habitación que quedaba enfrente se abrió. Un hombre de unos cuarenta y muchos miraba en el pasillo y cuando nos vio trató de entornar la puerta con discreción, pero… si en una cosa estaba en lo cierto Hugo es en que tengo una periodista dentro, ávida siempre de información. Por tanto, no fue lo suficientemente rápido como para que yo no pudiera ver quién esperaba en el interior. Martín Rodríguez no era una de esas personas que pasan inadvertidas, pero tampoco es de las que imaginas que acudan a un lugar como aquel. Había tenido una carrera meteórica y muy sonada porque aquel señor que esperaba en un rincón de la habitación tratando de no ser visto formaba parte de la rama más reaccionaria de la política española. Tenía un cargo importante en un partido importante y estaba casado con alguien importante también..., alguien que no estaba en aquella habitación en aquel momento y que no era del mismo sexo que su compañero de juegos.

Un tropel de preguntas me martilleó la cabeza entonces. ¿Cómo habrían conseguido Hugo y Nico un local con el suficiente prestigio como para que alguien como Martín Rodríguez, que se jugaba tantísimo con su imagen, accediera a formar parte de El Club? ¿Quién era el caballero con el que estaba en la habitación? ¿Fingía su heterosexualidad? ¿Sería su matrimonio una farsa? ¿Estarían solos o habría participado en el juego alguien más? Estaba claro que todos los que trabajaran allí y participaran de las actividades de aquel exclusivo club tendrían que firmar una cláusula de confidencialidad en sus contratos de ingreso. Pero yo no había firmado nada...

Para mi total sorpresa, Paola me cogió de la mano para llevarme de vuelta al salón, donde me esperaban Hugo y Nicolás con sus copas a medias. No medió palabra sobre aquello; supongo que esperaba que yo no me hubiera percatado. Cogí mi copa, sonreí falsamente y les pregunté si podía salir al jardín. Demasiado. Una escena lésbica en vivo y un alto cargo político saliendo de jugar al teto... Por el amor de Dios, no iba a decir ni palabra, pero necesitaba unos minutos para asimilarlo. Ellos solo acertaron a asentir, porque me marché a la carrera hacia el exterior. Sé que era finales de julio en Madrid, pero necesitaba cualquier atisbo de aire fresco que corriera allí. Cerré a mi espalda, aunque me pareció ver que Hugo se disponía a salir también. Olía a hierba recién cortada y a jazmín. Respiré hondo. Se escuchaba el murmullo de alguna fuente y cuando localicé un banco, me dejé caer en él. La puerta corredera avisó de que efectivamente alguien estaba saliendo, pero no era Hugo, sino Paola. Venía andando con dificultad clavando los tacones sobre el césped, hasta que exasperada se descalzó y se acercó a mí con expresión compungida.

—No debí decirte que te asomaras —dijo al tiempo que se sentaba a mi lado.

Encogió las piernas de manera que pudiera abrazarse las rodillas. La miré. Tan pequeña, tan mona, tan femenina. A su lado me sentía un caballo, demasiado grande, demasiado alta, demasiado basta para ser mujer. Me acarició una rodilla y frunció el labio pintado de rojo.

—Si te traumatizas se enfadarán conmigo. ¿Qué encontraste?

—No. No fue... Bueno, yo no... —Respiré hondo. Me acostaba con dos hombres a la vez, no podía dejarme impresionar tantísimo por una escena de cama íntima entre dos mujeres—. Eran simplemente dos chicas.

Cuando me escuchó sonrió.

—Ah, bueno. Yo una vez entré por equivocación en una habitación que creía que estaba vacía. Me encontré a tres hombres dándole entre ellos en trenecito mientras una mujer se tocaba y les atizaba con un látigo. Me quedé parada en la puerta con la boca abierta y me gané que me invitaran al sarao.

Le sonreí.

—Bueno. Ya deberíamos estar un poco curadas de espanto, ¿no? —le dije con la esperanza de que se arrancara a contarme algo de lo que ella y yo teníamos en común.

—Si te refieres a lo que creo..., «espanto» no es la palabra.

Una carcajada sincera brotó de mi garganta. Eché un vistazo hacia el interior, pero el cristal estaba tamizado y no se veía nada más que el reflejo de las luces que nos iluminaban.

—Son intensos —susurré.

—¿En el sentido físico? —preguntó.

—No. No lo sé. Soy nueva en esto.

—Para todo hay una primera vez.

—¿Ellos fueron tu... primera experiencia de este tipo?

Me miró frunciendo levemente el ceño y después negó con la cabeza.

—Siento mucha curiosidad por estas cosas. Supongo que por eso estoy aquí.

Un millón de preguntas se agolpaban en mi cabeza dando fogonazos, como señales de luces de largo alcance en una carretera comarcal. Pestañeé. Lo mejor sería no ordenarlas, dejarlas en su maraña y volver dentro. Me levanté y ella hizo lo mismo.

—¿Te gusta? —dijo de pronto.

—¿El qué?

Me paré a su lado mientras Paola recogía sus tacones del suelo. Al levantarse se apoyó en mí para volver a calzarse.

—Lo que te hacen —contestó con naturalidad.

—Supongo.

—Pues no te plantees nada más.

Abrí la puerta corredera y me encontré con cuatro ojos que me miraban de manera inquisitiva, como si trataran de penetrar mi mente y averiguar qué era lo que yo estaba pensando. El sofá estaba libre y no había ni rastro de la señora que esperaba allí leyendo cuando entré. Me senté en un taburete y di un buen trago a mi copa.

—¿Todo bien?

Asentí mientras tragaba y la ginebra fría bajaba por mi garganta, creando una sensación cálida en mi estómago.

—*No problem* —les dije con un guiño.

—¿Qué era? —preguntó Hugo jugueteando con la cuchara para servir la tónica de los combinados—. ¿Qué viste?

—Dos chicas.

—¿Y te gustó?

Nicolás le reprendió con la mirada. Miré de reojo a Paola, pero nadie parecía molestarse por su presencia, así que decidí que yo tampoco.

—¿La tienes dura de imaginarlo? —le pregunté por mi parte.

Sonrió antes de contestar.

—Esas cosas se hacen porque una quiera probar, no porque a mí me la vaya a poner dura, que me la pone. Como respuesta te diré que si un día, no sé…, pongamos, Paola y tú, decidís probar cómo sería joder entre vosotras, yo me quedaría tomándome una copa sentado en esta barra.

Vi a Nico sonreír.

—¿No os gustaría vernos?

—Nos gustaría y mucho, creo, pero eso no es lo que importa, ¿no? Importa si a ti te gustaría hacerlo. Lo demás es accesorio.

Después no pude más que sonreír. A él. A Nicolás. A la sensación de ser respetada, comprendida…, ser libre para decidir. No es algo que suceda con mucha asiduidad en esta vida.

24

El sábado me desperté tranquila, cómoda y con modorra. Alguien había dejado programado el aire acondicionado a intervalos, por lo que la habitación estaba fresca pero en su justa medida. Me tapé con la suave sábana y, abrazada al cojín, recordé que la noche anterior, cuando llegamos de vuelta de El Club, me puse muy retozona. Aunque eso es un eufemismo. Lo cierto es que entre la imagen de las dos chicas en la cama, las copas, la presencia siempre sexualmente irrespirable de Hugo y Nico y... que debo confesar que me pasé parte del trayecto de vuelta fantaseando sobre cómo sería montármelo con otra chica..., no aguanté ni a llegar al piso. En el ascensor me puse de rodillas y comencé una mamada a dos bandas que estuvo a punto de hacer que Nicolás pulsara el botón de stop y nos dejara entre dos plantas.

Pero llegamos a su casa. Nicolás me desnudó de cara a Hugo y después, medio borracha, les pedí que hicieran conmigo lo que quisieran. Tenía que hacer algo con el poderoso influjo sexual que tenían sobre mí o terminaría por verme metida en una situación con la que después no me sentiría cómoda. Aunque eso no debería preocuparme, ¿no? Porque estaba abriendo nuevos horizontes.

Al final Hugo tuvo la brillante idea de atarme a la cama. Nota mental: no dejarles volver a hacerlo. Me tuvieron quince minutos desnuda, esperando, amarrada, mientras ellos salían a tomar el fresco a la terraza. Los primeros cuatro o cinco minutos fue divertido…, el resto lo fue solo para ellos. Cuando volvieron se desnudaron con calma y me follaron por turnos con cualquier cosa menos calma. Privada de movimiento en piernas y brazos, recibí las embestidas con un placer nuevo que me producía un cosquilleo en los dedos y en la espalda. Ese cosquilleo se saldó con el primer orgasmo cuando Hugo me penetró después de darle el relevo a Nicolás, que se tocaba viendo cómo me corría. Alternándose tardaron mucho más, de modo que me dio tiempo a llegar a lo más alto cuatro veces antes de que ellos se corrieran dentro de mí en un alarido de satisfacción, primero Nicolás, después Hugo.

Me dejaron atada mientras se daban una ducha, cada uno en su cuarto de baño. Putos sádicos. Y yo era la que más necesitaba una ducha. Cuando volvieron a por mí, mi cara de pocos amigos les hizo reír. Yo me notaba húmeda e incómoda, llena de los dos y de mi propia excitación. Cuando Nicolás me soltaba los tobillos, que tenía agarrados a las puñeteras patas de la cama, me manché los muslos con los restos de nuestros orgasmos, algo que a Hugo le pareció demasiado erótico como para soltarme las manos.

Las gotas de agua que resbalaban de su pelo húmedo caían en mi cara mientras me follaba como una bestia. No dejó de decir que tan húmeda le gustaba aún más, hasta que se corrió otra vez y se desmoronó encima de mi pecho. Yo solo pude jadear, agotada después de correrme tantas veces bajo sus cuerpos.

—Qué guapa estás así —dijo Hugo, jadeante y sudoroso, cuando se levantó de encima de mí.

—Así ¿cómo?

—Así, recién corrida.

Eso me hizo reír. Y a él también. Después me acompañaron a la ducha, donde se lavaron rápidamente y me dejaron sola. Cuando salí, Nicolás se había dormido con el iPad encima del pecho y Hugo estaba acurrucado de cara a la ventana. En medio, entre ellos, había espacio de sobra para mí.

Abrí los ojos de nuevo y me llamó la atención tener tanta superficie libre de almohada y sábana para mí. Estiré la pierna hacia uno de los costados hasta rozar la pierna de uno de ellos. En la otra dirección no encontré nada. Me incorporé y vi a Nicolás retorcido, como siempre, en su lado de la cama. Abrió un ojo cuando traté de salir.

—Eh…, nena.

La voz somnolienta con la que habló me derritió y volví a acercarme a él para darle un beso.

—Voy al baño —le dije.

—Pero vuelve…

Besé su sien, su cuello, su mejilla rasposa y el valle que se creaba junto a su nariz y su ojo y correteé hacia el baño, donde cerré la puerta con pestillo, agradecida por tener un instante de intimidad. Me miré de reojo en el cristal antes de ir hacia el váter: estaba despeinada, con la cara lavada y ni pizca de maquillaje, por lo que mis ojeras destacaban junto a mis labios enrojecidos. Nunca me había visto tan… feliz. Me senté algo dolorida para hacer pis y me pregunté de pasada si no tendría que hacer gimnasia vaginal para poder enfrentarme a maratones como los de la noche anterior.

Al salir, los olores de café, pan tostado y algo dulce entraban sinuosamente en la habitación, como en un baile de la danza del vientre. Me acerqué a la cama y le dije a Nicolás que Hugo debía de haber hecho el desayuno.

—Es muy pronto —se quejó—. ¿Es que no se puede dormir ni en fin de semana?

Miré el reloj. Eran las nueve y media.

—Venga, levántate. Me iré después de desayunar.

Cogiéndome por sorpresa se incorporó, tiró de mí con una sonrisa y me echó a su lado, para envolverme después con sus brazos.

—¿Cómo que te vas? No te vas a ir a ningún sitio.

—Me voy a ir a mi casa. Acabo de acordarme de que se la presté a mi hermana y tengo que hacer balance de daños.

—¿Para qué quieres tú una casa? —bromeó—. Tendrías que vivir en esta cama. Los dos deberíamos vivir en esta cama.

Me giré hacia él y nos besamos, aunque no nos hubiéramos lavado aún los dientes.

—Buenos días —dije sonriendo.

—Buenos días. —Sonrió también.

—¿Qué miras con esa cara?

—A ti. ¿Qué cara pongo?

—No sé.

—¿De bobo? —preguntó.

Nos besamos de nuevo y unos nudillos llamaron a la puerta con formalidad.

—Sus majestades…, a la cama no os voy a llevar el desayuno, como comprenderéis.

Nico puso los ojos en blanco.

—Ya vamos.

—Ya vamos no. Ya.

Hugo tiró de mí hasta sacarme entre risas de las sábanas y me cargó como un saco en su hombro izquierdo. Después, a pesar de mis súplicas para que me soltara y de mis pataleos, echó a andar hacia la barra de la cocina, donde me depositó encima de un taburete. Acto seguido fingió una reverencia y se acercó a besarme.

—No me he lavado aún los dientes —musité.

—Yo sí. ¿Qué más da?

Inclinó la cara y encajó su boca con la mía. Me recreé en el sabor de su saliva, de la pasta de dientes, en su olor. Fue un beso espectacular que volvió a encender algo dentro de mí. Nicolás carraspeó y, arrastrando los pies, se metió dentro de la cocina, donde se sirvió un café. Aunque quise terminar con el beso, Hugo me retuvo, haciéndose un hueco entre mis muslos y acariciándome el pelo mientras su lengua, curiosamente lánguida para ser él, acariciaba la mía. Cuando nos separamos se mordía el labio.

—¿Qué tendrás, Alba, que nos vuelve tan locos?

—Yo también me lo pregunto —dije tocándome los labios.

—¿Café o té?

—Pues…, pregunta absurda. ¿Tienes *chai tea*?

—No. —Hizo una mueca—. Té rojo o…

—Infurrelax —se burló Nicolás por detrás—. Es que de vez en cuando se pone muy nervioso haciendo *petit puá*.

En un movimiento certero Hugo se giró y le lanzó el paño de cocina que había apoyado encima de la barra.

—Café —le respondí riéndome.

Nico se sentó a mi lado sonriendo aún por la broma. Hugo trajo dos tazas de café más y me tendió una.

—Lleva esto fuera. Ahora vamos nosotros con el resto.

—Puedo ayudar.

—Eso ya lo sé, pero es que no quiero que ayudes.

—¿Has traído el periódico? —le preguntó Nico.

—Sí. Lo he dejado en la terraza.

Salí. Había bajado el toldo para que no diera el sol directo sobre la mesa, que ya estaba montada con sus servilletas de tela y sus bonitos platos con motivos vegetales. Bueno, platos, cuencos, vasos decorados y demás. Cuando salieron de nuevo, hablando sobre algún albarán de El Club que no estaba claro, no daba crédito. Nico cargaba una bandeja con una jarrita pequeña con leche y una grande llena de zumo de naranja frío; además, descargó encima de la mesa un plato con tostadas recién hechas, un bol con tomate rallado y una aceitera llena de romero. Hugo llevaba un plato con fruta y otro con bollería que olía increíblemente bien, además de azúcar blanco, moreno y canela. El estómago me rugió.

—Joder —se me escapó.

—¿Las tostadas con tomate o prefieres mermelada?

—Ah, no, con tomate están bien.

—Hay mermelada de tomate de la madre de Nico —dijo mientras se sentaba en una silla con la taza de café en la mano.

—¿Esto lo haces todos los días? —pregunté anonadada.

—Todos los días no.

—En vacaciones sí —apuntó Nico—. Y me obliga a mirar.

—El desayuno de los fines de semana es mi momento preferido de la semana —aclaró—. Dejadme disfrutarlo, leches.

Después sonrió, desplegó el periódico y se puso a leerlo con la pierna cruzada de manera masculina y elegante. Me di cuenta de que llevaba puestos unos vaqueros muy viejos que ya le había visto en alguna ocasión y una camiseta blanca; iba descalzo. No se había afeitado, así que llevaba una barba corta, oscura y áspera cubriéndole el mentón.

—Qué desfachatez —murmuró con los ojos puestos en una noticia y la voz cargada de inquina.

Giró el periódico para que lo viera Nico, que lo acercó de un tirón y leyó entre dientes el titular. No pude evitar mirar por encima de su hombro. La noticia que había captado su atención hablaba de un recién nombrado cargo del Ayuntamiento que había estado haciendo alarde de su reaccionismo frente a la prensa. Hablaba del uso del preservativo, en concreto, defendiendo que era poco menos que ofensa mortal. No era el único tema que trataba ni el más provocador. Su nombre..., Martín Rodríguez. Tragué saliva. Prefería hacerme la tonta y que no supieran lo que había visto. ¿Por qué? No lo sé.

—Menudo gilipollas —reiteró Hugo.

—Bah, ¿qué te esperabas? A Dios rezando y con el mazo dando.

—¿Con el mazo dando? Mira..., vamos a dejarlo. No puedo con él. Que no se me cruce el cable y...

—Hugo... —le pidió Nico, conteniéndolo.

—Es que esto ya no me gusta. No sé si tendríamos que replantear algunas cosas o...

—Ya nos imaginábamos cómo era esto.

—De imaginarlo a verlo... va un trecho.

Él recuperó su periódico y pasó airado la página, concentrándose en la sección internacional. Me trajo recuerdos. Recuerdos de trabajar a destajo, tecleando como una loca para convertir una nota de prensa mandada a la redacción en una noticia que incluir antes del cierre. Suspiré y me dije a mí misma que no tenía sentido anclarse en aquellos pensamientos.

Acerqué la fuente con fruta y me serví en mi cuenco; después llené el vaso de zumo y trasladé una tostada al plato. Nico me miraba divertido de reojo.

—Como una niña con zapatos nuevos.

—Tengo hambre —farfullé con una fresa dentro de la boca—. Y me duele la espalda. Eso es culpa vuestra.

—No te quejes. Cinco veces en un día es demasiado hasta para mí. Tengo el rabo en carne viva —dijo Hugo levantando la taza a modo de saludo.

—Joder... —se quejó Nico con una sonrisa—. Te pega mucho esto de poner la mesa como si fuéramos a desayunar con la reina de Inglaterra y después hablar de tu rabo.

—Somos pobres, pero con pene y estilo. —Enseñó todos sus dientes blancos en una sonrisa y cogió un bollo del plato.

—Pobre soy yo, que estoy tentada de llenarme los bolsillos de comida y salir corriendo —dije.

Los dos sonrieron y volvieron la mirada a su lectura: Hugo al periódico y Nico al suplemento cultural. Me sentía extrañamente cómoda allí sentada con mi camisón. Estiré las piernas y coloqué los pies encima de la rodilla de Hugo, que me miró al tocarme la planta del pie.

—¡La llevas llena de migas, marrana! —se descojonó.

Yo también me reí y dejé que me quitara las pelusas mientras movía los deditos.

—Pues El Club me gustó —comenté antes de dar un bocado a mi tostada.

—Pues menuda sorpresa —musitó Hugo imitando mi tono y mirándome de soslayo.

—Saliste de aquella habitación con pinta de ponerte a vomitar en aspersor.

—Yo hablaré de mi rabo en la mesa, pero lo de vómitos… mejor dejarlo, ¿no, Nico?

El aludido puso los ojos en blanco y yo seguí hablando, con los dedos de Hugo serpenteando sobre la piel de mis piernas.

—Fue la sorpresa. Nunca había visto en directo dos chicas…

—Muy bien esa puntualización. «En directo».

—Algo de porno había visto —aclaré—. Por curiosidad.

—¿Tienes mucha curiosidad sobre el tema?

Ambos se miraron con una sonrisita. Noté rubor en mis mejillas, pero asentí.

—Sí. Es un tema que me produce curiosidad. ¿A vosotros no?

—Sí, mucha —contestó Hugo alisando el periódico—. Me provoca mucha curiosidad verte con otra tía.

Le di una patada.

—Me refiero a sexo con otros hombres. —Negaron con la cabeza—. ¿Lo habéis hecho? —pregunté insistente.

—Yo sí —dijo Hugo doblando el diario y apoyándose en la mesa—. Con una chica y un chico. No me gustó nada. No se me llegó a poner dura del todo en ningún momento. Fue muy inquietante.

—¿Diste o te dieron?

—No llegamos —respondió mientras se servía zumo—. Si intentar una mamada fue así, no quiero pensar cómo habría sido lo demás. Y mira que pensaba que me daría morbo, por el tema de ser algo que no había probado y eso...

Puse cara de horror al imaginarlo haciendo/dejándose hacer una mamada. Él se descojonó y... qué guapo estaba riéndose a carcajadas. Un hormigueo insistió en mi estómago.

—Suele pasar con las fantasías. A veces basta con hacerlas realidad para darse cuenta de que en realidad son solo eso..., fantasías. Algunas nunca deberían materializarse —aseveró Nico haciendo que despegara los ojos de Hugo.

—¿Quieres decir que yo...?

—Ah, no. No quiero decir nada de ti —se excusó—. Hablaba de mi experiencia.

Me quedé pensativa. Pero... ¿no habíamos quedado en que había que buscar los límites de la propia sexualidad para conocer cuáles son las cosas que nos gustan en realidad? Sí, estar abierto a nuevas experiencias de las que aprender. Al menos eso había entendido yo del tiempo que llevaba viéndome con ellos. Me confundía que Nico diera a entender ahora que algunas fantasías era mejor dejarlas en el limbo, sin convertirlas en algo real y físico. Pero... ¿me estaba planteando en serio seguir probando cosas nuevas?

Alba, *sooo...*, relaja la raja.

Hugo me puso en el plato un bollito caliente que olía a mantequilla y canela y yo, más allá que acá, se lo agradecí acariciando la piel de su cuello y diciendo:

—Gracias, cariño.

GRACIAS, CARIÑO...

Pude escuchar el silencio zumbar a mi alrededor. Juro que pude escuchar hasta sus miradas cruzarse. Eso y mi pulso disparado. Dejé caer la mano con la que lo acariciaba y levanté despacio la vista hacia ellos con temor y más roja que un tomate. Pensé en disculparme, en decir que se me había escapado sin pensar, pero... ¿no sería aquello peor? ¿Y si hacía como si nada? ¿Y si... soltaba cualquier otra cosa para desviar la atención?

—Pues yo me follaría a Paola. A decir verdad, he estado fantaseando con cómo sería hacerlo y... me pone. Me pone bastante. Creo que debería probarlo.

Un borbotón de café le salió a Nico por la nariz antes de que se pusiera a toser como un loco y a Hugo se le resbaló el vaso de zumo hasta verter el contenido sobre el dulce que reposaba en el plato. Después me metí el bollo en la boca y sonreí diciendo: «Pamplona».

25

Después de desayunar —y de reponernos de todos mis comentarios— creció dentro de mí la sensación de que estaba allí de prestado, no cómodamente instalada durante un fin de semana en casa de mi novio ni nada por el estilo. Aquello no iba por ahí, aunque a mí se me escaparan cosas como «gracias, cariño». Cariño… ¿de qué? Ay, Alba…

El viernes había sido algo así como eterno y nos había dado tiempo a hacer demasiadas cosas. Esa era la sensación que tenía con ellos; era como si los días tuvieran más horas o el contenido en minutos de las mismas se multiplicara. Eso agravaba esa impresión de confianza que empezaba a respirarse entre nosotros. Nos conocíamos desde hacía unas semanas. ¿No era extraña toda aquella intensidad?

Intenté marcharme aduciendo que realmente estaba preocupada por la integridad de mi piso, pero Hugo reaccionó como si le estuviera diciendo que iba a irme a dar un paseo por Las Tres Mil Viviendas vestida de Dior y con un Cartier del tamaño de mi cabeza (como el suyo, vamos).

—¿Por qué quieres irte? —dijo frunciendo el ceño—. Pero ¡si te estamos tratando muy bien!

Y ahí, definitivamente, me dio la risa.

—Pero… ¿qué voy a hacer? ¿Apostarme aquí en vuestro sofá y mirar cómo vosotros hacéis vida normal? O mejor aún: ¿invado vuestro espacio y vuestra intimidad, paro vuestro fin de semana y…?

—Tú deja que se me calme el ardor de rabo…, verás lo que es invadir una intimidad —soltó con una mueca divertida.

Puse los ojos en blanco; Hugo y la provocación por deporte. Nico, que salía en aquel momento de hacer la cama, preguntó qué pasaba.

—Se quiere ir.

—Pero ¿no habíamos quedado en que vivías en mi cama? —sonrió él atrayéndome, cogido a mi cintura.

—Es que…

—Vístete, anda. —Hugo me palmeó el trasero—. Nos vamos.

Al parecer ellos ya habían hecho planes para aquel día.

—¿Y si no quiero?

—Tendré que suplicar. —Hizo un mohín—. Con lo que nos lo hemos currado para hacerte pasar un fin de semana especial…, qué mal nos tratas, *piernas*.

Me reblandecí.

En una galería de arte, muy cerca de Alonso Martínez, había una exposición de pintura que consideraron que podía gustarnos a los tres. Eso me extrañó. Sí, vale, a Nico la fotografía le apasionaba y Hugo había demostrado interés por el arte pero… no sé. ¿De pronto nos íbamos los tres a ver cuadros? ¿Qué iba a ser lo siguiente? ¿Una visita guiada por El Prado?

Cuando entramos, cualquier duda que pudiera haberme surgido sobre aquella «salida en grupo», se despejó. El tema de las pinturas era bastante vehemente, decía lo suficiente. Sexo. Sexo explícito, pintado con hiperrealismo y una nota gamberra, con colores fuertes que se quedaban grabados en la retina y que seguían allí si cerrabas los ojos. Pinturas que jadeaban, que podían palparse y hasta saborearse.

Durante unos minutos no dije nada. Me sentí incómoda. Tenía la sensación de que aquello era una especie de toque de atención sobre la naturaleza de esa relación que manteníamos los tres. Sexo, Alba. No te olvides de que esto es sexo. Y más después de haber llamado a Hugo «cariño» ¿No?

Cuatro o cinco personas pululaban por la enorme sala blanca, susurrando comentarios sobre el talento del joven autor. Al parecer tenía veintitrés años y toda la vida por delante para demostrar que aquella exposición era solo el principio.

No entiendo de arte. He estudiado algo sobre ello, pero tengo la certeza de que no lo entenderé jamás, aunque sé lo que me gusta y me emociona. Y aquellas pinturas eran impactantes y provocaban dentro de mi cuerpo un sinfín de sensaciones encontradas. Rechazo. Rechazo al principio, por la propia representación de un acto físico tan desprovisto de poesía. Las letras siempre le dan al sexo unas connotaciones mucho más románticas; aquellos lienzos hablaban de carne sin vuelta de hoja. No sé si eran buenos, lo que sí sé es que, tras unos vistazos rápidos, el rechazo se convirtió en curiosidad, como con ese *ménage à trois* que habíamos iniciado Hugo, Nico y yo.

—Como te sorprendieron tanto las ilustraciones que tenemos en casa, pensamos que quizá te gustaría ver esta exposición —explicó Hugo.

Asentí y me acerqué a una de las pinturas, donde una pareja follaba. Él la tenía agarrada por el cuello y los dedos se hundían ligeramente en la piel de su garganta. Ella recibía sus envites con la boca abierta, los labios húmedos y los ojos en blanco. Unos pezones oscuros sobre la piel morena y el triángulo de lunares que lucía en la zona de las costillas llamaron mi atención. Esa chica existía, no tenía ninguna duda y esa certeza me conmocionó un poco.

—¿Te gustan? —preguntó Nico.

Asentí y pasé al siguiente. Los vi cruzar una mirada, como si no estuvieran seguros de haber acertado llevándome. Delante de mis ojos, un trío, pero con dos chicas y un chico. A una de ellas no se le veía la cara, porque la tenía enterrada entre los muslos de su compañera. Casi se podía palpar la tensión del ambiente y el olor almizcleño del sexo en el aire. Eran muy realistas.

Una escena entre dos hombres, una felación, sexo anal, semen... después de dar casi la vuelta completa me giré a mirarles. Estaban preocupados y no podían disimularlo; probablemente yo llevaba demasiado rato en silencio.

—Interesante.

—*Piernas...* —empezó a decir Hugo un poco turbado —esto no es...

—No tengo muy claro si es un aviso, una provocación o sencillamente una exposición de arte —confesé.

—Un aviso ¿sobre qué? —se interesó en aclarar Nico.

—Da igual. Me gusta.

No pudieron esconder un suspiro de alivio. Yo me giré con una sonrisita condescendiente hacia el que tenía delante. Eran dos chicas muy entregadas a lo que estaban haciendo, en una especie de secuencia que partía en cuatro la escena. Besos muy húmedos. Manos en los pechos. Una lengua navegando entre unos pliegues sonrosados. Dos dedos ayudándola.

—¿Cuál es vuestro favorito? —les pregunté.

—Este no está mal —bromeó Hugo.

Eché un vistazo hacia sus pantalones y después me acerqué hasta poder murmurar algo que solo pudieran escuchar ellos dos.

—¿Y no os valía con ponerme una peli porno en casa?

—Es arte, *piernas*. No seas tan suspicaz. Además... ¿no decías que te follarías a Paola? Pues este va mucho en la línea, ¿no? ¿O es que te parece demasiado?

Hugo, de apellido Cabrón Provocador.

—¿Por qué me iba a parecer demasiado?

—Oye, que si quieres fantasear con ello mientras te follamos entre los dos, yo no tengo problema —añadió.

—¿Es eso lo que quieres?

—¿Y qué quieres tú?

Nico nos miraba callado, con las manos en los bolsillos. Los ojos le ardían. Estaba cachondo. Y Hugo también. Y a mí la conversación estaba subiéndome un par de octavas...

—Yo quiero ir a casa. —Les miré a los dos—. Tu lengua entre mis piernas y su polla en la boca. ¿Te parece bien?

Nico se humedeció los labios y miró a Hugo, que asentía.

—Me parece bien. ¿Qué más?

—En casa, más.

La expedición fuera de su casa duró poco. Cuando entramos de nuevo el reloj de la cocina marcaba las dos y media; apenas una hora y media habíamos tardado en volver a refugiarnos entre aquellas cuatro paredes. Habíamos cogido un taxi de vuelta. El metro nos parecía demasiado lento para la cantidad de ganas que teníamos. Me pasé el trayecto, en medio de los dos, al borde del orgasmo. Nico fingía mirar por la ventanilla, pero tenía la mano metida entre mis piernas, por debajo de la falda. Hugo había pasado directamente a la acción y tenía la lengua en mi oreja.

Y allí estábamos, en el salón, desnudándonos entre los tres, sin importar de quién fueran las prendas que lanzábamos lo más lejos posible. Joder, ni siquiera puedo explicar el calentón. Los dos tenían mirada hambrienta.

—Me vais a destrozar —bromeé.

Las manos de Hugo cubrieron mis pechos por completo y el pezón, atrapado entre dos de sus dedos, se endureció bajo su presión. Gemí.

—Suave… —susurré cuando Nicolás se quitó la ropa interior y me acomodó en el sofá sobre él.

Cuando intentó penetrarme, al estar tan sensible y dolorida por dentro, me provocó más dolor que placer. Me quejé y él volvió a penetrarme con suavidad y los labios entreabiertos.

—Ah… —volví a quejarme.

—Despacio… —musitó mientras volvía a embestirme, como tratando de contenerse a sí mismo.

Cuando me estremecí de nuevo, Hugo me giró hacia él y me besó en la boca como solía hacerlo, con demanda, con hambre, con necesidad y con unos movimientos de lengua brutales y muy morbosos. Después se colocó de manera que su polla quedaba a la altura de mi boca. La devoré.

Durante unos minutos todo fueron gemidos y provocación sorda. Miradas, sonrisas, manos que empujan y jadeos que se escapan de las bocas cuando el cuerpo se acelera. Pero yo quería más. Quería lo que había imaginado delante de aquellos cuadros. Me alejé de Hugo y arqueándome encima de Nicolás, le susurré con mirada sucia que aquel no era el trato.

Hugo tiró de mí hasta levantarme y me recosté en el sofá; abrió mis piernas, besó el interior de mis muslos y después hundió su lengua hábil entre mis pliegues. Incluso arqueé la espalda cuando le dedicó caricias húmedas a mi clítoris, humedeciéndome también a mí. Era como un bálsamo placentero para mi carne irritada. Metí los dedos entre los mechones mojados de su pelo negro y disfruté de los movimientos circulares, de los paralelos a mis labios, de los besos, de los pequeños soplidos sobre mi piel y de la caricia suave de la yema de su dedo corazón.

Me contraje de placer con un espasmo previo, gemí y sentí la necesidad de ver a Hugo, normalmente tan animal, tan sexual, concentrado en aquella caricia cuidadosa. Levantó los ojos hacia mí cuando me incorporé. Tenía la boca pegada a mis labios, pero adiviné que sonreía.

—Qué guapo estás así…, comiéndome entera —susurré, imitando su comentario de la noche anterior.

Cerró los ojos y llevó su lengua hacia el interior de mi sexo, donde se introdujo tan hondo como pudo y bajó un poco más abajo. Estaba claro que a Hugo le gustaba toda clase de sexo anal. Cerré los ojos y pronto sentí uno de sus dedos sustituyendo a su boca en mi puerta de atrás. Siguió lamiendo a la vez que su dedo jugueteaba hasta introducirse del todo y penetrarme con firmeza. Y yo me corrí sin más. Bueno, sin más no: lancé un alarido de placer y una llamarada de fuego me lamió todas y cada una de las venas. Me sentí arder y, cogiéndole de la cabeza, lo pegué más a mí, ayudándole a situarse justo en el punto de mi sexo que yo necesitaba que lamiera para alargar mi orgasmo. Cuando lo hizo, la mano con la que le sujetaba el pelo hasta me temblaba.

—Oh, Dios… —grité para después dejarme caer hacia atrás, soltando la presa que tenía hecha con mi puño.

Hugo se apartó y respiró hondo con una sonrisa.

—Qué bien me lo paso contigo, joder…

Cuando se arrodilló entre mis piernas supe perfectamente cuál era su intención, pero yo quería devolverle el favor con la misma moneda. Miré hacia Nico, que se tocaba con una calma oscura y sucia y nos miraba atento a todos nuestros movimientos. Casi me había olvidado de que estaba allí. Lo llamé, susurrando su nombre de una manera que me pareció sensual hasta a mí, y él, desnudo y glorioso, se acercó también a mí. Palmeé el muslo de Hugo, que se puso de pie a su lado, y yo acerqué sus dos erecciones a mi boca, con la que las froté. Gimieron. La mano de Hugo se colocó en mi pelo y me dirigió hacia Nico. Tragué hasta lo más hondo de mi garganta todo su miembro y comencé con la succión; le vi apoyar la frente en el hombro de Hugo y ese gesto de confianza, de dejarse ir, de intimidad, me excitó mucho. Mi cabeza fue apretándome después contra la base de su polla, que desaparecía en el interior de mi boca húmeda.

—Joder... —le escuché musitar.

—¿Te gusta? —murmuró Hugo.

—Es lo mejor..., lo puto mejor que hemos hecho en la vida.

La saqué de entre mis labios y lamí la punta, siguiendo con mi lengua cada línea, haciéndole estremecerse y apretar lo primero que tuvo a mano, que fue el antebrazo de Hugo. Les miré desde allí abajo y les confesé que me gustaba cuando se tocaban de aquella manera. Sonrieron como contestación.

—Ahora él, nena, o me correré ya.

Me dirigí hacia Hugo y tragué su imponente erección hasta que me provocó una arcada y él se retiró jadeante. Me dediqué a lamer primero juguetona su punta, introduciéndola hasta el fondo de vez en cuando. La cogí con la mano derecha; estaba hinchada, grande, pesaba... La levanté mientras la acariciaba y deslicé mi lengua a lo largo de todo su tronco y después hacia sus testículos. Cuando abrí la boca y lamí despacio, Hugo apoyó su frente en el cuello de Nico, mirándome con los labios húmedos y entreabiertos. La mano de Nico ejerció presión para que volviera a engullirla y después Hugo colocó sus manos en mi cabeza, marcando el ritmo. Y mientras él se mecía suavemente, entrando y saliendo de mi boca, yo succionaba hasta que me dolieron las mejillas y el sabor salado del sexo me invadió el paladar.

Me aparté jadeando y Nicolás tiró de mí hasta ponerme de pie. Me besó, hundiendo las manos en mis pechos, rodeando mi cintura y mi espalda, envolviendo mis caderas. Hugo hizo lo mismo y sus bocas me devoraron el cuello con una intensidad que iba más allá de los primeros encuentros, de las ansias por probar o del morbo sexual. Besé también a Hugo.

—¿Qué nos estás haciendo? —preguntó este con las manos inmersas en las ondas de mi pelo. Tenía los ojos empañados por algo, pero no supe el qué.

Me dejé a su merced. Los necesitaba de una manera tan primaria que pensaba que una vez alcanzado el orgasmo me avergonzaría. Pero los necesitaba. La piel me quemaba, llamando a ser tocada por sus manos, por sus bocas. Los dos me miraban de una forma casi trascendental que me hizo sentir poderosa. Era como si alguien nos hubiera metido en la bebida algún tipo de droga psicodélica del amor. Me sentía en el viaje alucinado de un *hippy* de los setenta de camino al ansiado y proclamado amor libre. Tras acercarlos a los dos, los besé a la vez. Se miraron de reojo, jadeantes, como si hubiéramos dado un paso peligroso o traspasado el umbral de alguno de esos tabúes que ellos presumían no tener. Volví a acercarme a ambos y ellos se arrimaron a mí. Los labios de los tres se tocaban cuando abrí la boca y mi lengua resbaló entre sus labios. Los dos gimieron.

—Quiero… —empecé a decir.

—En el dormitorio… —me cortó Hugo, que jadeaba bastante más alterado de lo normal.

Me dejé caer en medio de la cama y ambos se acomodaron cada uno a un lado. Los toqué; estaban muy duros y húmedos y el primer y suave roce ya les hizo gemir como si estuvieran conteniéndose. Se miraron de reojo, nerviosos. Había sido el beso, estaba claro; ponía la mano en el fuego por que nunca antes se habían tocado de aquella manera. Me acerqué a Hugo, le besé y él cerró los ojos con alivio. Después besé a Nicolás, que me acarició el pelo y las mejillas. Les miré.

—Quiero sentiros a los dos. —Apreté sus erecciones dentro de mis puños y seguí masturbándolos.

Era como si estuvieran en trance. Nada de frases sexuales, sucias y excitantes, solo sus jadeos nerviosos. Me coloqué de lado de cara a Nicolás y le envolví la cadera con una pierna, dejándome expuesta. Se movió y entre los dos lo colocamos en mi entrada. Un balanceo y ya lo tenía dentro, tirando de mí. La sensación fue similar a la de acariciar una zona de piel irritada por el sol, pero en la siguiente penetración mi propia humedad facilitó el movimiento.

—Hugo… —le llamé.

Me humedecí la mano con saliva y después la llevé hasta mi entrada, donde Nico entraba y salía con suavidad pero sin parar. Nos quedamos quietos al notar cómo Hugo trataba de acomodar el pene también en mi interior. Un grito de dolor se me escapó de la garganta y él se retiró.

—No, no —le requerí con un hilo de voz—. Vuelve a intentarlo.

Me dedicó una mirada escéptica y volvió a empujar. Mordí el hombro de Nicolás, notando mi piel tirante y mi interior dolorido de acoger la cabeza carnosa de su pene. De una sola embestida se hundió hasta lo más profundo y los tres gemimos.

—¿Bien?

Ni siquiera contesté. Con las manos los obligué a no moverse mientras respiraba entrecortadamente y esperaba que mi cuerpo se amoldara al tamaño de los dos juntos. En las películas porno siempre parecía tan sencillo…, pero no lo era. Dolía y hasta cortaba la respiración; sin embargo, pasados unos segundos el dolor mutó hasta convertirse en un cosquilleo demasiado intenso y, poco a poco, en placer. Ellos empezaron a moverse y vi a Nicolás morderse el labio con fuerza. Así, la fricción entre sus dos erecciones y mi interior era demasiado intensa como para no correrse. Íbamos a durar poco, incluso yo. Hugo agarró el hombro de Nico para acompasar los movimientos y yo gruñí de morbo. No sabría decir qué me pasaba por dentro cada vez que intercambiaban algún roce. Nico cerró los ojos.

—Voy a correrme —avisó.

—Córrete con él —dije.

Los dos se miraron con intensidad cuando Nico agarró el brazo de Hugo también. Solo ese gesto valió para correrme. No sé por qué, cuando cerré los ojos dejándome llevar, un millón de fotogramas nacidos directamente de mi imaginación me acribilló como disparos mentales. Hugo y Nicolás acariciándose, abrazados a mi cuerpo y al del otro, tocándose la cara, interactuando entre ellos mientras me hacían el amor. Y en esas imágenes era el amor lo que hacíamos y también lo hacían entre ellos, aunque no tuvieran la necesidad de penetrarse. Era como si se quisieran a través de mi cuerpo también. Me gustó. Me gustó tanto que todos los músculos de mi cuerpo se contrajeron antes de relajarse y abrir las compuertas a ese cosquilleo, esa sensación de placer lamiéndome las venas. Jadeé buscando aire, gemí y me desplomé entre sus dos cuerpos, que se tensaron en las siguientes dos penetraciones. Supe el momento en el que se corrían; lo hicieron prácticamente a la vez.

—¿Lo sientes…? —articuló Nicolás.

No sé si me lo dijo a mí o a Hugo, que hundió su cara entre mi pelo, gruñendo. Nicolás empujó dos, tres, cuatro veces y una más eyaculando entre respiraciones espasmódicas. Hugo hizo lo mismo después y ambos se derrumbaron sobre mí. Respiraban fuertemente, recuperando el resuello, y yo los miraba con admiración. Con ESE tipo de admiración peligrosa y confusa de quien empieza a sentirse demasiado en casa. Hugo besó uno de mis pechos y, como siguiendo un instinto de imitación, Nico hizo lo mismo con el otro.

Sin embargo, Hugo se movió con celeridad, separándose de nosotros. Se irguió, se puso ropa interior y después se enfundó unos vaqueros. Nicolás, enroscado a mi cuerpo como una serpiente perezosa con expresión satisfecha, lo ignoró.

—¿Adónde vas? —le pregunté jadeante y sonrojada.

Pero Hugo salió de la habitación sin dar explicaciones.

26

La reacción de Hugo resultó bastante extraña, pero no lo fue menos el hecho de que cuando Nico y yo salimos del dormitorio, estuviera tan tranquilo y nos ofreciera una cerveza en una actitud falsamente amigable. Capté una mirada entre ellos que me pareció extraña; a decir verdad, lo que me pareció fue una manera de Nicolás de decirle sin palabras a Hugo: «No sé de qué va esto».

Lo que acababa de pasar entre nosotros tres había sido más intenso aún que de costumbre. No me quitaba de encima ese deseo, esa «aspiración» de que llegara el día en que los tres nos sintiéramos realmente en sintonía en la cama. Hablo de hacer el amor, de sentir ese éxtasis que, además de la catarsis del placer físico, te eleva a otro punto en tu relación con la otra persona y su cuerpo. No sé si me estaba poniendo demasiado metafísica; dudaba haber llegado a hacer algo así de verdad en toda mi historia sexual. Creo que yo había sido más bien de casquetes pragmáticos y efectivos del tipo «me pica - me rasco».

Pero aquello empezaba a alejarse de lo que yo conocía. ¿De lo que yo conocía? Acabáramos… Como si yo tuviera mucha experiencia con dos tíos en la cama. En aquel momento deseé poder contar con una de esas amigas deslenguadas y sexualmente muy abiertas que hubiera tenido una experiencia similar antes que yo y pudiera darme las respuestas que buscaba.

Pasamos el resto del día allí, en la terraza. A decir verdad, fue un día divertido. Nicolás se durmió en una hamaca y Hugo y yo nos dedicamos a hacerle la puñeta y fotos absurdas. Bendita Polaroid, qué recuerdos tan bonitos me regaló. De pronto Alba volvía a tener quince años.

A media tarde me vi en la obligación de decir que tenía que irme a casa, pero no les pareció que hubiera necesidad. Así lo dijeron los dos y yo… estaba de acuerdo. El fin de semana más largo de la historia aún no había terminado para mí.

Me di una larga ducha en el cuarto de baño de Nico. Le había cogido apego a aquel suelo de madera y a la forma en la que caía el agua. Podía ser como una lluvia o como una cascada. Dios…, qué guay debía de ser que las cosas marcharan tan estupendamente en lo económico como para poder tener aquel tren de vida. Maldito Hugo, bendecido con la libertad de no tener que preocuparse por el dinero. Bueno, bendecido con aquello y con una belleza demoniaca, unas maneras elegantes, un talento innato para la relación comercial y una polla como un puto misil. ¿Cuántas tías habrían tenido la oportunidad de catar sus encantos? Se movía con gracia en la cama y sabía lo que se hacía. Eso lo comprobé en mi primera noche loca con él, de la que parecía hacer meses y que apenas había sucedido un par de semanas antes. Ni siquiera imaginaba entonces las cosas que le iban a Hugo en la cama ni en la vida. ¿Quién iba a pensar que alguien como ellos dos iba a tener una especie de grupo *scout* adulto del sexo? Y… Paola. ¿Paola? ¿Paola se habría acostado siempre con los dos o lo habría probado también con ellos en solitario? Aunque quizá no había que hablar en plural, sino centrarse en Hugo, que era al que parecía hacerle ojitos. Era muy guapa, pequeña, mimosa, delgada y menuda pero con curvas de mujer. ¿Cómo sería acostarse con ella? Seguro que tenía los pechos más bonitos y altos que los míos y que no había ni rastro de ninguna imperfección en su piel. Ni flacidez ni celulitis ni estrías. Nada. Solo un pequeño y ágil cuerpo deslizándose por encima del de Hugo.

Esa imagen me mató. No me gustó. No. Encima del cuerpo sudoroso de Hugo solo quería mi cuerpo, que a lo mejor no era pequeño y ágil, pero... ¿pero qué? «Pero les gustas», me dijo una voz dentro de mi cabeza.

Me dio miedo pensar en ello, estar equivocada y darme un batacazo, así que volví a la imagen de Paola pero cambiando a Hugo por mí. ¿Cómo sería acostarse con una mujer? ¿Me gustaría? ¿Me excitaría? ¿Querría repetir o por el contrario lo tomaría como algo puntual, divertido y loco que no repetir? Total... estaba acostándome con dos hombres. ¿Realmente cambiaba algo que lo intentase también con una mujer?

Me entretuve bastante bajo el agua pensando en estas y en otras cosas similares y cuando salí, los escuché hablar a media voz en la cocina. No sé por qué (sí sé por qué: tengo una sucia periodista ávida de información, cotilleos y noticias en mi interior) me acerqué al vano de la puerta y puse atención a los murmullos. Se les escuchaba nítidamente pero bajo.

—Yo solo digo que nos estamos poniendo un poco íntimos —dijo Hugo, que, claramente, estaba trasteando con algo en la cocina.

—Estábamos follando, ¿cómo no nos vamos a poner íntimos?

—Ya sabes a lo que me refiero. Creo que esto va a ser un problema, es lo único que digo.

—A ti lo que te pasa es que esta mañana te llamó «cariño» —se burló Nico.

—Y diría por tu expresión que te habría gustado recibir el mismo apelativo —respondió Hugo en un tono bastante hosco.

—No te tomes las cosas tan en serio. Yo soy el que se raya por todo y tú el que vive la vida como Calderón de la Barca, macho.

—Entonces... ¿lo de follarse a Paola nos lo tomamos en serio o no?

Los dos se echaron a reír. Al parecer yo no era la única que le había estado dando vueltas al asunto, ¿no?

Cuando salí a la cocina, ellos ya habían terminado su conversación. Nico estaba sentado sobre el mármol con los pies descalzos colgando y un botellín de cerveza en la mano.

—¿Qué tal la ducha?

—Muy solitaria —dije con intención de picarlos.

—Claro, hombre, hoy solo te hemos follado una vez. Debes de estar muy frustrada —replicó Hugo con un tonito impertinente.

Estaba muy entregado rehogando unas verduras (con un mandil con carpas japonesas, qué sorpresa) y yo me abracé a su cintura desde atrás. Mi mano fue hacia su paquete y se lo manoseé. Lo que había escuchado me molestaba y gustaba a partes iguales. Hugo, ese tío duro que ante la más mínima muestra de «intensidad emocional» recula. Él era el hueso duro de roer, pero... ¿quería yo hacer algo de verdad con ese hueso o solo follármelo? La tela del pantalón se tensó bajo mi mano y él ronroneó.

—Vaya..., sí que ha sido solitaria la ducha —dijo.

—Mucho. Pero me ha dado para pensar y... para fantasear.

—¿Sí? —Mi mano había sorteado el mandil y se había metido hábilmente debajo de sus pantalones de pijama de modo que sus palabras salían un poco jadeantes de entre sus labios, mientras yo le acariciaba con mimo los testículos—. Pues tú dirás, nena…

Nico nos miraba absorto como quien ve una representación teatral desarrollándose ante sus ojos.

—¿Y si vosotros no podéis cumplir esa fantasía?

—¿Por qué no? Me apuesto lo que quieras a que sí.

—¿Y si quisiera follarme a Paola?

Desde mi posición no podía ver a Hugo, pero me juego la mano derecha a que sus ojos fueron al encuentro de los de Nicolás en una de esas conversaciones silenciosas que parecían mantener.

—¿Quieres follarte a Paola, quieres que nos la follemos nosotros delante de ti o… solo quieres juguetear con la idea? —dijo con voz ronca, provocándome.

¿Que se la follaran ellos delante de mí? ¿Es que estábamos locos? Me imaginé cercenando penes y, después de un suspiro para tranquilizarme, respondí:

—Eso nunca se sabe…, pero yo no me emocionaría demasiado con la segunda opción.

—Y eso… ¿te pone? Imaginarte follándotela, digo. ¿Te pone?

—Quizá —jugueteé. —¿Y a ti?

—A mí me pone ver cómo suspiras cuando me la chupas, *piernas*. No estamos hablando de eso. Estoy preguntando si realmente te pondría cachonda tirarte a otra tía.

—Claro que no —refunfuñó Nico.

Eso me cabreó tanto que saqué la mano de dentro del pantalón de Hugo. ¿Podía follar como una loca con ellos dos pero no podía querer tirarme a otra tía? Bueno, vale, a lo mejor no quería, pero ¿por qué no contemplaba la posibilidad de que quisiera probar algo que no los tuviera a los dos como protagonistas?

—Pues claro que me pone —contesté.

—Las fantasías son eso, Alba. Fantasías.

—Menos follar con dos tíos a la vez, que eso ya entra dentro de lo admitido por la Real Academia de Nicolás.

Hugo disimuló una carcajada, como si tuviera tos.

—Hugo, ¿por qué no llamamos a Paola y lo averiguo?

—Paola tiene turno hasta las tres de la mañana —explicó Nico—. Me parece que no va a ser posible.

Hugo se giró hacia mí con una sonrisa insolente en la boca y la polla dura como un martillo hidráulico.

—Si me dices que esto te pone cachonda de verdad, si me prometes que no estás jugueteando con la idea de hacerlo para ponernos brutos o para fastidiar a Nico..., lo arreglo todo para que venga a cenar.

Nicolás lo miró con cara de pasmo, realmente sorprendido.

—¿Cómo?

—Si hace falta voy yo a sustituirla —aseguró convencido.

—Llámala —le pedí.

—Eh..., hola —dijo Nico con el tono reprobador del que sabe que es el único que está manteniendo la cordura—. Alba, esto no es una carrera de probar cosas nuevas. Hugo, no hay Dios que sustituya a Paola en la barra esta noche; piensa con la cabeza que tienes al norte, no con la de abajo.

—Llamamos a Pablo —señaló triunfal.

—Pablo no sabe de qué va la cosa. Es barman.

—Es barman, claro. A lo que se dedica Paola casi al noventa y nueve por ciento es a poner copas.

—¿Y si sale algún cliente de la habitación pidiéndole lubricante?

—Que se pase Paola por allí antes de venir y lo ponga a punto. Que solo hagan falta las copas. Pablo las sirve y Alba se la folla. A mí me parece todo bien.

Los miré a los dos divertida. Divertida porque es fascinante observar la reacción de un hombre ante la idea de ver a dos chicas en la cama. Pero… ¿no dijo que ellos serían accesorios en el caso de que esa situación se diera? Lo importante era que yo tuviera esa experiencia en la vida, ¿no? Que me apeteciera hacerlo y lo hiciera. Pero… ¿me apetecía?

—Alba… —me dijo Nico un poco enfurruñado—. No tienes que impresionar a nadie y no tienes por qué hacer esto. Lo sabes de sobra.

—Ya lo sé. Pero tengo curiosidad —respondí encogiéndome de hombros. Pero seamos sinceros, lo que pasaba es que me había puesto un poco chulita y ahora no me daba la gana retractarme.

—¿Le has dado de beber? —le preguntó Nico a Hugo.

—Sí, hombre. Le he lanzado una cerbatana con el equivalente a una botella de tequila, no te jode. ¿Quieres que llame de verdad, *piernas*?

—Uhm…

—Alba, no —pidió Nico.

—¡No le digas que no! ¿Quiénes somos nosotros para decirle lo que tiene o no tiene que probar? —respondió Hugo airado—. Tiene razón. Si nos parece perfectamente normal que se acueste con los dos, ¿por qué vamos a decirle que hacerlo con una chica ya es otro cantar? Alba, lo que quieras. Ni sí ni no. Si te apetece, estupendo. Y para ti, que conste, cerráis la habitación a cal y canto y lo vives a tu manera. Yo no voy a estar a tu lado como un mono en celo.

—Estarás en el baño como un mono en celo.

Hugo le lanzó una mirada abrasadora a Nico, que fruncía el ceño y había cruzado los brazos por encima del pecho. Yo les miré a los dos y mordiéndome el labio me sentí rara al decir: «llámala», porque lo cierto era que no sabía muy bien por qué lo hacía. Ahora sé que no solo era miedo a quedar como una imbécil por haber provocado aquella especie de discusión para terminar echándome atrás. A lo mejor intentaba normalizar mi relación con ellos, poniéndola en un contexto meramente sexual en el que yo redescubría de nuevo el sexo y me lanzaba a experimentar todas aquellas cosas que nunca había imaginado probar. Porque… si solo era sexo, ¿por qué quedarse allí? ¿Por qué no ir un paso más allá?

A Hugo le llevó media hora gestionarlo todo y Paola tardó una hora más en presentarse allí. Antes de que llegara, Hugo entró en su dormitorio, donde me estaba maquillando apoyada en la cómoda, y mientras se desnudaba antes de meterse en la ducha, me echó una suerte de charlita sobre hacer las cosas bajo presión o porque a uno mismo le apetecen.

—No hagas nada que no te apetezca. Juguetea cuanto quieras, pero si a la hora de la verdad te lo piensas mejor…, da igual cuál sea el punto en el que te encuentres: di no. Esto no es un concurso de a ver quién es más chulo.

—¿Por qué me tratáis como si fuese una adolescente que va a hacer algo para impresionar a los chicos de la pandilla? —le contesté con el ceño fruncido.

—Bueno. No he dicho nada. Estás muy guapa. —Se acercó, me besó en la sien y después se fue hacia su cuarto de baño, donde un día quería sumergirme en la bañera con él. No. No estaba pensando demasiado en Paola…

Cuando ella llegó, me sentí otra vez una niña harapienta y demasiado grande. Traía un vestido color granate de escote halter muy pronunciado y sus tetitas, no demasiado grandes pero sí increíblemente bien puestas, al asomo. La tela le llegaba a la rodilla y ondeaba alrededor de sus bonitas piernas cuando andaba, subida a unas sandalias de tacón altísimo. Aun así, parecía una jodida muñeca. Hasta a Nicolás los ojos se le fueron hacia el pecho que se intuía y tuvo que carraspear y obligarse a bajar la mirada para concentrarse en decir frases corteses de bienvenida.

—Esto se le da mejor a Hugo —murmuró de vuelta a la cocina, donde el horno estaba pitando.

Hugo salió peinado, perfumado y elegante del baño. Necesitaba poco para estarlo, la verdad: solo unos vaqueros y una camisa blanca perfectamente arremangada hasta los codos. A Paola le hicieron chiribitas los ojos en cuanto lo vio y yo me puse horriblemente celosa, tanto que, tras saludarla, me marché a la cocina junto con Nico, que me miró con el ceño fruncido.

—Ella no te gusta —le dije.

—No me gusta la gente, ya lo sabes.

—Pero conmigo no eres así.

—Porque tú no eres gente, eres Alba.

Le sonreí y le contagié la boca con el mismo gesto. Nico tenía algo que, pasado el susto inicial de ese carácter tan rancio, me hacía sentir cómoda. Muy cómoda, abrigada, comprendida. Ni rastro de nuestro conato de discusión de hacía un rato. Probablemente se había convencido de que no tenía derecho a limitar mis decisiones. Y no lo tenía, pero… yo misma no lo veía claro.

Las risas del coqueteo entre Hugo y Paola llegaban hasta nosotros a través de la barra americana.

—Estoy celosa —le confesé—. Me molesta ver que se gustan.

Nico sonrió y de nuevo apareció ese gesto tan suyo, de ellos dos, que parecía dar a entender que sabían el secreto de la Coca-cola.

—Pues no tienes motivo para molestarte ni para estar celosa —dijo en un susurro—, porque Hugo es así con todas las mujeres. Zalamero, galante, coquetea… Creo que le sale solo.

—No me tranquiliza pensar que lo hace con todas.

—No, no me has entendido. Lo que no hace con ninguna más es ser tan natural como es contigo. —Sonrió.

Me acerqué y besé su piel. Olía tan bien… Respiré profundo en el arco de su cuello y él aprovechó que no lo miraba para susurrar en mi oído otra confesión:

—Yo también estoy celoso.

Me incorporé de nuevo sorprendida; mis ojos quedaban a la altura de su boca y lo vi sonreír. Casi me cegué con esa mueca tan bonita.

—No me malinterpretes —le dije—. Me molestaría igual si fueses tú quien tontearas con ella.

Lanzó una carcajada seca y sexi y negó con la cabeza.

—Sigues sin entenderme, Alba. Me mata de celos pensar en ella tocándote a ti.

—Ves a Hugo tocarme siempre.

Se encogió de hombros y yo volví a abrazarlo, apoyando mi mejilla en su pecho, sobre la tela suave de su polo color azul marino. Le acaricié, notando bajo la palma de mi mano su cuerpo, y respiré hondo. Él también lo hizo, apretándome a él, y susurró:

—Hubo una noche en la que no te tocó nadie más que yo…, ¿te acuerdas?

Miré hacia arriba hasta encontrarme sus ojos y Hugo entró en la cocina dándonos un susto de muerte.

—¿Qué pasa, pareja? —preguntó con un leve toque de desdén—. ¿Interrumpo?

—Lo mismo digo —le espeté.

—*Piernas*… —Se rio—. Estoy entreteniendo a tu cita. ¿Por qué no sales? Os serviré una copa de vino.

Suspiré de nuevo y fui a salir de allí, pero en la puerta me giré de nuevo hacia ellos, levanté el dedo índice y dije:

—Dejad de pensar en sus jodidas tetas.

Los dos sonrieron con suficiencia. Muerta de celos estaba y se supone que la única que iba a tocar a Paola iba a ser yo. ¿Es que me había vuelto definitivamente una loca del coño?

¿Qué estaba haciendo? Sufrí un ataque de cordura del que me recompuse porque no me di tiempo a pensar.

Paola estaba sentada elegantemente en una hamaca de la terraza. Me acomodé a su lado y le sonreí. Dios…, me costaba sentirme femenina junto a ella y más con mis vaqueros y mi camiseta sin escote. Sonrió en cuanto me vio y me dijo que estaba muy guapa.

—Tú más. —Me reí avergonzada.

—No. Yo voy más arreglada, pero de las dos, la que más miradas arrastra eres tú.

Me pareció que debía de estar drogada o borracha para creerse lo que estaba diciendo, pero su mirada juguetona me dejó entrever que lo que estaba haciendo era coquetear. Eso yo también sabía hacerlo.

—Ah, ¿sí? —dije.

—Sí. La mía, por ejemplo.

Hugo apareció con dos copas de vino blanco tan frío que ya habían empañado el cristal.

—Gracias por darme la noche libre. Y por invitarme a cenar. Me hacía falta un sábado de ocio.

—Otra cosa no, pero aquí de ocio sabemos mucho —se burló él—. Si me disculpáis, voy a supervisar las labores de cocina porque no me fío del pinche.

—Que te jodan —se escuchó desde dentro.

Insurrección en los fogones, sin duda.

—¿Has puesto tú la mesa? —me preguntó Paola.

—No, qué va. Es cosa de Hugo. Se toma muy en serio esto de las cenas en casa.

Y me hizo gracia pensar que estaba parafraseando a Nico.

—Impresionante.

La miré de reojo. Desde donde me encontraba podía atisbar uno de sus pechos y eso me turbó. No llevaba sujetador porque no quería llevarlo y no le avergonzaba saber que cualquiera que echara un vistazo de reojo podría verle una teta. O las dos, depende de la perspectiva. Aunque si yo tuviera aquel pecho tan bien puesto igual me habría dado por ir en pelota picada a trabajar.

Nico salió cargando una copa y un plato con entrantes fríos: unas tartaletas, *hummus* y *crudités*...

—Me ha dicho que nos sentemos y que ahora saca él la *parmigiana*.

—Qué bueno —dije. Nico se agachó hasta darme un beso y se sentó a mi lado.

Paola ocupó la cabecera de la mesa, dejándole a Hugo un sitio a su lado y enfrente de mí. El brazo de Nico me rodeó la espalda y yo me incliné un poco hacia él. El calor de su cuerpo me hacía sentir reconfortada a pesar de ser una noche calurosa de finales de julio.

—Disculpad la pregunta, pero es que estoy un poco... confusa. Vosotros dos ¿estáis juntos?

—Eh... —balbuceamos los dos.

—Me refiero a si sois pareja.

—No —negamos a la vez de nuevo.

—¿Los tres? —preguntó de nuevo.

Nico se mantenía allí, rodeándome los hombros con un brazo y sosteniendo una copa de vino con la mano libre, en un gesto que evidenciaba que no iba a contestar a aquella pregunta. No, no hacía falta que jurase que la gente en general no le gustaba lo más mínimo. Supongo que había tenido gente para cansarse en su infancia, con tantas hermanas travistiéndolo.

—Se os ve muy bien, ¿sabéis? —insistió Paola.

—Gracias —contesté sonrojada.

—Me refería a vosotros dos en concreto.

Hugo salió y dejó una bandeja encima del protector del mantel de madera y hierro. A pesar de que él siempre se llevaba mi mirada tras de sí, no logré despegar los ojos de ella. Bonita, pequeña y lista..., muy hábil, Paola, aunque eso no me iba a convencer de dejar a su preferido libre. Pero a pesar de haber visto venir su estrategia..., me caía bien. Yo habría hecho lo mismo.

—Pues ya está —anunció Hugo—. Brindemos por la cena.

—Y por el cocinero —dijo Paola.

—Y por nosotros —murmuró Nico.

—Y por esta noche —añadí yo.

A ver cómo salía yo de aquella...

27

Cayeron dos botellas de vino en menos de un pestañeo. Y no es que Hugo y Nico ayudaran mucho. Yo, presa de los nervios, bebía más que comía y Paola regaba cada mordisquito que daba con buenos tragos de su copa. Terminamos las dos riéndonos, sonrojadas, compartiendo historias de la universidad. Aunque ahora su trabajo se centrara en poner copas, Paola había estudiado Publicidad y Relaciones Públicas y tenía un máster en Relaciones Institucionales y Protocolo, que había terminado con mención de honor. Un coco, además de estar buenísima. En el rato que estuvimos hablando hizo mención a diez amantes, entre los que no figuraban Hugo y Nico, claro. Diez amantes más o menos fijos que iba alternando durante los últimos tres años de universidad.

—Aprendí mucho en esa época.

—Define mucho —le pinchó Hugo, que estaba recostado en la silla hacia el lado contrario.

—Mucho es mucho, señor Muñoz. No hay definición posible para ello.

—Claro que la hay. Esfuérzate un poco.

—¿Me lo pides como jefe o como amigo?

—No sabía que éramos amigos.

Nico sonrió, que era mucho más de lo que había hecho durante toda la cena. Parecía sentirse cómodo cuando eran Hugo o él mismo quienes dominaban la situación, no tanto cuando era ella. Y… a simple vista, parecía estar acostumbrada a llevar la voz cantante. Quizá era aquella decisión que se adivinaba en sus ojos lo que no terminaba de gustar a Nicolás. Y lo que no terminaba de gustarme a mí era cómo miraba a Hugo. Paola me caía bien, pero tenía demasiado claro que quería terminar con Hugo dentro de ella. Y eso no iba a pasar.

En un momento dado la conversación se agotó y mi cabeza se convirtió en un hervidero de preguntas. Por fin, me decidí a hacer alguna.

—Paola, ¿cuántos amantes has tenido?

—Como si los tuviera anotados en una libreta —se burló Hugo.

—Tú no sabrás el número de tías con las que has follado, pero yo soy perfectamente consciente de que me he acostado con treinta y dos hombres y seis mujeres.

Casi necesité ayuda para cerrar la boca.

—Casi como yo —musité con las mejillas sonrojadas.

—El número no es lo importante, mi niña —contestó ella muy pizpireta—. Lo realmente significativo es la calidad, y compartes cama cada noche con dos hombres que valen por diez.

—Oh, gracias —dijo ufano Hugo con una sonrisa.

—¿Te has acostado con alguna chica? —me preguntó, y yo negué con la cabeza al tiempo que me acercaba la copa.

—Una vez besé a una chica en una fiesta —confesé—. Bueno, era una amiga mía. Yo iba muy pedo y creo que ella esa noche se sentía muy «mala».

Los tres rieron y yo me acordé del desastre de beso que nos dimos Gabi y yo. Fue un verdadero asco, la verdad; saliva a borbotones y lenguas que no tenían claro qué hacer dentro de la boca de la otra. Se me revolvía el estómago de pensarlo.

—¿Te gustó? —inquirió Paola acariciándose un mechón del pelo.

—No. Lo cierto es que me dio un asco a morir. Lo hicimos fatal. Fue el típico beso etílico que te das delante de un montón de chicos cuando eres una niñata que se cree que eso atraerá al hombre de tu vida.

Hugo carraspeó y tras hacerle un gesto muy poco disimulado a Nicolás empezó a recoger platos y vasos para llevarlos a la cocina. En cuanto nosotras quisimos ayudar, él se negó en redondo, pidiéndonos que nos acomodáramos en el balancín mientras ellos preparaban unos combinados. Como Celestina no tenía precio el muy cabrón. Como el culito más prieto del mundo, tampoco.

Nosotras dos nos sentamos a terminar la copa de vino sobre los mullidos cojines, balanceándonos suavemente. Se escuchaban algunos grillos en los árboles cercanos y poco más; era un barrio muy tranquilo. Ese tipo de barrio en el que yo nunca podría permitirme vivir. Estaba devanándome los sesos por sacar algún tema de conversación que eliminara aquel silencio maligno cuando Paola me quitó la copa de la mano y la dejó en un rincón, en el suelo, junto a la suya. La miré sin saber qué pasaba hasta que se acercó a mí tanto que su respiración y la mía se fundieron. Ni siquiera pude tragar saliva; fue como si se me secara el cuerpo al completo. No se lo pensó dos veces a la hora de dejar que sus labios se apoyaran en los míos. Me sorprendió el tacto, mucho más suave que el de cualquier hombre que hubiera besado. Su boca era esponjosa, pequeña y tenía un leve deje a cereza que seguramente sería efecto del *gloss* con el que se había maquillado. Su lengua tocó mis labios despacio, tanteando, y la mía salió a su encuentro más por inercia que por otra cosa. No sentí nada cuando nos enredamos; ni asco ni excitación… Nada. Me separé de ella sorprendida y me sonrió, metiéndome un mechón del pelo detrás de la oreja.

—¿Qué tal? ¿Mejor que aquella vez?

Asentí sin saber qué añadir. ¿Cómo se le dice a alguien que acaba de besarte que no has sentido nada? Independientemente de su sexo, aquel comentario habría sido cruel, ¿no?

Se acercó de nuevo, pero antes de llegar a mis labios, se inclinó y besó mi cuello. Un remolino de sensaciones me invadió entonces hasta convertirse en un escalofrío ascendente en mi espalda. Su lengua dejó una pequeña huella húmeda en mi piel sobre la que después sopló.

—Qué guapa eres, Alba.

—Gracias —contesté, sintiéndome demasiado torpe para una situación como aquella.

—Tienen buen gusto.

—Lo mismo digo.

Me miró sonriente y su mano me acarició el muslo; sentí vergüenza. No estaba cómoda.

—¿Te gusta Hugo? —le pregunté.

—Me gusta recordar que Hugo me folló una vez en la barra del bar mientras Nicolás miraba. Me gustaría repetir algún día y decirle que puede hacer lo que quiera conmigo… y ver qué se le ocurre entonces. Pero Hugo no es alguien del que enamorarse. Lo sabes, ¿verdad?

Asentí. Otra advertencia. Paneles luminosos. *Danger.*

Sus labios siguieron reptando por mi cuello, poniéndome la piel de gallina, hasta que su lengua llegó a mi oreja y jugueteó con mi pendiente. Sentía su respiración pegada a mi oído, los pezones duros y el aire denso a mi alrededor. Quizá… debía probar de nuevo a besarla.

Volvimos a besarnos. Su lengua, inquieta y juguetona, se movía alrededor de la mía con gracia y sus manos fueron tocándome aquí y allá. Me sentí incómoda y me aparté un poco de ella. Hugo salió con unas copas, que dejó encima de la mesa y nos miró de reojo.

—Hugo… ¿sigues teniendo el Keith P. Rein? —le preguntó Paola acariciándome disimuladamente la espalda por debajo de la camiseta.

—Sí. En mi dormitorio.

—Alba… ¿me lo enseñas?

Cuando entré en el dormitorio de Hugo con Paola me di cuenta de que estaba algo bebida; no había otra explicación posible a aquella desinhibición y al pequeño mareo que me acompañaba desde que me había puesto en pie. No me sorprendió comprobar que el cuadro solo era una excusa; Paola cerró la puerta y se movió con diligencia, rápido, quitándome la camiseta y desabrochándome los vaqueros, besando mi piel. El peso de un enorme «¿qué cojones haces?» me aplastaba. Cuando se quitó el vestido y se quedó solamente con las braguitas me quise morir por muchas cosas; la primera, porque estaba bastante más buena de lo que yo estaría jamás. La segunda, porque… no tenía ni idea de qué hacer entonces, qué hacía allí con una tía medio desnuda y… la visión no me excitaba lo más mínimo. Nada como el imponente desnudo de Hugo, con su polla enhiesta y dura. Nada como Nico dormido entre las sábanas desordenadas, en una postura imposible, solo con la ropa interior.

Asustada, cerré los ojos con fuerza y llegados a aquel momento me pregunté insistentemente si quería hacerlo. Una mano suave me acarició la espalda.

—Shhhh… —susurró.

—Es que…—le dije.

—¿Es por que ellos estén ahí fuera? ¿Quieres que vayamos a mi casa? —preguntó.

—No —dije tajante.

Su mano se introdujo dentro de mis braguitas y me acarició con el dedo corazón. Cogí aire, nerviosa. Era la primera vez que otra mujer me tocaba allí y… no sentía mucho. Se me escapó un suspiro y Paola sonrió; lo que ella no sabía es que ese suspiro no era ni de lejos de excitación. Estaba tratando de dejarme llevar pero no sabía ni siquiera por qué. No pude. La aparté suavemente.

—¿Qué pasa? —me preguntó.

—No. No quiero, Paola.

Ella se apartó sorprendida y yo aproveché para recuperar mi ropa y salir de la habitación. Hugo estaba bebiendo de un vaso chato lleno de un licor ambarino, reclinado en la barra de la cocina. Nicolás miraba hacia el exterior, apoyado en la puerta corredera de la terraza. ¿Qué iba a decirles? «Hola chicos, mirad… es que he intentado acostarme con una tía para convencerme de que esto que hacemos nosotros no es más que una fase, una aventura, probar cosas nuevas. Pero es que no…». Mejor empezar con un saludo.

—Hola… —dije avergonzada. Los dos se giraron hacia mí sorprendidos.

—Hola, nena —respondió Hugo con una sonrisa plácida, tranquila y preciosa.

—Yo… ella quiere… y yo… no puedo. No quiero.

—No tienes por qué poder. Ni por qué querer —dijo Nico sonriendo, satisfecho.

Cuando Hugo abrió la puerta de su habitación, Paola nos esperaba sobre la colcha con una sonrisa y sus enormes ojos castaños resplandecientes. Me pregunté si no habría querido aquello desde el principio. Me dio la sensación de que Paola era una de esas chicas capaces de hacer cualquier cosa por el hombre del que se encapricha. ¿Sería yo como ella? Hugo le respondió a la sonrisa con educación y no me pasó inadvertido el hecho de que la mirara a la cara y no desviara los ojos hacia sus pechos. Yo, detrás de él, me abrazaba a mí misma la cintura.

—¿El cuadro bien? —bromeó Hugo, con esa nota de humor que le ponía siempre a todo, como demostrando que estaba por encima de las circunstancias.

—El cuadro espectacular. Pero no le gusto a tu chica. —Y se encogió de hombros, dejando más en evidencia lo tersos y bien puestos que tenía los pechos. No la culpo por el tono de despecho con el que tildó su respuesta.

—No es nada personal. —Hugo cogió su vestido del suelo y se lo acercó.

—Oye, a lo mejor… podemos…

—Podemos, pero no queremos.

El estómago me saltó dentro del cuerpo porque, a pesar de sentirme avergonzada por provocar aquella situación, ellos no tenían interés de aprovecharla y meterse en la cama con las dos. Dentro de mí albergaba el terror de que lo que ella sugería fuera muy del agrado de ellos dos. Que nos pusiéramos a follar los cuatro. Más morbo, más sexo, más orgasmos y semen. No. Ya no era lo que yo quería, pero al parecer… Nico y Hugo tampoco.

Paola fue invitada a marcharse con la mayor educación y protocolo que había escuchado nunca. Hugo lo hizo con tanta gracia que ni siquiera yo me habría sentido molesta, y eso que soy de las que se ofenden con facilidad. Ella se vistió y cuando se cruzó conmigo sonrió.

—Lo siento si pareció que yo… —dije.

—No tienes nada que sentir. Pero si algún día te apetece estar con una chica, llámame.

No creo que a ella realmente le apeteciera estar conmigo; ella quería abrir otra puerta a estar con Hugo. No pude culparla. Hugo la acompañó entonces a la puerta. Miré a Nico e hice una mueca.

—Créeme. Los tres preferimos esto —respondió.

Nico sonrió y me besó. Me levantó entre sus brazos, en los que volvía a sentirme menuda y sexi. Cuando Hugo volvió también sonreía.

—Ay, *piernas,* qué cara de circunstancias.

—Me siento fatal —mentí. Me sentía extraña y avergonzada por todo aquel numerito, pero desde que había escuchado la puerta cerrarse estaba reconfortada—. No quiero que penséis que…

—Escúchame —dijo acercándose—. Lo que no queremos que pienses tú es que lo que pretendemos es convertirte en alguien que no eres ni empujarte a experiencias que jamás tendrías por ti misma. Esto es sexo, es cierto, pero nunca ha sido sórdido.

Sonreí y asentí.

Aquella noche volvimos a tomarnos una copa en su terraza, los tres. No hablamos mucho; a ellos, acostumbrados el uno al otro, el silencio no les incomodaba y yo estaba demasiado concentrada en mis pensamientos como para sentirlo. Pensaba que me había equivocado con ellos; creía que la idea de ver a su amante con otra mujer les empujaría a convencerme de probar cosas nuevas y creí que, si llegaba el momento en el que yo lo rechazaba, el simple morbo de la situación nos llevaría de cabeza a la cama de nuevo. Pero no fue así.

Terminamos en la cama, sí, pero viendo una película juntos. Si no fuera porque la sabiduría popular opinaba que tres son multitud, aquella parecía más una escena de pareja que una relación de sexo y sudor entre tres amantes.

Cuando terminó la película y las luces se apagaron, sencillamente dormimos.

28

PEQUEÑAS MUTACIONES

Cuando el domingo entré en mi casa me dolía todo.
Y todo es absolutamente todo. Desde los dedos de los
pies hasta el cuero cabelludo. Lo del pelo era resultado del último polvo, el de despedida, en el que nos había apetecido ponernos un poco burros. Hugo tendría mis dientes marcados en
su hombro durante al menos una semana.

Para colmo, nada más llegar me encontré a mi hermana
metiendo mis sábanas hechas un gurruño dentro de la lavado-
ra, lo que quería decir que se había pasado el fin de semana
chingando en mi cama. Visto desde donde yo estaba, parecía
que las sábanas ejercían fuerza hacia fuera, resistiéndose a entrar. Los brazos de Eva hasta temblaban del esfuerzo hasta que
me incliné y la ayudé. Fuerza no me quedaba ninguna, pero
algo de maña sí.

Intentó aplicarme un tercer grado, pero no me dio la gana de contarle nada y menos en los términos en los que estaba
preguntando. Llamadme caprichosa, pero me cierro como una

ostra cuando me preguntan si me han dejado el culo como la bandera de Japón. Cuando se marchó, decepcionada por no recibir información sobre el grado de perversión de mi fin de semana (que era un nueve en la escala Richter), me sentí de lo más reconfortada. ¡Por fin sola! Pero cuando me tumbé en la cama…, sorpresa… Eché de menos a Hugo con sus mordaces comentarios y a Nico llamándome nena con cariño.

Cogí el móvil y dudé si mandarles un mensaje. A lo mejor se agobiaban, ¿no? A la mierda. Se lo iba a mandar.

«Gracias por un fin de semana de experiencias e intensidades. Estar con vosotros siempre es increíble, pero pronto tendréis que pagarme un masajista».

Omití que los echaba de menos, aunque todos los poros de mi piel y cada una de mis terminaciones nerviosas pedían a gritos desahogarse y confesarlo. Lo mandé a sus respectivos móviles y me eché a dormir un rato.

Cuando desperté a las ocho de la tarde, tenía dos mensajes:

«La casa en silencio. Las sábanas revueltas aún. Mi bañera seca y sin recuerdos tuyos dentro. Joder, *piernas,* me dejas vacío cuando te vas. Debes de ser jodidamente adictiva, porque no pienso en otra cosa desde que te has ido. Quiero verte mañana y suplicarte».

«Llevo tirado en mi cama hora y media, escuchando música y tratando de dormir un poco, pero descubro tu olor en un nuevo lugar cada vez que cierro los ojos. En mi almohada, entre mis dedos, en mi ropa. Sería precioso decirte que estás en todas partes, pero creo que mejor te digo que ya te echo de menos».

Algo anidó en mi estómago, como un avispón. Sí. Quizá los echaba demasiado de menos.

El lunes entré corriendo en la oficina porque tenía el tiempo justo de tomarme un café con Olivia y no quería desperdiciarlo. Pronto se iría de vacaciones y yo me cansaría de desayunar sola. O quizá podría hacerlo en el despacho de Hugo, ¿no?

Aparté la idea y, tras dejar mi bolso de mano encima de la mesa, corrí hacia la cocina, donde ella me estaba esperando con su ya clásica bolsita de papel marrón.

—Cruasán integral —me dijo—. Aunque a juzgar por tu cara te has pasado el fin de semana quemando calorías.

Sonreí y me concentré en hacer mi café.

—Gracias, Oli.

—Pero… ¿qué has estado haciendo? ¡¡Qué cara traes!!

—¿Mala? —Me toqué un poco las mejillas, temerosa de tener cara de zombie.

—¡No! ¡Lozana! A ti te han dado bien este fin de semana, ¿eh?

Me eché a reír a carcajadas.

—¿Te gusta el vestido? Es uno de los de Asos.

—Ah, sí, qué mono. ¿Sales con alguien?

—Joder, qué insistente. —Me puse azúcar en el café y me giré hacia ella—. No.

Nos mantuvimos la mirada. Ella sonrió y yo no pude evitar hacer lo mismo. Estaba feliz. Me había levantado de la cama casi de un salto, contenta y cantarina. Me había duchado tarareando una canción y ensimismada en el recuerdo de lo fácil que era todo con Hugo y Nicolás. Encoñada es lo que estaba, sin darle más vueltas al asunto. Encoñada de dos tíos que me compartían como si aquello fuera normal.

—Madre mía… —dijo Olivia con una sonrisa—. ¿Sabes lo que te haces?

—Claro.

La puerta se abrió y Hugo entró con la cara congestionada aún por el sueño.

—Buenos días, bellezas —saludó con su habitual don de gentes.

—Menudo careto traes. ¿Mucha leña al mono que es de goma este fin de semana?

—Leña al mono no lo sé, pero me he hinchado a follar. —Sonrió descaradamente haciéndole un guiño tan sexi…

Se inclinó en la cocina para preparar su café y los ojos de las dos fueron hacia su trasero, al que tan bien le quedaba el pantalón de traje. Tuve la tentación de alargar la mano y darle una palmada pero me contuve a duras penas.

—Qué poquito te queda para las vacaciones, Olivia —comentó sin girarse, con su torneada espalda marcada en una camisa azul pálido.

—Ah, calla. ¿Puedo irme ya?

Hugo se giró con el café en la mano y le dio un trago.

—Por mí ya mismo. Pero no es nada personal; cuanto antes os vayáis todos de vacaciones, más felices se me prometen a mí las jornadas en la oficina.

—En los pasillos hay cámaras. Te lo digo por si te da por hacer cochinadas.

—¿Siempre estás pensando en lo mismo?

Se apoyó despreocupadamente en la bancada y tuve que morderme el labio con fuerza para soportar lo increíble que estaba. Parecía recién sacado de una jodida sesión de fotos. ¿Estaría muy fuera de lugar que me arrodillara frente a él y le prometiera devoción absoluta (con su rabo en mi boca)? Sí, creo que Olivia sospecharía más de lo que ya se olía. Miré el reloj: las ocho y cuatro minutos.

—Bueno, chavalada, aquí la que suscribe tiene que ponerse a trabajar.

—Ay, qué prisas —se quejó Olivia.

—Déjala. Me encanta cuando trabaja duro.

Fui hacia la puerta atropelladamente para que Olivia no pudiera escuchar mi risa nerviosa. Este hombre podía sonrojarme con solo deslizar su labio inferior entre los dientes. ¿Es que nadie va a hacer nada con esos hombres? Que los saquen de casa con correa o algo, ¿no?

Durante un rato busqué cosas que hacer, pero terminé dándome por vencida y navegando por internet. Pinterest ocupó fácilmente un par de horas. Después abrí una conversación para preguntarle a Olivia si ella tenía trabajo y cuando me confesó que no, nos enzarzamos en una de nuestras charlas sobre la vida (vestidos, zapatos, bolsos, hombres, filosofía y penes, así, sin ton ni son). Pero no me di cuenta de la cantidad de gente que se había marchado ya de vacaciones hasta que estornudé y el eco recorrió toda la planta. Me levanté de mi cubículo y me asomé. En el rincón de Nico se escuchaban unos clics espaciados en el ratón y un soniquete repetitivo que me jugaba cualquier cosa a que se correspondía con la suela de su zapato chocando con la moqueta, siguiendo el ritmo de alguna canción. En el rincón que había más cercano a la ventana se oía lejana la conversación de dos de las zorrascas del departamento. Alguien sacaba fotocopias, me pregunté de qué. Ni rastro de nadie más.

Me levanté, mirando a todas partes, y me acerqué hasta donde Nico tenía su mesa. Como me imaginaba, tenía los auriculares puestos y revisaba una presentación en la pantalla del ordenador. Me vio llegar por el rabillo del ojo y esbozó una sonrisa de las suyas, preciosa, de una belleza demoniaca y deslumbrante.

—Hola, nena —susurró mientras se arrancaba uno de los auriculares de la oreja—. ¿Qué pasa?

Que me llamara «nena» dentro de las cuatro paredes de aquella oficina ya me turbó bastante, por si su sonrisa no había conseguido matar suficientes neuronas por sí misma. Pero me recompuse.

—Me aburro. ¿Tienes curro?

—*Nein.* Estoy revisando las plantillas de presentación de resultados, imagínate lo ocupado que estoy.

Me quedé allí, agarrada a la pared de pladur sin saber qué más decir. Nico me encantaba, pero seguía imponiéndome su presencia. La gente no le gustaba… pero yo sí. ¿No?

—¿Te apetece comer por ahí? —me preguntó moviéndose de un lado a otro en su silla y jugueteando con un boli.

—Claro.

—He descubierto un italiano con terraza que aún no se ha puesto de moda.

—Pinta muy bien. ¿Le pregunto a Hugo?

No me pasó inadvertido el pequeño cambio de su expresión, pero asintió pronto.

—¿Qué escuchas? —le pregunté señalando sus auriculares abandonados sobre la mesa.

—Esta tarde te lo pongo en casa.

Tiró de mi brazo suavemente hasta inclinarme sobre él y me besó con una sonrisa. Fue un beso silencioso, breve pero húmedo, que me dejó muy sorprendida.

—Ahora ve a decírselo a Hugo, a ver si su majestad nos da audiencia.

—Qué malo eres.

—Lo sufro veinticuatro horas al día; tengo derecho a pataleta.

Caminé hasta el despacho de Hugo y llamé a su puerta. Me recibió con su siempre escueto «Pasa» y al entrar lo encontré con la camisa arremangada hasta los codos, la mano inmersa en el espesor de su pelo negro y los ojos clavados en unos folios. Por todo lo grande de este mundo…, cómo me gustaba.

—¿Estás muy ocupado?

Levantó la mirada hasta mí y sus labios se curvaron en una sonrisa increíble que hizo batir las alas del millón de mariposas que una vez tuve en mi estómago, cuando tenía quince años, y que ya daba por muertas.

—Querría estar ocupado en ti, *piernas*. ¿Te vale como respuesta?

Entré, cerré la puerta y me apoyé en ella. Nos miramos como dos tontos.

—Venía a preguntarte si te apetece comer en un italiano con terraza que ha descubierto Nico.

—Y yo que pensaba que habías venido a verme. —Apoyó su barbilla en el puño y fingió un puchero.

—Vengo a verte.

—Pues estás muy lejos.

Caminé hasta allí y rodeé la mesa hasta quedar delante de él. Me senté de lado en sus piernas y me besó. Hubo muchas cosas nuevas en aquel beso: que estábamos en la oficina, que fue delicado, suave y tierno y en la punta de la nariz. Le sonreí y acaricié con las yemas de los dedos los contornos de su cara. Sus cejas masculinas y oscuras, su nariz, marcada y un puntito grande, su mandíbula firme bajo su piel áspera por la barba que empezaba ya a aparecer...

—Eres muy guapo.

—Gracias. —Cuando acerqué los dedos a su boca los besó—. Pero tú más.

—Debes de ser un arma de destrucción masiva con las tías.

—¿Por qué dices eso? —Y su expresión demostró que le había hecho gracia mi afirmación.

—Eres guapo, siempre sabes qué decir y cuándo, tienes aires de *gentleman*...

—Soy un *gentleman*. Y tú una *lady*.

—Oh, no. —Me reí—. Tú y yo no tenemos nada que ver. Dos mundos completamente opuestos.

—No. Claro que no.

—Claro que sí. —Me moví en su regazo, acomodándome y dejando mis piernas colgando junto a su muslo.

—¿Y qué tipo de mujer tendría, según tú, que ver conmigo?

—Uhm…, rubia —dije apretando los morritos como una niña sabionda—. Pechos grandes, cintura estrecha y piernas muy largas y delgadas. De las que preferirían matar a alguien que perderse su clase de *birkam* yoga. Y… sabrá cocinar, claro. Cocinar mucho, rollo… solomillo Wellington con chalotas caramelizadas con reducción de Pedro Ximénez. —Hugo se echó a reír y yo puse un dedo sobre sus labios, mandándolo callar—. Llevará lencería de L'Agent Provocateur que costará mi sueldo y caminará siempre sobre zapatos de tacón de los buenos y de buen gusto, clásicos. Unos Ferragamo, por ejemplo.

—Madre mía…, sí que tienes detalles.

—Claro. Y no he terminado: le gustará escuchar Norah Jones en casa mientras cocina para ti, envuelta en un vestido *vintage* de Emilio Pucci. La mamará de vicio y le encantará que la pongas mirando a Cuenca… Será una marrana de cuidado, pero fuera del dormitorio fingirá ruborizarse con facilidad. Tendrá un Mini rojo, regalo de sus padres tras terminar la carrera. Será…, uhm…, economista o… arquitecta…, periodista de moda, odontóloga…, algo así, como con estilo. —Hugo lanzó una carcajada—. Pero no te creas…, no querrá trabajar. Tendréis hijos cuando ella considere que puede permitirse el lujo de engordar. Y los tendréis muy seguidos para solucionar luego los cambios con una sola *lipo* que, lo siento, querido, pagarás tú. Las tetas ya se las pagó su padre.

—Ay, *piernas*… —suspiró—. ¿Por quién cojones me tomarás?

—Un niño pijo al que le gusta vestir su mesa de Zara Home.

—No te equivoques, me encantaría vestirla de Hermés, pero no me van los gastos excéntricos.

—No te preocupes, tu futura mujer hará los gastos por ti. Probablemente ponga ese tipo de cosas en la lista de boda.

Hugo me dio una palmadita en el muslo, animándome a levantarme, y tras alcanzar un *post-it* escribió algo que no llegué a ver. Después lo metió en un sobre de la empresa con franqueo pagado y lo cerró. Escribió mi nombre y mi dirección en el reverso y lo dejó sobre la mesa.

—En ese papel he apuntado cómo es la mujer de la que me enamoraría como un imbécil. Hagamos un trato: tienes…, no sé, hasta el viernes que viene para adivinarlo. Si aciertas te concedo un deseo, el que quieras. Material, carnal…, del tipo que prefieras.

—¿Y si no lo averiguo?

—Entonces te voy a poner mordiendo almohada toda una noche. —Sonrió espléndidamente y yo me eché a reír.

—No hace falta que eches la carta al buzón; con que te la quedes tú…

—No, porque podrías sospechar que he hecho trampas e invalidar el acuerdo. Y me apetece muy mucho una noche especial.

Me incliné y antes de besarle dije:

—Vale. Y ¿comemos por ahí o no?

—No puedo. He quedado con un posible inversor para ampliar el negocio. —Levantó las cejas un par de veces—. Pero id vosotros. Nos vemos en casa después.

Fui hacia la puerta y cuando ya salía me llamó.

—*Piernas…*, con ese vestido estás increíble.

—Gracias —dije coqueta, y notaba cómo me ardían las mejillas.

—Pero me gustas más cuando lo único que llevas encima es una sonrisa.

29

Nico y yo comimos increíblemente bien en aquel nuevo italiano con terraza que había encontrado tras el Colegio de Arquitectos. Él pidió *parpadelle* con ragú y yo *carpaccio*. Bebimos agua muy fría y compartimos un postre. Después fuimos paseando hasta la Castellana, a pesar del calor de un día encapotado de finales de julio. Allí cogimos el metro hasta su casa, adonde llegamos pasadas las seis y encendimos el aire acondicionado a todo trapo.

Nico quiso que yo escuchara un grupo que le gustaba. Se llamaba Ben Howard y se situaba entre el rock alternativo y el folk. Sonaba alegre y melancólico a la vez, como si fuera posible hacer esa mezcla; sonaba como esos recuerdos preciosos en los que siempre parece que brillaba mucho el sol. Y mientras escuchábamos aquel disco tirados en el sofá, nos contamos cosas. Cosas estúpidas, por ejemplo cómo se produjo nuestro primer beso. Simplemente nos fuimos dejando llevar por las palabras.

—Fue horrible. —Me reí mirando al techo—. Me enamoré perdidamente del chico malo de la clase que por azares del destino también estaba por mí, como se decía por aquel entonces. Yo esperaba que él me besase y él hacía tiempo hasta que me lanzase yo…, y mientras tanto en el autobús de vuelta a casa fue otro el que me besó. Bueno, no me besó, me violó la boca.

—Dios…

—De verdad que fue asqueroso. Como no abrí la boca, el tío me lamió los labios. Creí que vomitaría allí mismo.

—¿Cuántos años pasaste sin dar un beso después? —Me miró él.

—Dos.

Compartimos una carcajada.

—A los diecinueve el malo de la clase y yo nos reencontramos. Fue uno de los besos más increíbles de mi vida. Fantástico. No creo que vuelva a vivir algo como aquello.

—¿No funcionó?

—Funcionó durante algún tiempo, pero el amor se nos escapó de las manos.

Sentí su nariz rozar mi mejilla.

—¿Qué lo hizo fantástico?

—Llovía. No hacía frío. Él sabía a menta. Dentro de su coche sonaba Johnny Cash. Le dio igual que se mojara la tapicería. Simplemente salimos, dejó las puertas abiertas y nos besamos.

—Hay mil besos especiales. Eso no significa que el resto dejen de serlo.

—¿Cómo fue tu primer beso?

—El primero mal. —Sonrió—. No tenía ni la menor idea de cómo mover la lengua. Ella me enseñó.

—¿Fue vuestro beso especial?

—No. En este caso, especial fue el último.

—¿Llovía?

—Sí. Qué cosas. ¿Crees que tiene que llover para que un beso nos marque?

—No. Pero queda pintoresco.

Nos sonreímos.

—¿La dejaste con un beso?

—Venía a estudiar a Madrid. Los dos sabíamos que no funcionaría a distancia y que lo mejor era cortar, pero aún nos queríamos mucho. Fue triste; despedirse, besarse y marcharse sin mirar atrás.

Suspiré. Hubo un momento en mi vida en el que quise llenar mi existencia con besos especiales, mágicos y de película. Después los años pasaron y simplemente me dejé aplastar por la realidad. Me entristeció pensar que hacía mucho tiempo que yo no besaba por amor. Creo que ni siquiera creía en la idea de volver a enamorarme. Pensaba que esas cosas solo sucedían en los libros.

Nico también se había sumido en el silencio. De reojo vi el movimiento de sus pestañas doradas, agitándose con cada parpadeo. Me gustaba estar con él. Era un chico con cosas que contar, que creía en algo y que hablaba con honestidad. Era cariñoso y guapo. Muy guapo. Me gustaba su olor, su manera de besar, lánguida siempre. Me encantaba que odiara madrugar y adoraba esa manera que tenía de quitarme la ropa, como si fuera parte de mi organismo, una capa de quita y pon de mi piel…

Sonaba una canción preciosa que se titulaba *Old Pine*. Una de esas canciones que invitan a un final feliz. No quise que acabara nunca. Cerré los ojos y, aunque escuché a Nico moverse, no los abrí. Me concentré en mi respiración, diciéndome a mí misma que no debía estar triste pensando en besos que no me habían dado. Ya vendrían otros y llenarían mi vida. Lo bueno de aquella situación era que me había construido a mí misma con esmero y, aunque estaba muy lejos de ser perfecta, sabía muy bien qué quería y qué no quería en mi vida. O eso creía. Llenar, nunca vaciar. Siempre sumar, nunca restar.

Ben Howard seguía cantándole a los recuerdos de los veranos felices y justo cuando iba a preguntarle a Nico si se iría fuera durante sus vacaciones en septiembre, noté su respiración, suave, cerca de mí. Abrí los ojos y mis pestañas chocaron con las suyas. Sonrió antes de ladear la cara hacia el lado contrario y acercarse a mis labios. Yo también sonreí. Un beso casi casual, un mero roce. Las mariposas que habían despertado en el despacho de Hugo volvieron a revolotear y Nicolás me besó más y mejor, pellizcando mis labios entre los suyos hasta dibujar en mi boca otra sonrisa. Le acaricié la nuca y el nacimiento de su pelo y, recostándose sobre mí, seguimos besándonos.

Escuché, debajo de la canción, un sonido suave y algo narcótico, un repiqueteo que no identifiqué con lluvia hasta que un trueno partió por la mitad el cielo de Madrid. Nos entró la risa antes de apretarnos más en otro beso. Nuestras narices se acariciaron después.

—Qué bien...

—¿El qué? —pregunté totalmente envuelta entre sus brazos.

—La lluvia. Me trajo algo bonito.

—¿Qué te trajo?

—Un beso especial.

—Ya tuviste uno.

—Pero aquel fue de despedida y este..., este es solo el comienzo.

Siguió lloviendo a cántaros el resto de la tarde. Los besos, preciosos, no dieron paso a un calentón y a un polvo desesperado, sino a la contención. Y como dijo una vez Nicolás, a veces no hacerlo lo convierte en algo más especial.

Nico puso *Ciudadano Kane,* que, aunque sé que es una pieza angular de la historia del cine, produce en mí el mismo efecto que una cerbatana con tranquilizante para caballos. Sentados en el sofá, en la parte larga, él me sostenía entre sus piernas, apoyada en su pecho. No creo que le hiciera falta mucho tiempo para darse cuenta de que me estaba durmiendo, pero él siguió en la misma postura, acariciándome con una mano. Me zambullí de pleno en el sueño y desperté con el sonido de la puerta al cerrarse. De fondo se seguían escuchando los diálogos de la película.

—¿Está dormida? —preguntó Hugo en un susurro.

—Sí.

—No —farfullé, revolviéndome entre los brazos de Nico como una niña pequeña que no tiene buen despertar y hundiendo la nariz en su pecho.

—Ay, bebé —se burló Hugo.

—¿Qué hora es?

—Las ocho y cuarto —contestó él mientras cogía de la cocina una botellita de agua.

Me incorporé.

—Tengo que irme.

—Quédate a dormir —me pidió Nico en un susurro.

Miré hacia Hugo, que, apoyado en la barra de la cocina, nos miraba intensamente. Esperaba que él también me lo pidiera, pero de pronto se enderezó y cogió las llaves del coche.

—Yo te llevo a casa. Llueve a cántaros.

Cruzaron entre ellos una mirada silenciosa pero yo, con esa mala gaita de la que te despiertas de una siesta, no quise ahondar en qué significaría. Le di un beso en los labios a Nico, cogí mi bolso y fui descalza hasta la cocina.

—¿Y tus zapatos, *piernas?* —me preguntó Hugo con una sonrisa.

—No lo sé.

Chasqueó la lengua contra el paladar y los recogió de la alfombra del salón. Después, apoyándome en la puerta de salida, dejé que me abrochara las sandalias y me besara las rodillas.

El trayecto a casa fue silencioso. Los goterones de lluvia golpeaban sin parar la luna del coche y sonaba *Gabriel*, de Kodaline. Otro disco de Nicolás, estaba segura. Era agradable dejarse llevar, despertar un poco del sopor de la siesta y flotar con el frío del cristal de la ventanilla en la frente.

—Estás muy callada —murmuró en un semáforo en rojo, con la mano izquierda agarrada al volante y la derecha posada en el cambio de marchas.

—Me quedé un poco atontada con la siesta.

—Y… ¿qué habéis estado haciendo, además de dormir?

—Comimos en ese sitio cerca de Hortaleza, escuchamos música y vimos la peli. Bueno, yo vi los primeros quince minutos.

No dijo nada más y al mirarlo me sentí tentada a aclarar que no había pasado nada sexual en su ausencia. Sin embargo, ¿qué sentido tenía hacer aquella aclaración? Ya se sobrentendía, ¿no? Ese era el trato.

Después, más silencio hasta que nos despedimos frente a la puerta de mi patio con un beso apretado.

—Adiós, *piernas*.

—Voy a tener que sacarte un apodo para responder a eso. —Le dediqué una amplia sonrisa.

Contestó con una mueca contenida. Después se marchó.

Pasé por el supermercado antes de que cerrara y cuando llegué a casa guardé la compra y me metí en la ducha. Fue entonces, bajo el chorro de agua ardiendo, cuando esa influencia pacificadora que ejercían en mí Nico y Hugo empezó a caerse, hecha jirones. El sábado, apenas dos días antes, había estado a punto de acostarme con una chica. Sin embargo, al final no había sucumbido a una fantasía erótica de otra persona, sino que había sacado de lo más hondo de mi psique una propia: ellos.

Mientras me ponía la leche corporal me sorprendió el sonido del timbre. ¿Eva otra vez? Pero ella tenía llaves. Mi madre había insistido en que si no quería dárselas a ellos, al menos tendría que tenerlas Eva, por si… acaso. Por si acaso le apetecía acampar en mi salón, vaya.

Fui hacia la puerta envuelta en una toalla y cogí el telefonillo.

—¿Sí?

—Soy yo, *piernas*.

Abrí con las cejas arqueadas. Haría una hora y poco que me había dejado en casa…, ¿qué haría allí? Fui al dormitorio y me puse un monito de algodón que a veces usaba como pijama. Sonó el timbre. Mi pelo chorreaba pequeñas gotitas frías que rodaban por mi espalda amenazando con empapar la ropa. Cogí una toalla y fui frotándome los mechones húmedos mientras caminaba descalza hasta la puerta. Al abrir, allí estaba él, con una expresión que no le había visto jamás, entre confuso, vulnerable e irritado. Estaba empapado y… guapo hasta decir basta.

—Pero… estás calado.

Se acercó a mí, cerró la puerta con un ademán y, apoyándome en la pared, me besó en los labios. Era un beso demandante, exigente y hambriento, como solían ser los suyos, pero había algo…, algo nuevo. Era un beso dulce.

—Me gusta *cariño* —dijo con la frente posada en la mía y los ojos cerrados.

—¿Cómo? —pregunté confusa, controlando la necesidad de comprobar si tenía fiebre.

—El apodo… para cuando yo te llame *piernas*. Me gusta que me llames *cariño*.

El revoloteo nervioso de las malditas mariposas adolescentes fue tan intenso entonces que me produjo náuseas. Le acaricié la cara y después metí los dedos en su pelo mojado, arrastrando las uñas con suavidad y haciendo que se estremeciera.

—¿Puedo quedarme? —preguntó tímido.

—Claro. Pero… ¿y Nico? Quiero decir…, las normas y…

—No vengo buscando sexo. Solo…, él te tuvo toda la tarde. Quiero lo mismo. Un rato.

Tendimos su camisa en la raquítica galería que tenía junto a la cocina y después se secó el pelo con una toalla mientras yo cepillaba el mío hasta desenredarlo. Abrimos una botella de vino blanco (del malillo, para qué mentir) y pedimos comida japonesa a domicilio mientras nos bebíamos una copa fría. Cenamos en mi cama, descalzos, con la ventana abierta y música alta, charlando. Primero sobre los costosos avances de hacer del suyo un negocio amplio y rentable; después sobre la inquietud emprendedora, las aspiraciones, los sueños adolescentes…

—Yo quería ser algo así como Hugh Hefner, ¿sabes? —bromeó él mientras yo apartaba los restos de la cena y servía más vino—. Ir siempre en pijama paseando por una mansión de la hostia llena de conejitas medio desnudas.

—¿Y qué pasó para que ese dejase de ser tu sueño?

—Bueno, que no me gusta pagar para que me la coman. —Me eché a reír—. No, en serio. Fue que… la muerte de mis padres fue un mazazo. Un día era un crío despreocupado y al día siguiente estaba solo en el mundo. Fue jodido. Eso te hace crecer deprisa.

—¿Qué edad tenías?

—Diecinueve, casi veinte. Me dejaron con mogollón de pasta, pero lo de las conejitas ya no me apetecía.

—No te hacen falta mansiones. Seguro que follas tanto cuanto quieres.

Me miró de reojo.

—Hasta yo sé que no todo es follar en esta vida. Aunque me quiera morir jodiendo como un animal... Fuera de la cama hay cosas; que ahora no las contemple no quiere decir que no las vea.

—Ah, vaya. Entonces, ¿qué quieres ser de mayor?

—Ya soy mayor.

—Venga... —Le di un codazo.

—Quiero ser feliz, ser yo mismo, no venderme y... no lo sé. Vivimos bastante al día. No me lo planteo demasiado. ¿Y tú?

—Pues quiero... —Enamorarme, pensé—. Quiero... cambiarme de piso a algo que no sea..., algo que tenga puertas, por ejemplo.

—Sí, sería un buen comienzo. Lo cierto es que este piso es un asco, *piernas* —se burló él.

—Oh, vaya, gracias.

—No, joder, que tú lo has puesto muy cuqui y esas cosas, pero es que de donde no hay no se puede sacar. Aparte del piso..., ¿qué más?

—Pues no sé. Lo típico.

—Y ¿qué es lo típico para ti?

—Poder viajar, vivir de lo que escriba y tener a alguien a mi lado con quien compartir la vida...

Nos miramos. Seguía lloviendo. El silencio se fue resbalando primero por las sábanas de la cama hasta rodearnos y expandirse hasta las paredes. Y sus ojos, en la semipenumbra de mi habitación, parecían tan negros como lo más oscuro del mundo; aun así brillaban.

—¿Cuál ha sido el beso más especial de toda tu vida? —le pregunté.

Hugo me fue envolviendo entre sus brazos y cuanto más cerca estábamos más se ensanchaba su sonrisa, que iluminaba su expresión. Nos tumbamos, él sobre mí. Se sostuvo con sus manos a los dos lados de mi cabeza y la rodilla entre mis piernas. Después ladeó la cabeza y me besó. Sonaba *Powerless,* de Becky Hill con Rudimental, y sus labios se abrían despacio dejando espacio para que su lengua me acariciara lentamente pero con intensidad. Mis dedos fueron deslizándose por su espalda. Sus pestañas aletearon haciéndome cosquillas en las cejas y abrí los ojos para comprobar que él seguía con los suyos cerrados. Una de mis manos se colocó sobre su mejilla y le besé con todo lo que podía dar en un beso. No sé cuánto duró porque los minutos dejaron de importar. Y el espacio. Y el porqué.

Cuando nos separamos, sus labios besaron mi barbilla, mi nariz y mi frente.

—Cada beso que te doy se acumula. Con todos los que te dé en mi vida tendré el más especial, *piernas.*

Oh, oh.

30

JUGANDO A ALGO PELIGROSO

La semana fue tranquila. Pasó casi sin pena ni gloria. Bueno, a decir verdad, pasó sin pena y mucha gloria. Gloria entre los brazos de Hugo y de Nico, que el martes volvieron a hacerme gritar de gusto, turnándose en una especie de concurso para comprobar cuántos orgasmos podía alcanzar y/o soportar. Y yo encantada, oiga. Aquella noche dormí entre los dos, abrazada al pecho desnudo de Hugo y con los brazos de Nicolás a mi espalda. La mañana siguiente habríamos repetido de buen grado si no fuera porque debía correr a mi casa para cambiarme de ropa.

Olivia y yo no hablamos de ello, pero estaba claro que lo sabía. Ella estaba más que al día de con quiénes pasaba yo el rato fuera de la oficina, pero nunca hizo mención abierta al tema, lo cual me facilitó muchísimo las cosas. Ella sabía y yo no tenía que hablar. Todo iba bien. Mi cuerpo se había habituado ya a tenerlos a los dos, y no estoy hablando (solo) del aspecto más prosaico del tema. Hablo de que me sentía resguardada y reconfortada con sus dos rotundas presencias físicas entre las sábanas. Me gustaba ese modo en el que se abandonaban, cómo intentaban imponerse sobre la situación para terminar cediéndome el timón, desarmándose después, en segundos eternos de jadeos y caricias. Me volvía loca presenciar esas contadas excepciones en las que sus manos se cruzaban y se tocaban de alguna manera casi casual, sujetándose en el otro para poder estar más dentro de mí. Me gustaba la intimidad de después. Me gustaban los dos.

El miércoles Oli y yo fuimos a comer a una terraza cercana a nuestra oficina y terminamos tomando unas cervezas. Al final acabé en su casa, a pesar de la frustración de los otros dos, ayudándola a decidir qué llevarse al viaje a San Francisco. Nos dio tiempo así a despedirnos como Dios manda, con exaltación de la amistad incluida. No hacía aún un mes que conocía a Olivia y ya la consideraba casi mi amiga. Sí, estaba segura de que el paso de consolidación nos llevaría algún tiempo en el que tendríamos que emborracharnos juntas, confesarnos algo, llorar por otra cosa y reírnos a carcajadas hasta las tantas sentadas en el bordillo de alguna calle, con una cerveza en la mano. Pero ese era el proceso más divertido, ¿no? Cuando conoces a alguien con el que sientes una confianza natural y con el que encajas y solo tienes que dejar que la vida fluya entre los dos.

Cuando volví a casa era demasiado tarde para hacer nada más que mandar un mensaje: «Acabo de llegar a casa, estoy muy cansada (no sé quién tendrá la culpa de esto). Nos vemos mañana». Cada uno contestó por su parte. Hugo deseándome que no conciliara el sueño en toda la noche para que pensara mucho en él y me arrepintiera de no ir a verle, y Nico, por el contrario, diciéndome que me echaría de menos en la cama pero que me merecía una noche durmiendo a mis anchas sin que él me molestase. Había algo muy curioso en sus mensajes, algo que antes no había estado allí: la primera persona del singular sustituyendo a la primera del plural. Un «yo», no un «nosotros».

El jueves, más por costumbre que por necesidad, acudí a la cocina a por un café. Sin Olivia y el ceremonial social que suponía no tenía tanta gracia. Era un café, agua marrón con sabor fuerte. Allí estaba yo, mirando el líquido en mi taza cuando Hugo entró. Tenía los ojos rojos y bastante mala cara.

—¿Qué te pasa? —pregunté alarmada tras dejar la taza en la encimera y acercarme a él.

—Tengo migraña —farfulló con un hilo de voz—. Me empezó a eso de las dos y media de la mañana y no hay manera.

Me dio un beso en la sien y se acercó a la cafetera.

—Ah, no, ni se te ocurra. No puedes tomar café.

—¿Por qué? —se quejó.

—Porque los excitantes agravan la migraña.

—Pues debería no verte en unos días.

Me reí. Con migraña y disparando chascarrillos… Genio y figura.

—Lo que deberías es estar en tu casa, a oscuras, tratando de dormir. ¿Qué te has tomado?

—Me he tomado un Triptán del tamaño de Gibraltar. No sabía si tragarlo o ponérmelo con pan.

—¿Has comido?

—No. No me entra nada, *piernas*.

—Da igual, come algo aunque sea para asentarte el estómago, cariño.

Me lanzó una miradita y sonrió.

—Gracias, *piernas*, pero no te preocupes. —Se apretó la sien con el pulgar y sacó una botella de agua de la máquina.

—Vete a casa, de verdad.

Se agachó hasta poder besarme. Dios…, cómo me gustaban los hombres altos.

—Eres adorable preocupándote tanto, pero no hace falta. Te lo digo de verdad. Tengo medicinas y treinta y tres años.

—A todo el mundo le gusta que le cuiden —contesté.

—Pero no todo el mundo quiere acostumbrarse.

Después solo un beso antes de desaparecer por el pasillo, dejándome con mi café.

A las doce y media me acerqué a su despacho para preguntarle si le apetecía que le trajera algo de comer. Iba a salir a por un sándwich maligno de pollo, de esos que probablemente ni siquiera lleven pollo. Sin embargo, encontré la puerta de su despacho cerrada y nadie dentro que contestara «pasa».

—Nico —dije asomándome a su cubículo—. ¿Se ha marchado Hugo?

Levantó los ojos de la novela gráfica que estaba hojeando y asintió.

—Migraña —contestó conciso—. Es como una señorita victoriana.

Nico tenía que ir al club aquella tarde a pagar a Paola y a hacer inventario de la bebida antes de agosto. Querían dejarlo todo completo porque durante el mes central del verano no tendrían reparto más que de hielo. Sabía que Hugo estaría tirado en casa como un zombie, pero como siempre heredamos aquello que más criticamos de nuestras madres, yo era un poco sufridora con eso de las enfermedades de los demás. No me gustaba estar sola cuando me encontraba mal. ¿Y si Hugo necesitaba algo o…? Vamos, que soy *monguer,* porque con treinta y tres años y habiéndose pasado parte de su vida solo estaba segura de que sabría desenvolverse muy bien. Pero…

—Nico, ¿y estarás toda la tarde fuera? —le pregunté a las tres, cuando salíamos hacia la calle.

—Probablemente, ¿por?

—Nada. Como Hugo está solo en casa con el dolor de cabeza…

—Ah, vaya. ¿Estás preocupada?

—No es eso, pero…

Echó mano de su manojo de llaves y sacó un arito con dos.

—Patio y casa. —Y en su tono de voz… había un deje de molestia.

—No, si no hace falta.

—No, mujer, así le haces compañía y cuando llegue yo cenamos. Después te llevo a tu casa. ¿Lo hacemos así?

—Vale.

Casi nos despedimos con un beso en la puerta del edificio, hasta que nos dimos cuenta de dónde estábamos… ya teníamos nuestras zonas reservadas para ese tipo de mimos.

Cuando entré en casa de Hugo y Nico con las llaves de este, me sentí extraña. Parecía que lo había hecho toda la vida, que era parte de mí. Ni siquiera llevábamos un mes viéndonos y yo ya entraba en su casa con aquellas llaves… Era mejor no pensarlo porque si lo hacía saltarían como un pistón el resto de detalles que iban dando pistas acerca de lo difícil que era en realidad lo que estábamos intentando hacer.

El piso estaba en silencio, con la terraza y todas las puertas cerradas. Dejé el bolso en el sofá y me quité las sandalias de tacón para asomarme a su dormitorio de puntillas. Todo estaba muy oscuro allí dentro y el olor a su perfume me abofeteó.

—Hugo…

—¿Mmm?

—Hugo, soy yo…, *piernas*. —Eso me hizo gracia a mí misma y sonreí en la oscuridad—. ¿Te preparo algo de comer?

—Oh, Dios, qué cabezona eres. —Se estiró. Los ojos, acostumbrados ya a la penumbra, me dejaron ver a Hugo tirado en la cama en ropa interior—. Al final has venido a cuidarme, ¿eh?

—Sí. Soy una buenísima enfermera —dije orgullosa.

—Tengo migraña, no peste negra.

—Ya lo sé, imbécil. ¿Te hago un sándwich?

Se tapó la cabeza con parte de la almohada y rezongó, quejándose de que era una pesada. Daba igual. Algo me decía que se alegraba de que estuviera allí. Y lo más importante: yo me alegraba de haber ido.

La nevera me pareció el frigorífico de El Bulli. Y ahora ¿qué? Hice un sándwich de jamón y queso de toda la vida y lo metí en el horno. Después me di cuenta de que no sabía cómo utilizarlo, porque parecían los mandos de una nave espacial a lo *Star Trek,* así que encendí la vitro, que eso sí que sabía, y lo hice a la sartén. Cuando lo llevé a la habitación de Hugo junto con un zumo, estaba contenta de poder hacer algo por él. ¿Por qué? Porque soy capulla y me engaño mucho, supongo. ¿Sabéis a lo que me refiero?

Hugo había subido un poco la persiana y se había puesto unos pantalones de pijama a cuadros. No llevaba camiseta. Ay, Dios…, qué pecho.

—¿Cómo vas?

—Mejor. ¿No hay comida para ti?

—He comido allí antes de venir.

—No tenías que haberlo hecho. Cuando me duele la cabeza estoy hecho un moco. No voy a ser muy divertido.

—Bueno, pero seguro que puedo hacerte compañía en la cama.

—No creo que se me levante, *piernas* —bromeó.

Se comió el sándwich en tres bocados, de pie, apoyado en la cómoda, como si fuera un adolescente que le demuestra a su madre que come lo que le ha puesto en el plato. Se bebió el zumo y yo me reí.

—Como nuestra primera noche —le dije.

—Sí, pero sin que tú tengas ganas de llamar a la policía.

Me dio un beso en la sien y salió a dejar el plato y el vaso sucios en el fregadero. Escuché agua correr y pronto volvió secándose las manos con el pantalón.

—¿Siesta, *piernas*?

Yo ya me había quitado el vestido marinero y le esperaba allí en ropa interior. Le acaricié la cara; tenía los ojos y los labios hinchados y aun así era tan guapo que se soportaba a duras penas.

—¿Me dejas una camiseta? —le pedí.

—¿Puedo decir que no?

Volvió a bajar la persiana y se dejó caer sobre el colchón; yo hice lo mismo a su lado. El aro del sujetador se me clavó en el costado y me lo quité.

—Voy a poner el despertador. Si Nico llega y nos ve así va a pensar que nos lo pasamos bien por nuestra cuenta.

Colocó el brazo sobre sus ojos y suspiró profundamente cuando yo me enrosqué a su lado, buscando la postura perfecta.

—Uhm… —murmuró—. Deja de frotarte. Se me está poniendo dura de notar tus tetas en mi costado.

—Mis tetas están ahí sin decirte nada. Déjalas en paz.

—¿Sabes lo que dicen que va muy bien para la migraña?

—¿El qué?

—Que te la chupen.

Los dos nos echamos a reír.

—¿Te imaginas que lo recomendaran los médicos? Pero para tíos y para tías. Estaría genial. Oda al cunnilingus.

—Señora, si le duele la cabeza póngase al maromo entre las piernas —dijo él poniendo voz grave.

—Jo…, cómo me duele la cabeza… —bromeé.

Me miró de reojo y llevó su mano derecha hasta mis braguitas.

—¿Sí?

—No. Para. Estás enfermo.

—No creo que pudiera echarte un polvo sin desmayarme o sufrir un ictus, en eso tienes razón.

—Pues ya está.

—Además de que no podemos, claro.

—Ajá —respondí.

—Porque… sería horrible. Imagínate que tú y yo…, no sé, por poner, nos lo comiéramos todo y nos corriéramos. Eso supondría… una hecatombe.

Nos miramos de reojo otra vez. Moví las piernas nerviosa. Algo allí, entre los muslos, me dolía y pedía a gritos ser tocado. A todo se acostumbra uno, sobre todo a la buena vida. Me acerqué a él y nos besamos. Y menudo beso. Incendiario e indecente, de los que me gustan. La lengua de Hugo me invadió la boca por completo y los dos rodamos sobre el colchón, lamiéndonos. La erección de Hugo se me clavó en la cadera cuando se colocó encima. Nos frotamos una vez…, dos…, era placentero. Pasé las uñas por su espalda y ronroneó de gusto a la vez que fingía una embestida entre mis muslos. Metí la mano dentro de su pantalón de pijama y no encontré impedimento alguno para agarrar su polla dura y erguida. Hugo gimió cuando empecé a masturbarlo despacio.

—Chúpamela… —pidió con un gesto entre provocador y gamberro.

—No podemos.

—Esto tampoco podemos hacerlo.

—Pues entonces vamos a parar.

—No quiero parar, joder… ¿Por qué has venido?

—He venido a cuidarte —respondí mimosa.

—Lo que debería es cuidarme de ti…

—¿Por qué?

—Porque no razono y me vuelves loco.

Dimos la vuelta en el colchón de nuevo y bajé su pantalón hasta deshacerme de él. Yo también parecía enloquecer con él;

no hay otra manera de explicar cómo empecé a chupársela. La tragué hasta el fondo y succioné mientras la sacaba de mi boca, gimiendo en el proceso, porque de pronto hacerle una mamada era lo único que realmente me apetecía en el mundo.

—Dios…, Alba —gimió—. No pares.

Le pasé la lengua casi tímidamente por todo el tronco antes de metérmela dentro de la boca. Lo escuché maldecir entre dientes y me agarré a sus piernas para ayudar a impulsarme hacia delante y hacia atrás, cubriendo mis dientes con los labios. Hugo empujó un poco con la cadera hasta el fondo de mi garganta con un gruñido y contuve una arcada; miré hacia su cara a través de mis pestañas maquilladas y lo vi morderse el labio con morbo.

—¿Te gusta, nena? —Asentí. La saqué y succioné con fuerza—. Oh, Dios… —gimió moviéndose hacia el fondo de mi garganta—. ¿Sabes lo bien que lo haces? *Piernas*…, ¿sabes lo jodidamente bien que me la chupas?

Si hubiera podido sonreír, lo habría hecho. Se abandonó con los ojos cerrados cuando volví a meterme su erección en la boca. Gimió con los dientes apretados y empezó a jadear. Tenía las cejas arqueadas y…, joder, era adorable. Adorable y follable. Abrió los ojos poco a poco, como si los párpados le pesaran. Me apartó el pelo, empujó hacia el fondo de mi boca con cuidado y me miró interrogante, como preguntándome si podía correrse pronto, consultándome si aquel era el final que yo quería. Como contestación me entregué a succionar, lamer y jugar con mi lengua alrededor de la cabeza de su polla, ayudándome con la mano, hasta que explotó lanzando su orgasmo a lo más hondo de mi garganta. Tragué sin pensarlo y tragué más. Hugo se retorció con un gruñido y yo seguí lamiendo despacio, cada vez más despacio hasta que él me paró y dejé un beso juguetón en la punta.

Se movió con celeridad para quitarme la ropa interior; besó mi monte de Venus y fue bajando hasta encontrar mi clítoris húmedo. Sopló sobre él y gemí, arqueándome. Era una caricia sutil, muy sutil, que, en aquel estado, no hacía más que incrementar mis ganas de correrme. Necesitaba hacerlo. Su lengua se movió de manera lenta, morbosa, calmada. Metí la mano derecha entre mis piernas y me toqué, chocándome con sus labios en el movimiento. Su lengua bajó unos centímetros, hacia mi entrada, y se introdujo allí un par de veces. Vibré entera cuando gimió. Me aceleré. Hugo se aceleró. Me quitó la mano y, moviendo su lengua sobre mi clítoris, me penetró primero con un dedo y después con dos. Cuando los tuvo humedecidos los bajó hasta mi trasero y jugueteó. Su lengua se dedicó con esmero a ejercer presión y fricción continua sobre mi clítoris y movió sus dedos una y otra vez dentro de mí, uno en cada una de mis entradas. Era placentero. Pero estaba mal. Quería hacerlo. No me pregunté nada más; solo exploté en un orgasmo brutal. Necesité todo el aire de la habitación. Grité y cuando Hugo se retiró y me miró, necesité besarlo. Sabía a mí, a él, a sexo, a intimidad. Aquellos besos fueron el broche perfecto para un orgasmo demoledor.

Nico llegó a las siete y media y nos encontró en el salón, con la persiana bajada, tumbados en el sofá. Hugo dormitaba acomodado con la cabeza sobre mi vientre y mis dedos jugueteando con su espeso pelo negro.

—¿Qué tal? —le pregunté a Nico, que no nos quitaba la mirada de encima.

—Bien —replicó escueto—. ¿Quieres que te lleve a casa?

—Qué prisas —se quejó Hugo.

—En realidad tengo cosas que hacer —dije recogiendo mis cosas y fingiendo que no me había molestado la insistencia de Nico por llevarme a casa ya.

Me levanté, me despedí de Hugo con la mano y les dije que no hacía falta que me acompañaran.

—Mejórate.

—Gracias, enfermera *piernas*.

Nico se mordió el labio inferior con desazón y me siguió
hasta la entrada sacándose la camisa de dentro del pantalón de
traje.

—Espera. Te llevo.

—No hace falta. Voy a aprovechar para ir a ver a mis padres —dije un poco seca viendo cómo me seguía y cerraba la
puerta—. Que no hace falta, Nico, que sé irme sola.

Sonrió y se metió conmigo en el ascensor. Pulsó la planta
menos cuatro y después se acercó para besarme.

—Me moría por estar un rato a solas contigo. No te echo.
Solo..., solo un rato. Él te tuvo toda la tarde.

Oh, oh..., parte dos.

31

A día de hoy, cuando lo pienso, creo que debí de estar ciega para no darme cuenta del caldo de cultivo que estábamos creando con aquello. Que era una situación peligrosa lo sabíamos todos, incluso la inconsciente de mi hermana, que no es que me mirara con reprobación, pero sí con inquietud. Nosotros parecíamos estar muy seguros de la fiabilidad de un acuerdo firmado en una cocina, copa de vino en mano. Sí, una relación decidida sobre la cuestionable buena idea de tener sexo a tres. Sexo sin ataduras. Sexo de descubrimiento en mi caso. Sexo por diversión.

Mal. Error. *Meeec*. Caca.

Es un axioma universal que cuanto más difícil es algo, cuanto más peligro conlleva…, más nos seduce y más esclavos terminamos siendo de la idea. Y una idea no es tangible. Es solo el enunciado de algo que cuando se formula y pone los pies en el suelo, no siempre nos gusta.

Ahora, al ponerlo todo en su sitio, voy viendo las pistas que ellos mismos fueron dejando en el camino, como pequeñas miguitas de pan. Pistas que evidenciaban que nuestro Eurodisney del sexo, ese mundo de la piruleta donde era posible follar como descosidos entre nosotros sin más implicaciones, se desmoronaba. Porque el sexo nunca es solo sexo y hasta ellos eran conscientes de ello. Yo parece que no lo fui. Yo me dejé llevar y al apartar mi doble moral, aparté del todo el raciocinio.

Supongo que desde fuera habría sido más que evidente si yo hubiera compartido información realmente valiosa con los demás, pero las únicas personas que estaban al día de aquello eran mi hermana, a la que no daría detalles ni bajo amenaza de sodomía con un pepino, y Olivia, que ni siquiera sé si estaba al día de la historia al completo.

¿Que soy un poco torda? Sí, un poco. Pero no es que yo no sintiera una alarma interna en ciertos momentos, es que le quité las pilas porque pensaba que estaba haciéndome castillos en el aire. En este tipo de situaciones no suelen ser ellos los que suponen el tipo de problema del que estamos hablando, ¿a que no? Bueno, a lo mejor es un pastiche, pero yo siempre pensé que si alguien empezaba a encelarse, a querer más tiempo, más intimidad, más monogamia…, sería yo.

Pero en orden…, una cosa detrás de otra.

Cuando el fin de semana se cernió sobre nosotros, yo decidí que estaba volviéndome un poco loca y que debía diversificar definitivamente mis compañías. Echaba de menos pasar tiempo con mis amigas, pero de verdad, sin estar pendiente del móvil o del reloj. El viernes, cuando Hugo me preguntó si me apetecía salir a comer con él…, yo le dije sencilla y llanamente que no.

—Lo siento, cariño —le dije haciendo un mohín—. Tengo planes.

—¿Y eso? —preguntó disimulando que el tema le tensaba, ordenando papeles en su mesa.

Sentado, con el pelo estudiadamente desordenado, la camisa arremangada, sin corbata…, me costó ratificarme en mi postura.

—Tarde de rebajas con las chicas.

—¿Y después?

—Gintonic en La Tita Rivera. Cena en Miss Sushi…

—Ah, claro. Pues pásalo bien, *piernas*. Si terminas pronto…

—No. —Le sonreí—. No terminaré pronto.

Antes de salir, Nico me envió un mensaje en el que me preguntaba si podíamos vernos en los desolados baños de señoritas de la planta. La petición me pareció extraña, creo que por eso accedí. No creía que quisiera echar un polvo allí, la verdad. Cuando nos encontramos y nos deslizamos dentro de un cubículo (cuya puerta, gracias al cosmos, llegaba hasta el suelo), me dijo en susurros que había decidido marcharse aquel fin de semana a ver a sus padres.

—Solo quería despedirme. No te dije nada, ha sido todo un poco precipitado y…

—No pasa nada. —Le acaricié la barbita—. ¿Y no podíamos despedirnos fuera del baño?

—No. —Sonrió.

Y no. Fuera de aquel pequeño espacio a salvo de miradas, no habríamos podido despedirnos como lo hicimos. Porque los besos fueron escandalosos, dulces, intensos y, lo que es peor…, íntimos. Salí de allí con los labios rojos y la barbilla algo irritada por el roce de su barba, que solía mantener a raya como si siempre fuera de dos o tres días.

Aquella tarde Eva y yo compramos un poquito por encima de nuestras posibilidades con eso de que todo estaba de rebajas. Después… bebimos también de más y cuando llegaron las demás a Miss Sushi el vinito de la cena me remató. Me reí a muerte con los problemas de pareja de Isa, que consistían básicamente en que no le gustaba tender la ropa interior de su chico.

—¿Es que no sabe lo que son las toallitas húmedas? ¡Por el amor de Dios!

Y pobre, mientras ella nos miraba entre la consternación, la angustia vital del primer mundo y el «no me quiero reír», nosotras nos descojonábamos. Creo que nunca habíamos comido tanto sushi ni nos habíamos reído tan despreocupadamente como aquella noche.

A la salida del restaurante propuse ir a tomar una copa a alguno de esos bares que tanto nos gustaban en la calle Pez, pero Gabi había quedado para comer con sus suegros al día siguiente temprano, Diana tenía una cita tardía con algún Dios griego con cuerpo de universitario y hasta Eva consideró que ya había tenido demasiadas emociones por ese día. Isa me ofreció tomarnos un café tocado (¡¡¡uhhhh!!! ¡¡Qué locura la suya!!) en una cafetería muy mona de la Corredera Baja de San Pablo, pero yo… no estaba para café. Así que…

Cuando Hugo me abrió la puerta de su casa, en su cara reinaba una expresión de triunfo con un toque de suficiencia que no me molestó; todo lo contrario. Estaba demasiado guapo como para que yo pensara en otra cosa que en besarle.

—Sucumbiste a mis encantos —dijo poniendo morritos.

—En realidad me han dejado plantada, no te des tanta importancia.

—¿Y qué vienes buscando, entonces, *piernas*? —Y se apoyó en el marco de la puerta de una forma tan arrogante y sexi…

—Una copa. Finge por un rato que no eres un hombre horriblemente deseable. —A mí el alcohol me había soltado definitivamente la lengua—. Háblame sobre alguna película moñas o sobre si el síndrome premenstrual me pone irascible.

Me dejó pasar y cuando cerró, me levantó de manera que mis piernas rodearan su cintura.

—Soy un hombre horriblemente deseable que va a ponerte una copa, *piernas*. —Levantó las cejas un par de veces—. ¿Qué eres tú?

—Soy una mujer cuyas piernas te vuelven loco y a la que no vas a follarte esta noche.

—¿Y besarnos? ¿Podemos besarnos?

—¿Qué dice el código sobre los besos?

—Al código esta noche le van a dar mucho por culo.

Le permití un beso, fingiendo que me resistía. Y él me besó como solo Hugo sabía hacerlo, llenándome la boca con demanda, premura y un punto salvaje que avisaba de que, quizá, aquella noche no íbamos a acatar las normas que habíamos impuesto nosotros mismos. Su lengua y la mía se enzarzaron en un baile sensual y húmedo que hizo lo propio conmigo. La ropa interior empezó a molestarme; sus manos, a arderme. Era como si su piel me llamase y yo tuviera la necesidad física de contestar a aquella llamada.

Como era de imaginar, un beso no nos contentó. Cuando sus labios reptaron por mi cuello y me frotó contra su bragueta, mi parte racional dejó de estar disponible. Lo que vino a continuación fue desesperado y a toda prisa. Me dejó en el suelo y me colocó de espaldas a él, de cara a la pared. Sus manos cubrieron mis pechos y los apretaron con fuerza, haciéndome gemir. Palpé su bragueta, con la mano metida entre su cuerpo y el mío, y seguí con mis dedos su erección, que estaba apretada bajo el pantalón.

—Estás tan duro ya… —dije con la voz entrecortada.

—Cada vez que te veo… —susurró él en mi cuello—. Y que te huelo. Y que te toco. Cada vez que te ríes…

Me subió la falda hasta la cintura y después tiró de mi ropa interior hacia abajo hasta dejarla a la altura de los muslos. Escuché el sonido de la hebilla de su cinturón y me arqueé, apoyando la mejilla en la pared fría. Me levantó un poco por la cintura para compensar la diferencia de altura, hasta encajar, y entonces me penetró, sin preliminares. No hacían falta.

—Estás tan húmeda, nena... —gimió cuando se coló en mi interior con facilidad.

—Me humedezco solo de escuchar tu voz.

Las penetraciones fueron duras, continuas, animales. Nunca lo había hecho de una manera tan desesperada. Fue como si temiéramos que nos pillaran en cualquier momento, como si alguien pudiera vernos pero no escucharnos gemir. Los gruñidos de su garganta llenaron el espacio, reverberando en las paredes, y le acompañé con mis quejidos, pidiendo más, incitándolo a tomar aquello que quisiera cuando en realidad la que estaba consiguiendo exactamente lo que buscaba era yo.

No fue cómodo. El elástico de mis braguitas se me estaba clavando en los muslos y en aquella postura, aunque la fricción era demencial, no le sentía tanto como habría querido y estaba acostumbrada. Sin embargo, tuvo algo nuevo que compensaba todo lo demás y era esa necesidad que hizo que cada sensación fuera más intensa. Sus dientes mordieron mi cuello con suavidad, conteniéndose, las yemas de los dedos clavadas en mi carne. Iba a ser rápido..., no hizo falta que ninguno de los dos lo aclarara.

Eché en falta sus besos..., esos besos tan escandalosos y encendidos, casi acompasados al ritmo de sus caderas cuando se enterraba en mí. Eché de menos ver esa expresión de completo placer convirtiendo su cara en la de alguien a la deriva de una pulsión que no tenía nada de civilizada.

En la estancia se escuchaba el rumor de un disco que seguía sonando, el golpeteo de nuestras pieles humedecidas y los gemidos.

—Más fuerte —le pedí—. No pares de follarme, Hugo. No pares jamás.

Él me cogió del pelo, apartándolo de mi cuello, y tiró suavemente de él un par de veces, volviéndome loca del todo.

—Así... —susurró con morbo—. Así, nena. ¿Lo notas? ¿Notas lo loco que me vuelves?

Me soltó el pelo y metió el dedo corazón dentro de mi boca; dibujé un círculo con la lengua a su alrededor y después lo chupé como si en realidad estuviera haciendo algo completamente diferente. Y debí de hacerlo bien porque noté cómo todo su cuerpo se estremecía.

—Necesito que te corras ya... —gimió—. Córrete, joder. Necesito correrme dentro de ti y que me aprietes. Necesito sentirte, nena. Sentirte más...

Mis gemidos fueron subiendo de tono y de volumen y él volvió a clavar sus dientes en mi carne, lo que me encendió hasta llevarme al orgasmo. Dije cosas, pero ni siquiera recuerdo qué; solo me dejé llevar entre sus manos y con las embestidas de sus caderas clavándome su polla con fuerza. Las dos últimas penetraciones hasta dolieron... de una forma demasiado placentera. Hugo se corrió muy dentro de mí con un gruñido grave agarrado a sus cuerdas vocales. Casi deseé volver a hacerlo cuando lo escuché, pero las fuerzas empezaron a flaquear.

Me quedé durante unos segundos con la frente pegada a la pared y las braguitas a la altura de las rodillas. Hugo se abrazó a mi espalda y me besó el cuello con la respiración aún superficial y jadeante.

—Soy... un animal —dijo en tono de disculpa.

—No... Qué va. —Me reí—. Ha sido genial.

—Es olerte y... me vuelvo loco.

—Me gusta volverte loco —confesé.

Dejó un beso en mi nuca y me soltó para subirse los pantalones y después encaminarse hacia la cocina. Me subí las braguitas con una sensación palpitante aún en el sexo, mezcla del reciente orgasmo y de las malditas ganas de volver a repetirlo. Me sentía extraña, pero no sabía identificar qué era lo que me turbaba o preocupaba. Cuando entré en la cocina, encontré a Hugo preparando dos gintonics con más pinta de acabar de arreglarse que de follarme como una bestia en celo contra una pared. Llevaba un polo blanco y unos vaqueros que le quedaban muy bien con ese pelo desordenado de recién jodido. Cuando se giró y sonrió… me di por perdida. Esa es la verdad.

Nos tomamos la copa en la terraza. Su brazo izquierdo me rodeaba los hombros y nosotros nos mecíamos en el balancín con los pies descalzos deslizándose por el suelo. El combinado estaba suave y corría una brisa tan agradable que el tiempo se nos fue volando de las manos hasta desaparecer. Cuando miramos el reloj eran las tres y media de la mañana y ninguno de los dos tenía sueño.

—*Piernas*… —susurró cuando me acomodé en su pecho, subiendo las piernas al balancín—. Lo que ha pasado antes…

—Ajá.

Su mano izquierda se metió entre mis mechones y me los acarició.

—¿Pasa también con él?

Levanté la mirada en busca de la suya.

—¿A qué te refieres?

—¿Te has acostado alguna vez con Nico a solas?

—No —mentí, pero porque ni siquiera recordé lo de mi piso, ni que Nico y yo consideráramos que muchas veces son más especiales aquellas cosas que no se hacen.

—Si lo has hecho prefiero saberlo.

—No, no prefieres saberlo. —Me reí.

—Tienes razón. Pero ¿lo habéis hecho?

—No, cariño.

Hugo se levantó, me cogió la mano y tiró de mí hacia el interior.

—Hora de dormir.

Y si algo me superó entre las sábanas aquella noche fue el hecho de dormir abrazados siendo solo dos.

A las seis de la mañana me desperté sin más. A través del estor que cubría la ventana entraba una luz azulada preciosa que llenaba el dormitorio. Hacía un poco de fresco y me descubrí tapada hasta casi el cuello con la sábana. Al otro lado del colchón, Hugo estaba sentado con la cabeza entre las manos.

—Cariño… —dije con un hilo de voz.

Él se giró.

—Duérmete. Es muy pronto.

—¿Qué pasa?

—Nada. No podía dormir.

—¿Tienes migraña otra vez? ¿Te doy patadas? —pregunté frotándome los ojos.

Se recostó a mi lado, me miró y negó con la cabeza.

—No. No te preocupes.

—¿Entonces?

—Soy de esos hombres que le dan muchas vueltas a la cabeza, *piernas*.

—Todos damos vueltas a la cabeza. —Le sonreí, acariciándole la mejilla áspera por la barba.

—No soy un tío fácil.

—¿Quién quiere que lo seas?

Se acercó hasta besarme con una suavidad que no conocía en él. Le miré con el ceño fruncido.

—¿Qué te pasa? Cuéntamelo.

—Son cosas a las que no sé ponerles nombre. Eso me frustra mucho más.

—¿No sabes… o no quieres?

—No lo sé.

—Llevas un par de días raro…

—Es que… —Cogió aire y después se incorporó, frotándose los ojos—. No lo sé. Me acostumbraría demasiado pronto a ti…

Me senté en la cama y le obligué a girarse hacia mí. Le sonreí.

—No es malo.

—No suena bien.

No supe entonces si se refería a la sensación de necesitar a alguien. Sé que la gente que pierde a alguien cercano pronto tiene la continua sensación de que las personas, llegado el momento, se van sin más; es como si debieran pasar por la vida con todo el peso que supone esta sobre sus hombros, sin compartirlo con nadie, por si algún día no está. ¿Era eso lo que le preocupaba a Hugo? ¿O sería Nico?

Le acaricié las cejas, siguiendo con mis dedos sus líneas. Eso siempre convertía su rictus en una sonrisa. Me acerqué y nos besamos de nuevo. Un cosquilleo me llenó el estómago y me hizo suspirar a través de sus labios. Los besos se sucedieron, de una boca a otra, turnándose para hacernos sentir más y más extraños. Más y más especiales.

Y sus manos grandes y calientes estaban de pronto recorriéndome la espalda, vistiéndome con su calor. Nos tumbamos con él encima de mi cuerpo y seguimos besándonos. Una ráfaga de viento entró en la habitación y la llenó de olor a mañana. Me arqueé cuando Hugo me quitó las braguitas y le vi, nervioso, sin saber qué hacer. Cuando se tumbó encima de mí, entre mis piernas, el mundo dio vueltas en la dirección equivocada y yo volví a cumplir los diecisiete y a estar asustada, porque de pronto el cuerpo quería decirme demasiadas cosas que yo no entendía.

—Tranquila… —susurró.

Lo sentí adentrarse en mí y gemí, echando la cabeza hacia atrás. Hugo apoyó los antebrazos en la almohada y volvió a empujar. Nos miramos y sonreímos. No pensamos en nada. Ni si aquello complicaba las cosas ni si las aclaraba. Le abracé, pegándolo a mi cuerpo. La piel de su pecho ardía y, agarrada a su espalda, le veía subir y bajar sobre mí. Sus caderas colisionaban entre mis piernas despacio, haciendo de la penetración algo pausado, armonioso y placentero. Hugo llegaba justo al centro de mi ser, donde residían las cosas que convierten el sexo en un lenguaje.

—Más… —susurró en mi oído—. Abrázame más…

Jadeamos. Lo apreté a mi cuerpo. Levanté las caderas hacia él y los dos gemimos de placer. Nos besamos a bocas llenas, desesperados, acariciándonos el pelo, sin parar de movernos para que nuestros sexos se encontraran en un estallido de terminaciones nerviosas. Giramos hasta quedar conmigo encima y se incorporó hundiendo su nariz entre mis pechos. Subí y bajé encima de su cuerpo, con sus manos recorriendo mi espalda, mi cintura, mis nalgas.

—He nacido para verte haciendo esto —dijo levantando la mirada hasta mí—. He nacido para follarte despacio, *piernas*.

Nuestras bocas se encontraron de nuevo desesperadas y me acaricié despacio, disfrutando de cada sensación, de sus penetraciones acompasadas, que seguían dilatando mi cuerpo con dureza, de sus manos calientes y suaves, de sus labios, que cosquilleaban sobre los míos.

—No pares, cariño…, no pares… —le pedí.

Me miró como si fuera la primera vez que nos encontráramos. Sonrió.

—Cariño… —musitó acariciándome la cara con la yema de los dedos.

Sonreí también. Besé su mano y cerré los ojos.

—Me voy —susurré—. Quiero hacerlo contigo. Quiero correrme contigo.

Hugo gimió y empujó en mi dirección con fuerza. Dejamos las bocas entreabiertas y gemimos hasta que el orgasmo se convirtió en un grito de satisfacción y humedad en mi interior. Se estremeció cuando lo abracé con los últimos latigazos del placer recorriéndome la espalda.

—Ah…, mi vida… —gruñó—. Nunca nada me había gustado tanto como tú…

32

Hugo y yo hicimos el amor otra vez a las nueve de la mañana. Fue del mismo modo: intenso, lento, especial y de todo menos silencioso. Fue hasta juguetón, pero con calma. Después nos dimos una ducha en la que yo me deleité mucho más que él, que salió pronto a preparar el desayuno para disfrutarlo en la terraza. Esa terraza se había convertido de pronto en mi lugar preferido del mundo.

Alargamos aquel momento con cafés y besos. Hugo parecía haber aparcado la preocupación para cuando fuera un asunto de extrema emergencia. Los dos nos mostrábamos decididos a disfrutar del tiempo que durara aquella calma. Después, estaba claro, tendríamos que tomar una decisión. Nico me gustaba, no podía negarlo, pero con Hugo había una conexión especial, algo que que no había sentido con nadie más, jamás. A pesar de que éramos dos personas completamente opuestas que prácticamente no se conocían, había algo en el modo en que me miraba en silencio que decía más que cualquier declaración de amor. ¿Me estaba enamorando? Si alguien me hubiera preguntado en aquel momento tres cosas, solo tres cosas, que Hugo y yo tuviéramos en común, habría tenido que contestar algo como «la música antigua, el buen vino y follar». No, no era una base fiable sobre la que construir un «me estoy enamorando», pero lo cierto es que estas cosas nunca lo hacen sobre algo tangible. Quizá por eso sea tan complicado que una pareja triunfe de la nada sin un esfuerzo por parte de los dos.

En todos los ratos de silencio que tuvimos aquella mañana, que fueron bastantes, me obligué a ser sincera y buscar qué era lo que me llenaba por completo cuando estaba con él. Necesitaba apuntar las diferencias que lo hacían distinto a Nico. ¿Era el hecho de que fue él el primero? ¿Era esa seguridad que a mí me faltaba? ¿La sensación de que Hugo detestaba estar solo en el mundo pero que se obligaba a no tener a nadie más que a Nico? Me forcé a imaginar qué tipo de relación podría tener con alguien con quien había empezado compartiendo un continuo *ménage á trois* sexual junto con su mejor amigo. Alguien que no quería implicarse, para quien su negocio parecía lo primero. Alguien que no estaría dispuesto a convertirse en el príncipe azul que yo creía necesitar para devolverme la fe en el amor. ¿Podríamos querernos de verdad? Nico siempre pareció el más dado a verse inmerso en esas cosas. Amor. ¿No nos quedaba grande aquella palabra?

A las seis de la tarde, Hugo me preguntó si quería darme un baño con él en su bañera pero cuando ya estaba a punto de quitarme la ropa, su teléfono móvil empezó a sonar con el nombre de «Paola» en la pantalla.

—Dime —contestó, tan guapo, tan firme, apoyado en el marco de la puerta del baño—. ¿Para qué necesitas el original de la licencia? —Hubo una pausa en la que me indicó que me vistiera—. No, no. Es que el problema es que está bajo llave,

Paola. No, no. No te preocupes. Ahora me acerco. —Colgó—.
Va a ser un momento.

—¿Prefieres que te espere aquí?

Se mordió el labio inferior, dubitativo, con los brazos en
jarras.

—Bueno, vale. Pues ahora vengo.

—Aunque… —le dije— ¿te molestaría que pasáramos por
mi casa un segundo?

Arqueó las cejas.

—¿Por? ¿Te hace falta algo?

—Porque quiero cambiarme de ropa interior y porque
me toca que me baje la regla mañana. No creo que tengas bragas y tampones, ¿a que no?

Soltó una risita burlona y cogió las llaves del coche.

—Corre. Lo del baño aún está en pie. A menos que te
baje la regla, claro. Paso de hacer un Bloody Mary.

¿Qué tendrá el periodo que provoca ese efecto en los
hombres?

Hugo entró a paso rápido en El Club y yo le seguí pegada a él, cogida de su brazo, corriendo para poder ir a su ritmo.

—Hola, Paola —dijo él, serio y tan guapo que daban ganas de matarlo—. ¿Dónde está?

—Está en el jardín.

—¿Le has explicado que no tenemos salida de humos?

—Eso parece ser lo que le preocupa.

—Joder. Voy al despacho un segundo.

—Hola, Paola —saludé avergonzada.

—Hola, Alba. ¿Quieres una copa? —contestó como si no
hubiéramos estado a punto de acostarnos.

—No…, yo…

Él sonrió y, haciéndose cargo de mi tensión, dijo:

—Ponle una tilita.

Le di un codazo y se fue hacia el pasillo entre carcajadas.

—Hugo…, hay gente en la cuatro —apuntó Paola, pidiéndole claramente que bajase el tono de voz.

—Salgo enseguida, cariño —contestó hacia mí.

El hilo musical no fue suficiente para llenar el vacío de conversación. Paola y yo nos sonreímos. Supongo que escuchar cómo me llamaba cariño no le hizo gracia, pero fue amable.

—¿Te pongo una copa de vino? ¿Un refresco?

—Pues… venga, una Coca-cola zero.

Mientras me servía saqué el móvil por entretenerme con algo.

—Es pronto. Debes de pasar muchas horas aquí, ¿no?

—Los fines de semana están muy bien pagados —respondió con una sonrisa, con su preciosa boquita pintada de color frambuesa—. No tengo queja. Entro a las seis y me quedo hasta las cuatro de la mañana.

—Bueno, diez horas. Lo malo son los tacones.

—Estoy habituada. Me los pongo por gusto, la verdad.

Asentí tontamente, sin saber qué más decir, y me concentré en trapichear con el móvil. Una puerta se cerró en el pasillo y creí que sería Hugo volviendo, pero se escuchaban los pasos de más de una persona. Quien salía era Martín Rodríguez y su amante. Mentiría si dijera que lo tenía pensado o planeado; ni siquiera había vuelto a pensar en ello desde que Hugo y Nicolás comentaron la noticia del periódico sobre él. Sin embargo, tenía el móvil en la mano y él estaba allí, delante de mí. Era periodista, por el amor de Dios. Pasé toda la adolescencia entrevistando con un bolígrafo a modo de micrófono a mis padres y a mi hermana. A los seis años jugaba a dar las noticias. Escribía reportajes cuando mis amigas hacían poesías. Es que ni siquiera lo pensé. Un pellizco interno me hizo accionar la cámara del teléfono y lancé algunas fotos sin flash. No sé por qué ni para qué. No había un fin oculto en aquello, solo fue una cuestión de oportunidad. Se marcharon sin saludar ni despedirse de nadie y con la cabeza gacha.

Miré las fotos y pensé, más centrada, que debería borrarlas. Las estudié con cuidado, no obstante, y comprobé que las caras eran reconocibles a pesar del lamentable encuadre.

«Voy a borrarlas», me dije. Pero el móvil me vibró con la llegada de un mensaje de Nico:

«Te echo de menos».

Me echaba de menos… Sonreí al recordarnos escuchando música mientras fuera llovía a mares. Recordé su sonrisa y el aleteo de sus pestañas doradas. Nos prometimos que después de aquel fin de semana pasaríamos un día entero viendo películas de Tim Burton y comiendo palomitas. Se rio a carcajadas cuando le confesé preocupada que mi estómago no digería muy bien el maíz. Y le brillaron tanto los ojos cuando me prometió que no le importaría…

«Yo también te echo de menos. Tengo ganas de esa tarde de cine que nos debemos. Ojalá empecemos con *Eduardo Manostijeras,* y no te rías cuando llore con el final».

—¿Vamos? —dijo de pronto Hugo a mi lado.

Di un pequeño salto, sobresaltada, y metí el móvil en el bolso.

—Claro.

Cuando volvíamos a su piso, previo paso por el mío, no dejaba de repetirme a mí misma que debía borrar esas fotos. ¿Para qué las quería? Había estado mal hacerlas. Era un abuso de su confianza. Me habían llevado a su negocio, donde todo el mundo, excepto yo, había debido de firmar un acuerdo de confidencialidad para que cualquier cosa que pasara allí dentro se quedara entre las cuatro paredes del local. Debían ser discretos y fingir sordera y ceguera hacia algunas cosas.

—¿Qué pasa, nena? —preguntó Hugo.

—Nada. —Le acaricié la mano que tenía agarrada al cambio de marchas.

—¿Estás dándole vueltas a algo?

—No —mentí.

—No lo hagas. No vamos a arreglar nada pensando sobre ello —dijo sin mirarme—. Ya…, ya veremos, *piernas*.

Le sonreí. Ya veríamos…

La bañera estaba llena, amenazando con desbordarse, y nosotros dos, dentro, nos manteníamos en silencio. Era la primera vez en mi vida que me bañaba con un hombre. A decir verdad no recordaba la última vez que me bañé. En mi micropiso/armario empotrado no había sitio más que para una ducha pragmática que había vivido años mejores. En casa de mis padres había una bañera amplia, donde mi hermana y yo compartimos tardes de espuma y manos arrugadas en nuestra infancia. Nos gustaba tanto pasar el sábado por la noche metidas en remojo que mi madre tuvo que inventarse un «monstruo» para sacarnos de allí al que llamaba «La ratona». Nunca nos dijo que si no salíamos nos comería, pero ahí estaba siempre la tácita amenaza que nos hacía saltar fuera cuando mi madre quitaba el tapón.

Hugo me besó el cuello y enrolló su dedo índice en un mechón de pelo que resbalaba de mi moño. Suspiró.

—Dime la verdad… —le dije.

—¿Sobre qué?

—Sobre por qué estás tan serio.

Se removió dentro del agua, incómodo. Sé que a los hombres no les gusta hablar sobre este tipo de cosas y más a alguien como Hugo, acostumbrado a gestionar sus sentimientos de puertas para dentro. Alguien, además, que siempre sonreía, que siempre vestía sus labios de una sonrisa burlona. Pero yo, no sé si por ser mujer o por ser el tipo de mujer que era, necesitaba respuestas a unas preguntas que ni siquiera me atrevía a hacerme. Cuando consideré que el silencio se alargaba demasiado, me apresuré a decir:

—Da igual, olvídalo.

—A ver…, Alba. Es complicado.

—Ya lo sé.

—Sobre todo porque no tengo ni idea de lo que piensas tú.

—Para mí también es complicado; no sé si te sirve. Nunca me había visto en una situación como esta.

—Ven, quiero verte la cara. —Me di la vuelta y me apoyé en su pecho. Los dos sonreímos cuando nos miramos—. Es que… me das un vuelco en el estómago, nena —dijo con los ojos clavados en los míos—. Y no sé si a ti te pasa lo mismo o si también te pasa con él.

—¿Qué ha cambiado para que te plantees estas cosas?

—Pues no lo sé.

—¿Ha dejado de hacerte gracia compartir el juguete? —pregunté queriendo quitarle hierro al asunto.

—No lo sé; dicho así suena mal.

—Me gusta estar con Nico, Hugo.

—¿Más que conmigo?

Le acaricié la cara.

—Me da miedo contestar a eso. No sé adónde nos va a llevar.

—¿Te has enamorado alguna vez?

Aquella pregunta hizo que el agua me pareciera mucho más fría.

—Sí —asentí.

El corazón empezó a bombearme fuerte en el pecho. Me dio miedo, no sé por qué. Debía estar contenta, ¿no? Hablábamos de algo que estaba lejos de ser un aquí te pillo, aquí te mato con dos pollas de por medio.

—Una vez —confesé—. Me enamoré una vez hace muchos años. Pero fue diferente.

—¿En qué?

—En que aquella vez yo no tenía claro que él no era alguien de quien me conviniera enamorarme.

Me besó, envolviéndome con sus brazos y cerrando los ojos.

—¿Cuándo empezó a pasarnos?

—¿A qué te refieres?

—¿Cuándo empezamos a enamorarnos? Porque es eso, ¿no?

Me faltó el aire, mezcla de ilusión, terror y pena. Pena porque… ¿dónde quedaba Nico en esta historia? ¿O es que nos estábamos enamorando los tres? Todo era extraño.

No quise contestar, porque la respuesta desvelaba probablemente más cosas sobre mí de las que estaba preparada para admitir. Hoy creo que empecé a enamorarme muy pronto, porque estaba muerta de ganas de hacerlo. Me da pena pensar en mí como en alguien tan necesitada de algo como aquello. Era la crónica de una muerte anunciada, como en aquella novela de García Márquez, porque probablemente todos lo supieran menos yo. Una historia intensa, complicada, con su dosis de drama interno, con la amenaza de complicarse si iba un paso más allá…, tan tentador dar ese paso. Tan tentador como Hugo. Y como Nico. Sé que sentía algo por Hugo de la misma manera que sé y supe en todo momento que Nico prometía dar mucho más de lo que yo imaginaba. Nico era dulce, se parecía mucho a mí en multitud de aspectos, me hacía sentir especial y despertaba algo a lo que no sabía darle nombre.

Lancé los brazos alrededor del cuello de Hugo y nos besamos. Yo muerta de miedo. Su mano derecha se adentró en mi pelo, desmoronando el moño y deshaciéndolo. Noté cómo los mechones más largos se adentraban en el agua. Su lengua recorrió mi boca, dominando mis movimientos por completo, dejándome lánguida tendida encima de él. Su otra mano me ayudó a acomodarme a horcajadas sobre él. Sonrió primero y después su sonrisa se ensanchó hasta convertirse en una carcajada.

—¿Se puede saber de qué te ríes ahora? —Me reí también.

—Es que… me pasa una cosa muy rara contigo.

—No sé si quiero preguntar.

—A veces me la pones dura pero no porque esté cachondo. No pienso en follarte contra una pared ni en sodomizarte hasta que grites. —Como contestación puse los ojos en blanco y él volvió a su tono anterior, más serio—. Es… como ahora. Mi cuerpo me pide estar dentro de ti como si eso fuera a salvarme la vida.

Siempre pensé que yo estaba hecha a prueba de halagos. Los discursos llenos de parafernalia, amor y corazones me provocaban alergia. Lo que a otras las deshacía en suspiros a mí me daba risa. Pero… a todo cerdo le llega su San Martín, ¿no es así? Porque aquella frase estaba compuesta por las palabras justas para terminar de empujarme a sus brazos.

«Mi cuerpo me pide estar dentro de ti como si eso fuera a salvarme la vida».

Me levanté un poco y escuché parte del agua de la bañera chorrear hasta la loza del suelo. Encaminé la erección de Hugo hasta mi entrada y después fui introduciéndolo poco a poco dentro de mí. Nos besamos.

—Nena…

Los gemidos empezaron a llenar el baño; también las frases a medias, los ruegos, los «nena, abrázame» y los «no quiero que esto termine jamás». Eran palabras empalagosas, dichas con la garganta llena de eso que desbordan los críos enamorados. Confidencias, sonrisas, jadeos tan íntimos…, todo flotando en el agua, que empezaba a empapar el suelo del baño, y mezclados con los chapoteos que producía nuestro movimiento dentro de la bañera y que no nos dejaron escuchar la puerta de casa cerrarse.

Cuando Nicolás apareció en el vano de la puerta, no pudimos hacer nada más que sobresaltarnos. Allí lo encontramos de súbito, apoyado en la madera de la puerta, mirándonos con la expresión más neutra que había visto en mi vida. La más neutra y la más contenida.

—Ah, qué bien —dijo asintiendo—. De puta madre.

Ninguno de los dos contestó. Sentí la sangre abandonarme la cabeza a una velocidad de vértigo. Hugo no abrió la boca e incluso desvió la mirada de su amigo.

—Joder, soy imbécil.

—No es eso —contestó Hugo muy serio, saliendo de mí.

—Pues ya me dirás qué es…

Me aparté, tapándome, como si Nicolás no me hubiera visto nunca desnuda.

—¿A qué jugamos, Alba? —me preguntó este—. Sí que me echabas de menos, ¿eh? Aunque a falta de uno, bueno es el otro. A ti te da igual. —Hugo me miró un momento y sentí un latigazo en las entrañas—. No me lo esperaba, Hugo. Siempre has cumplido, tío, siempre. Y si tú decías que esto no iba a pasar sin estar yo dentro de este puto baño, creía que no pasaría. A ella casi no la conocemos, pero, sinceramente, de ti no me lo esperaba.

Nicolás salió de allí como una exhalación y los portazos resonaron en todo el piso, primero el del cuarto de baño y más tarde el de su habitación. Hugo se cogió la cabeza entre las manos y yo aproveché para ponerme en pie y enrollarme con una toalla, tan avergonzada como si mi novio de toda la vida me acabara de descubrir en la cama con su mejor amigo. Vi a Hugo salir de la bañera y secarse a toda prisa.

—Joder —maldijo entre dientes—. Joder.

Se colocó unos vaqueros sin ropa interior y salió del cuarto de baño en dirección al dormitorio de Nicolás.

—Escúchame un momento... —le oí decir.

—Pero ¿de qué cojones...?

La puerta volvió a cerrarse, dejando la pregunta en el aire. Llegaba hasta allí el murmullo de una conversación en tono monocorde. Probablemente explicaciones del tipo «no es lo que parece», que en realidad, como en el noventa por ciento de los casos, eran mentira. Me sequé lo más rápido que pude y me vestí. En realidad yo era responsable de aquello, ¿no? Habíamos jugado a algo complicado, me había terminado metiendo hasta las cejas e implicado con los dos. ¿Más con Hugo? Quizá. O no. O sí.

Estaba claro que alguien iba a salir mal parado en aquella historia... y yo tenía todas las papeletas para el sorteo. No supe qué hacer entonces. ¿Debía ir y participar en aquella discusión? Pedirles disculpas, decirles que estaba confusa, que no había trazado bien los límites o que no sabía qué sentía... No, mejor no. Aquello no arreglaría nada. Me di cuenta entonces de que era como si la pareja fueran ellos y yo el amante de turno. Ellos se debían una lealtad que iba más allá de mí.

Vacié la bañera y sequé parte del suelo con una toalla para mantenerme ocupada. No sabía qué hacer y no quería salir. Una explosión de gritos me sorprendió porque nunca imaginé que ninguno de los dos perdiera los nervios de aquella manera. Uno de ellos habría gritado. El otro no.

La puerta del baño se abrió y Hugo apareció allí poniéndose una camiseta. No me miró a la cara.

—Podemos explicárselo —le dije esperanzada.

—Dejémoslo estar. Te acompaño a casa. —Me quedé agarrada a la toalla húmeda con la que había secado el suelo, sin saber qué hacer—. Lo aclararé con él, pero contigo aquí no puedo. No puedo ni aclararme yo.

—Quizá debería explicárselo...

—Parece que hay muchas cosas que explicar, pero vamos a dejarlo por hoy.

No dijo nada más. No medió palabra y, a pesar de que ni siquiera pude dejar de mirarle durante todo el trayecto en coche, su mirada y la mía no se cruzaron ni una sola vez. Tampoco nuestras bocas se despidieron con un beso.

33

Cuando mi madre me abrió la puerta de casa lo primero que me preguntó fue por qué tenía la ropa húmeda. La tenía húmeda porque me había abrazado a una toalla mojada mientras mis dos amantes discutían entre ellos, pero no era algo que explicarle a una madre. Ni siquiera se me ocurrió una mentira que lo justificase.

—No sé. ¿Está Eva?

—Hola, mami, ¿qué tal estás? Pues muy bien, hija, gracias por preguntar.

—Mamá, necesito hablar con Eva, ¿está?

—En su cuarto —dijo malhumorada—. Si no te conociera pensaría que te has metido en una secta y que te han lavado el cerebro.

Se marchó hacia la cocina rezongando y yo pasé de largo de la sala de estar, donde había visto de reojo a mi padre concentrado en un sudoku. No llamé a la habitación de mi hermana, sencillamente entré. La pillé tumbada en la cama haciendo

Face Time con alguien al que le estaba enseñando las tetas. Lo que me faltaba. Al verme, se tapó torpemente, dejando un pezón atrapado en tierra de nadie, y colgó.

—Esto... no es lo que parece.

—Déjate de mierdas. Me da igual —dije mientras me dejaba caer en el cutre puf que le había regalado en su último cumpleaños—. Tengo que contarte algo.

—¿Ahora quieres contarme cosas? Pues a lo mejor ya no me interesan —replicó cruzando los brazos, poniéndose repelente.

—Te lo estoy diciendo en serio.

Se sentó en el borde de la cama, frente a mí. Se miró el pecho, metió el pezón en el sujetador y volvió a atenderme.

—Dime que no estás embarazada.

—Claro que no estoy embarazada —me quejé.

—Habría sido una movida saber quién es el padre. —Me tapé la cara y cogí aire—. Alba..., ¿qué pasa? Me estás asustando.

—Es solo que... se me ha ido de las manos. Yo...

—Te has enamorado —afirmó.

—Yo siento algo, pero... ellos dos...

Mi hermana se levantó y salió de la habitación. Al poco volvió con dos refrescos, me tendió uno y me pidió que empezara por el principio. Como era habitual, se concentró en liarse un cigarrillo, dejándome así la libertad de hablar sin sentir su mirada clavada en mí. Le expliqué los pequeños gestos, los mensajes, los «yo» en lugar de «nosotros», todas esas cosas que me negué a mí misma por no sentir que me estaba montando películas engreídas. Le conté el hormigueo creciente en el estómago que despertaba uno, la ilusión de ver sonreír al otro. Le confesé lo que sentía por Hugo pero que no me imaginaba sacando a Nico de mi vida. Y, después, solamente compartí con ella lo que Hugo me había dicho en la bañera y cómo nos había pillado Nico.

Eva me miró cuando terminé y después, con un suspiro, desvió la vista al cenicero donde estaba apagando la colilla.

—No sé qué decirte, Alba. Puede ser una tontería que aclaren en una noche o puede que se lo tomen a la tremenda y tú te conviertas en el enemigo en común.

—Si esto fuera una historia que no te contara yo, yo sería la zorra que los enfrentó.

—No seas así. Deja que se calmen. El lunes estará todo más tranquilo y podréis hablar.

El lunes sí estaba todo muy tranquilo, en eso tenía razón. Tranquilo como una balsa y yo una jodida náufraga flotando en medio. No sabía nada de ninguno de los dos. Hugo no me había devuelto las llamadas. Ni los mensajes. Nada. Nadie había contestado cuando llamé al número de su casa. Nicolás tampoco respondió a mi intento de contactar con él. No pintaba muy bien, a pesar de que la verdad era que yo no había engañado a nadie. Pero no lo parecía, para ser completamente sincera. Mi profesión me había obligado muchas veces a abstraerme de una situación buscando la objetividad y, si me esforzaba para mirar aquello como un agente externo, sabía que parecía que había jugado sucio.

Entré en la oficina acongojada. Una parte de mí, la Alba optimista que había despertado en las últimas semanas, me decía que no tenía por qué preocuparme. Que lo aclararíamos y que pronto estaríamos de nuevo los tres agarrados a un precioso vaso, sentados en el balancín de su terraza. El hecho de no tener trabajo que hacer empeoró bastante la situación. Nada con lo que distraerme. Cuando a las diez Hugo apareció por mi cubículo, ya me había dado tiempo a tomarme tres cafés solos y estaba cerca de empezar a hablar en élfico al revés.

—Hola —dijo apoyado en el pladur de la falsa pared que casi cerraba mi rincón.

—Joder. —Me tapé la cara—. Menos mal, Hugo. Me estaba volviendo loca.

—¿Tienes un rato a las tres para hablar?

Fruncí el ceño y estudié su expresión. Manos en los bolsillos, ojos perdidos en la moqueta que cubría el suelo técnico, labio inferior entre los dientes.

—Podemos hablarlo ahora.

—Ahora no es buen momento.

—Pero ¿qué pasa, cariño? —pregunté angustiada.

Tragó saliva.

—Está bien. Ven un momento a mi despacho, por favor.

Las rodillas me temblaron cuando me levanté, no sé si efecto de la cantidad de café que me había metido en el cuerpo o del momento, que no estaba siendo uno de los más agradables de mi vida. Hugo llamó en un gesto a Nico cuando pasamos al lado de su mesa y él se levantó y nos siguió. Me giré a mirarlo, pero evitó mi mirada desviando la suya al suelo.

Me quedé en medio del despacho. Nico se apoyó en la puerta cerrada y Hugo cruzó los brazos sobre el pecho, delante de la mesa. Ninguno de los dos me miró.

—Yo no soy la mala —dije de pronto.

—Hay dos opciones —contestó tras un largo suspiro Hugo—. Una es que te lo estés pasando de vicio haciendo esto, que nos des a cada uno lo que sabes que queremos y que digas lo que esperamos escucharte decir. La otra es que estés confusa, que no sepas qué hacer, que te dejes llevar por cada una de las situaciones y que no tengas ninguna culpa de esto.

—Me parece increíble que os planteéis siquiera la primera opción.

—Sea como sea, salimos perdiendo.

Un silencio zumbó dentro de aquella habitación.

—¿Cómo?

—Sea cual sea la razón, nosotros salimos perdiendo, Alba. Nos hemos saltado las normas, nos hemos mentido y hemos puesto en compromiso una relación que va más allá de esto. ¿Qué crees que es lo más lógico ahora?

—¿El sábado me hablabas de amor y ahora me hablas de lógica, Hugo?

Se humedeció los labios y miró a Nico, que también cruzó los brazos sobre su pecho y desvió la mirada hacia el suelo.

—Es mejor dejarlo aquí —sentenció Hugo.

—Pero...

—No hay peros, Alba.

—¡Claro que los hay!

—¿Y qué propones? ¿Eh? —Y en sus preguntas había un deje amargo que identifiqué como decepción—. ¿Nos cogemos de la mano los tres y fingimos que es todo genial y que no me jode como me jode que os acostarais a mis espaldas? Y los mensajes, Alba. Y los besos. No sabría decir qué es lo que más me jode.

—Y yo no salgo mejor parado —dijo Nico, hablando por primera vez—. Al parecer a mis espaldas también os lo pasabais bastante bien.

Hugo miró a Nicolás unos segundos. Ceño fruncido, labios apretados... Suspiró hondo antes de empezar a hablar de nuevo.

—Nos repatea, Alba, y nos va a costar volver al punto en el que estábamos antes de conocerte. Antes de conocerte éramos familia y ahora somos dos tíos cabreados y celosos porque el otro ha marcado territorio donde no debía.

—¿Donde no debía? ¡¡Los tres estábamos de acuerdo!!

—No me quito culpa. Ni él tampoco. Nosotros tiramos demasiado y ahora se ha roto. Ya está.

—No está. No puedes pretender que a mí se me olvide automáticamente el hecho de haberme implicado de verdad.

—¿Implicarte de verdad? —preguntó con evidente ironía. — Mira Alba… Si estás siendo sincera, esto tiene menos sentido del que creía.

—No he dicho que tenga sentido, solo digo que…

—Dijimos que hasta que alguno quisiera más, ¿no? Pues ale, ya está. Todos queremos más. Nosotros contigo y tú a saber con quién…

La frialdad con la que había intentado plantear la situación se resquebrajó en esa última frase.

—Eso es cobarde —dije con la boca llena de rabia.

—Será lo que tú quieras, pero es mejor que sentir que la única persona en la que confías ciegamente sería capaz de pasar por encima de ti por una tía. Y esa tía eres tú, Alba. No te conocemos tanto.

—¿Ahora soy una tía? —la voz me tembló.

—Joder…, ¿¡no puedes hacerlo un poco más fácil!? — vociferó.

—No. —Negué con la cabeza con los ojos anegados de lágrimas—. Porque nunca os he mentido a ninguno de los dos, porque sois vosotros quienes me metisteis en esta situación.

—¡¡¿Que no nos has mentido?!! —gritó Hugo indignado—. ¡¡Te pregunté si también te habías acostado con él y me dijiste que no mirándome a la cara!! ¡¡Me mentiste en la puta cara!!

Su estallido de ira me dejó temblando como una hoja.

—Nos mentimos los tres —apuntó Nico—. Los tres. No es el mejor punto de partida para nada.

Me sequé las primeras lágrimas con dignidad antes de que recorrieran mis mejillas.

—Entonces, ¿ya está? Pensáis que soy una mentirosa y ya está.

—No sé qué más quieres. —Hugo fingió ordenar algunas cosas encima de su mesa—. Pusimos normas, nos las saltamos todas y lo estropeamos. Vamos a acogernos a la única que queda con sentido. Mañana te traeré las cosas que te dejaste en nuestra casa y los tres podremos pasar página.

—¿Así? ¿Tan fácil?

—¿Fácil? ¿A ti te parece que está siendo fácil? —Rugió—. Me siento traicionado y, lo peor, avergonzado de mí mismo. ¿Tienes la solución para esto, Alba? Porque si la tienes estoy impaciente por oírla.

—¿Y por qué tendría que tenerla yo? ¡¡Vosotros erais los que sabíais lo que hacíais!!

—¿¡¡Cómo no se te ocurrió decirnos lo que estaba pasando!!?

—¡¡Lo que estaba pasando os estaba pasando a vosotros, no a mí!! —grité también.

—Pues ahora no le pasará a nadie. Adiós, Alba. —Y después de una mirada airada, se concentró en su escritorio.

Cuando me dejé caer en mi silla frente al ordenador, no pude controlar las lágrimas por más tiempo. Salieron a borbotones, como si hubiera abierto las putas compuertas de todas las mediocridades de mi vida. Yo, Alba, que no había podido mantener mi trabajo ni encontrar otro por mí misma. Yo, que abandoné una relación pensando que encontraría algo mejor, creyendo que existía ese amor apasionado que lamería mis venas hasta el día en que me muriera. Yo, que había terminado por creer que podía enamorarme, que podía sentir cosas grandes, enormes, especiales y no solo por una, sino por dos personas. Dos personas que ahora preferían la comodidad de su *statu quo* antes que pelear por que algo conmigo fuera viable.

Nicolás, allí, callado. Hugo haciéndose cargo de la situación, sintiéndose en el fondo aliviado por alejar de su vida cosas con las que no se encontraba cómodo. Me había preguntado cuándo habíamos empezado a enamorarnos. Me había hecho creer que yo era especial para él, que lo que estábamos viviendo no le había pasado nunca. ¿Qué iba a creer a partir de ahora?

Y ¿qué pasaría ahora con todas las cosas que me quedaban por descubrir? Todas las sonrisas que Nicolás aún no había esbozado, todas las carcajadas de Hugo. ¿Dónde iba a ir ese yo que ya no era? ¿Adónde se marcharía quien empezaba a ser?

Y por primera vez en mi vida profesional me inventé un dolor de cabeza y me marché a mi casa, donde nadie me viera llorar.

34

CON V DE VENDETTA

Lo que sentí por dentro después de aquello fue mutando poco a poco, como lo había hecho la naturaleza de la relación que mantuve con Hugo y Nicolás. Primero pasé por la fase de la pena. Lloré hasta quedarme afónica, sentada en mi destartalado sofá. Me acordé de la sensación de libertad que había estado a punto de ayudarme a quitarme el cascarón. Había estado tan cerca de descubrir cómo era la Alba de verdad que me sentía desgraciada. A solo un paso de ser feliz conmigo misma. A solo un paso de deshacerme de las cosas que no importaban. A solo un paso de aceptar que yo era diferente a como me había hecho creer.

Vergüenza. Pánico. Soledad. Autocomplacencia. Culpabilidad. Una cosa detrás de la otra, atropellándose, pidiendo la vez para hacerme sentir cada vez un poco peor. «Has follado como una animal con dos hombres». «Todo el mundo lo sabrá y no volverás a ser nada más que la puta que se comía las pollas a pares». «Estabas tan sola que creíste que te querían». «Lo hiciste porque necesitabas vivir algo de verdad; no tienes culpa, nadie la tiene». «La culpa la tienes solo tú. Lo has estropeado».

Después de pasar toda la tarde sumida en esta última fase, un pistón saltó en lo más hondo de mi estómago, haciéndome hervir la sangre. Rabia. Y dejadme decir que el despecho, la rabia y la vergüenza son muy malos compañeros de viaje. El resultado suele ser, en todos los casos, una bomba de relojería propensa a cometer errores.

Solo pude dejar de llorar cuando me centré en la estúpida y egoísta creencia de que debía cobrarme moralmente algo por esa historia. Mi recompensa por salir tan mal parada como me estaba sintiendo. Y ya lo he dicho en más de una ocasión: soy de las que piensan que cuando la vida te da una patada, todo debería regularse para que otra parte de tu vida sirviera de salvavidas. Si el amor no funciona…, debería hacerlo la faceta profesional, ¿no? Al menos siguiendo esta lógica.

Me senté en el ordenador y descargué las fotografías. Me sorprendió comprobar cuánto dolían las pocas que tenía de ellos dos. De los tres. Las borré sin pensar que algún día me arrepentiría. Si hubiera tenido la oportunidad de escarbar en mi cerebro y arrancar de raíz todos los recuerdos del último mes, lo habría hecho con toda seguridad. Creé una carpeta en el escritorio del ordenador y volqué todas las fotos que había hecho a escondidas en El Club el sábado por la tarde. Era sucio, rastrero y oportunista; ni siquiera me reconocía, pero no pensé. Se lo merecían. Creía que se lo merecían. Creía que haber hecho aquellas fotos había sido un acto reflejo de mi subconsciente, a sabiendas de que un día necesitaría algo con lo que hacerles daño. Porque ellos me habían hecho daño. Porque me sentía abandonada. Porque los echaba de menos.

Cogí el teléfono móvil y, mirando a través de la ventana, empecé a hablar decidida cuando respondieron:

—Hola, Rodolfo, soy Alba. Sé que te parecerá raro que te llame después de irme de la redacción, pero lo cierto es que me he encontrado con algo sobre Martín Rodríguez que es la bomba y que puede cambiar bastante el rumbo de su carrera política. —El silencio anunció que esperaba más información—. Te podría dar el titular, pero sin las fotos no me vas a creer, así que ¿qué te parece si nos vemos mañana a las cuatro y te lo cuento?

—Vale, pero… ya sabes cómo va esto, Alba. Necesito que me des más datos.

—Está metido en un rollo complicado de explicar por teléfono. Es un tema sexual bastante sórdido. De los que gustan a la gente.

—Ajá. Y… tengo que preguntártelo: ¿de dónde lo has sacado?

—De primera mano. La fuente soy yo. Lo he visto con mis propios ojos.

—Vale. Y tienes fotos, dices…

—Sí.

—¿Y qué quieres por la historia y las fotos?

—Volver a la redacción.

Hubo una pausa espesa en la conversación, seguida de un suspiro.

—Ven con la historia y con las imágenes. Si es tan buena como dices, veremos qué se puede hacer.

Cuando colgué el teléfono y tiré el móvil sobre la mesa donde estaba colocado el ordenador, sentí náuseas y vergüenza de mí misma. Ni siquiera lo imaginé, pero cuando me metí en la cama de Hugo por primera vez, cuando dinamité los primeros muros de contención, di el paso definitivo para conseguir una carrera de éxito en cualquier profesión: perder los escrúpulos.

¿No quería ver quién era capaz de ser? Ahí estaba.

Epílogo

No pegué ojo aquella noche. Ni siquiera una cabezada. Y para terminar de aumentar mi desazón, había pasado el día agarrada a la tableta con las fotos de Martín Rodríguez, que palpitaba bajo mis dedos como el corazón acusador en el cuento de Poe. No fue uno de mis mejores días.

Resultó inevitable cruzarme con Hugo en el pasillo y, a pesar de que creí que capearía la situación con elegancia, me porté como una auténtica gilipollas. Él paró a mi lado y me preguntó si tenía un momento, porque había ciertas cosas que quería que habláramos con calma. Le pedí a gritos que me soltara cuando me agarró de la muñeca con dulzura y trató de suavizar la situación entre nosotros.

—Alba, escúchame… —insistió—. Solo… dame un jodido minuto.

—No te voy a dar nada, Hugo. No me importas lo suficiente.

—Quiero hablar. Hablar de verdad… Podemos hacerlo, Alba…

Le arranqué la muñeca de entre los dedos y me marché… la misma muñeca que estaba mirándome en ese preciso instante, esperando en el despacho de mi exeditor. ¿Por qué no había escuchado lo que él quería decirme? A lo mejor solo quería disculparse… o a lo mejor quería retractarse. ¿Estaba segura de lo que iba a hacer?

Me pasaron muchas cosas por la cabeza en aquel preciso instante. Me sentía minúscula, utilizada. Me veía como el juguete con el que Hugo y Nico se habían divertido hasta que dejó de ser sencillo. Al fin y al cabo…, ¿cómo no pude comprender que no les importaba nada cuando me ofrecieron aquel acuerdo? ¿Qué hombre disfruta viendo a la chica que le importa acostándose con otro? Yo no había significado nada, me convencí. Todo palabras vacías, una excusa, la representación de una farsa que justificara que se habían cansado del juego. «Eres un problema para nuestra amistad» y fuera. Fuera de una patada y con toda la culpa encima.

Olfo entró en el despacho con su habitual rictus taciturno. Nunca sonreía. Olfo el desagradable seguía siendo desagradable.

—¿Qué tal, Alba?

—Bien. ¿Qué tal por aquí?

—Estamos, que no es poco.

Se sentó a su mesa, llena de fotos de críos sonrientes, y carraspeó. Saqué la *tablet* de mi bolso y vi cómo me temblaban las manos.

—Espero que sea bueno, Alba, porque si lo es me peleo con quien sea para meterte de *freelance*. No es una vida fácil, ya lo sabes, pero curro no te iba a faltar.

—Es bueno. —Asentí para mí. Debía serlo para estar a punto de dejar a Hugo y a Nicolás donde aquella noticia iba a dejarlos. No era un buen reclamo para su negocio. La discreción estaba mejor pagada que una habitación en la que joder como un animal. Probablemente les buscaría problemas legales.

Olfo trenzó los dedos de las manos sobre la mesa y esperó. El silencio se adueñó de la habitación poco a poco, aumentando la incomodidad. Había tantas voces dentro de mi cabeza que no podía escuchar lo que decía ninguna. Un bla, bla, bla ensordecedor en el que sobresalían palabras como «agravio», «venganza» o «traición».

«No es lugar para hacerse estas preguntas», me dije cuando se me ocurrió pensar que el trabajo de mi vida a lo mejor no compensaba el peso que llevaría de por vida en la boca del estómago.

—Estoy esperando, Alba.

—Dame…, solo dame un segundo.

Cerré los ojos. Suspiré hondo. Hugo. Nico.

Y… empecé a hablar. O a balbucear. O a dejarme en evidencia. O a echar por el suelo lo bueno que había en mí.

Llegué al portal de mi casa tambaleándome. Había pasado media tarde en el fondo de la barra del bar más cochambroso y solitario que encontré en mi barrio, bebiendo sin parar. Tenía ganas de morirme, directamente. Me tropecé con una vecina que me miró con desdén y que ni siquiera contestó cuando la saludé. Y eso que hablar y tratar de subir los dos escalones del portal me había costado cierto esfuerzo y un tropezón. Cuando se marchó, me miré en el cristal contra el que un día Nico me besó tan desesperadamente. Tenía una pinta horrible. Borracha. La cara se me derretía en una mueca de desagrado hacia mí misma.

—¿Qué has hecho? —me dije en voz alta agarrada a la barandilla—. Has jodido el resto de tu vida…

Miré de reojo y vi que había algo dentro del buzón. Seguro que un montón de facturas. La guinda del pastel para rematar el día de mierda. Fui hacia allí decidida. Sería el colofón para justificar que me sirviera una copa más al llegar a casa. Pero allí, en lugar de una carta de Iberdrola o el recibo del alquiler, encontré un sobre con el membrete de mi empresa, dentro del cual se adivinaba un *post-it* amarillo. Me costó darme cuenta de lo que era; había olvidado por completo que Hugo había mandado aquella nota por correo. Casi no podía respirar cuando lo rasgué con dedos temblorosos y lo leí para mí.

«TÚ. No necesito NADA MÁS. Perdona si a veces me porto como un gilipollas. Yo te perdonaré a ti si lo haces. Vale la pena intentarlo. Aunque a veces no será sencillo. Pero tú le das sentido».

Me hundí. Me dejé caer en el escalón, sentada, agarrada a la barandilla con la mirada perdida en las motas del linóleo del suelo. «En ese papel he apuntado cómo es la mujer de la que me enamoraría como un imbécil», había dicho Hugo días antes, cuando lo escribió. Yo. Sin necesitar nada más. Aunque a veces nos comportáramos como unos gilipollas. Nos perdonaríamos, ¿no? Porque valía la pena intentarlo, encontrar la fórmula.

Nos perdonaríamos no haber trazado bien los límites. Nos reiríamos de nuestra primera discusión. Y volvería a pasar la noche abrazada a los dos, sintiéndome en casa, resguardada, y yo…

Pero ya no. Porque hay cosas que no es posible perdonar. Sentí entonces todo el peso de haber vivido mal, el peso de no haber sido honesta conmigo misma, de no haberme limitado a llorar… El peso de haberme empeñado durante treinta años en ser alguien que no soy.

Agradecimientos

A las personas que estuvieron a mi lado cuando más difícil lo vi todo.

A las personas que estuvieron a mi lado cuando las piezas encajaban.

A las personas que me han aguantado por teléfono, porque algo no funcionaba.

A mi gente y mi familia.

Gracias a mamá y papá, por darme siempre un empujón cuando creo que me caigo.

Gracias a Óscar por su devoción y por la familia que formamos.

Gracias a Sara, por las horas al teléfono.

Gracias a María, por existir.

Gracias a las Coquetas, por sostener mi sueño.